insel taschenbuch 4881

Caroline Khoury

Nur ein einziger Tag

Caroline Khoury

Nur ein einziger Tag

Roman

Aus dem Englischen von Christel Dormagen

INSEL VERLAG

Originaltitel: *It Must Be Love*. Arrow Books Ltd, London 2022.

Erste Auflage 2021
insel taschenbuch 4881
Deutsche Erstausgabe

Vertrieb durch den Suhrkamp Taschenbuch Verlag
Umschlaggestaltung: Designbüro Lübbeke, Naumann, Thoben, Köln
Umschlagfoto: Adobe Stock
Satz: Satz-Offizin Hümmer GmbH, Waldbüttelbrunn
Druck: C. H. Beck, Nördlingen
Printed in Germany
ISBN 978-3-458-68181-6

Nur ein einziger Tag

Prolog

Schicksal. Verhängnis. Nennen Sie es, wie Sie wollen. Ich habe an keines geglaubt. Aber das war damals, und jetzt ist jetzt.

Ich nestelte an dem Medaillon um meinen Hals, zog es an der Kette hin und her. Ein Abdruck. Es hinterließ immer einen, eine Spur des Metalls auf meiner Haut. Ich legte den Anhänger an die Lippen und schloss die Augen. Die eine Hälfte des silbernen Herzens war mit einem Bild bestückt: als Erinnerung an einen längst vergangenen Tag. Ich war nie dazu gekommen, die andere Hälfte zu füllen. Nie schien die Zeit dafür zu sein.

Die Kühle des Aprilnachmittags ließ mich erschauern, während ich aufs Meer hinausblickte. Ich schlang mein blassblaues Tuch um die Schultern; weiche Wolle, angenehm an meinen Gänsehautarmen. Meine Mum hatte es selbst gestrickt, die Tücher waren ein Bestseller ihres Geschäfts in Mumbles, einen Steinwurf von hier entfernt. Aber dieses hier war eine spezielle Kreation. Drei Namen waren in eine Ecke eingestickt, zur Würdigung des heutigen Tags.

Mein ärmelloses Kleid war eher für einen warmen Sommertag geeignet. Aber ich hätte es zu jeder Jahreszeit getragen, weil es so viele Erinnerungen barg. Es reichte mir bis an die Knie und war in der Taille angepasst worden.

Ich balancierte über Kiesel und kleine Gezeitentümpel, es zog mich zum Wasser, meine Füße wurden schon taub vor Kälte. In der Ferne erhob sich der Leuchtturm von Mumbles – seit Jahrhunderten ein weißes Signal der Rettung, sichtbar von jedem Punkt der Swansea Bay innerhalb eines Radius von acht Kilometern.

Tiefe Atemzüge im Rhythmus der Wellen, die sich am Ufer brachen, beruhigten meinen Herzschlag. Salzige Gischt, vermischt mit Essiggeruch, füllte meine Nase, unter meinen Zehen knirschte der feuchte Sand.

Ich hätte ihn anrufen sollen. Damals, vor all den Jahren, hätte ich ihn anrufen sollen. Und als wir einander dann Lebewohl sagten, warum hatte ich da nicht den Mut, etwas zu tun? Vielleicht wäre jetzt alles anders.

»Abbie?« Eine Brise trug die Stimme herüber, der sanfte Klang wie immer ein Trost.

Ich drehte mich um und sah meine beste Freundin Liz, die mir mit hohen Absätzen und um die Knie wehendem Kleid vorsichtig über das felsige Ufer entgegenstakste.

»Du hast mich gefunden«, sagte ich.

»Deine Mum meinte, du seist wahrscheinlich hier. Oh, verdammter Mist«, rief sie und zog ihre Schuhe aus. »Ich werde mir später die Füße waschen.«

Ich lächelte und zog die Enden meines Tuchs enger um mich. Der Wind wehte mir die Haare ins Gesicht. Es hatte jede Menge Vorschläge gegeben, wie ich sie heute tragen sollte; ich hatte mich dafür entschieden, sie im Nacken mit einem schlichten Clip zusammenzufassen.

Liz legte mir die Hände auf die Schultern und rieb meine Arme. »Alles in Ordnung?«

»Heilsam, dieser Strand. So viele Erinnerungen.«

»Gerade rief Mary mich an. Sie hat alle am Bahnhof abgeholt. Sie werden in zehn Minuten hier sein. Bist du bereit?«

Ich nickte. Und dieses Mal war ich sicher. Sehr sicher. Ich würde mir nur wünschen, wir wären anders zu diesem Tag gelangt. Doch ich wusste, dass es auf keine andere Weise hätte geschehen können, denn so war es uns vom Schicksal bestimmt.

1
Jetzt
Dezember

Ich tippte mit dem Stift gegen meine Stirn. *Konzentrier dich, Abbie, konzentrier dich.*

Nichts. Es hatte keinen Sinn. Ein Stapel aus drei mit Klebeband zusammengehaltenen Bündeln, die unsicher oben auf mehreren Aktenordnern schwankten, türmte sich auf meinem Schreibtisch und sah mich höhnisch an. Die Bündel enthielten drei unterschiedliche Immigrationsfälle, von denen zwei von vornherein keine Aussicht auf einen positiven Bescheid hatten und der dritte hoffnungslos war, sofern ich nicht irgendeinen erstaunlichen Präzedenzfall fand, der die Richter überzeugte und zu meinen Gunsten entscheiden ließ.

Gedanken schwirrten, wie im Schleudergang einer Waschmaschine auf Hochtouren, in meinem Kopf herum, und nicht einer wollte sich zu einem überzeugenden Argument formen. Dabei musste ich bis heute Abend unbedingt noch eins finden.

Grund Nummer eins für meine mangelnde Konzentration: Nick Stovin-Bradford. Mein Erzfeind, der Stachel in meinem Fleisch oder der »fiese Nick«, wie Liz ihn nannte, ein Anwaltskollege für Einwanderungsrecht, der zur selben Zeit wie ich fest in die Greencourt-Kanzlei aufgenommen worden war und mit dem ich unglücklicherweise das Büro teilen musste. Jedes Mal, wenn ich von meinem Computer aufblickte, war da Nick, der mir im Nacken saß und sich um jeden Fall, der hereinkam, mit mir stritt.

Mein Blick fiel auf den riesigen Wälzer, den er heute vorbeigebracht hatte, um ihn mir zu zeigen, und der ein Drittel meines Schreibtischs einnahm – das »Buch der Kanzleien und ihrer Partner« oder »Die Anwaltsbibel«, wie wir alle es nannten, eine Liste von Rechtsanwälten inklusive Rangordnung und Beurteilungen –, die druckfrische diesjährige Ausgabe, in der Nick zwei Seiten mit Eselsohren versehen hatte: die mit meinem und die mit seinem Eintrag.

»Abigail Jones. Ihre Haupteigenschaften sind Zugänglichkeit und Geduld«, hieß es da.

Nick dagegen war ein »aufgehender Stern«.

Mit selbstgefälliger Miene hatte er in der Tür unseres Büros gestanden, während ich die Beurteilungen vorgelesen hatte. Seine gezischelte Reaktion, als ich leise nuschelnd meine kläglichen Eigenschaften vortrug, glich irgendetwas zwischen Prusten und Lachen. Und jetzt fuchste mich das Buch, denn es machte mir klar, dass ich nicht gut genug war und es auch nie sein würde, wenn ich nicht mehr Fälle gewann und mein Ansehen in der Kanzlei verbesserte.

Ich sank in den Stuhl zurück und atmete tief durch, froh, dass Nick gerade bei einem Juristentreffen war und ich das Büro für mich allein hatte. Es war das kleinste Zimmer der Kanzlei: zwei überdimensionierte Walnussholzschreibtische mit grüner Lederplatte, umgeben von Bücherregalen voller roter und gelber Buchrücken – ein staubiger, abgestandener Geruch, vermischt mit den Ausdünstungen des Heizlüfters, der zu unseren Füßen stand. Die Zentralheizung des Gebäudes war vorsintflutlich, und die Fenster hatten Einfachverglasung. Ich hüllte mich beim Arbeiten am Schreibtisch häufig in eine Decke, damit meine Beine nicht zu Eis wurden, besonders seit dem diesjährigen Kälteeinbruch im Dezember.

Ein brauner Briefumschlag auf der anderen Seite meines Schreibtischs war Grund Nummer zwei für meine fehlende Konzentration. Er enthielt die Unterlagen für die am nächsten Morgen und Sonntag stattfindende Einwanderungskonferenz in Paris, zu deren Teilnahme ich mich hatte breitschlagen lassen und die ich mir aus Zeitgründen noch nicht hatte ansehen können. Mary Parker hatte mich gebeten, für sie einzuspringen, da sie wegen eines wichtigen Prozesses nach Sheffield gerufen worden war. Und Mary konnte ich nie etwas abschlagen. Nicht nur, dass sie zu unseren besten Einwanderungsanwälten gehörte, vor zwei Jahren Kronanwältin geworden und glücklich mit meiner besten Freundin Liz verheiratet war; sie war es auch, die dafür gesorgt hatte, dass ich vor sieben Jahren mein Leben wieder in den Griff bekommen hatte.

Ich schaute in den Umschlag und registrierte ein Eurostar-Ticket, ein Konferenzdossier und Notizen zu verschiedenen Sitzungen, an denen ich teilnehmen sollte. *Scheiße.* Die Teilnehmer würden Marys in einer glanzvollen zwanzigjährigen Karriere erworbenes Expertenwissen erwarten und nicht eine Junior-Anwältin, die erst fünf Jahre auf dem Buckel hatte. Ich schloss den Umschlag und schob ihn aus meinem Blickfeld.

Ticktack. Die Uhr an der Wand schien die Zeit lauter als sonst anzuzeigen. Kostbare Stunden waren verronnen, während ich mit meinen Fällen nicht vorangekommen war. Und nun, da die Konferenz jegliche Hoffnung auf Arbeiten am Wochenende zunichtemachte, würde ich mich darauf gefasst machen müssen, am Montag vor Gericht eine weitere Niederlage einzustecken.

Mein Handy vibrierte in meiner Handtasche. Als ich den Namen meiner großen Schwester Amy auf dem Display aufleuchten sah, warf ich das Telefon auf den Schreibtisch. Keine Zeit für einen Plausch. Amy redete gern und viel und kam nie schnell zur Sache.

Ich wandte mich wieder dem Fall von Montag zu und zupfte an dem Knoten in meinem Nacken. Ich trug meine Haare immer so streng, auch wenn ich keinen Gerichtstermin hatte; auf diese Weise konnte ich, als wäre ich Supergirl, das den Anruf eines Menschen in Not erwartet, jederzeit sofort meine Perücke aufsetzen.

Einen Moment später läutete das Festnetztelefon, und ohne nachzudenken nahm ich ab.

»Abigail Jones«, sagte ich in leicht singendem Tonfall.

»He, Schwesterlein, warum bist du nicht ans Handy gegangen?«

Meine Schultern sackten nach unten. »Ich arbeite.«

»Es dauert nicht lange«, sagte sie und hob die Stimme wegen eines Geräusches, das wie ein Föhn klang.

»Bist du im Salon?«

»Ja, bin gleich mit einer Stammkundin fertig.« Amy besaß einen Friseursalon im Herzen von Mumbles, der »Hairway to Heaven« hieß – als Anspielung auf ihre Heavy-Metal-Zeiten als Teenager. »Also ... was meinst du? Zeder oder Walnuss?«

Ich klemmte den Hörer zwischen Ohr und Schulter und blätterte in einem der Bündel, auf der Suche nach einer eidesstattlichen Aussage. »Was? Zeder oder Walnuss?«

»Das hölzerne Nähkästchen im Flohmarktstil. Das Weihnachtsgeschenk für Mum. Du erinnerst dich? Ich habe dir letzte Woche eine E-Mail mit dem Link geschickt.«

»Stimmt. Muss ich übersehen haben. Tut mir leid.« Ich erweckte die Maus zum Leben und suchte nach Amys E-Mail. Mit einem Click kam ich zu zwei gleich aussehenden Nähkästchen. »Hmm. Walnuss?«

»Prima. Du bestellst es, nicht? Es dauert eine Woche, bis es mitsamt Handgravur geliefert wird.«

»Warum kannst du es nicht bestellen?«

»Ich habe so viel zu tun.«

»Ich auch.«

»Ich bin eine alleinerziehende Mutter mit zwei Kindern *und* einem eigenen Geschäft«, sagte sie abwehrend. »Und außerdem hatte *ich* die Idee zu dem Geschenk. Ich habe meinen Teil schon beigetragen.«

Natürlich hatte sie recht. Und Mum würde begeistert sein. Amy hatte sich daran erinnert, dass der Griff ihres Nähkästchens abgebrochen war und nur noch mit Klebeband hielt. Dad hatte es ihr vor zwanzig Jahren gekauft, und sie hatte auf keinen Fall ein neues haben wollen. Aber Amy vermutete, dass sie einen Ersatz von ihren Mädchen zu schätzen wissen würde.

»Und? Was trägst du?«, sagte sie und sang ihre Frage beinah.

»Schwarze Hose und grünen Pullover. Wieso?«

»Nein, Dummerchen. Nicht jetzt. Bei deinem wichtigen Essen heute Abend mit Charlie.«

»Wieso weißt du davon?«

»Hat Mum mir erzählt.«

»Es ist nur ein Abendessen«, sagte ich, während ich meine und Charles' Initialen auf den Notizblock kritzelte und einen Kreis darum malte.

»Nein, stimmt nicht. Es ist euer Dreijähriges, und er lädt dich ins Chez Pierre ein. Ich habe nachgeschaut. Da muss man drei Monate im Voraus buchen. Er wird dir einen Heiratsantrag machen.«

Okay. Das war Grund Nummer drei für meine mangelnde Konzentration. Die ganze Woche hatte Charlie überall in unserer Wohnung Zettel hinterlassen, die mich an das Essen erinnern sollten. Sein heutiger Hinweis lag auf seinem Kopfkissen, als ich aufwachte. Er hatte besonders früh im Gericht sein müssen, so dass ich ihn vorher nicht mehr gesehen hatte. Die Nachricht stand auf einem herzförmigen Klebezettel und lautete: *Heute ist die Nacht der Nächte. Wir treffen uns im Restaurant. Ich liebe Dich!*

»Hör auf mit dem Spekulieren, Schwesterlein. Charlie hat sich geschworen, nie zu heiraten. Wir gehen einfach nur schön essen.«

»Ach ja, hab vergessen, dass er einst am Altar stehen gelassen wurde. Der Ärmste.« Sie lachte.

»Amy!«, sagte ich in scharfem Ton, ehe mir einfiel, dass meine Bürotür halb offenstand. Draußen hörte ich einige Anwaltsgehilfinnen plaudern und in die Tasten hämmern.

»Sei doch nicht so defensiv, Schwesterlein«, sagte Amy.

»Ich verstehe nicht, wieso Charlie nicht endlich seine eventuellen Bedenken über Bord wirft und aus dir eine ehrliche Frau macht und fertig. Ihr werdet schließlich auch nicht jünger. Er ist immerhin schon über vierzig, und du bist nicht weit von der großen Vier-Null entfernt.«

»Hey, ich bin vierund*dreißig*. Schönen Dank auch! Wenn also sonst nichts ist ...«

»O ja.« Sie kicherte, und der Föhn legte einen Zahn zu. »Ich finde, Barry Junior und Lily würden süßeste Blumenkinder abgeben. Und ich selbst sehe mich als Trauzeugin in Rosa ... Egal. Ich höre jetzt besser auf. Mein Vier-Uhr-Termin ist da«, sagte sie.

Ich sah auf die Uhr an der Wand. »Bisschen früh, oder?«

»Nein. Genau pünktlich.«

Ich sah noch einmal hin und stellte fest, dass der zweite Zeiger der Wanduhr immer nur vor und zurück sprang und eine Stunde hinter der Uhr in meinem Computer herhinkte. »Mist. Ich bin zu spät für Liz.«

Nach einer hastigen Verabschiedung und einem vagen Versprechen, ihr später am Abend eine SMS zu schicken, wenn es etwas Neues gäbe, packte ich meine Papiere wieder in ihre verschiedenen Bündel und steckte sie zusammen mit den Konferenzunterlagen in die Tasche. Ich würde nach dem Treffen mit Liz irgendwie noch etwas Zeit herausschlagen müssen, um mich vorzubereiten.

Als ich die Kanzlei verließ, machte die Sonne gerade einen tapferen Versuch, die Wolken zu durchbrechen, und auf dem Bürgersteig lagen noch Überreste vom Schnee der vergangenen Nacht.

In meiner Handtasche summte das Handy. Ich fischte es heraus. Liz.

Verspreche, dass ich da sein werde.

Ich lächelte und schickte ein Daumen-hoch-Emoji los, bevor ich das Handy in meiner hinteren Hosentasche verstaute.

Um mich gegen die Kälte zu wappnen, die an meinen Händen nagte, zog ich meine Handschuhe an und wickelte mich fester in meinen Schal. Als ich von der Middle Temple Lane ins Victoria Embankment einbog, beschleunigte ich das Tempo.

Ein Pling kündigte eine Nachricht auf dem Handy an. Es war Liz.

Wird etwas später werden.

Wie spät? Bist Du schon aus dem Haus?, tippte ich zurück.

Keine Blitzantwort von Liz.

Ich ging an der Themse entlang und durchquerte die U-Bahnstation Embankment. Als ich auf der anderen Seite in der Villiers Street wieder herauskam, pfiff mir ein heftiger kalter Wind um die Ohren. Ich betrat das Café d' Amour an der Ecke, und mein Herz stolperte. Ich fing an zu zittern und versuchte mit aller Gewalt, die Erinnerung an jenen Tag von vor vierzehn Jahren zurückzudrängen. Ich schloss ganz kurz die Augen, und alles war wieder da, so dass ich sie sofort wieder aufriss. Wieso um alles in der Welt tauchte jene Zeit jetzt plötzlich wieder auf?

Das Café war voll, aber an einem Tisch am Fenster packte jemand gerade seine Sachen zusammen, weswegen ich mich so lange dort postierte. Als ich endlich saß, wartete ich auf das Erscheinen von Liz und Maddy. Minuten vergingen.

Ich holte mein Handy heraus, um sie anzurufen. Ich wählte Liz' Nummer und ließ es sehr lange läuten – bis schließlich ein dumpfes Geräusch zu hören war.

»Liz?«

Ein Schluchzer. Dann noch einer. Gefolgt von einer wimmernden Maddy im Hintergrund.

»Liz, was ist los? Ist alles in Ordnung?«

»Ich. Kann. Das. Nicht.«

»Liz, was ist passiert? Hol erst mal tief Luft. Sag, geht es Maddy gut?«

Es kam keine Antwort, nur noch mehr Schluchzen und heiseres Einatmen.

»Ich kann dich nicht verstehen, Liz.«

»Ich kann nicht nach Charing Cross kommen«, heulte sie. »Ich habe noch nicht mal das Haus verlassen. Sie hört einfach nicht auf zu weinen. Bitte, Abs. Bitte, komm her.«

Ich hielt kurz den Atem an und dachte an all die Dinge, die ich vor dem Abendessen noch zu Hause zu tun hatte. Es war zwanzig vor fünf. Das Essen war um acht. Doch diese Gedanken lösten sich umgehend in Luft auf.

»Natürlich komme ich. Ich bin so schnell ich kann bei dir«, sagte ich.

»Danke, Abs. Und bring was zu essen mit. Ich bin am Verhungern.«

Ihre Stimme klang einen Tick erleichtert, und das deutete ich als ein gutes Zeichen.

Etwa eine halbe Stunde später klingelte ich an Liz' Haustür in Notting Hill und wurde von einem tränenverschmierten Gesicht empfangen.

Das beinah ununterbrochene Geschrei von Baby Maddy war bis in den Flur zu hören. Liz warf die Arme um mich und barg ihren Kopf an meiner Schulter.

»Nur keine Panik. Aber wenn du mich nicht reinlässt, fällt mir das Gebäck noch vor deiner Türschwelle hin.«

Sie ließ mich los, und ich folgte ihr ins Wohnzimmer. Maddy lag in ihrem Babykörbchen und wedelte mit Armen und Beinen. Der Wohnzimmertisch war übersät mit Salben, Windeln, Babypuder und Kohlblättern. Liz war noch im Nachthemd mit locker übergehängtem Morgenmantel. Ihre widerspenstigen blonden Locken waren ungebürstet.

»Ich koch uns einen Tee«, sagte sie. »Bitte nimm Maddy so lange hoch.« Bevor ich etwas erwidern konnte, war sie in der Küche verschwunden. Ich schälte mich aus meinem Mantel, dann hob ich Maddy, die wild mit den Beinen zappelte, hoch ... Was war nur los mit ihr? Ich legte sie mir über die Schulter und streichelte ihren Rücken mit kreisförmigen Bewegungen. Ein Bäuerchen und ein Pups entfuhren ihr, und das Gezappel endete. Und im selben Moment hörte sie auch schon auf zu wimmern.

»Wie zum Teufel hast du das gemacht?«

»Vermutlich hatte sie Luft im Bäuchlein.«

»Stimmt. Du musst eben hierbleiben.«

Ich lächelte und legte Maddy vorsichtig in ihr Körbchen zurück.

»Danke«, sagte ich und nahm den Becher entgegen, den Liz mir hinhielt.

Sie schniefte und putzte sich die Nase, bevor sie einen Schluck von ihrem Tee trank. »Ich habe auch schon versucht, sie zum Pupsen zu bringen. Hab sie gefüttert, gewiegt, zum vierten Mal die Windel gewechselt, aber nichts. Nichts half. Ich habe seit Tagen nicht geschlafen. Mary ist heute Morgen nach Sheffield gefahren, und ich habe ihr versprochen, ich würde zurechtkommen, aber das tue ich nicht. Wo bleibt dieser sogenannte mütterliche Instinkt, der angeblich in dem Moment anspringt, wo es aus deiner Vagina flutscht? Lügen, alles nur Lügen.« Sie schaukelte vor und zurück.

»Na, na«, sagte ich und drückte ihre Hand. »Alles in Ordnung, ich bin hier. Ich kann bleiben. Alles wird gut. Nimm etwas Kuchen.«

Liz biss in ein Blätterteig-Teilchen. »Das ist göttlich, danke, Abs«, murmelte sie, während ihr Krümel aufs Kinn fielen. »Ich habe mir nicht vorgestellt, dass es so hart sein würde. Mary tut, was sie kann, aber ich glaube, sie erwartet, dass ich immerzu weiß, was ich zu tun habe. Aber das stimmt nicht. Und ich habe schon angefangen, die Tage zu zählen, bis ich wieder arbeiten gehen kann.«

Ein Schrei zerriss die Luft. Eine Pause, dann ein noch lauterer.

»Siehst du!«, sagte Liz, ließ ihr Teilchen auf einen Teller mit einem halb gegessenen welkenden Sandwich fallen. »Nicht mal fünf verdammte Minuten.«

Ich blickte Liz an und wartete, aber sie nahm Maddy nicht hoch. Sie schien gelähmt.

»In Ordnung, ich nehme sie«, sagte ich.

Ich hielt Maddy wieder in derselben Weise und schaukelte sie genau wie vorher. Körperliche Äußerungen kamen erneut aus beiden Öffnungen, und sie schloss die Augen.

»Ich lasse sie noch eine Weile an meiner Schulter«, sagte ich.

Liz nickte, und die Panik in ihren Augen schien zu verschwinden. »Bist du sicher? Mir tun immer die Arme weh, wenn ich sie eine Zeitlang getragen habe. Gestern kam die Schwester vom Gesundheitsamt und sagte, sie wiege fast zwölf Pfund. Sie ist ein Kraftpaket.«

»Ich denke schon, dass ich zwölf Pfund ein paar Minuten lang stemmen kann. Ich erinnere mich, dass ich beinah dreißig auf dem Rücken trug, als dieser Bus uns während unserer Interrail-Tour beinah drei Kilometer vor dem Bahnhof von Zagreb absetzte.«

Liz ließ sich auf dem Sofa nach hinten fallen. »Himmel, ich erinnere mich. Du hast mich verflucht, weil ich den Fahrplan falsch gelesen habe.« Plötzlich erschien ein Lächeln auf ihrem Gesicht. »Ich weiß.«

»Was?«

Sie ging nicht darauf ein, sondern trottete in ihren Pantoffeln davon.

Maddy gluckste. Doch als ich ihr in die blauen Augen schaute, während ich sie weiter wiegte, breiteten sich tief in meinem Innern eine große Leere und Traurigkeit, aus.

»Hier!«, rief Liz plötzlich von der offenen Tür und schwenkte ein Fotoalbum mit einer Palme auf dem Einband. »Bitte sag, dass du noch ein bisschen bleibst. Wollen wir es uns nicht gemeinsam ansehen? Das haben wir seit Jahren nicht mehr gemacht.«

Ich wusste ganz genau, was darin war – und dass dort, wo sie es geholt hatte, noch drei weitere Alben standen. Sie enthielten Fotos aus unserer Interrail-Zeit, nachdem wir das Examen bestanden hatten.

Auf der Uhr an der Wand war es halb sechs. Tick-tack. »Ich würde gern, aber ich gehe heute Abend mit Charlie essen.« »Ach ja, das hatte ich ganz vergessen«, sie presste das Album an ihre Brust. »Es ist nur …« Sie biss sich auf die Unterlippe. »Ich würde jetzt nicht gerne allein sein«, sagte sie fast flüsternd. Ich sah ihr flehendes Gesicht:

»Okay, meinetwegen ein oder zwei Alben.«

Als wir auf der letzten Seite des *vierten* Albums angelangt waren und Geschichten und Erinnerungen an verrückte Eskapaden während unserer Reisen ausgetauscht hatten, merkte ich, dass Liz die Augen zufielen.

Maddy rührte sich in ihrem Körbchen und stieß einen vertrauten rauen Schrei aus. Es dauerte nicht lange, bis er zu einem regelrechten Geheul anschwoll.

»Ich sollte sie wohl stillen«, sagte Liz. Als sie Maggy an die Brust legte, verzog sie das Gesicht und kniff die Augen zusammen.

»Tut das weh?«

»Das ist die Brustdrüsenentzündung. Ist immer noch nicht vorbei. Der Arzt hat mir Antibiotika verschrieben, aber die wirken nicht. Los, komm, los, komm«, bat Liz und versuchte, die Brustwarze in Maddys Mund zu schieben. »Nein, nicht da, hier.« Sie stieß einen tiefen Seufzer aus.

»Soll ich dir noch was bringen, bevor ich gehe?«

»Ja, bitte. Ein großes Glas Wasser wäre toll.«

In der Küche konnte ich hören, wie Maddy wieder loslegte.

Als ich zurückkam, saß Liz, den Kopf zwischen den Händen, mit bebenden Schultern auf dem Sofa. Maddy lag wieder im Körbchen und warf sich hin und her.

»Was ist passiert?«

Liz blickte mich traurig an, in ihren Augen glitzerten Tränen. »Warum kann sie mir nicht sagen, was sie will?«

Ich stellte das Glas auf den Tisch und nahm Maddy wieder hoch. Sie kuschelte sich fast augenblicklich in meine Arme.

»Ich … ich kann nicht …« Liz rang keuchend nach Atem.

»Alles gut, Liz. Hier.« Ich nahm die Papiertüte, schüttelte die Krümel raus und reichte sie ihr. »Atme da hinein.«

Die Tüte blähte und leerte sich in schnellem Wechsel. Liz hielt sie so fest, dass ich fürchtete, sie würde zerreißen. Ein aus, ein aus. Langsam wurde ihr Atem ruhiger, bis er sich ganz normalisierte. Sie nahm die Tüte vom Mund.

»Was ist bloß los, Abs? Es sollte doch einfacher sein.«

Ich blickte forschend in ihre Haselnussaugen und versuchte, die richtigen Trostworte zu finden. Sie strich die Tüte glatt und fing an, sie immer kleiner zu falten, als wollte sie sie ganz verschwinden lassen.

»Ich habe Angst, Abs«, sagte sie schließlich. »Heute früh habe ich ernsthaft daran gedacht, wegzugehen und Maddy alleinzulassen. Ich wusste, du würdest dir Sorgen machen und schließlich herkommen. Du weißt ja sogar, wo der Ersatzschlüssel liegt. Ich wäre am liebsten ins Auto gestiegen und weggefahren, obwohl ich noch nicht mal so einen verdammten Führerschein habe.« Sie stieß einen Laut aus, der wie Lachen mit einem Schuss Trauer darin klang. Ihre Augen schwammen.

Ich nahm ihre Hand. »Ich bin keine Expertin, Liz. Aber ich glaube, du brauchst jemanden, mit dem du reden kannst. Deinen Hausarzt, deine Mum –«

»Auf keinen Fall, ich rufe sie nicht an.« Liz schüttelte heftig den Kopf.

»Ich bin okay.« Sie lächelte matt. »Ich vermisse einfach Mary, das ist alles. Und das Letzte, was ich brauche, ist Mum. Wenn sie kommt, wird sich alles wieder nur um sie drehen. Ich bin sicher, es kommt nicht mehr vor«, erklärte sie und griff nach der Papiertüte. »Ich habe ein neugeborenes Baby, Himmeldonnerwetter! Wie nennt man das noch mal? Baby-Blues. Das sagte die Hebamme nach ihrem ersten Kontrollbesuch. Alles völlig normal, Abs. Wart ab, bis du dran bist. Dann wirst du schon sehen.«

Ein Schauer überlief mich, und ich schüttelte das unangenehme Gefühl ab. Maddy zappelte in meiner Armbeuge.

»Sie ist hellwach«, sagte Liz gähnend. »Vielleicht möchte sie ein bisschen in ihrem Kinderwagen umhergefahren werden. Wir waren heute noch gar nicht draußen, und es ist schon dunkel.« Sie streichelte ein paar Härchen auf Maddys Kopf, und riss plötzlich die Augen weit auf.

»Wie wäre es, wenn ich kurz mit ihr rausginge? Dann kannst du ein kleines Nickerchen machen. Danach wirst du dich viel besser fühlen.«

»Wirklich? Das würdest du tun?«

Ich sah wieder zur Uhr an der Wand. Halb sieben. Keine Zeit, zum Umziehen nach Hause in die Baker Street zu gehen und anschließend zurück nach Piccadilly. Aber Zeit genug für einen kleinen Spaziergang mit Maddy und einen Kleiderwechsel hier.

»Natürlich«, sagte ich. »Es macht ihm nichts, wenn ich etwas zu spät komme. Vielleicht könnte ich hier duschen, mir etwas aus deinem Kleiderschrank borgen und deinen Make-up-Vorrat plündern.«

»Alles was du willst. Ich lege dir ein paar Sachen hin.«

Maddy schlief auf unserem Spaziergang ziemlich schnell ein, und ich machte bald wieder kehrt. Ich schob den Wagen ins Wohnzimmer, dämpfte das Licht und entfernte die Schutzhülle des Wagens.

Auf Zehenspitzen stieg ich die Treppe hoch, blieb jedes Mal stehen, wenn eine der Holzstufen unter dem Treppenläufer knarrte, und wollte Liz sagen, dass ich jetzt duschen würde. Aber sie hatte sich fest in ihrem Bett zusammengerollt und schnarchte laut.

»Liz«, flüsterte ich und stupste sie leicht am Arm. »Liz.«

Keine Reaktion. Da lag sie nun, hatte sich komplett ausgeklinkt und endlich fallen lassen. Natürlich konnte ich Maddy keinesfalls unten allein lassen, ohne Liz Bescheid zu sagen. Ihre Panikattacke beunruhigte mich.

Ich schlich mich zurück in die Küche und holte mein Handy hervor. Bei Charlie sprang sofort die Mailbox an.

»Hallo, ich bin's«, sagte ich. »Ich bin bei Liz. Sie hat Probleme mit Maddy, und ich mache mir echt Sorgen um sie. Hab versprochen, noch etwas zu bleiben. Sie ist eingeschlafen, und ich kann jetzt nicht gehen. Es tut mir so leid.« Ich seufzte tief. »Ich fürchte, ich schaffe es nicht zum Essen. Ich bin wahrscheinlich noch eine Stunde weg, höchstens zwei. Vielleicht können wir später noch etwas bei Seymour's bestellen, einen Nachthappen sozusagen. Ach, und ich habe vergessen, dir zu erzählen, dass Mary mich gebeten hat, morgen und Sonntag bei einer Einwanderungskonferenz in Paris für sie einzuspringen. Mein Zug geht mittags, da können wir noch in Ruhe gemeinsam frühstücken. Hab dich lieb. Es tut mir wirklich leid.«

Ich spürte ein Gefühl der Enttäuschung, aber war da nicht auch ein Hauch von Erleichterung? Ich legte mein Handy auf den Küchentisch und schaute in Liz' Kühlschrank. Eine halb volle Flasche Rosé stand im Türregal. Ich goss mir ein Glas ein und nahm einen großen Schluck. Himmel, tat das gut!

Was nun? Ich hatte etwas Zeit gewonnen, um zu arbeiten. Aber allein bei dem Gedanken an die bevorstehende Verhandlung und die Konferenz bekam ich Kopfschmerzen. Ich entdeckte eine Schachtel Paracetamol neben dem Brotkasten und schluckte zwei.

Ich ließ mich mitsamt Paris-Umschlag und Unterlagen im Wohnzimmer aufs Sofa sinken und stieß dabei das letzte Fotoalbum, das wir durchgeblättert hatten, vom Tisch.

Als ich es aufhob, fiel ein Foto heraus. Es war eins von mir. Das letzte, das Liz in Bulgarien gemacht hatte – der vorletzten Station unserer Reise –, bevor sie ganz plötzlich nach Hause musste. Ihre Mum hatte sie gebraucht, und Liz hatte ihr nie verziehen, dass sie ihr das Ende der Ferien verdorben hatte.

Ich strich über das Foto. Ein dämliches Grinsen hatte sich auf meinem Gesicht ausgebreitet, und in der Hand hielt ich einen Reiseführer der letzten Station, die Liz, ohne sie mir vorher zu verraten, gebucht hatte. Was hatte ich in jenem Moment empfunden? Die Fahrt, die vor mir lag, war lang, und ich würde sie allein unternehmen – als »einmaliges Abenteuer«, hatte Liz sie bezeichnet. Aber wenn ich gewusst hätte, was passieren würde, nachdem ich erst einmal dort war, wäre ich dann überhaupt losgefahren?

2
Jahre früher
Juni

Seine Finger streichelten meine Wange und wanderten über meine Schulter zu meinem Arm. Küsse auf meine Lippen lockten mich noch weiter aus meinem Schlaf.

»Wach auf, Abbie«, sagte er.

»Wie spät ist es?«, murmelte ich, weil ich noch keine Lust hatte, die Augen zu öffnen. Meine anderen Sinne waren allerdings schon erwacht: das Gefühl des weichen Baumwolllakens, das unsere nackten Körper umhüllte, der Duft seiner Haut – eine Mischung aus Rasiercreme und Zitrusaroma, seine Stimme – die mich jedes Mal anrührte, wenn er ganz gewöhnliche Wörter aussprach, und der Geschmack seiner Küsse – immer süß.

»Es ist Zeit aufzuwachen«, sagte er.

Ich stöhnte, kehrte ihm den Rücken zu und machte vorsichtig ein Auge auf. Die Laternen draußen schickten ihre Strahlen durchs Fenster ins Zimmer. Wir hatten es gestern Abend nicht einmal geschafft, die Fensterläden zu schließen. »Nein. Es ist doch noch dunkel.«

Er rückte in Löffelchenhaltung ganz nah an mich, legte seine Hand auf meinen Bauch und ließ seine Finger kreisen. Bei der Berührung begann es in mir zu kribbeln. Vielleicht wollte er mich zu einer Wiederholung der nächtlichen Exzesse anstacheln.

»Es ist fünf, und ich möchte dich an einen Ort bringen«, flüsterte er mir ins Ohr und streifte es mit seiner Nase.

»Dann stehe ich auf keinen Fall auf. Wir sind doch erst vor wenigen Stunden weggedämmert. Schlaf wieder ein.«

»Ich habe nicht geschlafen. Ich habe Jahre gewartet, wieder in deinen Armen zu liegen, und ich werde keine einzige Minute mit Schlafen vergeuden.«

Bei seinen Worten schmolz ich dahin, nahm seine Hand von meinem Bauch und hielt sie mir an die Lippen.

Er küsste meinen Nacken und die Schulter und zog mich wieder an sich. »Bitte, Abbie. Ich möchte dir etwas zeigen, aber wir müssen schnell sein. Wir können dann im Auto schlafen.«

Ich blinzelte, dann öffnete ich die Augen und musste sofort lächeln. Ich war noch nie neben ihm im Bett aufgewacht, und mein Herz sang, als ich sein Gesicht betrachtete: diese Augen, dieses Lächeln.

»Einverstanden«, sagte ich in versöhnlichem Ton. »Aber kann ich wenigstens noch in mein Zimmer und mich umziehen?«

»Dazu ist keine Zeit. Die Sachen von gestern sind in Ordnung.«

Er stieg aus dem Bett, und ich nahm seine Nacktheit in mich auf, seine Armmuskeln, als er sich reckte, seine glatte olivfarbene Haut. Ich wollte nicht, dass er sich anzog. Er sollte zurück ins Bett und in meine Arme kommen, mich noch einmal lieben. Er wühlte in seinem Koffer und zog ein blütenweißes T-Shirt heraus.

»Hier.« Er reichte es mir. »Das kannst du über dein Kleid ziehen. Es wird dich in der Morgenbrise wärmen.«

Ich kroch aus dem Bett und zog mich ebenso schnell an wie er. Dann führte er mich an seiner Hand aus dem Hotel und nahm auf dem Weg nach draußen noch ein Päckchen vom Rezeptionstresen. »Für später«, sagte er, als ich nach dem geheimnisvollen Inhalt fragte.

Und dann führte er mich zurück zu der Stelle, wo wir am vergangenen Abend so leidenschaftlich diskutiert hatten – zu den Felsen am Meer, wo er mir gesagt hatte, er habe niemals aufgehört, an mich zu denken, und er sei froh, dass das Schicksal uns wieder zusammengebracht habe.

Jetzt waren weniger Menschen am Wasser, was angesichts der frühen Stunde kein Wunder war; einige hatten Angelruten dabei, andere hielten dampfende Becher in der Hand und plauderten leise in fremden Sprachen. Die einzige Beleuchtung stammte von Lampen, die in regelmäßigen Abständen die Promenade säumten, und vom ersten Morgenlicht.

Er packte meine Hand fester, als ich über das Geländer stieg, und zog mich neben sich auf den Felsen. Gischt spritzte gegen unsere Beine.

»Ist dir kalt?«, fragte er.

»Nein, mir geht's gut.« Mein Körper stand noch in Flammen vom Sex, und ich wünschte mir, dieses Glühen würde nie erlöschen.

Er schlang seine Arme um mich, und ich lehnte mich zurück und ließ den Kopf an seine Schulter sinken.

»Jede Minute jetzt. Siehst du?« Er zeigte irgendwohin in die Ferne. »Der Leuchtturm hat in der Nacht geleuchtet, um die Boote zu schützen, die in den Hafen kommen, und ... da.«

Ich strengte meine Augen an, und mit einem Mal ging das Licht aus, und am Horizont explodierte ein orangefarbenes Feuer, das über das Wasser tanzte und sich an den Felsen brach. Der Anblick raubte mir buchstäblich den Atem. Er drückte mich noch fester an sich.

»Ich möchte mich nicht von der Stelle rühren, niemals.« Ich konnte sein Gesicht nicht sehen, aber sein Lächeln hinter mir spüren. »Aber zu einem Kaffee irgendwann würde ich nicht nein sagen.« Ich drehte mich zu ihm um und grinste. Ich hatte gesehen, wie ein paar Kioske an der Promenade schon öffneten und Menschen unterwegs waren, um sich ihr Frühstück zu besorgen.

»Dein Wunsch ist mir Befehl.«

Er löste sich aus unserer Umarmung, griff nach seinem Rucksack und zog das Päckchen heraus, das der Portier ihm übergeben hatte. Eine Thermosflasche und ein Teller mit Gebäck kamen zum Vorschein. Und wie auf Kommando begann mein Magen zu knurren.

»Oh, du bist ein Gott.« Ich lächelte, während ich die Tasse mit beiden Händen umfasste und er das Gebräu einschenkte. Es war starker dunkler Röstkaffee – nicht das, was ich gewöhnlich trank, aber er passte perfekt zu diesem Ort und hatte einen süßen Nachgeschmack. Wir teilten uns Kaffee und Gebäck in schweigender Kameradschaft.

»Was sollen wir denn den anderen sagen, wenn sie dich abholen?«, fragte ich nach einer Weile. »Wie erklären wir das hier und die Tatsache, dass ich mitkommen werde?«

»Müssen wir das?«

Ich kaute an einem Bissen Croissant und schüttelte den Kopf.

»Lass uns unser Geheimnis jetzt noch für uns behalten«, sagte er. »Wir können sagen, wir haben uns beim Frühstück getroffen und ich habe dich überredet mitzufahren. Bevor ich es vergesse ...« Aus der Tasche seiner Shorts zog er sein Handy. Er hielt es mir im Selfiemodus hin, und ich sah uns im Bild – die Sonne beleuchtete unsere Gesichter, unser Lächeln verriet pures Glück. »Ich möchte dir dies schicken, damit du meine Nummer hast. Ich möchte niemals, dass wieder so viele Jahre vergehen.«

Ich tippte die Nummer in das Handy und drückte auf Senden.

Als wir unser Frühstück restlos vertilgt hatten, nahm er meine Hand in seine.

»Abbie«, flüsterte er und rückte wieder näher. »Dieser Augenblick ist wie ein Traum. Ich fühle mich das erste Mal seit Jahren lebendig.« Er sah mich fest an, und sofort bannte mich erneut der magische Zauber seiner Augen.

Er berührte meinen Mund mit seinem. Seine Lippen waren warm von der heißen Flüssigkeit, und der Geschmack seiner Zunge war exotisch und passte zu dieser verrückten Stadt – einer Stadt der Kontraste, eines Schmelztiegels –, einem Ort, den ich unbedingt wieder besuchen wollte, mit ihm.

Anfangs waren die Küsse sanft, dann wurden sie drängender, forschend. Ich stöhnte, als seine Hände mich fester packten und unsere Körper noch enger verschmolzen.

Konnte er hören, wie stürmisch mein Herz unter seinem T-Shirt klopfte? Wusste er, wie sehr ich ihn erneut begehrte? Meine Gedanken kristallisierten sich zu einer Erkenntnis: Er war in meine Seele eingedrungen, und es gab keinen anderen Menschen, mit dem ich für immer zusammen sein wollte, nur ihn.

3

»Abbie?«

»Hmm.«

»Abbie, wach auf.«, sagte Liz.

»Wie spät ist es?«, murmelte ich benommen und versuchte, meine Augen auf ihr Gesicht zu konzentrieren.

»Halb sechs morgens.«

»Was?« Ich schoss hoch, sah das leere Weinglas auf dem Tisch und Tageslicht, das durch die Jalousien drang. Eine Decke hatte sich um meine Taille verheddert, und mein Magen knurrte hörbar. »Was ist passiert?«

»Ich glaube, du hattest einen Orgasmus im Schlaf.«

Ich blickte sie fragend an.

»Du hast geächzt und gestöhnt. Musst wohl geträumt haben.«

»Wie kann es schon Morgen sein? Warum hast du mich gestern Abend nicht geweckt?«

»Ich bin gegen zehn heruntergekommen, und du hast tief und fest geschlafen; ich hab sogar versucht, dich wachzurütteln. Dann habe ich Maddy zu mir ins Zimmer hochgenommen, als sie sich rührte.«

Ich löste meinen Knoten im Nacken, fuhr mir mit den Fingern durchs Haar und versuchte, die kleinen Nester aufzudröseln.

»Wie um Himmels willen habe ich nur so fest schlafen können? Ich weiß noch, dass ich mir ein Glas Wein eingeschenkt und ein paar Paracetamol genommen habe, die ich in der Küche fand, und mich dann hier hingesetzt habe, um zu warten, bis du aufwachst.«

»Die Pillen neben dem Brotkasten?« Sie schüttelte den Kopf wie eine Mutter, die ihr Kind schilt. »Das ist Marys Kodein. Sie hat eine Schachtel dagelassen. Sie hat ein kaputtes Knie. Lieber Himmel, Abs. Ich wusste nicht, dass wir schon jetzt alles kindersicher machen müssen.«

»Oh, Charlie!« Ich nahm mein Handy vom Sofatisch und sah zwei verpasste Anrufe und drei Kurznachrichten von ihm.

»Alles in Ordnung. Er hat gestern Abend hier angerufen, und ich habe ihm erklärt, dass du hier schläfst.«

»War er wütend? Ich habe ein schlechtes Gewissen, weil ich das Essen abgesagt und ihm versprochen habe, in ein, zwei Stunden zu Hause zu sein.«

»Natürlich war er nicht wütend. Charlie ist der verständnisvollste Typ, der mir je begegnet ist. Es gibt buchstäblich nichts, womit du ihn verärgern könntest.«

Ich ruckte mit dem Kopf, weil ich mir den Nacken verrenkt hatte, und rieb mir den Nasenrücken.

»Alles in Ordnung, Abs?«, fragte Liz, das Babyphon in der einen Hand, einen Becher Tee in der anderen. »Charlie und du, ihr habt doch keine Probleme, oder?«

»Nein, überhaupt nicht. Ich habe nur in letzter Zeit schlecht geschlafen, und das zerrt an meinen Nerven. Und jetzt ist da noch die Konferenz.«

»Ich geh besser jetzt«, sagte ich. »Ich muss noch für Paris packen.«

»Schon? Willst du nicht noch auf eine Tasse Tee bleiben?« Sie hielt mir den dampfenden Becher unter die Nase.

»Okay, aber nicht lange.« Ich lächelte und nahm einen Schluck, während ich meine Finger an dem warmen Becher wärmte.

Liz sackte tiefer ins Sofa. »Weißt du noch, wie du dir als Studentin in Guilford die Wohnung mit Nada geteilt hast? Und ich dich an vielen Abenden besuchen kam und bei euch übernachtet habe, wenn ich den letzten Zug nach London verpasst hatte?«

Ich lächelte bei der Erinnerung. Nada war eine Studentin aus dem Libanon, die an der Universität von Surrey Journalismus studierte. Wir hatten eine tolle Zeit: Obwohl sie dann nach einem Jahr nach Beirut zurückging, haben wir fleißig Kontakt gehalten, aber ich vermisste sie.

»Ich wünschte, wir könnten die Zeit zurückdrehen«, sagte Liz. »Ich würde vieles anders machen. Ich würde auf keinen Fall mehr bei meiner Mutter wohnen und die Jahre mit all diesen miesen Gelegenheitsjobs verplempern, nur um dann zu glauben, PR zu machen sei der schlaueste Weg. Ich wäre mehr gereist, hätte die Welt gesehen, mich als Freiwillige für Afrika gemeldet oder etwas Ähnliches versucht.«

»Aber am Ende hast du doch deinen Traumjob gefunden.«

»Allerdings zehn Jahre zu spät.«

In den vergangenen vier Jahren hatte Liz in der Kommunikationsabteilung einer Wohltätigkeitsorganisation gearbeitet, die Forschung über Kinderkrankheiten und Probleme bei der Schwangerschaft finanziert. So zufrieden hatte ich sie während ihres ganzen Berufslebens nicht erlebt. Sie erzählte mir von den Familien, denen ihre Organisation helfen konnte. Einige der Geschichten waren auch traurig und kaum zu ertragen.

»Aber wenn du nicht all diese schrecklichen PR-Jobs gehabt hättest, wärst du auch nicht die richtige Person für die jetzige Arbeit gewesen.«

»Kann sein«, sagte sie und drehte das Babyphon in den Händen. Das erwachte plötzlich zum Leben. Sofort wurden ihre Schultern steif, und ihr Atem ging schnell. Sie fing wieder an, genauso panisch und hilflos zu keuchen wie am Tag zuvor.

»Alles gut. Lass sie ruhig ein bisschen weinen«, sagte ich und drehte die Lautstärke herunter. »Vielleicht beruhigt sie sich von allein. Sieh mich an und atme.« Ich nahm ihre Arme, rieb sie langsam und versuchte Liz dazu zu bringen, sich auf mein ruhiges Ein- und Ausatmen zu konzentrieren.

Es vergingen einige Minuten, bis Liz sich wieder gefasst hatte; währenddessen hatte Maddy aufgehört zu jammern.

Liz packte meine Hände. »Bitte bleib, Abbie. Bitte geh nicht.«

Mein Magen zog sich zusammen. Ich hatte Charlie schon zweimal versetzt, und die Bürde der Konferenz und der Fälle in der nächsten Woche drückte schwer auf meine Schultern. Doch nichts von alledem war jetzt wichtig. Es war noch früh, und ich musste spätestens um zehn für meinen Eurostar-Zug in King's Cross sein.

»Ich sehe jetzt oben nach Maddy, und dann mache ich dir einen Tee«, sagte ich. »Aber du musst mir einen Gefallen tun.«

Sie sagte nichts. Ihr Gesicht verriet eine Mischung aus Angst, Sorge und Schmerz.

»Ich kann noch etwas bleiben, aber ich möchte, dass du deine Mum anrufst.«

Diesmal protestierte sie nicht, sondern nickte einfach nur.

Ich wischte die Träne weg, die ihr übers Gesicht rollte, und strich ihr die Locken hinter die Ohren.

Sie griff nach ihrem Telefon, ging die Kontakte durch und tippte auf einen Namen.

»Hallo, Mum. Es tut mir leid, dass es so früh ist. Nein, nein, es geht ihr gut. Aber ...« Und das war der Moment, in dem sie den Tränen freien Lauf ließ.

Ich zwickte sie kurz in den Arm, ging aus dem Zimmer und die Treppe hoch.

Ich hatte Liz nicht erzählen wollen, dass ich genau wusste, wovon ich geträumt hatte. Von einer ganz bestimmten Nacht vor Jahren. Einer schicksalhaften Nacht, als ... als ich Entscheidungen traf, die mein Leben bestimmen würden. Das Blättern in den Fotoalben musste die Erinnerung hochgeholt haben. Doch was nützte es, jetzt über die Vergangenheit nachzudenken? Dieses ganze Gerede mit Liz darüber, dass man alles anders machen würde. Das Einzige, worauf ich mich jetzt konzentrieren musste, war, Liz die nötige Unterstützung zu geben und dann nach Hause zu jagen und für Wiedergutmachung bei Charlie zu sorgen.

Der Teelöffel klirrte dreimal gegen die Tasse. Sie schepperte, als Charlie sie auf die Untertasse stellte. Es folgte das Rascheln der Zeitung. Er saß am Küchentisch unserer Wohnung. Theoretisch gehörte die Wohnung seinen Eltern – eine Investition, die sie gemacht hatten, als er nach seinem Examen in Oxford ein Jurastudium in London begann –, aber er zahlte ihnen eine symbolische Miete, an der ich mich beteiligte, seit ich vor einem Jahr dort eingezogen war.

»Hallo«, sagte ich.

Charlie zuckte zusammen und blickte sich um. »Himmel, hast du mich erschreckt. Hab gar nicht gehört, dass du reingekommen bist.« Er stand auf und streifte meine Lippen mit seinen. »Komm, setz dich.« Er zog mich auf seinen Schoß.

Ich legte ihm die Arme um den Hals, sank an seine Brust und spürte seine Wärme. »Es tut mir so leid wegen gestern Abend und dass ich nicht nach Hause gekommen bin«, murmelte ich und pflanzte einen Kuss neben seinen Adamsapfel. Dabei konnte ich den angenehmen Duft seines Duschgels riechen, und das war tröstlich.

Er lehnte sich etwas zurück und streichelte meine Wange. »Das ist nicht wichtig. Aber ich habe mich *so* um dich gesorgt. Als ich im Restaurant deine Nachricht bekam, bin ich sofort nach Hause gefahren und habe gewartet und versucht, dich anzurufen, dann habe ich dir Textnachrichten geschickt. Zum Glück hat Liz abgenommen, als ich bei ihr anrief.«

Seine grünen Augen unter den Brillengläsern weiteten sich voller Sorge. Ich mochte es, wenn ihm eine sandblonde Locke über den schwarzen Rahmen fiel oder wenn er die Brille abnahm und gedankenverloren an einem Bügel kaute.

»Das war ein blödes Versehen«, sagte ich. »Ich habe zufällig Marys Kodeintabletten erwischt und sie zusammen mit Wein genommen. Ich habe mich buchstäblich selbst außer Gefecht gesetzt, und Liz konnte mich nicht wachkriegen. Du hast aber doch wenigstens meine SMS heute Morgen bekommen?«

»Dass du bei Liz bleibst, bis ihre Mutter kommt?«

»Ja. Es hat sie eine Menge Mut gekostet, sie anzurufen. Die beiden haben immer noch ein gespanntes Verhältnis. Ohne Mary ist es für sie auch so schon hart.«

»Wollen wir ihr am Wochenende nicht ein paar Blumen schicken lassen, um sie aufzuheitern.«

Ich nahm sein Gesicht in beide Hände. »Das ist wirklich sehr aufmerksam«, sagte ich, beugte mich vor und gab ihm einen langen Kuss. »Ich liebe dich, Charlie Logan.«

»Gleichfalls, Abigail Jones.« Sein Lächeln wurde breiter.

»Es tut mir wirklich leid, dass ich unser Jubiläumsessen verpasst habe, ich hatte mich so darauf gefreut.« Ich schob meine Unterlippe vor.

»Du musst dich nicht entschuldigen. Es war doch nur ein Essen. Wir können jederzeit hingehen.«

Ich entzog mich seiner Umarmung und faltete die Hände im Schoß. »Ich dachte, man müsse drei Monate vorher buchen.«

»Woher hast du das denn?«

Ich beschloss, ihm nicht zu verraten, was Amy spekuliert hatte. »Ich glaube, jemand auf der Arbeit sprach davon. Das war also ... gar kein besonderer Abend?« Ich runzelte die Stirn.

Er nahm meine Hände und drückte sie. »Natürlich wäre es etwas Besonderes gewesen. Jedes Zusammensein mit dir ist etwas Besonderes. Aber es ist kein Drama, dass wir nicht dort waren.«

»Oh.« Ich versuchte, nicht enttäuscht zu klingen, stand auf, ging zum Spülbecken und füllte den Wasserbehälter der Kaffeemaschine. Ich legte ein Kaffeepad ein, drückte die Taste und wartete, dass sich mein Becher mit Espresso füllte.

»Soll ich dir ein Frühstück machen?«, fragte Charlie.

»Das wäre toll. Ich muss noch packen und meine Papiere ordnen.« Die Kaffeemaschine stoppte mit einem Zischen, und ich genoss den Duft nach gerösteten Bohnen, ehe ich den Dampf wegpustete und einen Schluck trank. »Ich kann gar nicht glauben, dass ich nach Paris komme.«

»Ich auch nicht. Ich werde dich schrecklich vermissen.«

»Warum kommst du nicht mit? Das wäre doch wunderbar. Nach dem Essen heute Abend gibt es etwas freie Zeit. Da könnten wir doch eine nächtliche Sightseeingtour machen.«

»Ich wünschte, das ginge. Aber der Prozess gestern verlief nicht ganz wie geplant. Ich muss mich morgen ...ähm ... mit dem Anwalt treffen und noch einige Punkte durchgehen.«

»An einem Sonntag?«

Er zuckte die Achseln. »Ich kann es mir nicht leisten, dass der Montag ebenso läuft.«

Körperschaftsrecht war Charlies Fachgebiet, und er hatte sich auf diese spezielle Verhandlung monatelang vorbereitet. Er war zwei Jahre vor Mary in die Greencourt-Kanzlei eingetreten, aber seine Bewerbung als Kronanwalt war im vergangenen Jahr abgelehnt worden, und es war mir nicht entgangen, dass er seitdem Überstunden machte und noch mehr Fälle übernahm, um einen zweiten Versuch voranzutreiben.

Ich trug meinen Becher zum Tisch und setzte mich neben Charlie. »Wie schade. Ich hatte gehofft, du würdest mitkommen, um ... na ja, um mich zu unterstützen.«

»Du hast jederzeit meine Unterstützung, Abbie, aber dafür musst du mich nicht physisch neben dir haben. Ich glaube an dich. Du wirst großartig sein. Hat Mary dir erklärt, worum es geht?«

»Sie hat ein Dossier für mich vorbereitet, aber ich hatte bisher keine Gelegenheit, hineinzuschauen, und konnte mich auch noch nicht genügend auf den Prozess am Montag vorbereiten.« Ich rieb mir den Nacken, um die Verspannungen zu lockern. »Hast du übrigens gesehen, wie die ›Anwaltsbibel‹ mich nennt? Zugänglich und geduldig. Nach dieser Beurteilung werde ich wohl kaum mit Anfragen überschüttet werden.«

Charlie zog mich zurück auf seinen Schoß und setzte meinen eigenen kläglichen Versuch mit einer richtigen Massage fort. Er presste die Finger tief in meine Schultern und wanderte dann meinen Nacken entlang. Ich stöhnte vor Entzücken.

»Oh, das tut gut«, sagte ich. »Du hast Hände wie ein ... ach, ich weiß nicht, wie ein Zauberer.«

Er lachte leise. »Wir möchten, dass Sie zufrieden sind«, sagte er frech und küsste meinen bloßen Nacken. »Ich finde allerdings, dass du sehr viel mehr als nur zugänglich und geduldig bist.«

»Das sagst du natürlich, weil du mein Liebster bist.«

Ich merkte, wie meine Verspannungen weiter nachließen. »Hmm. Vielleicht könnte ich das Konferenzdossier während der Bahnfahrt lesen«, überlegte ich. »Lieber soll die Massage noch ewig weiter dauern, und außerdem wünsche ich mir etwas Leckeres aus der Pfanne.«

»Betrachte es als erledigt. Und ich kann dir Sonntagabend mit deinen Fällen helfen, falls du ein paar Anregungen brauchst. Natürlich ist es nicht mein Fachgebiet, aber ich weiß ein paar Dinge über die Juristerei.«

Ich blickte ihn über die Schulter an, und er zwinkerte mir spitzbübisch zu.

Ich küsste ihn erneut, warf die Arme um seinen Hals und kippte beinah seinen Stuhl nach hinten, als ich mich rittlings auf ihn setzte. »Du bist ein so fürsorglicher Typ, Charles Fitzpatrick Logan. Und ich werde dich am Wochenende vermissen.« Ich beugte mich vor und küsste ihn energisch auf die Lippen, nahm ihm die Brille ab, wanderte mit dem Mund seinen Hals hinunter und schob die Aufschläge seines Morgenmantels auseinander.

Seine Antwortküsse wurden drängender, und als seine Hände unter meinen Pullover fuhren, jaulte ich auf.

»Das kitzelt.« Ich kicherte und blickte ihm erneut in die Augen. »Ich weiß, dass es albern klingt.« Ich biss mir in die Unterlippe. »Aber … ich dachte, du würdest mir gestern Abend einen Heiratsantrag machen.«

Sein bestürztes Gesicht bestärkte mich nur in dem, was ich seinen vorherigen Bemerkungen entnommen hatte. Ein Heiratsantrag war nie geplant. Es sollte einfach nur ein Essen sein. Ich ließ die Arme sinken.

»Oh, Abbie.« Er hielt inne und setzte die Brille wieder auf. »Es tut mir leid, dass ich diesen Eindruck erweckt habe. Ich hatte einfach gedacht, es wäre nett, wenn wir an unserem Jahrestag mal etwas außer der Reihe machten. Wir hatten beide die ganze Zeit so viel zu tun und haben kaum noch Zeit füreinander gehabt. Da fand ich, es würde Spaß machen, mal etwas eleganter auszugehen.«

»Ja, natürlich, das weiß ich.«

Er setzte sich anders hin, als sei ihm mein Gewicht plötzlich lästig. »Mir gefällt es so, wie es ist, dir nicht auch? Hast du vergessen, was ich vom Heiraten halte?«

»Nein, nein.«

Es stimmte. Wir hatten einmal, da waren wir noch gar nicht lange zusammen, übers Heiraten gesprochen, dabei erzählte er mir, wie seine Freundin aus dem Studium ihn am Altar hatte stehenlassen, um eine Rundreise durch Australien zu machen. Aber dieses Gespräch lag drei Jahre zurück. Und der Vorlauf zu diesem Jubiläum und das, was ich für Charlies versteckte Hinweise hielt, hatten bei mir die Erwartung geweckt, er habe seine Meinung geändert.

Aber Charlie hatte recht. Es lief doch gut zwischen uns. Warum etwas ändern? Eine Heirat würde unweigerlich zum Thema Kinder führen. Und ich wusste nicht, ob ich jemals für diese Auseinandersetzung bereit sein würde.

Charlie schob mich beiseite und erhob sich ungeschickt. Er begann, mit Töpfen und Pfannen zu hantieren, und holte Eier und Speck aus dem Kühlschrank. Das sollte wohl bedeuten, die Diskussion sei beendet. Jetzt würde er allerdings nie erfahren, wie meine Antwort gelautet hätte. Aber wüsste ich sie überhaupt selbst?

4

Paris. Die Stadt der Liebe, der Leidenschaft und der ungefähr dreihunderttausend Demonstranten. Eine Konferenz ausgerechnet an diesem Wochenende – Frankreich befand sich im Griff einer politischen Bewegung, die für die Rechte der Arbeiter und gegen die Verschlechterung des Lebensstandards kämpfte. Vor meinen Augen wogte ein Meer von Menschen, die meisten in gelben Warnwesten, überall wurden laute Parolen gesungen, die ich nicht verstand. Aber ich war ja auch nie über einen mittleren Abschluss in Französisch hinausgekommen.

Ich war vor einer halben Stunde an der Gare du Nord angekommen und kämpfte mich durch die Mengen von Pärchen, die eingetroffen waren, um ein romantisches Weihnachtswochenende in Paris zu verbringen. Taxis drängelten sich, um Touristen ins Zentrum zu kutschieren, und plötzlich packte mich die Sehnsucht. Charlie und ich waren noch nie gemeinsam in Paris gewesen. Es gelang uns überhaupt nur selten, in unseren Terminkalendern ein paar gemeinsame freie Tage zu finden, und wenn, dann endete es meist damit, dass wir Wanderurlaub in den Highlands machten – die einzige Chance für Charlie, seine Familie zu sehen. Wogegen ich im Grunde nichts einzuwenden hatte. Mir gefiel es dort oben – all die frische Luft, die endlose Weite.

Erregung durchpulste mich: Ich war wieder in Paris. Das letzte Mal war ich auf der Interrail-Reise mit Liz hier gewesen. Damals hieß es für uns allerdings billige Hostels und »All you can eat« für fünf Euro.

Dieses Mal war anders. Ich würde in einem Fünf-Sterne-Hotel absteigen – dem Marriott Rive Gauche –, im vierzehnten *arrondissement* von Paris, Fahrzeit zwanzig Minuten mit der RER-Express-Linie B von Gare du Nord.

Ich packte den Griff meines kleinen Handkoffers und rückte

den Schulterriemen meiner Laptoptasche zurecht. Um mich herum lärmten die Protestierenden.

»*Excusez-moi*«, sagte ich und versuchte, mir auf der von Bäumen gesäumten Avenue einen Weg durch die Menschenmenge zu bahnen.

Doch es half nichts. Die Menge wurde immer größer statt kleiner. Sobald ich aus der Metro getreten war, stand ich vor einer Mauer von Demonstranten. Die erste Veranstaltung der Konferenz sollte in etwa einer Stunde beginnen, aber wenn ich weiterhin keinen Millimeter vorankam, würde ich sie lieber ausfallen lassen, um rechtzeitig das Hotel zu erreichen.

Dann geschah etwas Seltsames. Es war, als würde sich plötzlich eine Art freie Strecke vor mir öffnen. Die Menschenmenge teilte sich, und ich konnte weit, weit in die Ferne blicken.

Und ich sah sein Gesicht. Ein Gesicht, das ich nie vergessen würde. Ich öffnete den Mund, um seinen Namen zu rufen, aber mir blieb der Atem weg. Und schon war er verschwunden. War es ein Traum gewesen?

Bewegung kam in die Menge, und er war wieder da – es war also kein Traum. Doch er war zu weit weg, er würde mich nicht hören. Ich tastete in meiner Handtasche nach dem Inhalator. Nachdem ich die Medizin eingeatmet hatte, wurde mein Kopf wieder klar. Marschierende Protestler rempelten mich an. Ich stand da wie angewurzelt.

War es Verhängnis oder Schicksal? Wer hätte das sagen können?

Und dann drehte er sich um, und unsere Augen begegneten sich. Braun traf Karamell mit Sprenkeln von leuchtendem Orange. Das Bild seiner Augen hatte sich für immer in mein Gedächtnis eingebrannt.

Die Gesänge der Demonstranten beruhigten sich; ich hörte nur noch das Klopfen meines Herzens.

Es war, als würde ich durch einen Tunnel in die Vergangenheit gesogen. Erinnerungen tauchten auf, an die auf keinen Fall gerührt werden durfte.

Er lächelte – jenes vertraute Lächeln, und ich schloss für eine Sekunde die Augen. Als ich sie wieder öffnete, war er verschwunden.

5
Vierzehn Jahre früher
Februar

»Wo bleibst du, Liz? Wenn ich es nicht bis zwei Uhr zum Hyde Park schaffe und die Reden hören kann, bin ich aufgeschmissen. Es ist schon halb zwölf.«

Ich beendete das Gespräch und sah, dass nur ein einziger Balken auf meinem Mobiltelefon wie ein Sprengzünder aufleuchtete. Na, prima! Ich schob es zurück in meine Manteltasche. Es war die dritte Nachricht, die ich ihr hinterließ.

Hinter mir quollen Menschenmassen aus den Tiefen des U-Bahn-Schachts von Charing Cross. Aus einem Lautsprecher forderte John Lennons Lied alle auf, dem Frieden eine Chance zu geben. Vor mir hatte ich ein Meer von Plakaten – es schienen Tausende zu sein – und ich konnte auch einen kurzen Blick auf die Statue von Charles I. werfen, hoch zu Pferd auf dem Trafalgar Square. Das Fehlen von roten Doppeldeckerbussen und schwarzen Taxis war auffällig. Die Straßen waren von den Menschen übernommen worden.

Ich sah auf die Uhr. Fünfzehn Minuten. Vor fünfzehn Minuten hatte ich es aufgegeben, auf Liz zu warten, und war gerade einmal hundert Schritt vorangekommen. Nach meiner Rechnung würde es weitere fünf Stunden dauern, die anderthalb Kilometer bis zum Hyde Park zu laufen. *Nein, nein, nein.*

Mir wurde eng um die Brust, ich rieb mir mit der Hand über den Pullover und spürte die kratzige Wolle des Weihnachtsgeschenks, das Mum mir gestrickt hatte.

Kein Grund zur Panik, Abbie, versuchte ich mir gut zuzureden.

In der Luft kreiste ein Helikopter, und die Menge, inzwischen etwa vierzig Reihen, fiel in einen Singsang. Eine Gruppe zu meiner Rechten bewegte sich vorwärts, und ich schloss mich an.

»Aua!«, keuchte ich, als etwas Schweres auf meinem Fuß landete.

»*Pardon*«, sagte jemand im selben Moment, in dem mir »Entschuldigung« herausrutschte.

»Sind Sie okay?«

Der starke Akzent ließ mich aufblicken. Ich war überrascht, dass sich jemand für mein Wohlergehen interessierte.

Ein hochgewachsener Typ mit dunklem Haar – lang und wellig oben, kürzer an den Seiten – hob entschuldigend die Hände. Seine Karamellaugen verrieten Mitgefühl, ebenso wie die zwei tiefen Falten auf seiner Stirn. Er hatte den Ansatz eines Dreitagebarts, olivfarbene Haut, seine Lippen waren geöffnet.

Ich ertappte mich dabei, wie ich darauf starrte, während er auf eine Antwort wartete. »Mir geht es gut«, sagte ich, obwohl mein kleiner Zeh im Stiefel pochte. Ein Stoß gegen meinen Rücken schubste mich vorwärts, aber eine Mauer aus Körpern stoppte mich sofort wieder. »Wir kommen ja nicht besonders schnell voran. Das schaffe ich sicher auch mit einem Fuß.«

Er blickte mich fragend an und verkroch sich tiefer in den hochgeklappten Kragen seiner dunkelgrauen Steppjacke. Sein Haar wurde vom kalten Februarwind gezaust.

Bevor mir eine Erklärung für meinen Versuch, sarkastisch zu sein, einfiel, setzte die Menge zu einem weiteren »Nicht in unserem Namen« an. Der Typ drehte sich weg, reckte den Arm in die Höhe und schrie die Worte mit.

Ich versuchte mich anzuschließen, aber ich konnte nur keuchen. Ich fischte meinen Inhalator aus den Tiefen meiner Parkatasche. Dreimal geschüttelt und einmal fest auf die Pumpe gedrückt. Es kam kaum was heraus. *Scheiße*. Dabei dachte ich, ich hätte in der vergangenen Woche die Patrone ersetzt. Ich steckte das Gerät wieder in die Tasche und berührte dabei den Zettel – den Kommentar, den ich gestern von meinem Politik-Tutor bekommen hatte. Ich musste ihn nicht noch einmal lesen. Drei Wörter daraus hatten sich in mein Gehirn eingebrannt: »Könnte besser sein.«

Mein Herz schlug schneller, und ich spürte, wie meine Haut zu prickeln begann.

Ich sog die kalte Luft ein, füllte meine Lunge mit so viel Sauerstoff wie möglich, was meine Atmung aber trotzdem nicht beruhigte.

Eine neue Welle schob mich vorwärts, und ich stieß gegen eine Frau vor mir. Mir wurde schwindelig. Bitte nicht. Ein Asthmaanfall fehlte mir gerade noch. Ein Banner mit der Botschaft »Haltet die Hoffnung am Leben« flatterte über mir. Hoffentlich ein gutes Omen.

Ein Gedanke schoss mir durch den Kopf. Das Sechs-Punkte-Programm. Ich musste mich an diese Abfolge erinnern, um eine Attacke zu verhindern. Mum hatte sie mir aufgeschrieben als ich sieben war und den Zettel laminiert. Einmal hatte sie mir den Zettel sogar auf die Schultasche geklebt. Ich habe ihn ordentlich in dem Mehrzweckkoffer aufbewahrt, den Dad mir für meinen ersten Tag an der Universität vor zweieinhalb Jahren zusammen mit einem kleinen Vortrag überreicht hatte. Dafür hatte ich ihm das Versprechen gegeben – das Versprechen! –, mich auf mein Studium zu konzentrieren. Ein Versprechen, das ich niemals brechen würde.

Doch in dieser Umgebung – nichts. Kein einziger der sechs Programmpunkte fiel mir ein. Ich holte den Inhalator erneut aus der Tasche und schüttelte ihn, in der Hoffnung, ihm noch einen Puff entlocken zu können. Doch ein Stoß kickte ihn mir aus der Hand und auf die Erde. *Scheiße.* Ich beugte den Kopf und suchte den Boden um meine Füße mit den Augen ab: lauter Timberlands und Uggs.

»Entschuldigung, Entschuldigung«, keuchte ich, doch meine Worte gingen in den Sprechchören unter. Ich rang nach Luft, meine Atemwege verengten sich.

Alle um mich herum schwankten. *Wo ist mein … warum kippt alles zur Seite?*

Dunkelheit. Schwerelosigkeit. Dann Stimmen – ein Durcheinander nichtenglischer Wörter, später traten vertrautere Töne an ihre Stelle. Ich zwang mich, die Augen zu öffnen, ein Bild formte sich. Eine Polizeibeamtin – in einer gelben Warnweste und mit einem glänzenden königlichen Polizeiabzeichen an ihrem Helm – blickte auf mich herunter, hinter ihr eine Gruppe Menschen.

»Sie kommt zu sich«, sagte sie. »Können Sie mir Ihren Namen nennen?«

»Abigail.«

»Ist alles in Ordnung, Abigail?«

Meine Brust hob und senkte sich ruhig und regelmäßig. Ich wackelte mit den Füßen, die auf der Lehne einer Bank ruhten, meine Stiefel stießen aneinander. Mein Kopf lag auf etwas Weichem, Grauem, aber Holzbretter drückten mir ins Kreuz. Keine sonstigen Auslöser von Beschwerden. Ich nickte.

»Sie haben uns einen ganz schönen Schrecken eingejagt. Ein Sanitäter ist unterwegs. Sie hatten Glück, dass dieser junge Mann Sie aufgefangen hat.«

Aus der Menge löste sich ein hoch aufgeschossener Typ. Er trug ein schwarzes T-Shirt und Jeans und sah aus, als sei er geradewegs einem Levi's-Werbespot aus den Neunzigern entsprungen – perfekt geformte Schultern und muskulöse Arme. Moment mal – das war doch der Typ, der mir auf den Fuß getreten war. Das Kissen, das meinen Kopf stützte, war wahrscheinlich seine Jacke. Ohne die würde er ziemlich frieren. Halt, stopp, er hat mich gerettet? Hatte er eine Märchenszene aufgeführt? Das unglückliche Mädchen wird von dem strahlenden Helden gerettet …

Der Typ hockte sich neben die Bank. Und die Sonne, die in dem Moment durch die Wolken brach, verlieh ihm einen Heiligenschein. Er machte ein noch besorgteres Gesicht als zuvor schon.

»Sie haben den hier verloren.« Er hielt mir den Inhalator hin. Als er sich auf der Banklehne abstützte, bemerkte ich eine Narbe unter seinem hochgerutschten Ärmel – ein etwa zwölf Zentimeter langes rosafarbenes Band auf seiner dunkleren Haut, mit schwachen Vertiefungen von alten Nadelstichen.

»Danke«, sagte ich und griff nach dem Gerät. Dabei löste die Berührung meiner Fingerspitzen mit seiner Handfläche ein elektrisches Kribbeln aus. Er lächelte. In seinen Wangen bildeten sich Grübchen, und er sah zu Boden.

»Wen haben wir denn hier?« Ein Sanitäter kniete mit einem Mal neben mir, und der T-Shirt-Typ trat beiseite.

»Das ist Abigail«, sagte die Polizeibeamtin. »Während des Marschs ohnmächtig geworden.«

»Hmm«, murmelte er und packte mein Handgelenk. »Ihr Puls ist ziemlich hoch.«

Ich umklammerte meinen Inhalator.

»Sind Sie Asthmatikerin?« Er legte mir eine Manschette an, um den Blutdruck zu messen.

»Ja. Aber ehrlich, mir geht es gut. Mir war schwindelig, und die Patrone ist fast leer, da wurde ich wohl panisch –«, sagte ich zähneklappernd.

Der T-Shirt-Typ nahm die Jacke von der Bank. Aber anstatt sie anzuziehen, legte er sie mir um die Schultern. Es wirkte wie ein Zündschalter, der eine Flamme entfacht. Ich hörte auf zu zittern. »Danke«, sagte ich und zog die Jacke mit der freien Hand enger um mich, wobei mir ein starker Duft in die Nase stieg – das ausgeprägte Aroma von Zitrusfrüchten und Gewürzen.

Der Sanitäter starrte mich mit hochgezogenen Augenbrauen an, während er die Blutdruckmanschette abnahm. »Ich denke, es wäre am besten, Sie gingen jetzt nach Hause, Abigail.« Er packte seine Sachen zusammen.

»Aber nein«, protestierte ich. »Ich muss zum Hyde Park.«

»Also wirklich.« Er nickte mit dem Kopf in Richtung des T-Shirt-Typs. »Dann gönnen Sie sich mit Ihrem Freund wenigstens erst einmal eine Tasse Tee und ein Stück Kuchen, ehe Sie weitermarschieren.«

»Mein Freund?« Ich blickte zu ihm hinüber und wurde rot.

Der Typ zuckte mit keiner Wimper. Vielleicht hatte er nicht verstanden.

»Das ist nicht mein Freund«, murmelte ich und rutschte auf der Bank herum.

»Er ist ihr Ritter in schimmernder Rüstung«, sagte die Polizeibeamtin und stupste den Sanitäter. Beide kicherten, als ich noch mehr errötete.

Der Sanitäter hievte sich die Tasche über die Schulter und seufzte. »Jetzt mal ernsthaft. Eine Ohnmacht sollte man nicht auf die leichte Schulter nehmen.«

»Vielleicht leiden Sie auch an Agoraphobie im Freien.«

»Agoraphobie?«

»Möglicherweise. Diese Art der Klaustrophobie – eine Klaustrophobie im Freien sozusagen – ist nicht sehr häufig, könnte aber Ihr Asthma auslösen. So«, sagte er und rückte seine Tasche zurecht, »und jetzt sorgen Sie dafür, dass Ihre Patrone immer voll ist, und machen Sie Montag einen Termin bei Ihrem Hausarzt. Verstanden?«

Die Polizistin tippte sich an ihren Helm. »Passen Sie auf sich auf.«

»Danke«, sagte ich.

Sie entfernte sich, und die Menge um sie herum löste sich auf.

Hinter mir sah ich Demonstranten mit Friedenszeichen auf der Wange und hochgereckten Plakaten vorbeimarschieren. Der Beatles-Song »All you need is love« wurde angestimmt. Ich zog die Steppjacke bis hoch ans Kinn. Was nun?

Ich musste unbedingt ohne weiteren Zwischenfall zum Hyde Park. Wenn nicht, wäre meine Chance, mein Studium mit einer »Eins« abzuschließen, ruiniert.

»Wollen wir einen Tee trinken?«

Ich fuhr herum. Da stand nur noch eine Person vor der Bank – der T-Shirt-Typ. »Wie bitte?«

»Der Arzt sagte Tee.«

Ich lächelte. Er hatte es für eine echte Anweisung gehalten. »Sie müssen nicht mit mir Tee trinken.«

»Ich würde es aber gern.« Seine Stimme war ernst und leise. »Um sicher zu sein, dass Sie okay sind.«

»Das ist nett, aber …«

Und da war es. Das Wort ABER. Die »Verlassen Sie das Gefängnis«-Karte. Aber was? Mum würde sagen: Mit Fremden spricht man nicht. Dad würde mich daran erinnern, dass der Abgabetermin für meine Abschlussarbeit droht. Meine große Schwester Amy dagegen würde sich ziemlich derb äußern, etwa so: Es gibt kein Aber. Er ist verdammt umwerfend. Sag ja und dann vögel ihn besinnungslos.

»Es geht mir wirklich gut.«

Er nickte. »Ich verstehe.« Aber er rührte sich nicht von der Stelle. Er legte die Hände um den Mund, blies hinein und rieb sie anschließend.

»Oje! Es tut mir leid«, sagte ich, nahm seine Jacke von meinen Schultern. »Vielen Dank dafür.«

»*Rica ederim*«, sagte er.

Unsere Finger berührten sich leicht, und wieder ein elektrischer Stoß. Beide zuckten wir zusammen, bevor wir einander wieder ansahen. Seine Grübchen vertieften sich, als sein Lächeln breiter wurde. Er sah wirklich aus, als sei er einem Werbespot entsprungen. Und doch umgab ihn etwas wie Scheu und Selbstironie – als müsste er allein bei der Vorstellung, er ziere das Cover von *GQ*, laut lachen.

Als er davonging, um sich dem Marsch wieder anzuschließen, und dabei die Arme in seine Jacke schob, spürte ich, wie mir wieder seltsam schwummerig wurde. Mist, nicht noch ein Asthmaanfall. Doch dieses Gefühl war anders, tiefer. Liz' Stimme schlich sich in mein Unterbewusstes: *Warum hast du ihn gehen lassen?*

Sei doch nicht albern, würde ich zu ihr sagen. Ich habe im Augenblick überhaupt keine Zeit für Typen: Die Abschlussarbeit ist in zwei Tagen fällig, das mündliche Examen in drei Monaten. Außerdem bin ich mir sicher, dass er nur höflich war.

Ach, komm, Abs. Leb doch ein bisschen! Morgen wirst du einundzwanzig! Es ist nur eine Tasse Tee, Himmel noch mal!

Ich sah auf die Uhr. Als ich von der Bank hochsprang, knickten meine Knie ein. »Warten Sie!«, rief ich laut. Aber er war schon in der Menge verschwunden.

6

Ich drängelte mich durch die Demonstranten, hielt mich diesmal dicht an die Absperrgitter und stellte mich auf die Zehenspitzen, um das Meer von Köpfen zu mustern. Was ich erspähen wollte, war ein Zipfel seiner dunkelgrauen Jacke. *Ach!* Mindestens zwei Drittel der Menge trugen dunkelgraue Jacken.

Wie blöd von mir! Was machte ich da gerade? Jagte ich einem Typen hinterher, der mich gerettet und mir ein betörendes Lächeln geschenkt hatte? Nein. Ich jagte hinter ihm her, um mich ordentlich dafür zu bedanken, dass er mich aufgefangen hatte. Ich wollte nur höflich sein, versicherte ich mir.

Moment mal. Da drüben.

Ohne Rücksicht auf die missbilligenden Blicke drängelte ich mich vor bis zur Mitte, das Herz hämmerte mir in der Brust. Ich versuchte, einem Kinderwagen mit einem schreienden kleinen Jungen auszuweichen, der herausklettern wollte. Doch während ich um ihn herumtänzelte, verlor ich das Gleichgewicht und stolperte gegen eine Person direkt hinter mir. Sie fing mich auf, doch das Wort »danke« blieb mir im Hals stecken, denn ich blickte wieder in jene Augen.

Es schien, als ob alle anderen dahinsausten, während wir in einer Zeitlupe feststeckten. Das hat gerade noch gefehlt. Schwindlige Frau wird von attraktivem Fremden gerettet – damit stand meine Rolle in der Romcom, die wir spielten, wohl fest?

Er stellte mich aufrecht hin und ließ mich dann los.

»Ähm ... Also ...« Mein Stottern ging in den Sprechchören um mich herum unter. »Tee wäre perfekt«, sagte ich.

Er machte ein verdattertes Gesicht.

Ich steckte mir Strähnen meines zu langen Ponys hinter die Ohren. »Ich habe nämlich meine Meinung geändert. Tee ist wahrscheinlich eine gute Idee. Anordnung des Sanitäters. War doch so, oder? Ich würde auf dem Rückweg zu meinem Zimmer ungern wieder in Ohnmacht fallen, und mein Inhalator ist leer.«

Ich kicherte nervös. Ich wäre nie auf die Idee gekommen, dass ein Asthmaanfall auch eine komische Seite haben konnte. Aber immerhin hatte ich diesen letzten überlebt wie all die übrigen, obwohl Mum jahrelang verkündet hatte, sie würden noch mein Tod sein.

»In der Villiers Street gibt es ein Café. Wie wäre das? Ich schulde Ihnen was.« Ich errötete. »Einen Tee, meine ich, weil Sie mich gerettet haben ... zweimal.« Wie bescheuert. Wie hatte er es nur geschafft, mich auf so ein stotterndes Häufchen zu reduzieren?

»Okay«, sagte er grinsend.

Wir schlüpften durch eine schmale Lücke zwischen den Absperrgittern und liefen zurück nach Charing Cross. Gegen die Marschrichtung der Menge zu gehen kam mir falsch vor, aber ich war innerlich so aufgeregt, als hätte man mir eine weiße Leinwand überreicht und völlig freie Hand gelassen, wie ich sie mit Farbe vollkleckste. So ein Gefühl hatte ich noch nie gehabt.

Wir bogen in die Villiers Street ein – eine schmale, kopfsteingepflasterte Gasse, die tagsüber für Personen- und Lastwagenverkehr gesperrt war. In den Läden zu beiden Seiten wimmelte es von Wochenendeinkäufern, und der Geruch nach geschmorten Zwiebeln von einem Hot-Dog-Stand in der Nähe machte die Luft irgendwie schwer und verschwitzt. Immer noch strömten Hunderte aus der U-Bahn-Station Embankment zur Friedensdemonstration.

»Ich bin übrigens Abbie«, sagte ich, sah kurz zu ihm hin und guckte dann wieder auf meine Stiefel.

»Özgür.« Eine Hand wurde ausgestreckt, und ich nahm sie. Der Griff war stark und fest, und Wärme strahlte in meine Finger aus.

»Bist du aus London, Özgür?«, fragte ich und stolperte über die Aussprache seines Namens.

»Nein, ich komme aus einem Stadtteil von Istanbul, der Beşiktaş heißt.«

»Bist du Türke?« Beinah hätte ich mir gegen die Stirn geschlagen wegen meiner Blödheit. »Also, ich wollte sagen, du bist Türke. Feststellung. Keine Frage.«

»Ja ich bin Türke. Und du bist ... Engländerin?«

»Halb. Mein Dad ist Waliser, aber er ist in die West Midlands gezogen, als er jung war.« Ich klappte den Kragen meiner Jacke hoch. »Bist du also auf Urlaub hier?«

»Ich mache ein Jahr am University College, London, als Teil von meinem Master-Abschluss. Dort gibt es ein Seminar, das mit meiner Universität verbunden ist. Und ich lerne in einem Intensivkurs Englisch.«

»Dein Englisch ist erstaunlich gut.«

Er strahlte. Ein Megawatt-Lächeln. Und in seine Grübchen würde glatt eine Pfundmünze passen. »Danke. Du bist freundlich. Aber ich denke, ich brauche mehr Übung.«

Lass ihn doch mit dir üben. Liz' Worte – höchst anspielungsreich – schossen mir plötzlich durch den Kopf.

»Und bitte, nenn mich Oz. Alle meine britischen Freunde tun das«, sagte er, während er mir die Tür zum Café offen hielt.

Oz bestand trotz meines Widerstands darauf, die Getränke zu holen. Also ließ ich mich in einen Sessel am Fenster sinken und zog den Mantel aus. Ein paar Minuten später kam er mit einem Tablett von der Theke zurück und stellte eine Tasse Tee, einen Becher Kaffee und einen Teller auf den Tisch. Darauf lag ein herzförmiger Ingwerkeks mit rosafarbener Glasur.

»Für dich.« Er zeigte auf den Keks.

»Danke.« Meine Wangen wurden noch heißer. Ich habe nie etwas dagegen machen können, dass ich jedes Mal rot werde, wenn ich mehr oder weniger heftig in Verlegenheit oder in eine blöde Situation gerate. In der Schule wurde ich deshalb immer geneckt, weil mein Gesicht und die Haare fast die gleiche Farbe hatten.

Oz schälte sich aus seiner Jacke und setzte sich. »Meine

Schwester leidet auch an Asthma, und ihr Arzt sagte, Ingwer kann helfen. Das war das Einzige, was sie hatten.«

»Ach so, natürlich.« Plötzlich kam ich mir albern vor, weil ich geglaubt hatte, die Geste bedeute etwas anderes.

Weil ich so mit meiner Examensarbeit beschäftigt war, hatte ich vergessen, welcher Tag heute war. Dabei hatte Liz mich gedrängt, am Abend doch zum Valentine's Dance mitzukommen, aber ich hatte abgewunken, ich hätte keine Zeit. Meine Pläne für das Geburtstagswochenende würden auf den nächsten Samstag verschoben werden müssen.

Ich brach ein Stück von dem Keks ab. »Ich wusste gar nicht, dass Ingwer solch geheime Kräfte besitzt.« Das Gewürz kratzte im Hals. »So etwas ist mir bisher noch nicht passiert. Ich meine ohnmächtig werden. Noch mal vielen Dank, dass du mich aufgefangen hast.«

»*Rica ederim.*« Er trank einen Schluck von seinem schwarzen Kaffee.

»Was bedeuten diese Worte? Die hast du schon bei der Bank zu mir gesagt.«

»Sie bedeuten ›Gern geschehen‹. Ich vergesse manchmal, welche Sprache ich gerade spreche.«

»Wie viele sprichst du denn?«

»Vier.«

»*Vier* Sprachen?«

»Nicht fließend. Türkisch und Englisch sind meine Hauptsprachen, aber ich habe auch Arabisch und Französisch gelernt, als Teil meiner Ausbildung.«

»Wow«, flüsterte ich, drückte den Teebeutel mit dem Löffel aus und nahm etwas Milch.

Er stellte seinen Becher wieder ab und lehnte sich im Sessel zurück. »Studierst du auch?«

»Ja. Am King's in London. PPE.«

»Ich weiß nicht, was das ist.«

»Philosophie, politische Wissenschaft und Wirtschaft.«

»Willst du später für die Regierung arbeiten?«

Ich schüttelte den Kopf, da ich den Mund voller Kekskrümel hatte. »Rechtswissenschaften«, sagte ich hinter vorgehaltener Hand.

»Du möchtest Juristin werden?«

Ich nickte. »Rechtsanwältin. Körperschaftsrecht. Das ist ein guter Beruf – ausgezeichnete Aufstiegsmöglichkeiten.« Meine Standardantwort kam mir leicht von der Zunge. Das tut sie schon seit meinem dreizehnten Lebensjahr. »Und du?« Ich blies kleine Wellen in meinen Tee. »Was möchtest du nach deinem Studium machen?«

Er beugte sich vor, umfasste den Becher mit beiden Händen. »Diese Erfahrung, in England leben und reisen. Das reizt mich.« Seine Augen funkelten. Als er nach seinem Kaffeebecher gegriffen und den Arm gebeugt hatte, war seine Narbe in dem harten Licht des Cafés noch sichtbarer gewesen. »Ich hoffe, noch mehr Reisen zu machen.«

»Und verbringst du deine Samstage immer damit, in Ohnmacht fallende Passantinnen zu retten?«, fragte ich und zog eine Augenbraue hoch.

Sein Lächeln wurde breiter. »*Hayır*. Nein. Normalerweise gehen meine Freunde und ich ins Kino. Auf diese Weise üben wir, Englisch zu verstehen. Am Leicester Square gibt es ein kleines Kino, Das Prince Charles. Es zeigt klassische Filme, die ganze Nacht.«

»Wirklich? Das kenne ich gar nicht.« Ohne Liz wagte ich nachts gewöhnlich nicht, mich weit von meinem Zimmer in der Stamford Street, das zu Fuß etwa zwanzig Minuten von hier jenseits der Waterloo Bridge liegt, zu entfernen – und ebenso wenig vom Strand Campus. Menge gibt Sicherheit. Außerdem gab es ein Odeon nur einen Steinwurf von unserem Studentenwohnheim entfernt.

»Und was ist dein Lieblingsfilm?«, fragte ich.

Er dachte einen Moment über meine Frage nach. »*Raging Bull.*«

»De Niro? Dieser Boxerfilm?«

»Es geht nicht nur um Boxen. Sondern um den menschlichen Geist, und es gibt auch eine Liebesgeschichte.«

Fast hätte ich mich an meinem Tee verschluckt. »Echt?«

»Aber es ist eine zerstörerische Liebe.«

»Klingt heftig.«

»Es ist eine dunkle Geschichte, aber mit hervorragenden Schauspielern. Du ziehst eine andere Art Filme vor?«

»*Vor Sonnenaufgang* ist mein Lieblingsfilm.«

»Den habe ich nicht gesehen.«

»Er kam vor zwei Jahren raus.«

»Wovon handelt er?«

»Ähm ... Ich glaube, es geht darum, dass man etwas zu riskieren wagt. Ein Amerikaner begegnet im Zug einer Französin. Er überredet sie, mit ihm schon in Wien anstatt erst in Paris auszusteigen. Sie verbringen einen wunderbaren Tag miteinander, und dann geht er fort – fliegt zurück in die Staaten.« Ich trank einen Schluck Tee.

»Ist das die ganze Geschichte?«

»So ziemlich. Sie verabreden, sich nach sechs Monaten wieder in Wien zu treffen.«

»Und? Tun sie das?«

»Das lässt der Film offen. Aber ich habe die Fortsetzung gesehen.« Ich bewegte meine Augenbrauen auf und ab.

»Diesen Film möchte ich mir auch anschauen.«

»Das solltest du unbedingt. Er ist wunderschön. Kaum Handlung, aber eindringliche Dialoge und eine herrliche Kulisse. Irgendetwas verbindet sie, diese beiden Personen. Ganz unglaublich.« Im Geist wanderte ich zum Folgefilm, der in Paris spielt.

»Würdest du das tun?«, fragte er.

Meine Tasse verharrte auf halbem Weg zu meinem Mund. »Was tun?«

»In Wien aus einem Zug steigen mit jemandem, den du gerade erst kennengelernt hast?«

»Nein!«, sagte ich mit Nachdruck.

»Wieso nicht?«

»Zu allererst mal kann ich mir nicht vorstellen, allein in einem Zug durch Europa zu reisen. Und Wien ist bestimmt sehr nett, aber gegen Paris? Die Architektur, die Museen, das Essen.« Ich atmete tief ein, als röche ich ein frisch gebackenes Croissant. »Ich glaube nicht, dass ich mir die Gelegenheit entgehen lassen würde, einen zusätzlichen Tag in Paris zu verbringen.«

»Du warst noch nicht dort?«

Ich zog an meinen Leggings, damit das Loch an meinem Knie kleiner wurde. »Nein. Ich habe alle Sommer mit meiner Familie an der walisischen Küste verbracht. Und du?«

Er nickte. »Es ist genauso schön, wie du es dir vorstellst.«

»Meine beste Freundin Liz bearbeitet mich schon lange, ich solle diesen Sommer mit ihr per Interrail reisen. Du weißt schon, sechs Städte in zehn Tagen.«

Er setzte sich anders hin. »Klingt fantastisch.«

»Ja, aber ...« Ich zog an meinen Ärmeln. »Ich habe mir die Preise angesehen. Allein das Bahnticket würde zweihundert Pfund kosten, dann noch die übrigen Ausgaben: Hostels, Essen, Unvorhergesehenes ... das summiert sich. Und eigentlich sollte ich den ganzen Sommer über arbeiten – für das Jurastudium und eine Wohnung sparen.«

»So viel Pflichtgefühl, noch so jung.«

Das klang nach etwas, das mein Grandpa sagen würde.

»*Yani*, ich meine, es ist schade, dass du das tun musst, wenn da draußen eine Welt zu erkunden ist.«

Er sagte den Satz so, als wäre er von Turkish Airlines für einen Werbespot angeheuert worden.

»Ich bin sicher, die Welt kann auch noch warten, bis ich eine feste Anstellung habe.« Ich schürzte die Lippen und blickte auf meine Tasse hinunter.

»*Tabii ki*, natürlich. Du beachtest ... ähm ... Prioritäten. Aber ich glaube, wenn du deine Meinung ändern möchtest, gibt es immer einen Weg, etwas Sinnvolles zu tun – die Welt zu sehen, andere Lebensweisen kennenzulernen, eine andere Kultur. Auch wenn die eigenen Mittel begrenzt sind, gibt es immer einen Weg.«

Ich fummelte an einem Wollfaden, der aus meinem Pulloverärmel hing. Ich musste an die Orientierungsmesse denken, die ich vergangene Woche besucht hatte. Es gab so viele andere Möglichkeiten nach der Universität, die ich mir nie hätte vorstellen können. Und ich konnte nicht abstreiten, dass ich mehrere Male in Versuchung gekommen war.

»Ich wette, Istanbul ist sehr schön«, sagte ich nach einer Pause. »Eine Mischung aus Europa und Asien, nicht?«

»Ja. Eine verrückte Stadt, in der du an einem Tag zwischen zwei Kontinenten hin und her reisen kannst. So viel Geschichte, Schönheit –«

»Und brennende Sonne?«

»Ja. Die Sommersonne ist heiß. Die Stadt ist reich an Kultur, und sie spiegelt die vielen Imperien, die sie einst beherrscht haben. Aber ich war noch nie in Wien und würde gern einmal dorthin.«

»Ich auch. Es sah sehr hübsch aus in dem Film. Irgendwie werde ich den noch einmal sehen müssen – meine Erinnerung auffrischen. Meine Schwester hat leider die DVD kaputt gemacht.«

»Ich weiß gut, wie nervig Schwestern sein können.«

»Erzähl mir davon. Aber deine ist bestimmt nicht so schlimm wie meine, die mich mal vier Stunden lang beim Versteckspielen in einen Schuppen eingesperrt hat. Da war ich acht.«

Er biss sich auf die Unterlippe, um sich das Lachen zu verkneifen. »*Üf ya*. Wie gemein.«

»Ich bin fürs Leben gezeichnet«, sagte ich und legte die Hand aufs Herz. Oz konnte sein Lachen nicht mehr unterdrücken und prustete los. Fasziniert starrte ich auf seine Grübchen.

»Und was ist das Schlimmste, das deine Schwester gemacht hat?«, fragte ich.

Er dachte kurz nach. »Sie hat meine Sammlung mit Fußballbildern zerrissen, als ich zehn war.«

Ich legte die Finger auf meinen geöffneten Mund.

»Ich weiß. Verrückt«, sagte er.

»Und was hat deine Mum gemacht?«

Er machte eine wegwerfende Kopfbewegung. »Es war ihr egal. Ich glaube, sie hat meiner Schwester für einen Tag das Rad weggenommen.«

»Und dein Dad? War er strenger?«

Oz wandte den Kopf zum Fenster. »Mein Vater starb, als ich klein war.« Sein Kiefer erstarrte, und reflexhaft bedeckte er mit den Fingern die Wunde an seinem Arm. Er rieb sie, als versuchte er, eine böse Erinnerung auszulöschen.

»Das tut mir leid«, sagte ich flüsternd.

Die Barista klopfte einen Siebträger aus, und um uns herum summte es von leisen Gesprächen.

»London wird mir fehlen«, sagte er endlich.

»Wieso? Wohin gehst du?«

»Ich fliege morgen zurück.«

»Was tust du?«, fragte ich etwas zu laut. »Das heißt, wie schade.«

Er wandte sich wieder zu mir und sah mir in die Augen. »Ja, sehr schade. Mein Flug nach Istanbul ist morgens um sieben von Heathrow. Mein Rucksack liegt in einem Schließfach in der U-Bahn-Station Marble Arch. Heute Abend um sechs gehe ich zu einer Abschiedsparty mit meinen Freunden in einem libanesischen Restaurant in der Edgware Road, dann werde ich die Nacht im Flughafen verbringen.« Er leerte seinen Becher und schob ihn beiseite. »Und jetzt mische ich mich wieder unter den Demonstrationszug.«

»Oh.« Ich drehte meine Tasse auf dem Unterteller und ließ den Teerest herumschwappen.

»Komm mit.« Er sprach so leise, dass ich das Gehörte nicht sofort begriff.

»Wie bitte?«

»Komm mit mir, zurück zur Demonstration. Du hast deinen Tee getrunken und den Keks gegessen. Es geht dir besser, oder?«

Ich nickte. »Ja. Aber ich muss zurück zu meinen Büchern und weiter an meiner Abschlussarbeit schreiben.«

»An einem Samstag?«

»Am Montag muss ich abgeben.«

»Wovon handelt sie?«

»Es geht um die Frage, ob Großbritannien eine perfekte Demokratie ist.«

»Wie interessant.«

»Mein Tutor hat mir geraten, im Hyde Park die Reden anzuhören, um vielleicht noch ein paar Zitate zu bekommen, und ich sollte jetzt besser gehen und weiterlesen.«

»Und wie bekommst du die Zitate?«

Ich rutschte in meinem Sessel. »Keine Idee. Ich könnte Demonstranten fragen, was sie zu dem Thema meinen.« Ich lachte laut.

»Ja«, sagte er begeistert. »Wir können solche mit verschiedener Herkunft, mit verschiedener Überzeugung ansprechen. Sie fragen, warum sie hier sind und ob sie glauben, dass der Wille des Volks die Regierung überzeugen wird, nachzugeben. Und danach kommst du zu der Abschiedsparty mit meinen Freunden. Du kannst sie auch interviewen.«

»Eine zufällige Auswahl von Leuten nach ihren Ansichten über Demokratie befragen?« Ich lachte.

»Warum nicht?«

Eine Dame, die sich an den Nebentisch gesetzt hatte, räusperte sich und hielt sich ihr Buch dichter vor die Nase.

»Aber …« Ich beugte mich über den Tisch, damit ich die Stimme senken konnte. »So macht man das doch nicht.«

Er lächelte. »Die Briten sind so zurückhaltend.«

»Dieses Klischee ist nicht unbegründet.«

»Aber du bist anders.« Er stützte die Arme auf die Knie. »Du hast keine Angst, mit einem Fremden ein Gespräch zu führen. Ich habe Vertrauen in dich. Du könntest Demonstranten ansprechen und sie fragen, ob sie glauben, sie könnten den Lauf der Geschichte verändern. Und meine Freunde würden sich geehrt fühlen, mit dir zu reden, dir zu erklären, wie ihre Regierungen im Vergleich dazu sind.«

Ich rutschte auf die Stuhlkante. »Tut mir leid. Ich hätte große Lust dazu, aber wahrscheinlich ist das keine gute Idee. Und ich muss auch noch diese beiden Bücher lesen. Mir läuft die Zeit davon.«

»Du willst nicht durchfallen, ja?«

»Nein, aber –«

»Und du hast auch noch morgen, um zu lesen. Eines Tages wirst du gefragt werden, was du an diesem Tag getan hast – diesem unglaublichen, historischen Tag. Was wirst du dann sagen?«

Himmel! Es klang so leicht, wenn er das sagte. Als hätte ich die Wahl, könnte mich mit ihm wieder unter die Marschierenden mischen und danach auf die Party gehen. Der Kommentar meines Tutors war vage. Er hatte mir nicht genau sagen können, wo ich meine Argumente noch zuspitzen musste. Das war frustrierend, da ich Wochen, sogar Monate daran gearbeitet hatte. Und morgen war mein Geburtstag. Mein Ruf als »Spießer-Abbie, die kein Leben hat« wäre auf ewig zementiert.

»Du kannst nicht immer die Antworten in Büchern finden«, sagte er. Seine Miene verriet einen Hauch von Spott.

Oz ließ mich nicht aus den Augen. Diese karamellfarbenen Augen zogen mich zu ihm hin, obwohl ich wusste, wo meine Prioritäten liegen sollten.

Liz' Ratschlag konnte ich mir leicht vorstellen. Heißer Typ fordert dich auf, was anderes zu wagen. Sie würde die Faust ballen, in ihrem Gesicht stünde: »Los, mach es!« Meine Schwester wäre dagegen. Wenn langfristig keine Aussicht auf einen Klunker am Finger, eine Prozession durchs Kirchenschiff und eine Doppelhaushälfte in Solihull bestand, was für einen Sinn hatte es dann, für ein paar Stunden mit ihm zu verschwinden? Aber was dachte ich?

Oz stand auf, trug Teller und Tassen weg und zog seine Jacke wieder an. »Kommst du mit?«

7
Jetzt
Dezember

Die automatischen Türen des Pariser Hotels schlossen sich hinter mir. Eine Tafel im Foyer zeigte die Einwanderungskonferenz an. Überall Delegierte, die mit dampfenden Kaffeetassen beieinanderstanden. Leises Gesumm in verschiedenen Sprachen umschwirrte mich. An der Rezeption überreichte ich den Bogen mit der Zimmerbestätigung.

Ich hatte beschlossen, sofort hierher zu kommen. Was brachte es, durch die Straßen von Paris zu streifen und nach Oz zu suchen? Was würde ich nach all diesen Jahren zu ihm sagen? Nach jener Nacht hatte ich mich weiterbewegt. Es war so lange her. Und nachdem ich auf der Zugfahrt die Konferenzunterlagen studiert hatte, wusste ich, dass ich vor Beginn der ersten Gesprächsrunde noch einiges proben musste, was ich bei den Diskussionen, zu denen ich geladen war, gern sagen wollte.

»Ach ja, Miss Jones«, sagte der Rezeptionist mit einem starken französischen Akzent und einem leicht amüsierten Unterton. »Wir haben Sie für eine Nacht in unserer Top-Suite untergebracht.«

»Ähm, nein, das stimmt, glaube ich, nicht.« Ich nahm die Bestätigung vom Tresen. »Hier steht Doppelzimmer.« Ich zeigte auf die Beschreibung unter dem Foto des Zimmers. »Es muss sich um einen Irrtum handeln.«

»*Mais non.* Ich habe es hier auf meinem Computer. Sie sind für die Suite gebucht, und wir haben Ihnen schon einen Mittagsimbiss in Ihr Zimmer gebracht, also beeilen Sie sich bitte.«

Ich sah ihn zweifelnd an, fand seine Vertraulichkeit unangemessen. »Ich denke, ich sollte im Büro anrufen, um das zu klären. Ich glaube nicht, dass eine Suite für mich gebucht wurde. Wenn Sie mich bitte kurz entschuldigen wollen.«

Noch ehe ich mein Telefon aus der Tasche holen konnte, hatte der Rezeptionist sich schon über den Tresen geschwungen und stand neben mir.

»Bitte, *Mademoiselle.* Es besteht kein Grund für einen Anruf. Ich versichere Ihnen, Sie wurden so gebucht. Es ist ähm … ein spezielles Upgrade.«

Zögernd nahm ich die Schlüsselkarte und beschloss, die Angelegenheit am Montag zu klären.

Mit einem Pling erreichte der Aufzug die oberste Etage, und ich zog meinen Rollkoffer über den roten Teppich zu einer Reihe von Doppeltüren. Ich sah auf die Schlüsselkarte, die mir mitgegeben worden war, sie passte zu dem Schild über der Tür: »Präsidentensuite«.

Gute Güte! Was für eine Verwechslung. Ich trat ein und traute meinen Augen nicht. Ein riesiges Wohnzimmer mit einem Sofa und zwei Sesseln auf der einen Seite und auf der anderen mehrere Stühle um einen Tisch, auf dem ein üppiges Arrangement aus Speisen, Kuchen und Wein wartete. Violette Samtvorhänge schmückten die Fenster, und komplizierte Muster tummelten sich auf dem Teppich.

Plötzlich flog links von mir eine Tür auf. »Überraschung!«, rief eine vertraute Stimme.

Erschrocken wich ich zurück. Charlie leuchtete geradezu im Licht der Sonne, die hinter ihm ins Schlafzimmer fiel. In seinem marineblauen Nadelstreifenanzug mit rosafarbener Krawatte sah er aus, als könne er gleich im Gericht auftreten. »Was um …? Was machst du denn hier?«

»Ich wollte dich überraschen.«

»Wieso?«

»Wieso?«, sagte er mit strahlendem Lächeln, öffnete die Tür vollständig, trat ins Zimmer und kam auf mich zu, nicht ohne unterwegs eine einzelne Rose aus einer Vase auf einem Beistelltisch zu nehmen. »Weil ich dich liebe«, sagte er und überreichte sie mir. »Und weil es etwas gibt, das ich dich fragen möchte. Eigentlich hatte ich dich das gestern Abend ganz dringend fragen wollen, doch es sollte nicht sein. Darum habe ich alles so arrangiert, dass diesmal nichts dazwischenkommt.«

Ich stand wie angewurzelt da, konnte keinen klaren Gedanken fassen. »Wie bist du hergekommen?«, fragte ich.

»Im selben Zug wie du. Ich war so vernünftig, ein Taxi zum Hotel zu nehmen. Zum Glück wusste der Fahrer von der Demonstration und auch, wie man sie am besten umfährt. Ich wusste, dass ich es schaffen würde, aber das Hotel spielte ebenfalls mit bei meinem Plan und hätte dich aufgehalten, wenn du früher eingetroffen wärst als ich.«

Ich lachte. »Ich fasse es nicht, dass du das getan hast.«

»Das ist doch nur die kleine Variante. Du hättest mal sehen sollen, was ich für gestern Abend geplant hatte.«

»Aber du hast doch gesagt, es sei nur ein Essen.«

Er nickte verschmitzt. »Ich musste dich auf die falsche Fährte locken.«

»Ich weiß nicht, was ich sagen soll.«

»Bitte, darf ich?« Mit erhobener Hand und flehendem Blick brachte er mich zum Schweigen.

Ich presste die Lippen zusammen, und das Herz in meiner Brust wummerte.

Charlie stellte sich vor mich und nahm meine Hände – in einer hielt ich noch die Blume. Er räusperte sich.

»Abigail Lily Jones. Als ich dich vor vierzehn Jahren kennenlernte, wusste ich, dass du etwas Besonderes bist. Ich bewunderte deinen Mumm.«

Ich unterdrückte ein Kichern und senkte den Blick.

»Das meine ich wirklich. Du warst nicht wie die anderen Studentinnen, die damals auf der Orientierungsmesse an meinen Stand kamen. Und die Tatsache, dass du mich nicht angerufen hast, ließ mich nur umso mehr an dich denken. Aber ich hatte erkannt, dass du eine entschlossene Person bist, eine unglaublich willensstarke Frau, die sich nicht von ihrem einmal eingeschlagenen Weg abbringen lässt. Und dann bist du viele Jahre später wieder in mein Leben getreten. Das war Schicksal.«

Bei dem Wort zuckte ich leicht zusammen.

»Wie wahrscheinlich war es denn, dass du in meiner Kanzlei aufkreuzen würdest? So selbstsicher, so schön.«

Er streichelte meine Wange, und ich schmolz unter seiner Berührung, neigte den Kopf und presste die Lippen in seine Handfläche.

»Als wir damals unseren ersten gemeinsamen Kaffee tranken, wollte ich dich einfach nur küssen. Wer hätte geahnt, dass ich noch einmal zwei Jahre brauchen würde, um deinen Widerstand zu brechen?«

»War ich denn sehr widerspenstig?«

»Willst du damit andeuten, dass du auch schon früher bereit gewesen wärst?« Er zog die Augenbrauen hoch, worauf mehrere Falten auf seiner Stirn erschienen.

»Nein, du hast recht. Ich war ziemlich fest entschlossen, nicht auf der Arbeit etwas mit jemandem anzufangen.«

»Oder überhaupt mit jemandem, scheint mir. An dem Tag damals hast du irgendwie angedeutet, du würdest die Sache mit den Männern und den Dates ganz und gar sein lassen.«

Das stimmte so weit. Ich hatte nur noch nicht herausgefunden, wieso mir danach zumute war.

»Wie dem auch sei. Jedenfalls waren die vergangenen drei Jahre wunderbar. Mit dir zusammen zu sein, dein Leben zu teilen. Zusammenzuziehen. Ich weiß, dass ich, als ich dich kennenlernte, einmal zu dir gesagt habe, ich würde den Schritt nicht noch einmal tun, aber ich ahnte damals nicht, dass diese wunderbare Frau drei Jahre später immer noch Teil meines Lebens sein würde.«

Mein Herz klopfte heftig gegen meine Rippen, als er in die Brusttasche seiner Jacke griff und eine kleine samtbezogene Schatulle hervorholte. Als er sie öffnete, war ich kurz geblendet von dem enormen Diamanten, der im Sonnenstrahl, der durchs Fenster fiel, Funken zu sprühen schien. Der Edelstein war von zwei Saphiren flankiert und aufwendig in Gold gefasst. Charlie ging vor mir in die Knie, und ich hielt den Atem an.

»Abigail. Willst du mich heiraten?«

Ich zögerte. Das war nicht gerade das, was sich ein Kerl wünscht, der seine Freundin fragt, ob sie ihn heiraten will. Ich öffnete den Mund, doch das Wort blieb mir im Hals stecken. Warum fiel mir die Antwort so schwer?

Ein Bild blitzte in meinem Kopf auf – von meinem Gang durch die Pariser Straßen –, so deutlich, als hätte eine Kamera es geschossen: das Foto eines Gesichts in der Menge. Nein, das konnte nicht der Grund sein.

»Du hast doch heute früh gesagt, alles sei gut, so wie es jetzt ist.«

»Ist es auch, sogar sehr gut, um nicht zu sagen, fantastisch. Aber mit deiner Intuition lagst du trotzdem nicht falsch. Ich hatte den Abend tatsächlich schon eine ganze Weile geplant und war am Boden zerstört, als du abgesagt hast. Aber du bist eben eine mitfühlende Freundin. Und das ist eines der Dinge, die ich an dir liebe.«

»O Charlie.« Mir schwoll das Herz, und ich hielt die Rose dicht vors Gesicht und atmete ihren herrlichen Duft ein. »Unser Gespräch heute früh hat mich echt aus der Fassung gebracht. Ich dachte –«

»Könnten wir vielleicht später darüber diskutieren, wieso es mich viel Kraft gekostet hat, dir nicht früher zu erzählen, dass ich dir natürlich einen Heiratsantrag machen wollte und dass mir dein Blick, als ich sagte, ich hätte kein Interesse am Heiraten, richtig wehgetan hat? Mein Knie wird nämlich gerade taub, und ich glaube, ich breche gleich zusammen.«

Ich half ihm lachend auf die Beine, so dass wir uns wieder auf Augenhöhe gegenüberstanden.

»Ich liebe dich«, sagte er. »Ich möchte das Risiko eingehen mit dir. Willst du es auch mit mir?«

Mit der freien Hand streichelte er meine Wange.

»Ja«, sagte ich, diesmal ohne zu zögern. »Ja, ich will dich heiraten.«

Charlie machte einen Luftsprung und stieß einen Jubelschrei

aus, über den ich erneut lachen musste. Dann sammelte er sich und nahm den Ring aus der Schatulle. Seine Finger zitterten, als er ihn mir über den Finger streifte. Bevor ich einen klaren Gedanken fassen konnte, hatte Charlie mich hochgehoben und wirbelte mich im Kreis herum. Schließlich setzte er mich ab und küsste mich überall im Gesicht.

»Er ist umwerfend, Charlie«, sagte ich, als ich den Ring endlich bewundern konnte, während er meine Finger an seine Lippen hielt.

»Logan-Erbstück. Riesige Geschichte dahinter. Ich habe meinen Vater bei unserem letzten Besuch darum gebeten.«

Das war vor fünf Monaten gewesen. Ich konnte es nicht fassen, dass er schon so lange plante.

»Er ist wunderschön, und ich würde schrecklich gern seine Geschichte hören, aber ... jetzt muss ich zur Konferenz. Der erste Vortrag beginnt in wenigen Minuten, und ich muss mich unbedingt noch frisch machen.«

»Und was ist mit mir?«

»Mit dir?«

»Ich bin den ganzen Weg nach Paris gekommen, um dich zu überraschen und zu bitten, mich zu heiraten, und jetzt lässt du mich einfach stehen. Sollten wir nicht feiern?«

Ich bückte mich, um die Rose aufzuheben, die mir beim Herumwirbeln aus der Hand gefallen war. »Würde ich gern, aber ich kann mich nicht verdrücken, kaum dass ich hier bin. Warum wartest du nicht hier oben auf mich?«, sagte ich und gab ihm einen Kuss. »Der Vortrag dauert eine Dreiviertelstunde, dann hätten wir ein bisschen Zeit für uns. Und nach dem offiziellen Essen könnten wir ausgehen und feiern.«

»In Ordnung.« Charlie zog mich an sich, küsste mich noch einmal und flüsterte mir ins Ohr: »Ich werde warten.«

Ich lächelte ihm zu und schloss die Tür hinter mir.

Dann atmete ich erst einmal tief durch. Ich war verlobt. Eigentlich wollte ich unbedingt Liz, Mum und Amy anrufen und ihnen die Neuigkeit mitteilen, aber ich musste mich auf die vor mir liegende Aufgabe konzentrieren. Also machte ich ein schnelles Selfie und schickte eine Gruppen-SMS mit ein paar Glücks-Emojis und den Worten »Guckt mal, was gerade passiert ist« los, bevor ich das Handy ausmachte.

Die Tür zum Hauptvortragssaal war angelehnt, ich schlüpfte hinein und setzte mich ziemlich weit hinten auf einen Platz am Gang. Ein älterer Mann auf dem Podium hielt eine Einführung, Applaus folgte, und jemand in einem schwarzen Anzug erhob sich aus der ersten Reihe und ging zum Rednerpult. Ich erstarrte, als der Mann sich umdrehte.

Hatte ich aufgehört zu atmen? Das konnte doch nicht sein! Es war Oz. Seine einleitenden Worte waren auf Französisch, der einzigen Sprache, die ich ihn nie hatte sprechen hören, doch als er ins Englische wechselte, schauderte ich trotz der Wärme im Raum. Die Stimme war unverwechselbar: der Ton, die Tiefe, die Wirkung, die sie stets auf mich gehabt hatte.

Ich lauschte aufmerksam, während er leidenschaftlich über die Probleme sprach, denen er bei seiner Arbeit begegnete, aber schon bald konnte ich mich nur noch mit Mühe auf seine Worte konzentrieren. Zu viele Gedanken wirbelten mir durch den Kopf; Erinnerungen an unsere gemeinsame Zeit überfluteten mich.

Stille. Er hatte seine Rede kurz unterbrochen, als unsere Blicke sich begegnet waren. Im Saal saßen mindestens zweihundert Delegierte, und doch hatte er mich entdeckt. Es war, als habe sich völlige Dunkelheit über den Raum gesenkt und es gebe nur noch zwei Scheinwerfer: ihn und mich.

Ein paar Sekunden lang kniff er die Augen zusammen. Prüfte er, ob ich eine Fata Morgana war? Als ich lächelte, sprach er weiter. Aber alle paar Sätze wandte er sich an mich und nur an mich. Er lächelte dann, räusperte sich und fuhr fort, um bald wieder innezuhalten, auf seine Notizen zu schauen und das Rednerpult zu umklammern.

Er sah gut aus, sogar glücklich. Jetzt, da er mich gesehen hatte, konnten wir einander nicht mehr aus dem Weg gehen.

Der Vortrag war zu Ende, und das Publikum brach in stürmischen Applaus aus. Doch Oz blickte unverwandt weiter in meine Richtung. Als er schließlich das Podium verließ, konnte ich sehen, wie er offenbar Entschuldigungen murmelte, wenn Leute ihn anzuhalten versuchten, um mit ihm zu reden, während er – schnurstracks würde man es wohl nennen – geradewegs von der Bühne auf mich zu steuerte.

»Abbie«, sagte er mit breitem Lächeln und Grübchen noch tiefer, als ich sie in Erinnerung hatte. Er küsste mich auf die Wangen, und sein Geruch weckte alte Gefühle, die ich zu verscheuchen versuchte. »Es müssen ...«

Ich wusste, was er sagen wollte, konnte aber den Satz nicht für ihn vollenden.

»Wie kommt es, dass du hier bist?«, fragte er.

Ich drückte meine Konferenzunterlagen an die Brust. »Ich vertrete eine meiner Kolleginnen. Ich bin jetzt Immigrationsanwältin und –«

»Ich auch. *Yani,* ich bin kein Immigrationsanwalt«, sagte er und lächelte scheu, »aber ich vertrete ebenfalls einen meiner Kollegen. Das ist wirklich ... ähm ...«

Es hatte einfach keinen Zweck. Zusammenhängende Sätze gelangen offenbar weder mir noch ihm. Wir standen da und starrten einander an – nahmen jedes Detail in uns auf. Er hatte mehr Falten im Gesicht, sein Haar war kürzer, aber die Augen waren genauso, wie ich sie in Erinnerung hatte.

»Großartige Rede«, sagte ein Delegierter, unser Schweigen unterbrechend, und schüttelte Oz die Hand.

»*Teşekkür ederim*«, erwiderte Oz, und es folgte eine kurze Unterhaltung auf Türkisch.

»Draußen im Foyer gibt es Kaffee, möchtest du einen?«, fragte Oz.

»Gerne«, antwortete ich mit brüchiger Stimme. Ich dachte an Charlie, der in der Suite auf mich wartete. Aber nach all den Jahren hätte ich nicht nur kurz Hallo und Tschüss sagen können.

Wir bahnten uns einen Weg durch die Menge und blieben

jedes Mal stehen, wenn jemand etwas zu Oz' Rede bemerken wollte.

Am Getränkestand besorgte er mir eine Tasse schwarzen Kaffee.

»Und? Wie ist es dir ergangen?«, fragte ich und goss mir etwas Milch in die Tasse. Ich wusste nicht, was ich sonst sagen sollte.

»Gut, gut«, sagte er und knöpfte seine Anzugjacke auf.

Der Unterteller zitterte in meinen Händen, als ich die Tasse zum Mund hob. Ich wagte nicht, ihn erneut anzusehen. Der Kaffee verbrannte mir die Lippen, und ich blies kleine Wellen in die Tasse.

»Du arbeitest also für eine NGO«, sagte ich endlich.

»Ja, schon eine Weile.« Er schüttelte den Kopf und trat einen kleinen Schritt näher. »Abbie, es gibt so viel, worüber ich mit dir reden möchte. Ich kann nicht glauben, dass du hier bist. Ich habe dich in der Menge gesehen, draußen, auf meinem Weg zur Konferenz. Du hast mich auch gesehen, oder?« Seine Stimme klang jetzt weicher, tiefer.

Mir wurde ganz heiß.

»Ich ...« Ich packte meine Tasse noch fester. »Ich habe dich tatsächlich gesehen, dann warst du verschwunden.«

»Ich habe dich gesucht.«

»Wirklich?«

Er nickte. »Beinahe hätte ich den Beginn meiner Rede verpasst.«

Ich hatte nicht bemerkt, wie dicht er inzwischen vor mir stand. Die Luft um uns war jetzt so aufgeladen, dass ein Streichholz sie hätte entzünden können.

»Und du hast dich nicht verändert, seit wir uns zum letzten Mal begegnet sind«, sagte er. »Du bist immer noch so –«

»Da bist du ja.« Eine Hand legte sich um meine Taille, etwas Kaffee spritzte aus meiner Tasse. Charlie küsste mich auf die Wange.

»Charlie.« Ich räusperte mich, setzte die Tasse ab und fummelte an den Knöpfen meiner Jacke.

»Ich habe oben auf dich gewartet«, sagte Charlie. »Wie war der Vortrag?«

»Entschuldige, wir haben etwas überzogen. Gut. Beziehungsweise sehr gut. Das ist …« Ich suchte nach der richtigen Vorstellung. »Das ist der Redner. Oz. Das heißt, Özgür Arsel. Özgür ist …«

Plötzlich tauchte die Erinnerung an meine Ohnmacht auf jenem Marsch wieder auf: wie ich sein Gesicht sah, als er aus der Menge der Demonstrierenden trat, seine Fürsorge, als ich auf der Bank lag, den Kopf auf seiner Jacke.

»Ich bin ein alter Freund«, sagte Oz und rettete uns aus der Verlegenheit. Er reichte Charlie die Hand.

»Angenehm. Charlie Logan. Woher kennen Sie Abbie?«

Beide öffneten wir den Mund, wussten aber wieder nicht weiter.

»Aus unserer Studentenzeit«, sagte Oz schließlich. »Ich habe Abbie auf einer Antikriegsdemonstration kennengelernt, als ich in London studierte.«

»Klingt ganz nach meiner Verlobten. Immer für die gute Sache unterwegs. Sie und ihre beste Freundin haben in all den Jahren, die wir schon zusammen sind, keinen einzigen wichtigen Marsch ausgelassen.«

»Verlobte?«, wiederholte Oz.

Charlie nahm meine linke Hand und zeigte ihm den Ring. »Seit heute«, sagte er und strahlte.

»*Tebrikler*. Herzlichen Glückwunsch«, sagte Oz und lockerte seine Krawatte noch ein bisschen mehr. »Und wann ist der große Tag?«

»Oh, wir hatten noch gar nicht die Möglichkeit, zu –«

»Vielleicht Weihnachten«, fiel Charlie mir ins Wort. Als ich ihn anschaute, zuckte er nur kurz die Achseln. »Hoffentlich.«

»Nun, ich wünsche euch beiden das Allerbeste«, sagte Oz. »Ich fürchte, ich muss gehen. Es gibt ein paar Leute, die ich jetzt treffen muss.«

»Bleibst du das ganze Wochenende hier?«, fragte ich beiläufig, ohne eigentlich zu wissen, wieso das wichtig sein sollte.

»Leider nicht. Ich reise heute noch vor dem Abendessen ab. Es wäre sehr schön gewesen, sich über die Vergangenheit auszutauschen, aber ich habe jetzt sehr viele Verabredungen, bis ich abreise.«

»Wie schade. Kommst du gelegentlich nach London?« Die Worte waren heraus, ehe ich sie stoppen konnte, aber es gab so viele Fragen, die ich unbedingt beantwortet haben wollte.

»Ich komme ein, zwei Mal im Jahr. *Aslında*, ich wollte sagen, im April werde ich dort sein. Am sechzehnten und siebzehnten. Dann ist eine Immobilienmesse, die ich mit meinem Bruder besuchen werde. Istanbuls Macht und Stärke im einundzwanzigsten Jahrhundert ist das Thema. Dort werden viele neue Bauvorhaben in London präsentiert werden, an denen meine Familie beteiligt ist.«

»Klingt interessant«, flötete Charlie. »Da werden wir wohl hingehen müssen. Mein Vater hat verschiedene Immobilienunternehmen. Ich werde ihm davon berichten.«

»Bitte, tun Sie das.« Oz griff in seine Innentasche und zog eine Visitenkarte hervor. »Es wäre mir eine Ehre, Sie und Ihren Vater zu begrüßen. Und Abbie natürlich auch.« Er sah mich etwas zu lange an, und mein Auge begann zu zucken, ein nervöser Tick, der mich seit einigen Jahren quälte.

»Danke«, sagte Charlie und steckte die Karte in die Tasche. »Auf jeden Fall schön, Sie kennenzulernen.«

Oz nickte leicht und wandte sich an mich. »Abbie. Wie immer ein Vergnügen.«

Ich schüttelte seine ausgestreckte Hand und musste mich ziemlich zusammenreißen, um mir nicht anmerken zu lassen, dass sich zwischen unseren Fingern ein elektrischer Funke entzündet hatte, so wie an dem Tag, als wir uns kennenlernten. Mir war ein wenig schwindelig, und meine Beine fühlten sich an, als würden sie gleich einknicken. Hoffentlich nicht! Ich griff nach Charlies Arm, um mich zu stützen.

»Alles in Ordnung?«, flüsterte Charlie in mein Ohr.

Ich nickte. »Alles okay. Wirklich.« Ich fing mich wieder und lächelte. »Wie schön, dich zu sehen, Oz. Aber wenn ihr mich jetzt beide entschuldigen würdet.«

Ich machte auf dem Absatz kehrt, wagte mich nach keinem von beiden umzusehen, eilte zur Toilette und stolperte prompt über meine eigenen Füße, als die Tür hinter mir zuschwang. Ich knallte mit dem Kopf gegen das Holz. Es war einfach lächerlich. Wie konnte ich zulassen, dass er erneut diese Wirkung auf mich hatte? Wieso?

Oz war Vergangenheit. Charlie war meine Zukunft. Und jetzt hatte ich tatsächlich meinem Verlobten ganz nebenbei erlaubt, ein Wiedersehen zu planen. *Gute Güte, Abbie. Reiß dich zusammen.*

Ich holte mein Handy aus der Tasche, weil ich das starke Bedürfnis hatte, Liz anzurufen, brachte es aber nicht fertig. Wieso? Fürchtete ich, was sie sagen würde? Außerdem hatte sie genug eigene Probleme mit ihrem neuen Mutterdasein.

Ich spritzte mir Wasser ins Gesicht, starrte mein Spiegelbild an und zog die Haut neben meinem zuckenden Auge straff, damit es endlich aufhörte. Das ist nur Müdigkeit, dachte ich. Gott sei Dank war in zwei Wochen Weihnachten. Zeit, die Batterien aufzuladen, wieder einen klaren Kopf zu bekommen. Weihnachten. Eine besondere Zeit des Jahres, und vielleicht hatte Charlie recht, eine wunderschöne Zeit zum Heiraten. Ich hielt meinen Ring ins Licht.

Das Wiedersehen mit Oz würde nicht das Geringste ändern. Und trotzdem wurde ich diesen einen Gedanken nicht los. Wenn Mary an meiner statt hier gewesen wäre und wenn Oz' Kollege selber hätte anreisen können, wären wir einander nicht begegnet. Ich ließ den Tag, an dem wir uns vor vierzehn Jahren kennengelernt hatten, noch einmal an meinem inneren Auge vorbeiziehen.

8
Vierzehn Jahre früher
Februar

In mein Zimmer zurückkehren und Fachbücher lesen oder mich mit Oz in ein Abenteuer stürzen? Die Entscheidung fiel mir plötzlich leicht, als ich in seine Augen blickte.

»Okay«, sagte ich schließlich. »Ja, ich komme mit.«

Oz lächelte. Wieder diese Grübchen. Schmetterlingsgefühle. *Reiß dich zusammen, Abbie.* Es geht hier nicht um ein Date. Er möchte nur, dass du dein Examen nicht vermasselst, und bestärkt dich darin, einer eigenen Idee nachzugehen, die sehr wohl schlicht brillant sein könnte. Ich stand entschlossen auf und griff nach meinem Mantel.

Wir verließen das Café und gingen die Villiers Street zurück. Nachdem ich verschiedene Demonstranten angesprochen und mir ihre Kommentare notiert hatte, trafen wir auf vier türkische Frauen, die in der Botschaft ihres Heimatlandes in der Nähe des Green Park arbeiteten. Sobald wir uns einander bekannt gemacht hatten, fiel Oz in seine Muttersprache, und sein Ton wurde leidenschaftlich. Die Damen unterhielten sich einige Minuten mit ihm, während wir uns in der Menge vorwärtsschoben, und überreichten ihm schließlich ihre Visitenkarten. Es entging mir nicht, dass sie ihm schöne Augen machten und ihn am Ärmel berührten, bevor sie sich entfernten.

»Bekannte von dir?«, fragte ich.

»Nein. Aber sie haben mich zu einem Botschaftsempfang heute Abend eingeladen.«

»Oh.«

»Aber ich habe gesagt, dass ich zu einer Abschiedsparty mit Freunden gehe. Sie haben mir ihre Telefonnummern gegeben für den Fall, dass ich meine Meinung ändere.« Er zuckte die Achseln und steckte die Karten in seine Geldbörse.

Nach der türkischen Gruppe hielten wir noch ein paar weitere Demonstranten an, und ich war jedes Mal überrascht, wie bereitwillig mir alle ihre Ansichten über Demokratie darlegten. Das Marschtempo wurde immer langsamer, je näher wir dem Hyde Park kamen, bis wir schließlich endgültig stehen blieben. Oz sah auf die Uhr.

Die Kälte war mir bis in die Fingerspitzen gekrochen, weil ich die ganze Zeit Stift und Notizblock fest umklammert hielt. »Die Zitate sind einfach toll«, sagte ich. »Ich ... ähm ... ich möchte dich nicht aufhalten, wenn du wegmusst.«

»Ich wollte heute vor meiner Abreise noch einen Ort besuchen, aber ich glaube, er schließt demnächst. Ich war vor längerem schon einmal dort. Aber es wäre auch in Ordnung, wenn ich nicht hingehe.«

»Nein, du musst da hin. Verzichte nicht meinetwegen. Ich habe doch schon gesagt, ich habe jede Menge toller Zitate.«

»Bist du sicher? Ist es okay, wenn du allein zum Hyde Park gehst?«

Ich spürte einen Klumpen im Hals. Offenbar hatte er vergessen, dass er mich zu der Party eingeladen hatte. »Ja, das ist in Ordnung. Wirklich.«

»Es war mir ein Vergnügen, Abbie.«

Ich steckte Block und Stift ein und nahm seine ausgestreckte Hand. Wärme strömte in meine Finger, aber diesmal wanderte sie tiefer in meinen Körper.

»Was ...?« Meine Stimme krächzte, und ich musste mich wieder räuspern. »Was ich noch fragen wollte: Wohin wolltest du denn später?«

»Eine Kunstgalerie, ungefähr zehn Minuten Fußweg von hier.«

»Oh.« Ich zog meinen Mantel enger um mich und hüpfte auf der Stelle. »Puh! Ich hätte nichts dagegen, irgendwo reinzugehen, wo es warm ist. Wenn ich bloß Mütze und Schal mitgenommen hätte!«

»Warum kommst du dann nicht mit zur Galerie?«

»Ähm ... wirklich? Warum nicht. Ich glaube, ich muss eigentlich gar nicht mehr zum Hyde Park.«

Sein Lächeln wurde breiter. »Wunderbar.«

Während wir uns von der Menge entfernten und über den Grosvenor Square liefen, unterhielten wir uns über die Antworten unserer Mitdemonstranten und darüber, wie viel Spaß es gebracht hatte, mit so vielen unterschiedlichen Menschen zu sprechen.

Ich wusste nicht genau, wo wir waren. Aber in London fühlte ich mich ohnehin noch häufig wie eine umherirrende Touristin. Als junges Mädchen war ich nur selten in der großen Stadt gewesen. Mit sieben der Besuch eines Weihnachtsstücks und zu meinem sechzehnten Geburtstag ein Einkaufsbummel – das waren die einzigen beiden Ereignisse, die einen nachhaltigen Eindruck hinterlassen hatten, auch wenn ersteres alles andere als schön war: Ich hatte meinen allerersten Asthmaanfall gehabt.

Wir umrundeten den Manchester Square, und Oz blieb vor einem roten Backsteinbau mit Säuleneingang stehen: die Wallace Collection.

»Meine Großmutter liebte die französische Malerei des achtzehnten Jahrhunderts«, sagte Oz. »Und diese Liebe hat sie weitergegeben. *Hadi.*« Er wies mit dem Kopf zum Haupteingang.

Ich folgte ihm in die Vorhalle mit einer beeindruckenden Treppe, und wir hielten uns rechts. In jedem Raum hingen goldgerahmte Gemälde an den Wänden, die in lebhaften Farben gestrichen waren, und überall standen dekorativ verzierte Möbel. In der Luft hing der Geruch von Holzpolitur, und die Dielen knarrten bei jedem Schritt.

Bei einem Objekt blieben wir stehen, und Oz lieferte mir kurzgefasst die Geschichte dazu. Ich nickte wiederholt und registrierte derweil seine markante Kieferpartie, die schön geformten Wangenknochen, die vollen Lippen. Und ich überlegte gerade, wie es wohl wäre, ihn zu küssen, als er sich mir in Erwartung einer Antwort zuwandte. Ich murmelte irgendetwas Zustimmendes und hoffte, dass ich mich nicht komplett zur Idiotin gemacht hatte.

Dann betraten wir einen Raum mit Gemälden des siebzehnten Jahrhunderts, darunter auch Poussins »Ein Tanz zur Musik der Zeit«.

»Das kenne ich«, sagte ich. »Das haben wir in der Schule mal interpretiert.«

»Zu welcher Figur fühlst du dich am meisten – wie sagt man – hingezogen?«, fragte er.

An den Kunstunterricht konnte ich mich nur noch verschwommen erinnern und wusste auch nicht, ob ich je nach meiner Meinung gefragt worden war. Also sah ich mir das Gemälde mit neuen Augen an. »Wahrscheinlich die Tänzerin, die das Vergnügen darstellt. Mir gefällt ihr spitzbübisches Lächeln. Als kenne sie das Geheimnis des Lebens und all seine Fallstricke. Und du?«

»Reichtum.«

»Echt? Wieso?«

»Ich bin interessiert an dem Verlangen der Welt, ihn zu erwerben. Und an welchem Punkt wir mit dem, was wir haben, zufrieden sind. Aber wenn jemand reich geboren ist, welche Stelle nehmen dann die Tänzerinnen zu beiden Seiten ein – die, die Arbeit und Vergnügen repräsentieren –, welche Rolle spielen sie dann?«

Ohne es zu merken, hatten wir beide auf der Bank vor dem Gemälde Platz genommen. Die Zeit verging. Wir plauderten, und wir unterhielten uns über jedes Kunstwerk. Eine schönere Art, einen Nachmittag zu verbringen, hätte ich mir nicht vorstellen können.

Es war bereits dunkel, als wir das Museum verließen – die Wachleute hatten uns schließlich hinausgeworfen und hinter uns das Tor verschlossen. Die Straßen Londons hatten jetzt etwas Magisches; ein leichter Nebel lag über den Bürgersteigen.

»Bist du hungrig? Würdest du gern mit mir auf die Party gehen?«, fragte Oz und zog seine Jacke wieder an.

Er hatte es nicht vergessen. Mein Herz schlug schneller. *Ja. Nein. Mist. Weiß nicht.*

Etwas in Oz' Lächeln hatte eine merkwürdige Wirkung auf mich. Und seine Stimme. Sie lockte mich, als wäre ich Odysseus, der dem Gesang der Sirenen nicht widerstehen kann. Aber wenn ich ja sagte, müsste ich meinen ganzen Geburtstag mit dem Umschreiben der Abschlussarbeit verbringen.

»Ein schneller Happen klingt nicht schlecht«, sagte ich. Dann hätte ich immer noch ein paar Stunden für die Korrektur der Arbeit, zumal Oz ja wegen seines Flugs bald nach Heathrow müsste.

»Wo wir hingehen, wird es ein Festessen geben. Bist du müde? Es sind nur zehn Minuten bis zu dem Restaurant.«

»Das schaffe ich, glaube ich.«

»Keine Ohnmacht mehr?«

Ich lächelte. »Ich verspreche dir, dass ich heute Abend keine Erste Hilfe mehr brauchen werde.« *Außer Mund zu Mund.*

Als wir durch die Glastür des libanesischen Restaurants traten, warf ein älterer Mann mit schütterem, weißem Bart und über den Gürtel quellendem, gewaltigem Bauch die Arme in die Luft. Ein Schwall Arabisch – wie ich annahm – floss aus seinem Mund. Er umarmte Oz und klopfte ihm auf den Rücken. Der alte Kerl wollte ihn gar nicht mehr loslassen. Eine weitere Umarmung folgte, dann mehrmaliges Händeschütteln.

Als Oz mich schließlich vorstellte, brachte sein Blick mein Inneres in Wallung, und ich verschluckte mich fast. Seine Worte verstand ich nicht, klangen aber poetisch. Und als er meinen Namen aussprach, hörte er sich verdammt viel besser an als »Also, das ist Abbie.«

Der Alte trat auf mich zu und nahm meine Hand. »*Ahlan wa Salahn.* Willkommen, Abbie.« Er klopfte mir sanft auf die Finger. »Özgür hat recht. Sie sind wirklich wunderschön. Kommen Sie, kommen Sie. *Yalla*«.

Mir blieb der Mund offen stehen. Ich trug immer noch meinen viel zu großen, rehbraunen Zopfmusterpullover, dazu einen dunkelgrauen Minirock und schwarze Leggings mit einem Loch am Knie, das von Stunde zu Stunde größer wurde. Ich hatte mich für eine Demo durch die Innenstadt angezogen, definitiv nicht für einen Ausgehabend. Trotzdem hatte Oz mich als schön vorgestellt? Vielleicht meinte er »Schönheit des Geistes« oder etwas in der Art. Ich kann mich nicht erinnern, dass jemals jemand dieses Wort verwendet hatte, um mich zu beschreiben.

Plötzlich wurde ich nervös. Es war schon Abend, ich hatte ein totes Handy in der Tasche und Liz den ganzen Tag nicht gesehen – ihr nicht einmal gesagt, wo ich war.

»Entschuldigen Sie, haben Sie wohl ein Telefon, das ich benutzen könnte?«, fragte ich den alten Mann und tippte ihm leicht auf die Schulter. Ich sah zu Oz. »Ich möchte meine Freundin anrufen, um ihr zu sagen, wo ich bin.«

»Natürlich. Bitte. Kommen Sie«, sagte der alte Mann und gab mir ein Zeichen, ihm zu folgen.

Ich schlüpfte hinter den Tresen und nahm den Hörer vom Festnetztelefon ab. Während ich die Nummer unseres Studentenheims eintippte, verschwand Oz durch eine Hintertür. Dort schien es ein privates Zimmer zu geben. Das Mädchen, das abnahm, sagte, sie wolle schauen, ob Liz in ihrem Zimmer sei. Im Hintergrund hörte ich Musik und Gelächter – wahrscheinlich machten alle sich fertig für den Valentine's Dance.

»Was ist?«, blaffte Liz.

»Was für eine schreckliche Art, Leute zu begrüßen.«

»Abs, bist du das?«

»Ja.«

»Wo zum Teufel bist du gewesen? Ich habe dich mindestens tausendmal angerufen.«

»*Wo ich gewesen bin?*« Ich drehte mich um, als eine Gruppe junger Männer durch die Eingangstür trat. Ein Kellner kam hinter dem Tresen hervor, um sie willkommen zu heißen. Ich hob die Stimme, um die geräuschvolle Begrüßung zu übertönen. »*Du hast gesagt, du würdest rechtzeitig da sein.*«

»Es war was mit meiner Mum, aber ich war nur eine halbe Stunde zu spät. Tut mir leid. Ich hab versucht, dich anzurufen.«

»Mein Akku war leer.«

Der alte Mann erschien wieder und schickte die lärmende Gruppe nach hinten.

»Wo bist du denn überhaupt? Und wer schreit da so im Hintergrund?«

»Ich bin in einem libanesischen Restaurant in der Edgware Road.«

»Was zur Hölle machst du da?«

»Ich bin auf einer Party mit jemandem, den ich auf der Demo kennengelernt habe.«

»Du hast jemanden kennengelernt? Raus damit! Und zwar haarklein.«

»Nur einen türkischen Jungen.«

»Heißer Typ?«

Ich lachte. »Er ist verträumt«, sagte ich mit einem ironischen Südstaatenakzent.

»Du bringst ihn doch hoffentlich mit zum Valentine's Dance? Wehe, du gehst zu seiner Party. Typen werden immer hierhergebracht.«

»Liz!«

Der Barkeeper hörte auf, den Tresen zu wischen, und blickte in meine Richtung. Ich hielt die Hand über das Mundstück und senkte die Stimme. »Ich bin keine von den Schlampen, die Typen aufsammeln und mit ihnen schlafen.« Der Barkeeper wandte sich wieder seinen Säuberungspflichten zu. »Und überhaupt, er reist morgen zurück in die Türkei.«

»Ach, sei doch nicht so verdammt voreingenommen«, ätzte sie. »Probieren geht übers Studieren. Außerdem hast du doch gesagt, der Anwaltstyp interessiert dich nicht –«

»Welcher Anwaltstyp?«

»Der, der dir letzten Monat auf der Orientierungsmesse seine Karte gegeben hat.«

»Du meinst Charles.« Ich fasste in meine Jackentasche und

fuhr mit dem Finger über die erhaben geprägte Schrift auf der Visitenkarte, die er mir vor einer Woche gegeben hatte und mit der ich nichts unternommen hatte. Charles Logan, Rechtsanwalt, Kanzlei Greencourt.

Als Liz merkte, dass er in meine Richtung starrte, hatte sie mich zu seiner Koje geschleppt. Sie hatte ihn aufgefordert, uns für den Anwaltsberuf zu begeistern. Er hatte dauernd an seiner Krawatte gezupft und sich geräuspert, während er sich leidenschaftlich über seinen Beruf verbreitete. Dann hatte er mir seine Karte überreicht und gesagt, ich könne ihn jederzeit anrufen, wenn ich noch weitere Fragen hätte.

Charles war charmant gewesen und sah auf eine adrette, kultivierte Art sehr gut aus. Außerdem hatte er entschieden etwas von Ralph Fiennes im *Englischen Patienten*, was sowohl den Akzent als auch das sandblonde Haar und die tiefliegenden grünen Augen anging.

»Glaubst du, er hat sich für mich interessiert?«

»Natürlich hat er das. Obwohl du doch gesagt hast, du würdest nicht Anwältin werden wollen, hat er dauernd versucht, dich doch noch zu überzeugen, damit das Gespräch nicht aufhörte; hinter uns wartete eine Riesenschlange. Und wie er dich angeschaut hat!« Sie pfiff durch die Zähne. »Er sitzt wahrscheinlich schon am Telefon und wartet auf deinen Anruf.«

»Was soll ich denn jetzt machen? Ich bin, glaube ich, nicht bereit für was Ernsthaftes, und er ist *so* viel älter, hat sein Leben schon perfekt geplant.«

»Dann ist der heiße türkische Typ perfekt für ein kurzes Abenteuer. Keine Komplikationen. So und jetzt zieh deinen kratzigen Pullover aus und lass dein Haar herunter. Und dann ab ins Getümmel.«

»Liz!« Meine Antwort verhallte in der toten Leitung. Sie hatte schon aufgelegt. Woher wusste sie, was ich anhatte? Ich würde ihr später erzählen müssen, wieso Oz nicht mit zum Tanz kommen konnte. Und meine Examenskrise hatte sie offensichtlich völlig vergessen.

Von irgendwo hinten kam wieder Musik, und jetzt sah ich eine Treppe, die in den Keller führte. Ein rascher Blick ins Restaurant zeigte mir, dass es zur Hälfte mit Gästen besetzt war, aber kein Oz. Er musste dort unten sein.

Ich zog Jacke und Pullover aus, unter denen ein schwarzes Lycra-Oberteil zum Vorschein kam, stieg die Treppe hinunter und löste dabei mein Haarband. Der Raum war übervoll, das Licht gedämpft. Musik heulte aus einer Anlage auf einem Podest in der Ecke, und ringsherum standen Tische voller Gläser und Wasserflaschen.

»Ich dachte, du bist gegangen«, brüllte Oz hinter mir.

Ich fuhr herum. »Und verpasse das Essen? Niemals.«

Er beugte sich vor und flüsterte mir ins Ohr: »Komm, ich stell dir meine Freunde vor.«

»Ähm ... natürlich.« Ich stotterte und kam mir lächerlich vor, weil ich gedacht hatte, er werde mich küssen. Was war in mich gefahren? Es musste am Mangel an frischer Luft in dem Raum liegen, dass ich sämtliche zivilen Umgangsformen vergessen hatte.

Ich lernte Yusef aus Syrien und Yaman aus der Türkei kennen. Beide küssten mich auf die Wangen und fragten, woher ich käme, was ich in London machte und wie ich Oz kennengelernt hätte. Das Umarmen nahm kein Ende. Es war für alle die letzte Nacht, und sie hatten offensichtlich während ihrer Zeit in London Freundschaft geschlossen. Stapel von Fotos wurden hervorgeholt, machten die Runde und hatten etwas von einem Touristenhandbuch für die Stadt: die Freundesgruppe vor jeder einzelnen Sehenswürdigkeit.

»Möchtest du etwas trinken?«, fragte Oz, an mich gewandt.

»Ja, bitte.«

Er hob einen Finger, und ein Kellner erschien mit einem Tablett.

Darauf standen mehrere mit Eiswürfeln und einer wolkigen Flüssigkeit gefüllte Gläser. Oz reichte mir eins, und wir stießen miteinander an. Ein starker Anisgeruch stieg mir in die Nase. »Was ist das?«

»Arak. Eine Spezialität des Mittleren Ostens.«

Ich nahm einen Schluck und prustete; es war, als tränke ich Farbentferner mit einem intensiven Nachgeschmack von Lakritz.

»Zu stark?«

»Ein bisschen.« Ich verzog das Gesicht.

Oz holte einen silbernen Krug und einen Löffel vom nächsten Tisch, goss mein Glas randvoll und rührte dann um. »Man muss sich erst an den Geschmack gewöhnen, aber du kannst ihn mit so viel Wasser mischen, wie du möchtest.«

Der nächste Schluck ging leichter hinunter.

»Besser?«, fragte er.

Ich nickte, und je mehr ich trank, desto besser schmeckte es mir.

Plötzlich wurde es lebhaft, Kellner und Kellnerinnen fingen an, auf den Tischen Schalen mit Gemüse und verschiedenen Gerichten zu verteilen. Oz führte mich an einen Tisch, und wir setzten uns vor einer verspiegelten Wand auf eine schwarze Ledercouch. Er nannte mir die Namen der Gerichte, die er mir auf den Teller häufte. *Tabbouleh* – ein Salat aus gehackter Minze und Petersilie mit Tomaten, Zwiebeln und Bulgur; *baba ganoush* – ein dunklerer Hummus mit Auberginen, und *kibbeh* – eine Mischung aus gebratenem Rinderhack und Pinienkernen, zu ovalen Bällchen geformt. Kellner brachten heißes, aufgepufftes Pita-Brot, das Oz und ich auseinanderbrachen und in verschiedene Schälchen tunkten.

»Hast du so was schon mal gegessen?«, fragte er.

»Nein. Köstlich«, seufzte ich und vertilgte ein Salatblatt mit einem Klecks Tabbouleh. Ich leckte mir etwas Zitronensaft von den Lippen.

Oz lehnte den Arm auf den Couchrücken. »*Sahtein*.«

Ich schluckte den Bissen hinunter. »Was bedeutet das?«

»Araber sagen es, wenn man einen guten Appetit hat.«

»Das ist das Beste seit dem Weihnachtsessen bei meiner Mum.«

»Und es ist erst die Vorspeise.«

»Was? O nein. Ich bin schon fast satt.«

Er neigte den Kopf und zog missbilligend die Augenbrauen hoch. »Es wäre eine Beleidigung, wenn du nichts mehr isst. Das erklärt mir der Besitzer des Restaurants jedes Mal wieder.«

»Tja dann.« Ich zuckte die Achseln und nahm noch eine Gabel Fattoush-Brotsalat mit Tomaten und Croutons. Der Arak rann mir leicht durch die Kehle, und ich achtete nicht darauf, wie oft der Kellner mein Glas nachfüllte.

Nach dem Hauptgericht – Shish-Kebab mit Reis – wurden türkischer Kaffee und Süßigkeiten aufgetragen. Dann wurde der Saal plötzlich dunkel, nur ein einzelner Scheinwerfer schien auf eine Frau mit nacktem Bauch, in dessen Nabel ein Edelstein steckte. Dichtes, schwarzes Haar umrahmte ihr wunderschönes Gesicht.

Musik setzte ein, ihre Hüften begannen im Rhythmus zu kreisen, und die Falten ihres roten Kleids flogen. Das Tempo der Musik nahm zu, und die Frau bewegte sich schneller. Ihre Sinnlichkeit hypnotisierte mich. Mit offenem Mund schloss ich mich dem Applaus an. Jubel und Gelächter erfüllten den Raum. Man schob Tische beiseite, um Platz zu schaffen. Als das Lied zu Ende war, verbeugte sich die Bauchtänzerin und hielt eine kleine Rede. Dann kam sie auf mich zu und streckte mir ihren Arm entgegen.

Ich sah Oz an. Er zuckte die Schultern und beugte sich zu mir. »Sie möchte dir einige Schritte beibringen.«

»Um Gottes willen. Auf keinen Fall.« Ich schüttelte den Kopf.

»Ich glaube, es wäre eine Beleidigung, nein zu sagen.«

Du meine Güte! War in der arabischen Welt jedes Nein eine Beleidigung? Die Partygäste begannen langsam zu klatschen, und die Musik setzte wieder ein. Okay. Die Chancen, dass ich irgendwen in diesem Raum nach heute Abend wiedersehen würde, gingen gegen Null. Was hatte ich also zu verlieren? Nur meine Würde und dass ich bei meinem neuen türkischen Freund einen bleibenden Eindruck hinterließ, kein bisschen cool und eine lausige Tänzerin zu sein.

Ich nahm noch einen Schluck Arak, dann ergriff ich achselzuckend ihre Hand und manövrierte mich an mehreren Knien vorbei in die Mitte des Raums. Dort stellte sie sich hinter mich, legte ihre beringten Hände um meine Hüften und begann sich zu wiegen. Wahrscheinlich sah ich aus wie mein Großvater, wenn er zu Weihnachten nach einigen Whiskeys zu tanzen begann.

Aber als ich zu Oz blickte, sah ich, dass er nicht lachte. Und auch niemand sonst. Er ließ mich keine Sekunde aus den Augen. Und als ich erst einmal den Rhythmus erfasst hatte und die Bauchtänzerin meine Arme in die Höhe hielt, ließ ich mich von der Musik leiten. Ich wurde immer benommener: die Musik, der Arak und der süßeste Junge, der mich mit ... mit was? ... anlächelte. Ich kannte ihn nicht gut genug, um seine Miene zu deuten.

Die Musik erreichte ihren Höhepunkt, und ich ließ mich auf einen Stuhl sinken; mein Brustkorb hob und senkte sich, als wäre ich zehn Runden gelaufen. Andere Opfer wurden aus dem Publikum geholt und zum Tanz gebeten. Oz reichte mir ein Glas Wasser. Ich leerte es in einem Zug, wischte mir den Mund ab und zwang mein Herz, ruhiger zu schlagen. Aber als er mir ganz kurz die Hand drückte, rückte ich näher an ihn heran.

»Du warst unglaublich«, sagte er.

Der Arak begann meine Abwehrmechanismen aufzuweichen. Mein Mund öffnete sich, und mein heißer Atem kitzelte meine feuchten Lippen. Als der Scheinwerfer zufällig seine Narbe streifte, drängte es mich plötzlich, sie zu berühren.

»Möchtest du tanzen?«, fragte ich.

»Ich wünschte, ich könnte, aber ich muss gehen, ich darf die letzte U-Bahn nicht verpassen«, sagte er. »Bleib noch und genieß die Party. Yusef hat gesagt, er werde dafür sorgen, dass du heil in deine Universität zurückkehrst.«

Gehen? Schon? Ich wollte, dass er noch blieb, wollte mehr Geschichten über sein Leben in Istanbul hören, ihm zuhören, wie er mühelos in vier Sprachen redete. Dieses Lächeln. Und diese

Augen? *Mayday, mayday!* Schickt mir ein Floß, bevor ich in ihnen ertrinke!

Ich hielt seinem Blick stand, aber mein Auge zuckte. »Ich würde gern mit dir gehen«, sagte ich und räusperte mich. »Zum Bahnhof, meine ich. Ich müsste sowieso längst zu Hause sein.«

Er lächelte erneut. »*Tamam*. Okay. Wenn du dir sicher bist.«

Als wir ins Freie traten, traf mich die Kälte wie ein Schlag. Ich zog Pullover und Parka an. Auf dem Weg zur U-Bahn-Station Marble Arch kamen wir an einer langen Reihe anderer Restaurants und Shisha-Bars vorbei – alle voller lauter Musik und fröhlicher Menschen. Wir schlenderten ohne Eile, als wollten wir unsere gemeinsame Zeit möglichst in die Länge ziehen. Ich war mir nicht ganz sicher, ob ich überhaupt geradeaus ging. Der Arak war stärker als der Cider, den ich gewöhnlich in unserer Studentenbar trank.

»Hast du –«, sagte ich zur selben Zeit wie Oz: »Wirst du –«

»Entschuldige, du zuerst.« Ich kaute auf meiner Unterlippe.

»Nein, bitte, was wolltest du sagen?«, fragte er.

»Nichts Besonderes. Ich wollte dich nur fragen, ob es dir leidtut, England zu verlassen.«

Er nickte. »*Evet*. Ja. London ist voll von so viel Aufregung, Möglichkeiten und Freiheit.«

»Aber bestimmt hat deine Familie dich vermisst.«

Oz blieb vor einem Schaufenster mit farbenprächtigem Gemüse stehen. Er zuckte die Achseln. »Ich bin mir nicht sicher.« Es war das zweite Mal, dass ein dunkler Schatten über sein Gesicht huschte. Seit unserem Gespräch im Café hatte er nicht viel über seine Familie preisgegeben, nur, dass es einen älteren Bruder gab, der ihn als Kind fast so sehr wie seine jüngere Schwester geärgert hatte.

»Ich wünschte ...«, fuhr er fort, »*belki* ... vielleicht wird das Leben jetzt anders sein. Ich denke, wir werden unruhige Zeiten haben ... im Nahen Osten. Wir sollten gegen die Herrschenden aufstehen, die Böses im Sinn haben.« Er starrte auf den Bürgersteig; seine Hände steckten tief in den Jackentaschen.

Seine Worte verwirrten mich. Von der Familie war er auf die Weltpolitik gekommen und hatte nicht erklärt, wieso seine Familie ihn vielleicht nicht vermisste. Der Arak hatte meine Sinne getrübt, und ich wusste nicht, was ich sagen sollte.

»Schaffst du es allein zurück in dein Studentenzimmer?«, fragte er.

»Natürlich. Es gibt einen Bus, der direkt zur Stamford Street fährt.«

Oz holte einen großen khakifarbenen Rucksack aus einem Schließfach in der Eingangshalle der U-Bahn und hievte ihn sich auf den Rücken. Am Automaten kaufte er einen einfachen Fahrschein nach Heathrow und zwirbelte ihn zwischen den Fingern.

»Jetzt heißt es wohl Abschied nehmen«, sagte ich und wippte auf meinen Fersen.

Als ich den Blick hob, sah ich, dass er mich aufmerksam ansah. »Das war ein lustiger Abschied, vielen Dank.« Er rückte die Gurte auf seinen Schultern zurecht. »Er wird immer ... unvergesslich sein.«

Plötzlich hatte ich eine Idee. »Und ich glaube, ich weiß, wie du ihn nie vergessen wirst«, sagte ich frech, zog an seiner Jacke und wandte mich wieder in Richtung Ausgang.

»Wo gehen wir hin?«

»Wart's ab.«

In der Ecke neben einem Zeitungsstand gab es einen Fotoautomaten, den ich beim Hereinkommen bemerkt hatte. Ich warf zwei Pfundmünzen in den Schlitz, während Oz seinen Rucksack auf den Boden stellte. Er hob den Vorhang, und ich trat in die Kabine. Sie hatte natürlich nur einen Hocker, und plötzlich kam mir meine Idee dreist und töricht vor.

Oz hockte sich auf die Kante, um mir noch Platz zu lassen. Wir kicherten, während wir versuchten, uns zurechtzusetzen. Ich folgte den Anweisungen, bis unsere Köpfe auf dem Bildschirm für die »Spaß«-Variante mit vier Fotos zu sehen waren. Aber beide waren wir zum Teil außerhalb des markierten Bereichs.

»Wir müssen enger zusammenrücken«, sagte ich und schob mir die Haare hinter die Ohren.

»So?« Er lehnte seinen Kopf an meinen.

»Ja«, flüsterte ich atemlos.

Ein Blitz.

»Oh, ich glaube, ich habe geblinzelt.« Ich lächelte und versuchte, mich vor der nächsten Aufnahme zu konzentrieren.

»Dein Ohr ist kalt«, sagte er.

»Wirklich?« Wieder ein Blitz. »Mist! Ich glaube, jetzt war mein Mund offen. Diese Bilder werden eine scheußliche Erinnerung sein.« Ich drehte den Kopf, und meine Nase streifte seine Wange.

»Deine Nase ist auch kalt.«

Ich wollte sie warmreiben und schlug ihm dabei aus Versehen ins Gesicht, gerade als es erneut blitzte. »Himmel noch mal, es tut mir so leid. Das wollte ich nicht. Hab ich dir wehgetan?«

»Schon in Ordnung«, sagte er, rieb sich die Wange und unterdrückte ein Lachen.

»Eins ist noch übrig«, sagte ich.

Oz bemühte sich, keine Miene zu verziehen, aber im Spiegel sah ich, wie die Fältchen um seine Augen sich vertieften. »Los, Oz, dieses muss gut werden.«

»Tut mir leid«, sagte er und versuchte sich zusammenzureißen.

Aber ich sah, dass es sinnlos war, auch nur ein einziges perfektes Bild hinzubekommen.

Entnervt drehte ich den Kopf zu ihm, hielt aber die Luft an, als unsere Blicke sich wieder trafen. In diesem Moment geschah es. Unsere Köpfe kamen sich näher, bis kein Millimeter mehr zwischen ihnen war. Ich schloss die Augen, als es zum vierten Mal blitzte.

Seine Lippen waren warm auf meinen. Es war, als säße ich im Riesenrad. Wirbelte herum. Schwebte. Ich löste mich auf, und mein Herz klopfte unter meinem Pullover.

Dann fuhren wir plötzlich auseinander. »Oh« war das Einzige, was ich herausbrachte.

Als wir beide gleichzeitig ungeschickt aufstanden, knallten unsere Köpfe gegeneinander.

»Entschuldigung«, flüsterte er. »Entschuldige, das hätte ich nicht tun dürfen.«

»Ja, stimmt. Ich hätte nicht ... ähm.«

Als wir die Kabine verließen, blickten wir in alle möglichen Richtungen, nur nicht zum anderen. Als die Fotos aus dem Schlitz glitten, nahm Oz den Streifen, knickte ihn behutsam in der Mitte und riss ihn durch. Er reichte mir die eine Hälfte, holte sein Portemonnaie heraus und schob die andere in eines der Lederfächer.

»Danke, Abbie. Das wird immer ... unvergesslich sein.« Erneut schulterte er seinen Rucksack. Eine kleine Verbeugung, und dann ging er zu dem Drehkreuz. Ich folgte ihm. Er steckte den Fahrschein in den Schlitz und passierte die Sperre, um auf der anderen Seite stehen zu bleiben und wieder umzukehren, was die Barriere aber verhinderte. »Ich wünschte, ich könnte ...« Er seufzte tief. »Mein Englisch ist weg. Auf Wiedersehen, Abbie.« Und mit diesen Worten entfernte er sich.

»Komm wieder nach England!«, rief ich ihm hinterher.

Er blickte über die Schulter zurück. »*Inşallah*.«

Ich wusste nicht, was das bedeutete, hoffte aber, es heiße so etwas wie ja. Als die Rolltreppe ihn nach unten entführte, wurde mir schwer ums Herz. Was für ein beschissener Abschied. Ich berührte meine Lippen. Was hatte er gemeint mit »Das hätte ich nicht tun dürfen«? Den Kuss oder den Zusammenstoß unserer Köpfe? Das werde ich wohl nie erfahren.

Warum hatte ich mir nicht seine Telefonnummer geben lassen? Wir hätten einander schreiben können. Brieffreunde werden. Ich ließ den Kopf hängen. Was war los mit mir? War ich vierzehn Jahre alt und auf einem Schüleraustausch in Frankreich? Ich sah hoch zu der großen Wanduhr. Halb elf. Wenn sein Flug um sieben Uhr früh ging, wieso konnte er dann nicht einen dieser Nachtbusse nach Heathrow nehmen? Ja, ich weiß noch, dass Liz ihn mit ihrer Mum genommen hat, als sie vergangene

Weihnachten nach Lanzarote flogen. Wenn er den nahm, konnte er vorher mit mir auf den Valentine's Dance gehen, und … also. Oh, Mist. In meinem Kopf herrschte Nebel. Ich konnte nicht geradeaus denken.

Doch dann kam mir eine Idee. Ich wusste, was ich zu tun hatte.

9

Aus einer Innentasche fischte ich mein Studententicket. Ein paar zusätzliche Stunden mit Oz würden meine Zukunft schon nicht ruinieren, hatte ich entschieden, während ich durch das Drehkreuz rannte und ihn zurückzuhalten versuchte.

Als ich die Rolltreppe zur Central Line hinunterrannte, war die U-Bahn schon eingefahren, und in einiger Entfernung entdeckte ich Oz, der gerade einstieg. »Oz! Warte!«, schrie ich.

Die Türen schlossen sich, und der Zug fuhr los, zusammen mit meinen Hoffnungen, Oz jemals wiederzusehen. Auf dem Rückweg durch den Tunnel wurde ich ständig von Fahrgästen angerempelt, die ausgestiegen waren und in Richtung Ausgang strebten. Ich ließ die Schultern hängen. Wahrscheinlich war es am besten so. Ich sah auf die Uhr. Nach einem großen Glas Wasser gegen die Nachwirkungen des Araks würde ich in der Lage sein, meine Arbeit umzuschreiben.

Plötzlich zog eine Gestalt etwas weiter vor mir meine Aufmerksamkeit auf sich. Oz. Er lächelte, während wir aufeinanderzugingen. Mein Herz pochte wie wild.

»Ich dachte, du seist eingestiegen«, sagte ich.

»Ich habe dich rufen gehört, und, na ja ... ich musste doch wissen, was du sagen wolltest.«

»Ich ...« Mein Kopf war leer. Was hatte ich sagen wollen? Ich schluckte. »Du hast etwas auf Türkisch gesagt, und ich wollte wissen, was es bedeutet. Vorher hatte ich gesagt, du würdest hoffentlich mal wieder nach England kommen.«

»*Inşallah*? Das heißt so viel wie ›So Gott will.‹ Das ist Arabisch; die Türken sagen es häufig, wenn sie die Hoffnung oder einen Wunsch ausdrücken wollen, dass etwas geschieht.«

»Ah ja? Na, dann ... danke.«

Der nächste Zug der Central Line lief ein, neue Passagiere

umdrängten uns. Die Bremsen quietschten, und als die Türen aufgingen, rückte ich mit meiner Idee heraus.

»Es gibt da diesen speziellen Bus. Mit dem kommst du zum Flughafen. Der fährt die ganze Nacht durch; Abfahrt ist am Victoria-Busbahnhof. Und von meiner Universität gibt es ein billiges Taxi dorthin. Ich dachte ... falls du Lust hättest, gemeinsam noch etwas abzuhängen?« Ich hatte einen trockenen Mund. Himmel, jetzt konnte ich ein Glas Wasser brauchen!

Er schürzte wieder die Lippen, sie wurden schmaler, und seine Augen weiteten sich wie die eines kleinen ratlosen Jungen. Mist! Hatte ich das, was im Fotoautomaten zwischen uns passiert war, etwa völlig falsch verstanden?

»Wir könnten mit dem Bus zur Universität fahren – einen letzten Blick auf London bei Nacht werfen ... Waterloo Bridge, Houses of Parliament – noch ein paar zusätzliche Stunden als Tourist. Das macht mehr Spaß, als auf einem der unbequemen Sitze im Flughafen zu schlafen. Was meinst du?«

Leute drängten an uns vorbei, um den Zug zu erreichen, und eine Durchsage ermahnte uns, von der Bahnsteigkante zurückzutreten, damit die Türen schließen konnten.

Er öffnete den Mund. »Ich sage ... ja.«

Wir erreichten mein Studentenheim in der Stamford Street, und die Musik wurde immer lauter, je näher wir kamen.

»Heute Abend findet hier ein Valentine's Dance statt.«

»*Öyle mi*? Entschuldige – ich meine – tatsächlich?«

»Du musst dich nicht jedes Mal entschuldigen, wenn du etwas in deiner Muttersprache sagst. Morgen früh werde ich sie fast fließend sprechen.« Ich lachte nervös. »Mein Zimmer ist im dritten Stock.«

Doch es war sinnlos. Wir wurden erwischt, bevor wir die Treppe erreicht hatten.

»Abs!«, rief Liz von der Tür des Gemeinschaftsraums. Ihre blonden Locken umspielten ihr Gesicht, und das rote Schlauchkleid – das ihre Kurven zur Schau stellte – wurde von Doc Martens begleitet.

»Ich warte schon auf dich.« Sie legte mir die Hand auf die Schulter »Und das ist?«

»Das ist Oz. Oz. Liz.«

»Ihre beste Freundin«, erklärte Liz, als hätte sie mich überall mit ihrem Duft markiert.

Oz trat vor, nahm ihre Hand und küsste Liz auf beide Wangen. »*Memnun oldum*. Schön, dich kennenzulernen, Liz.«

Ihre Miene wurde weicher, während Oz die Disko hinter uns begutachtete. »Verdammt, ist der süß«, flüsterte sie fast tonlos und zwinkerte mir zu.

Ich warf ihr einen kurzen Blick zu. Was ging hier ab? »Wir wollen meine Abschlussarbeit ein bisschen umarbeiten«, erklärte ich und verschwieg, was ich eigentlich hoffte.

»Nei-hein! Ich besorge diesem tollen Typ jetzt seine drei Gratisgetränke, und *du* gehst und machst dich ein bisschen präsentabler«, sagte Liz und musterte mich streng, worauf ich bei jedem anderen beleidigt reagiert hätte. Und bevor Oz oder ich protestieren konnten, hatte sie ihn untergehakt und entführt. Er blickte sich achselzuckend um, und ich zog die Augenbrauen hoch, um ihm zu bedeuten, es habe keinen Sinn, sich zu widersetzen.

Ich nahm mein Zimmer in Augenschein: Überall lagen Bücher herum, das Bett war ungemacht, und um den Papierkorb türmten sich zusammengeknüllte Papierbälle. Auf einer Seite meines Schreibtischs warteten drei Dosen Diät-Cola und zwei Keksrollen, auf der anderen die beiden ungelesenen Politikbücher. Ich räumte rasch auf, holte einen Topshop-Minirock aus der Kommode und rieb an einem hartnäckigen Fleck unten am Saum. Dann schälte ich mich aus meinen Alltagskleidern, schlüpfte in den Rock und in mein Lieblingsoberteil aus burgunderfarbenem Waschsamt und trug etwas Lipgloss auf.

Beim Rausgehen musterte ich mich kurz im Spiegel und richtete mir mit den Fingern die Haare. Was machte ich da? Mich herausputzen für einen One-Night-Stand? Das sah mir gar nicht ähnlich.

Im Tanzsaal sah ich Liz mit Oz in einer Nische sitzen und lebhaft plaudern. Bei meinem Anblick zog sie eine komische Schnute. Dann sprang sie hoch und flüsterte mir ins Ohr: »Wahnsinn. Mag ihn. Viel Spaß!« Und mit diesen Worten war sie fort und mischte sich unter die Menge.

Oz kam mir mit zwei Plastikbechern entgegen.

»Du siehst ... *güzel* ... Entschuldigung, nein, ich entschuldige mich nicht.« Er fuhr sich mit der Hand durchs Haar und atmete hörbar aus. »Du siehst wunderschön aus.«

»Danke.« Ich nahm den angebotenen Becher, froh, dass er in der Dunkelheit nicht sah, wie rot ich geworden war. »Was ist das?«, fragte ich und starrte in die blaugrüne Flüssigkeit.

»Ich bin mir nicht sicher«, rief er gegen die laute Musik an. Er zeigte mir die drei gestempelten Herzen auf seiner Hand. »Das waren meine drei Freigetränke, die ich bekommen habe.«

Ich nickte im Takt zur Musik, und mein Becher war leer, ehe ich mich versah. »Möchtest du tanzen?«, fragte ich.

Er nickte und stellte seinen Becher auf einen Tisch in der Nähe. Die Musik hatte einen irgendwie sinnlich spanischen Swing. Oz packte meine Hand und wirbelte mich herum; ich warf den Kopf in den Nacken und kicherte. Er presste mich eng an seine Brust und bewegte sich mit mir, nur manchmal löste er sich, um mich noch einmal herumzuwirbeln.

Als der nächste Song einsetzte, erkannte ich ihn sofort: »Cry to Me« von Solomon Burke. Und sofort spielte ich im Geist einen meiner Lieblingsfilme aus den Achtzigern nach – *Dirty Dancing*.

Intelligent und süß, und bewegen kann er sich auch? Bestimmt zu schön, um wahr zu sein.

Wir tanzten und tanzten und vergaßen alles um uns herum. Mit meinen hohen Schuhen, in die ich noch rasch geschlüpft war, konnte ich ihm fast direkt in die Augen schauen. Mal war sein Atem in meinem Nacken, während wir uns wiegten, mal streichelten seine Finger meinen Rücken, und wir prusteten vor Lachen, bevor er mich wieder im Kreis drehte.

Die Zeit verging wie im Flug. Meine Füße pochten, aber ich wünschte, es würde ewig so weitergehen. Was waren das für Gefühle? Ein alkoholbedingtes Delirium?

Der nächste Song war »Unchained Melody«, ein langsamer Tanz, das Zeichen, dass die Party fast zu Ende war. Ich hatte die Arme zärtlich um seinen Hals gelegt, seine Hände umfassten meine Taille. Langsam wiegten wir uns hin und her. Ich legte den Kopf in den Nacken, meine Lippen ganz nah an seinen.

Plötzlich gingen die Lichter an, die Musik verstummte. Eine vertane Chance.

Ich nahm ihn an der Hand, zog ihn in Richtung Treppe. Wir rannten den ganzen Weg und taumelten in mein Zimmer. Als ich die Tür hinter uns zu schließen versuchte, rempelte ich gegen ihn.

»Entschuldigung«, murmelte ich.

Er zog sein T-Shirt hoch, um sich etwas Luft zuzufächeln, während ich die Schreibtischlampe anknipste.

»Es ist sehr heiß hier drinnen«, sagte er.

»Alte Heizung. Die lässt sich leider nicht regulieren. Gewöhnlich schlafe ich bei offenem Fenster.« Ich schleuderte die hohen Schuhe von den Füßen und kam mir wieder winzig vor neben ihm. »Du kannst es ausziehen, wenn du möchtest«, sagte ich verwegen und zeigte auf sein T-Shirt.

Er blickte mich mit funkelnden Augen an und zog es dann mit einer einzigen schnellen Bewegung über den Kopf, so dass ihm das Haar in die Stirn fiel.

O Mann! Fang nicht an zu sabbern, Abigail! Er trug eine Kette mit einer Hundemarke um den Hals. Ich hätte am liebsten nach dem Anhänger gegriffen, um ihn mir genauer anzuschauen.

»Ist das deine Arbeit?«, fragte er und zeigte auf den Stapel Papier.

Das letzte Wort ernüchterte mich. »Ja.«

»Darf ich sie lesen?«

»Natürlich.«

Mir klopfte das Herz, während er dasaß und las. Es war mir unmöglich, mich auf etwas anderes als seine Bauchmuskeln, den Gummizug seiner Boxershorts und die reizende Fährte, die von seinem Bauchnabel zu seinem Slip führte, zu konzentrieren. Ich fragte mich, ob dieser Anhänger bedeutete, dass er Militärdienst geleistet hatte, und was wohl geschähe, wenn ich die Narbe auf seinem Arm streicheln würde. Würde er bei meiner Berührung zurückzucken? Irgendetwas Seltsames durchpulste mich, mein Atem ging schneller, mir wurde heiß.

»Wasser«, sagte ich so plötzlich, dass er von meinen Seiten aufblickte. »Ich gehe Wasser holen. Ich bin total verschwitzt vom Tanzen und dem ...«

Ich huschte in unsere Gemeinschaftsküche, und der Kühlschrank beleuchtete mein Gesicht in der Dunkelheit. Auf der Backofenuhr war es kurz vor Mitternacht. Wahrscheinlich hatte er noch zwei Stunden allerhöchstens, bevor er gehen musste.

Ich warf ein paar Eiswürfel in zwei Gläser, füllte sie mit Wasser und trank einen großen Schluck. Liz würde eine Menge Fragen zu beantworten haben. Ein One-Night-Stand. Sex ohne Verpflichtungen. Konnte ich das und dann einfach weitermachen wie bisher?

Als ich ins Zimmer zurückkehrte, saß Oz mit einem Stift in der Hand über meinen Schreibtisch gebeugt. Er drehte sich zu mir um und lächelte. »Das ist sehr gut. *Bence.* Ich denke, du hast einige hervorragende Argumente gebracht.«

»Danke.« Ich strahlte. »Ich wünschte, ich wüsste, was mein Tutor mit seinen Bemerkungen meinte und wo ich etwas verbessern könnte.«

»Ich hoffe, du hast nichts dagegen. Ich habe die Stellen markiert, wo ich denke, dass die Zitate hinpassen könnten. Die Bemerkung deines Tutors? Ich glaube, er meint, dieser Essay sollte von hier kommen.« Er legte die Hand aufs Herz, »und nicht nur von hier«, dann zeigte er auf seinen Kopf. »Und ich denke, das kannst du schaffen, wenn du diese ... *ähm* ... Einsichten, diese Botschaften der Demonstranten hinzufügst.« Er legte die Arbeit hin und griff nach den Politikbüchern. »Ich glaube nicht, dass du noch mehr Theorie hinzufügen musst.«

»Danke. Ich weiß dein Urteil zu schätzen.«

»*Rica ederim*«, sagte er mit einem Zwinkern. Ich hatte zwar ziemlich viel getrunken, aber ich wusste noch, was diese Worte bedeuteten.

Er ging zu meinem Stapel mit CDs neben dem tragbaren Abspielgerät und nahm ein paar hoch. »Deine Musik ist ... eklektisch. Ist das das Wort?«

»Wenn du damit meinst, dass ich eine CD kaufe, wenn mir ein Song darauf gefällt, dann ja. Dann habe ich keinen einheitlichen Geschmack. In Wohltätigkeitsläden kann man sich übrigens am besten eine Sammlung zulegen.«

»Oh, ich habe diese«, sagte er und wedelte mit einem meiner Coldplay-Alben. »Ich habe sie letzten Juni im Camden Palace gesehen.«

»Echt?«

»Ja, sie waren fantastisch.«

Er zog die CD heraus und schob sie ins Gerät. Bevor er die Play-Taste drückte, studierte er die Hülle. »Dies ist einer meiner Lieblingssongs.«

Ich erkannte gleich beim ersten Takt »What If«. Er gehörte auch zu meinen Lieblingssongs.

Oz streckte seine Hand aus. »Tanz mit mir.«

Ich nickte.

Er kam zu mir, legte mir die Hände auf die Schultern, ließ sie an meinen Armen herabgleiten und verschränkte seine Finger schließlich mit meinen. Er presste meine Hände an seine Brust, ließ sie los und umfasste meine Taille. Seine Haut war feucht und der Duft seiner Brust berauschend.

»Was, wenn ...«, setzte er an.

Ich sah ihm in die Augen. »Was, wenn was?«

Er zuckte kurz mit den Schultern. »Was, wenn dies unsere

einzige Zeit zusammen wäre? Wenn wir einander nie mehr wiedersähen. Würdest du ...«

Bat er mich um Erlaubnis?

»Eine Eintagsaffäre? Ich glaube, ich fände es okay.« *Wirklich, Abbie? Würdest du es wirklich wollen?* »Außer ... Wir könnten doch abmachen, dass wir uns irgendwann in der Zukunft wiedertreffen, das machte es weniger ... Also, in *Vor Sonnenaufgang*« – ich räusperte mich – »schlafen sie miteinander, weil sie vorher über ein nächstes Treffen sprechen.«

»Ah ja, dein Lieblingsfilm. Und der Nachfolgefilm kam sechs Monate später?«

»Nein, in Wirklichkeit waren es neun Jahre später.«

»*Niye*? Wieso?«

»Die Heldin konnte nicht zu dem vereinbarten Treffen kommen, und weil sie keine näheren Einzelheiten ausgemacht hatten, trafen sie sich zufällig erst neun Jahre später in Paris.«

»Sie haben keine Telefonnummern ausgetauscht? Das ist ein bisschen ... wie sagt man?«

»Ausgedacht?«

»Ja.«

»Wahrscheinlich, aber deswegen war der zweite Film dann umso aufregender, als sie sich tatsächlich wiederbegegnet sind.«

»Dann werden wir in neun Jahren ein Date haben? Neun Jahre ab heute?«, fragte er.

»Neun Jahre? Das wäre dann der Tag vor meinem dreißigsten Geburtstag.«

Er hielt mitten im Tanzen inne. »Morgen ist dein Geburtstag?«

Ich nickte.

»*Doğum günün kutlu olsun*«, sagte er und küsste mich auf beide Wangen. »Das heißt –«

»Herzlichen Glückwunsch?«

»Ja.« Er lächelte und zog mich wieder enger an sich, ich legte meinen Kopf an seine Brust. »Wir werden in neun Jahren ein Date haben. Ein Film?«

»Gut. Im Prince-Charles-Kino? Um sieben?« Ich kicherte, weil alles so absurd war. Waren wir gerade dabei, unser schlechtes Gewissen loszuwerden? »Aber wenn wir dann Partner haben?«

»Dann muss ich dir meine Nummer geben«, sagte er lächelnd, »damit ich nicht die ganze Strecke nach London fliege und dich verheiratet und mit Kindern vorfinde.« Er nahm einen Kugelschreiber von meinem Schreibtisch.

»Kinder? Nein, danke. Ich werde dann eine erfolgreiche Anwältin sein. Wahrscheinlich werde ich dich nur mit Mühe in meinem Terminplan unterbringen.« Jetzt konnte ich das Lachen nicht mehr zurückhalten.

»Wir werden angucken, egal was gerade gezeigt wird. Wo soll ich?« Er sah sich suchend nach einem Zettel um. Ich drehte mich um und zog in einer verführerischen Geste meinen Rock nach unten, so dass ein Stück meines Rückens über der Hüfte frei lag. »Schreib da hin.« Ich sah ihm in die Augen und biss mir auf die Unterlippe.

Oz ging langsam in die Knie, ohne mich aus den Augen zu lassen. Dann neigte er den Kopf und berührte meine Haut mit den Lippen, ehe er den Kuli aufsetzte. Ich sog scharf die Luft ein.

Die Kulispitze fühlte sich kalt an, als er die Zahlen malte. Bevor er wieder aufstand, blies er auf das Geschriebene. Er neigte den Kopf und lehnte seine Stirn an meine. »Dein Lächeln. Es ist ... *nefes kesici*. Atemberaubend.«

Der Song »Fix You« setzte ein, und wir begannen, uns langsam zur Musik zu bewegen. Sie hüllte uns ein, und ich war verloren. Vollkommen verloren. Meine Hände glitten über seine Brust, über seine starken Arme und wieder hoch und umfassten seinen Hals. Ich ließ mich beim Tanzen von seinem Körper führen und schloss die Augen.

Als ich sie wieder öffnete, hob er mein Kinn und presste seinen Mund auf meinen. Meine Knie knickten weg, aber er hielt mich fest in den Armen. Seine Zunge traf meine. Diesmal fuhren wir nicht auseinander, sondern überließen uns unseren Gefühlen.

Doch als die Musik immer schneller wurde, beendete Oz den Kuss und wirbelte mich von Neuem herum, lachte und drehte sich zusammen mit mir. Und wir hörten nicht auf, bis ich stolperte, rückwärts auf mein Bett fiel und ihn mitriss. Er lag auf mir, stützte sich mit den Armen ab, und sein Anhänger kitzelte die Haut über dem tiefen Ausschnitt meines Oberteils.

»Du bist so schön.«

Er streichelte meine Wange und verlor sich in einem weiteren endlos langen Kuss.

Seine Lippen wanderten meinen Hals hinunter und über meine Schulter, während seine Hand beherzt unter mein Top glitt und seine Fingerspitzen meine Haut mit ihrer Berührung in Flammen setzten. Unsere Küsse wurden drängender, und ich seufzte glücklich und überließ mich dem Rhythmus seines Körpers, als er sich in mir bewegte.

Es klopfte. Dann noch einmal.

»Abs? Bist du wach?«

Mühsam öffnete ich ein Auge. Tageslicht strömte durch das Fenster, und mein Kopf pochte. Ich richtete mich auf und entdeckte einen Sabberklecks auf meinem Kissen. Oz war fort, mir sank das Herz, und ich hatte ein flaues Gefühl im Magen.

Liz öffnete die Tür und schnüffelte. »Sex. Hier riecht es nach Sex.«

»Ha, ha«, murmelte ich.

»Du siehst furchtbar aus, und deine Familie ist hier.«

Ich fuhr hoch und fasste mich an den Kopf, als ein feuriger Schmerz mir in die Schläfen schoss. »Meine was?«

»Yep. Ein Überraschungsbesuch zu deinem Geburtstag. Du hast nicht aufs Telefon reagiert, deshalb hat der Sicherheitstyp mich angerufen.«

»Das kann nicht sein. Ich habe doch gesagt, ich hätte etwas vor, und jetzt muss ich meine Arbeit umschreiben ... Scheiße«, sagte ich, torkelte aus dem Bett, verhedderte mich im Bettzeug und knallte auf den Boden. »Aua!«

»Keine Hektik. Es wird schon gutgehen. Aber du hast etwa zwei Minuten, um diesen Raum auszuräuchern und etwas Anständiges anzuziehen, damit sie nicht merken, was du in der Nacht getrieben hast.«

»Ich habe nichts getrieben«, sagte ich und rieb mir das Schienbein. Mein Auge zuckte. Okay. Also nicht nur Nervosität löste den Tick aus, sondern auch eine Lüge.

»Dann gehst du also üblicherweise in deinen Kleidern zu Bett?«

Ich zog rasch meinen Rock hinunter.

»Details will ich später hören. Jetzt erst mal hoch mit dir.« Sie holte meinen Morgenmantel aus dem Schrank. »Zieh den an.«

»Aber was soll ich ihnen denn sagen?«, fragte ich, während ich hineinschlüpfte.

»Gar nichts. Lieber Himmel, du bist einundzwanzig. Du hast ebenso sehr das Recht auf ein Liebesleben wie auf dein Studium«, erklärte sie und verteilte ein paar Spritzer von meinem Körperspray im Raum.

»Klopf, klopf«, hörte ich jetzt die Stimme meiner Mum. »Ist da drinnen ein Geburtstagsmädchen?«

Die Tür flog auf, während ich noch den Gürtel zuknotete, und da standen Mum, Dad und ... »Amy?«

Sie schob sich an den anderen vorbei, stellte sich Kaugummi kauend in die Mitte des Zimmers und verschränkte die Arme über ihrer rosafarbenen Jacke. »Fraktionszwang. Anwesend.« Sie warf eine Karte in meine Richtung. »Herzlichen Glückwunsch zum Geburtstag. Himmel, was ist das für ein Gestank?« Überwältigt von dem starken Duft nach Orangen und Lilien rümpfte sie die Nase.

»Danke«, sagte ich und fächerte mir mit der Karte Luft zu. »Warum habt ihr mir nicht Bescheid gesagt, dass ihr kommt?« Ich sah von einem zum anderen.

»Wir wollten dich überraschen, Liebes«, sagte Dad und breitete die Arme aus.

Ich sank in seine warme Umarmung, fühlte die Wolle seines

marineblauen Mantels weich an meiner Wange. Mum schloss sich der Umarmung an, so fest, dass ich kaum Luft bekam.

»Wir wissen, dass du noch viel für deine Arbeit zu tun und wenig Zeit zum Feiern hast«, sagte Mum, »deshalb dachten wir, wir gehen schick mit dir essen.«

Ich lächelte etwas gequält. »Wie nett von euch.«

»Wer ist Oz?«, fragte meine Schwester und wedelte mit einem Zettel, den sie auf meinem Schreibtisch entdeckt hatte.

Ich warf Liz einen Bitte-hilf-mir-Blick zu.

»Oz ist ein türkisches Mädchen, das wir vor kurzem kennengelernt haben.«

»Warum schreibt sie ›Die Nacht war wunderschön. Wir treffen uns in neun Jahren‹?« Sie warf den Zettel in meine Richtung.

Liz schnappte ihn sich und zerknüllte ihn. »Das ist meiner. Ich wollte ihn Abbie zeigen und sie fragen, ob das heißt, sie mag mich oder sie mag mich nicht. Ich hatte sie auf einer Party abgeschleppt.« Sie sah meine Eltern an, die sich alle Mühe gaben, nicht entsetzt zu gucken. »Und sie hat gesagt, sie kommt wieder nach London ... und das in neun Jahren?« Jetzt sah Liz mich ratlos an, aber ich schwieg eisern. Auf keinen Fall würde ich mich an dem Gespräch beteiligen, sonst startete mein Augenzucken gleich mit doppelter Heftigkeit.

»Ja ... gut.« Mum richtete ihre Jacke. »Wir sollten dir jetzt Zeit lassen, dich anzuziehen. Wir treffen uns dann unten.«

»Was ist mit den Geschenken?«, fragte Dad.

»Ach, ja!«, kreischte Liz. »Ich geh rasch meins holen.« Sie schoss aus der Tür und überließ es mir, allein mit weiteren Verhören zurechtzukommen.

Amy setzte sich auf meinen Schreibtisch. »Mach meins auf.«

Ich riss den Umschlag auf. Zum Vorschein kam eine Karte, darauf eine heruntergekommene Frau mit verwischtem Lippenstift, die gierig aus einer Champagnerflasche trank. Die Botschaft verströmte so viel Wärme wie ein Vierzehntageurlaub an der Küste im Februar. Ein Gutschein über zwanzig Pfund

Rabatt für eine Gesichtsbehandlung fiel aus dem Umschlag. »Ist das dort, wo du arbeitest?«

»Ganz genau.«

»Er verfällt in zwei Monaten, und ich muss dafür nach Birmingham?«

»Meine Güte, sei doch nicht so undankbar. Mario sagt, er gibt dir eine tolle Behandlung. Sonderangebot.«

Ich schenkte ihr mein bestes Das-wäre-doch-nicht-nötig-gewesen-Lächeln. »Danke, Schwesterherz.«

»Und jetzt unseres.« Dad griff in seine Brusttasche und holte ein kleines Kästchen heraus. »Es ... also.« Ihm versagte die Stimme, wie immer, wenn er nach den richtigen Worten suchte. »Es gehörte deiner Urgroßmutter väterlicherseits. Ich glaube, es wurde von deinem Urgroßvater selbst angefertigt, als Verlobungsgeschenk. Jedenfalls dachten deine Mum und ich, es könnte dir gefallen.«

Ich ließ den Deckel aufspringen. Innen lag eine Kette mit einem silbernen Medaillon – einem schimmernden ovalen Anhänger mit einem eingravierten Blumenmuster. »Wie wunderschön.«

Dad nahm die Kette heraus und hakte sie auf. »Ich dachte, der Anhänger könnte dir Glück fürs Examen bringen.« Er legte mir die Kette um den Hals und schloss sie, während ich meine Haare hochhielt. »Sie wurde an meine Mutter weitergereicht, und die hat immer gesagt, das Medaillon habe ihr Glück gebracht. Es war das Einzige, was sie mir hinterlassen hat, als sie ... also ... als sie starb. Und ich dachte, du würdest sie zu schätzen wissen.«

Dads Augen waren feucht geworden. Er sprach nie gern über die Vergangenheit. Alle Erinnerungen daran hatte er tief vergraben, nachdem er, auf der Suche nach einer besseren Zukunft, aus Wales fortgegangen war.

Ich sah nicht zu Amy hin, spürte aber, wie sie mich mit Blicken durchbohrte.

»Es sind keine Fotos darin«, fuhr Dad fort. »Ich dachte, du

könntest vielleicht eines Tages etwas Besonderes hineintun. Nicht jetzt natürlich. Aber du hast ja Großes vor, und wenn es irgendwann so weit ist und du jemand Nettes kennenlernst oder dir eine Katze zulegst, dann kannst du ein Foto hineinstecken.« Er kicherte.

Ich wurde rot und legte eine Hand auf meine Hüfte, als könnte man sonst Oz' Telefonnummer durch den Stoff meines Morgenmantels sehen.

»Reicht mir den Brecheimer«, murmelte Amy.

»Was war das denn, Liebes?«, fragte Mum.

»Warum habe ich keinen Glücksbringer zu meinem Einundzwanzigsten bekommen oder sonst irgendwas Besonderes?«, fauchte Amy zurück.

»Du bist nicht auf die Uni gegangen, außerdem wolltest du Geld«, sagte Dad äußerst sachlich. »Und Abbie braucht kein Geld von uns, da sie sehr vorsichtig mit ihrem umgeht.« Und zu mir gewandt, fragte er: »Kommst du finanziell zurecht, mein Herz?«

»Hervorragend, Dad.« Ich hatte mittwoch- und freitagnachmittags einen Job in einer Zahnarztpraxis, was mir ein schmales Einkommen verschaffte. Aber vor allem hatte ich ein Stipendium von einer der Topkanzleien in Aussicht, das mich durch das Jurastudium bringen würde. Die Interviews dafür fanden in zwei Wochen statt, und ich musste mich ranhalten, um ein Einser-Examen zu schaffen.

Mist. Warum hatte ich mich vergangene Nacht so gehen lassen? Wenn ich gewusst hätte, dass heute die gesamte Familie erscheinen würde, hätte ich Oz nicht aus dem Zug gezogen. Ich hätte doch wissen müssen, dass sie aufkreuzen würden. Es hatte keinen einzigen Geburtstag gegeben, den ich nicht mit ihnen verbracht hatte.

»Da bin ich wieder!«, verkündete Liz und platzte ins Zimmer. »Das ist für dich.« Sie überreichte mir einen Umschlag so feierlich, als vertraue sie mir ihr Erstgeborenes an. »Hoffentlich gefällt es dir.«

Im Zimmer herrschte Schweigen. Mum und Dad hatten sich

auf meinem Bett niedergelassen, während Amy auf meinem Schreibtisch saß, mit den Beinen baumelte und immer noch so mürrisch guckte wie beim Eintreten.

Ich riss den Umschlag auf. Er enthielt ein einziges Blatt Papier und auf dem stand: Eurail-Pass.

Liz quietschte und hopste auf und ab.

»Liz, das kann ich nicht annehmen. Das ist … monströs.«

»Was ist das denn?«, fragte Amy und riss mir das Blatt aus der Hand. »Du gehst auf Interrail-Tour? Sie hat dir ein verflixtes Interrail-Ticket gekauft? Das ist doch Hunderte wert.«

»Ich will nichts mehr davon hören.« Liz klatschte in die Hände und machte eine kleine Verbeugung vor meinen Eltern. »Mr und Mrs Jones. Ich bin überzeugt, dass Sie damit einverstanden sind. Abbie arbeitet extrem hart und hat nach dem Examen, bevor sie ihre glänzende Karriere als Anwältin antritt, eine Pause verdient. Sie hat mir gesagt, sie könne diesen Sommer wegen des Jobs im Segelclub von Mumbles nicht verreisen, aber ich hoffe, Sie werden ihr dabei helfen, den Geschäftsführer zu überzeugen, dass sie drei Wochen frei bekommt. In denen werde ich sie durch Europa scheuchen.«

»Das ist unglaublich großzügig von dir, Liz«, sagte Mum beeindruckt.

Liz legte mir einen Arm um die Schulter und drückte mich fest. »Es wird supertoll werden.«

Drei Wochen durch Europa reisen. Ein Traum wurde für mich wahr. Wohin würde es gehen? Nach Paris, Rom, vielleicht Wien? Das hieß jetzt für mich: Ich musste mich konzentrieren, eine Eins und ein Stipendium bekommen, und dann würde ich mit Liz den Sommer über durch Europa touren. Die vergangene Nacht war schön, aber mehr nicht, halt eine Nacht. Und der gestrige Tag mit Oz würde bald nur noch eine Erinnerung sein.

10
Jetzt
Januar

»Ein Glas, Madam?«

»Himmel, nein!«, stöhnte Liz und wedelte mit der Hand. »Bitte nehmen Sie das weg.«

Der Kellner wirkte irritiert über Liz' Reaktion auf das Tablett voller hochstieliger Champagnerflöten, das er ihr hinhielt.

»Abs, nimm du noch eins für mich«, sagte sie und griff mit ihrer freien Hand nach einem Glas, in der anderen hielt sie einen Orangensaft.

»Ich hatte doch schon zwei, Liz.« Ich gab dem Kellner ein Zeichen, dass wir versorgt seien, und er ging weiter.

»Na und? Es ist deine Verlobungsparty, und übrigens stillst du nicht ... und nimmst auch keine Antidepressiva.«

Ich kniff sie in den Arm. »He, bald ist alles wieder in Ordnung. Es geht dir doch schon so gut. Sieh dich an. Du siehst umwerfend aus.«

Sie ließ die Hand über ihr scharlachrotes Kleid gleiten. »Ich sehe aus wie eine Kreuzung aus dem Teufel und einer Jersey-Kuh.« Sie schnaubte.

»Deine Brüste waren schon immer groß.«

»Ich weiß«, erwiderte Liz. »Aber sie sind jetzt so schwer. Ich dachte, ich hätte für heute Abend schon genug abgepumpt. Aber ich glaube, ich muss demnächst noch mal zur Toilette und mich mit meiner Pumpe erleichtern.«

»Worte, von denen ich nie dachte, ich würde sie jemals von dir hören.«

»Ich auch nicht. Es ist alles zu viel, Abs. Ich freue mich doch schon seit Tagen auf diesen Abend, habe mir sogar die Nägel lackiert«, sagte sie und wedelte mit blutroten Fingerspitzen vor meiner Nase. »Aber das Erste, woran ich dachte, als Mum anreiste, um das Baby zu hüten, war …« Sie hielt inne und verzog das Gesicht. »Ich möchte sooo gern schlafen.« Mit dramatischer Geste ließ sie den Kopf auf meine Schulter sinken.

»Liz«, sagte ich und streichelte ihren nackten Arm. »Du weißt gar nicht, wie viel es mir bedeutet, dass du gekommen bist.« Sie hob den Kopf. »Aber ich nehme es dir nicht übel, wenn du jetzt verschwindest und ein Nickerchen machst.«

»Was? Und dich Charlies Eltern überlasse? Auf keinen Fall. Ich bin für dich da.«

»So schlimm sind sie gar nicht.«

»Sie werden dich überrollen und das ganze Fest an sich reißen. Vergiss nicht, es ist deine Hochzeit, nicht ihre, auch wenn sie an irgendeinem geheimnisvollen Datum in ferner Zukunft stattfindet.«

Ich nahm noch einen Schluck Champagner. »Ich bin mir gar nicht sicher, ob ich was dagegen hätte, wenn sie übernähmen. Es ist ja nicht so, dass ich jede Menge Zeit hätte, um Hochzeitszeitschriften durchzuforsten und Entscheidungen zu treffen. Es muss einfach alles stimmen – genau genommen perfekt sein. Und das braucht Zeit.«

»Aber ich bin doch da. Vergiss nicht, ich bin in Elternzeit. Also, am besten mache ich mich gleich an die Arbeit, solange ich noch kann«, sagte sie gähnend.

»Du solltest dich lieber darum kümmern, dass es dir besser geht, und dir nicht den Kopf darüber zerbrechen, ob es für das Hochzeitsfrühstück als Entree eine Lachs-Mousse oder Haggis-Kroketten geben soll.«

Liz machte eine Würgegeste. »Auf jeden Fall Ersteres. Wie um Himmels willen ist das Thema überhaupt aufgekommen, wo ihr noch nicht mal ein Datum festgelegt habt?«

»Das war Weihnachten bei Charlies Eltern. Er bat mich, ihnen eine Freude zu machen und nicht zu erwähnen, dass es womöglich eine lange Verlobungszeit würde.«

»Sag noch mal, wieso eigentlich?«

»Es ist zu viel los in diesem Jahr«, erwiderte ich. »Du weißt ja sicher von Mary, dass Charlie gern einen zweiten Anlauf nehmen will, Kronanwalt zu werden, und ich möchte noch irgendeinen wichtigen Prozess gewinnen und vielleicht sogar auf der Konferenz vom letzten Monat aufbauen.«

»Aber ich bin doch da. Bitte, Abs.« Sie zog am Ärmel meines schwarzen Samtkleids. Ich hatte es vergangene Woche beim Schlussverkauf ergattert, nachdem Charlie mich mit der Nachricht von der Party überfallen hatte. »Du könntest zu mir kommen, und wir gehen gemeinsam die Zeitschriften und Magazine durch. Bitte, lass mich an alldem teilhaben.«

»Natürlich. Du bist meine Trauzeugin.«

Sie strahlte. »Wirklich? Das hast du nie erwähnt.«

»Ich dachte, das sei klar.«

»Wirklich, Abs, nicht gerade die feine Art, deine beste Freundin zu bitten, eine der wichtigsten Personen auf deiner Hochzeit zu sein.«

»Tut mir leid.«

»Schon verziehen. Aber bitte lass mich etwas tun. Ich könnte schon mal recherchieren und dir dann die Auswahlmöglichkeiten vorlegen. Wenn ihr das Datum festgelegt habt, bekommst du einen spitzenmäßigen Ordner mit all den Details. Dann ist die endgültige Organisation nur noch ein Kinderspiel.«

»Echt? Das würdest du machen?«

»Natürlich. Zuerst der Ort. Ich vermute, klein und intim in Wales?«

»Abbie, Liebes«, rief Charlies Mum irgendwo von hinten mit ihrer seidig glatten Stimme. Elena Logan – die eleganteste Siebzigjährige, die mir je begegnet war. Sie erinnerte etwas an Helen Mirren mit ihrem adretten silberblonden Pagenschnitt. Ich glaube, dass ich Elena nie anders als irrsinnig gut gekleidet gesehen habe – selbst, wenn sie auf ihrem Landsitz die Hunde ausführte.

Die Größe und die gerade Nase hatte Charlie von ihr, die Wärme und Bedachtsamkeit von seinem Dad, der gerade zusammen mit einem Gast, den ich nicht kannte, an der Bar ein paar Whiskeys kippte. Charlie war ihr einziges Kind, und sie überschütteten ihn mit grenzenloser Liebe. Doch das hatte ihn nicht verdorben, ganz im Gegenteil. Er war der selbstloseste Mensch, den ich kannte.

»Wunderbare Neuigkeiten, Abigail«, verkündete Elena. »Auchen Castle in Dumfries ist am letzten Dezemberwochenende frei.«

Liz verschluckte sich an ihrem Orangensaft. »Es gibt also doch ein Datum?« Sie warf mir einen verärgerten Blick zu. Den kannte ich nur zu gut – vortretende Augen und bebende Nasenflügel.

»Also, nein, eigentlich noch nicht –«

»Abigail, Liebes.« Elena berührte leicht meinen Arm. »Das tut mir leid. Ich hatte keine Ahnung. Charlie hat gesagt, du seist einverstanden mit der Weihnachtszeit, weshalb es eher um die Frage gehe, wann die Burg frei wäre, und nicht, ob der Termin in euren Kalender passe. Außerdem hat Charlie mir versichert, dass ihr über die Weihnachtszeit keine Fälle übernehmt.«

Ich wollte gerade sagen, das sei nicht ganz richtig, schwieg dann aber. Ich wollte nicht widerspenstig erscheinen. Charlie hatte einmal zu mir gesagt, im Umgang mit seiner Mum klänge ich immer abwehrend. Ich hatte keine Ahnung, warum sie mich dahin brachte.

»Es ist wirklich sehr aufmerksam von dir, dass du das arrangiert hast, Elena, aber wahrscheinlich sollte ich mich zuerst mit Charlie besprechen.«

»Wie du wünschst, Liebes. Es ist ja auch dein Tag.« Sie zuckte die Achseln. »Das Problem ist nur, meine Mutter wird in letzter Zeit immer hinfälliger. Lange Reisen sind nichts mehr für sie. Und ich bin mir sicher, einer ihrer letzten Wünsche ist es, ihren Enkel verheiratet zu sehen. Du hast doch nicht etwa an eine walisische Hochzeit gedacht, oder?«

Eine Hitzewelle stieg in mir hoch. Hoffentlich sah man das nicht in dem schwachen Licht dieses Saals. Charlies Eltern hatten auch diesen Abend organisiert. Sie hatten es als Überraschung geplant, doch zum Glück hatte Charlie mich eingeweiht, damit ich ihn nicht, wie an dem Abend, als er mir den Heiratsantrag machen wollte, sitzen ließ.

Der Salon im Six Storeys, einem Veranstaltungsort in Soho, verströmte Opulenz mit seinen schweren silbernen Vorhängen und den Kristallkaraffen, die in der verspiegelten Wand hinter der Bar funkelten. Charlies Dad hatte viel in der Stadt zu tun und kannte die Besitzer gut. Eine Menge seiner Geschäftspartner sowie Freundinnen Elenas aus dem Women's Institute waren anwesend. Wahrscheinlich kannte ich nicht mal die Hälfte der Gäste. Ein nächtliches Unwetter über Südwales hatte für ein Reisechaos gesorgt, so dass es niemand aus meiner Familie geschafft hatte zu kommen. Ich war mehr als dankbar, dass wenigstens meine beste Freundin anwesend war.

Ich straffte mich. »Traditionell ist es allerdings so, Elena, dass die Familie der Braut alles organisiert. Und meine Familie lebt in Wales.«

Sie verzog den Mund. »Selbstverständlich. Ich habe wohl etwas übereilt gehandelt. Dafür entschuldige ich mich, Abbie, Liebes. Ich bin einfach so aufgeregt wegen Charles. Er ist schließlich unser einziges Kind. Ich fürchte, du musst mich ein wenig bremsen.« Sie versuchte ein Lächeln, doch es reichte kaum bis in ihre Mundwinkel.

Ein Arm schlang sich um meine Taille. »Da ist ja meine wunderschöne zukünftige Braut«, sagte Charlie, und ich lehnte mich an ihn. »Und worüber sprecht ihr gerade?«, fragte er und blickte von einer zur anderen.

»Nun, es scheint so, mein Lieber«, begann Elena, »dass ich womöglich zu weit gegangen bin; dabei wollte ich deiner lieben Verlobten doch nur helfen.« Sie machte ein Gesicht wie ein verwundetes Reh.

Charlie rieb mir leicht den Rücken und schaute mich erwartungsvoll an.

»Deine Mutter meinte, Auchen Castle sei am letzten Dezemberwochenende frei«, mischte Liz sich ein, um Klarheit zu schaffen.

Charlies Gesicht leuchtete auf. »Wirklich? Wie herrlich.« Er umarmte seine Mutter, erst als er sich wieder umdrehte, sah er mein Gesicht.

»Entschuldige, Abbie. Ich habe den Dezember nur als Möglichkeit erwähnt, ehrlich, vertrau mir. Warte, bis du den Ort erst mal siehst. Kannst du dich noch an das Restaurant in Dumfries erinnern, wo wir letzten Sommer nach unserem Spaziergang eingekehrt sind? Erinnerst du dich noch an die Aussicht?«

Sofort fiel mir jener Ausflug wieder ein. Damals hatte ich gerade einen anstrengenden, fünf Tage dauernden Prozess gewonnen. Und als wir dann in dem exquisiten Hotel mitten in der Stadt abstiegen, war ich ebenso erschöpft wie zufrieden. Ich weiß noch, dass ich ihn nach dem Preis fragte, aber er hatte meine Frage beiseitegewischt und gesagt, wir hätten es verdient, hin und wieder mal über die Stränge zu schlagen. Als Extra hatte Charlie einen Nachmittag im Wellnessbereich des Hotels für mich gebucht, und danach hatten wir ein Taxi zu diesem Restaurant genommen, wo wir, in karierte Decken gehüllt und mit einem Glas Wein in der Hand, im Biergarten dem Sonnenuntergang zusahen. Der Blick war atemberaubend gewesen.

»Ja, ich erinnere mich«, sagte ich und schlang den Arm um seine Taille.

»Auchen Castle liegt am anderen Ende der Stadt, und von dort ist der Ausblick noch spektakulärer.«

Charlie begann mit seiner Mum diverse Details zu erörtern. Plötzlich kam ich mir vor wie ein unbeteiligter Gast. Was hätte ich zu diesem Thema auch beitragen können? Charlie und ich hatten bisher gar keine Zeit gehabt, uns zusammenzusetzen und zu überlegen, wie wir uns den Ablauf des Tages vorstellten. Nach Paris und den anschließenden drei Prozessen, von denen ich nur einen gewonnen hatte, blieb wenig Zeit bis Weihnachten.

Nun gab es mit einem Mal ein Datum und einen Ort für die Hochzeit, ohne dass dies besprochen worden war.

Eine vertraute Enge schnürte mir die Brust zu; ich schloss

die Hand um mein Medaillon. Der Inhalator war in meiner Jacke, und die hing in einem Schrank im Foyer.

Ich wedelte mir Luft zu. »Ich glaube, ich brauche etwas frische Luft«, sagte ich, als kurz eine Pause in der Unterhaltung entstand. »Würdet ihr mich bitte entschuldigen?«

Liz fragte mich mit einer Kopfbewegung, ob sie mich begleiten solle. Ich signalisierte ihr, alles sei in Ordnung, und befreite mich aus Charlies Umarmung. »Bin gleich wieder zurück«, flüsterte ich ihm ins Ohr.

Draußen herrschte kalte Luft, gemischt mit dem feinen, englischen Nieselregen, der diesen Januar bisher jede Nacht gefallen war. Ich fröstelte in meinem Mantel und klapperte mit den Zähnen.

Mir fiel wieder ein, was Elena über Wales gesagt hatte. Hatte ich tatsächlich immer von einer walisischen Hochzeit geträumt? Nein, eigentlich nicht. Amy war es gewesen, die in unserem Kinderzimmer unter ihrem Bett einen Schuhkarton mit Fotos von festlich gekleideten Prominenten aufbewahrte, die sie aus Mums Illustrierten *Hello!* und *OK!* ausgeschnitten hatte. Sie träumte von dem perfekten Kleid und dem perfekten Heiratsantrag. Als dann ihr Freund Barry, ein Autoverkäufer aus Manchester, mit dem sie seit sechs Monaten zusammen war, überraschend die Frage stellte, war es während eines Essens im Schnellrestaurant Nando's, nachdem sie ihm erzählt hatte, sie sei schwanger. Einen Monat später gingen sie zum zuständigen Standesamt in Manchester, und Mum und Dad waren enttäuscht, dass sie nicht eingeladen, sondern nur eine Woche vor dem Termin telefonisch informiert worden waren. Das war vor neun Jahren. Meine Familie hatte immer gehofft, wenigstens eine Jones-Hochzeit in Wales auszurichten, aber jetzt sah es so aus, als ob das nie geschehen würde. Und dann noch eine Hochzeit mitten im Winter. *Brr.* Selbst im Sommer war es in den Highlands häufig ziemlich kühl – wie würde das erst im Dezember sein?

Die Eingangstür ging auf, und Charlie trat heraus.

»Da bist du ja«, sagte er. Als er meine zitternden Lippen sah, nahm er mich sofort in die Arme und wickelte seinen Mantel um mich. Das Kaschmir fühlte sich warm an meiner Wange an, und ich sog den holzigen Rasierwasserduft ein, der dem Revers entströmte.

Er trat zurück. »Dir muss ja eiskalt hier draußen sein. Komm wieder rein.«

»Ich finde es erfrischend. In engen Räumen werde ich leicht klaustrophobisch.«

»Ich dachte immer, du littest an der Angst vor offenen Flächen.« Er drückte seine Wange an meine und griff nach meiner Schulter. »Abbie, ich weiß, dass sie manchmal etwas übergriffig wirken kann.«

Ich blickte ihm in die Augen. »Manchmal?«

»Sie meint es gut, aber es ist nicht ihr Tag, es ist unserer. Wenn du nicht in der Burg heiraten möchtest, ist das in Ordnung, dann finden wir etwas anderes.«

»Wirklich?«

»Natürlich. Wir könnten einen Kompromiss schließen und in London heiraten.«

»Aber deine Mum sagte doch, deine Großmutter könne nicht mehr reisen.«

»Nana Fitzpatrick? Sie ist aus gutem schottischen Holz geschnitzt, und wir können sie immer per Flugzeug hierherholen. Das einzige kleine Problem ist, es gibt an die zweihundert von unserer Seite. Wir müssten einen Ort finden, der groß genug für alle ist, und genügend Hotelzimmer für die Übernachtungen.«

»Zweihundert!«

»Mindestens. Beim letzten Mal hatten wir eine Liste aufgestellt und mussten dann ziemlich heftig aussieben.«

Als mir einfiel, dass es für Charlie ja die zweite Runde war, bekam ich plötzlich ein schlechtes Gewissen. Die Familienmitglieder auf meiner Seite konnte ich locker an zwei Händen abzählen. Mum war ein Einzelkind, und ihre Eltern waren lange tot, und Dads Schwester, Aunt Betsy, hatte nie geheiratet. Von daher wäre es natürlich sehr viel billiger, wenn die Hochzeit in Schottland stattfände und meine Leute gen Norden reisen würden. Sosehr ich unsere Ferientage in den Highlands jedes Mal genoss, mit meinem geliebten South Wales konnten die Highlands nicht mithalten.

»Was ist denn überhaupt so besonders an der Burg?«

Charlie nahm meine Hand und drehte den Verlobungsring an meinem Finger. »Eigentlich nichts.«

Ich sah ihn scharf an. »Los, komm, erzähl. Offensichtlich ist da doch was.«

»Eigentlich albern. Als Junge habe ich die Burg mit Dad besichtigt, und mir gefielen all die Geschichten, die er mir über die Clans erzählt hat, die vom dreizehnten Jahrhundert an dort lebten. Ich habe mir dann ausgemalt, ich wäre ein Fürst und fände eine wunderschöne Prinzessin, die ich gern heiraten würde; ich würde dann den Besitzer überwältigen, und die Zeremonie würde dort stattfinden.« Er senkte das Kinn.

»Wie rührend.« Ich lächelte.

»Eher peinlich.«

Ich drückte seinen Arm. »Nein, gar nicht«, versicherte ich. Ich musste an Mumbles denken. Der einzige Ort, der mir dort etwas bedeutete, was der Leuchtturm, und da konnte man nicht heiraten.

»Weißt du was? Ich finde, Dumfries wäre ein sehr schöner Ort für eine Hochzeit«, erklärte ich und umarmte ihn fest.

»Wirklich?« Charlie strahlte und schob seine Brille hoch.

»Mein einziges Problem sind die Kosten. Wie um Himmels willen sollen wir so viele Menschen bewirten und unterbringen?«

»Wir?«

»Ja, du und ich. Halbe-halbe.«

»Abbie, ich weiß deine Einstellung zu schätzen, aber meine Eltern bestehen darauf, die Kosten für die Hochzeit zu übernehmen.«

Ich fuhr zurück. »Das können wir nicht zulassen.«

»Sie werden aber darauf bestehen. Hör zu, du gehst jedes Mal hoch, wenn wir über Geld reden, aber du hast doch sowieso schon eine Menge Ausgaben. Wenn du möchtest, können wir uns darauf einigen, dass wir die Dinge bezahlen, die uns wichtig sind – dein Kleid, meinen Anzug, den Fotografen. Aber meine Eltern werden auf keinen Fall zulassen, dass wir die Rechnung für ein so großes Ereignis bezahlen. Außerdem sparen wir doch für eine neue Wohnung, oder?«

Ich nickte.

»Lass uns kein großes Ding daraus machen. Es wird trotzdem noch unser ganz besonderer Tag sein. Und der Bankettsaal in der Burg ist spektakulär. Stell dir nur mal vor: lodernde Fackeln, überall Kerzen.«

»Sie haben das sehr überzeugend vorgebracht, Mr Logan. Ich hatte mir einfach nie eine große Hochzeit vorgestellt, das ist alles. Und Dezember kommt mir sehr nah vor.«

»Eigentlich nicht. Es ist fast noch ein Jahr hin. Komm, gib dir einen Ruck. Wir legen jetzt unsere Termine fest und nehmen um das Datum herum nichts mehr an. So wird das wunderbar klappen. Und wir können so oft dort hinfahren, wie du willst, damit du alles erkunden und buchen kannst. Wenn du gern eine kleinere Hochzeit hättest, werde ich mit Mum sprechen und sehen, ob wir die Anzahl der Gäste nicht reduzieren können. Die Kapelle ist ohnehin klein, so dass dieser Teil der Feier auf jeden Fall intim sein wird. Es passen höchstens achtzig hinein. Die übrigen können dann zum Empfang kommen.«

Charlie bemühte sich mir zuliebe sehr um einen Kompromiss, trotzdem konnte ich mir den Tag immer noch nicht richtig vorstellen. Aber ich war mir sicher, dass er deutlicher Gestalt annehmen würde, sobald wir nach Schottland gefahren waren.

Er beugte den Kopf, um mir in die Augen zu sehen, und runzelte die Stirn. »Es bleibt dabei?« Er streichelte meine Wange und küsste mich auf den Mund.

Langsam begann sich meine Anspannung zu lösen, auch

wenn tief in meiner Brust immer noch ein nagender Zweifel saß. Vielleicht war mein Kleid ja zu eng.

»Es bleibt dabei«, erwiderte ich mit Überzeugung.

Charlie strahlte übers ganze Gesicht, packte meine Schulter fester und steuerte mich in Richtung Eingangstür. »Es wird ganz wunderbar werden. Du wirst sehen. Es wird der schönste Tag unseres Lebens.«

Wieder im Gebäude, sah ich Liz und Mary an der Rezeption stehen.

»Ihr geht?«, fragte ich und ließ Charlie los.

»Ich habe dich gesucht, um mich zu verabschieden«, erklärte Liz und unterdrückte ein Gähnen.

»Ich bringe meine wunderschöne Frau nach Hause«, ergänzte Mary und hielt Liz ihren Mantel hin. Liz lehnte sich an Mary und küsste ihre Wange. Darauf küsste Mary sanft ihren Mund. Sie benahmen sich noch immer wie frisch Verliebte, selbst fünf Jahre nach der Hochzeit. Ich hoffte, mit Charlie und mir würde es in ein paar Jahren ebenso sein.

»Tut mir leid, Abs, aber ich kann die Augen nicht mehr offenhalten.«

Sie lachte, dennoch hatte ich das unbestimmte Gefühl, dass etwas nicht stimmte. Liz und ich hatten einander nach der Konferenz kaum noch gesehen. Dreimal hatte ich es geschafft, vorbeizuschauen, und da waren entweder ihre Mum oder Mary dabei gewesen. Und heute hatten wir uns zum ersten Mal seit meinem Pariser Wochenende richtig miteinander unterhalten. Ich hatte überlegt, ob ich ihr ausführlicher davon erzählen sollte, auch, wen ich dort getroffen hatte. Ich fand es dann nicht so wichtig und ließ es sein. Es war keine große Sache.

Ich umarmte sie, und sie drückte mich ganz fest, fast zu fest. Als ich mich aus der Umarmung löste, sah ich, dass ihre Augen voller Tränen standen.

»Könnt ihr zwei mich ein paar Minuten mit Liz alleinlassen? Ich möchte einen Termin für allerlei Hochzeitsvorbereitungen absprechen.«

Charlie verschwand nach oben zur Party, und Mary ging gerade noch rechtzeitig durch die Eingangstür nach draußen, bevor bei Liz die Tränen liefen. Sie wischte sie mit beiden Daumen weg und fischte dann ein Päckchen Taschentücher aus der Handtasche. Da die Garderobiere in Hörweite war, sprach ich leise.

»Was ist los?«, fragte ich.

»Sie wirken nicht.«

»Wer wirkt nicht?«

»Die Tabletten. Die Antidepressiva. Ich heule die *ganze* Zeit; die Panikattacken lassen zwar nach, dafür wird die Schlaflosigkeit schlimmer. Und jetzt hat Maddy auch noch Koliken ...« Sie konnte den Satz nicht beenden, weil die Tränen heftiger flossen.

Ich ließ sie an meiner Schulter weinen, bis ich merkte, wie sie tief Luft holte.

»Geht's dir etwas besser?«, fragte ich.

Sie nickte.

»Hast du mit deinem Hausarzt darüber gesprochen? Vielleicht sollte er die Dosis erhöhen oder es mit einem anderen Medikament versuchen. Er hat bestimmt auch etwas gegen Maddys Koliken.«

»Ich gehe Montag hin. Mary ist dann in Sheffield, ich möchte sie nicht beunruhigen, und Mum ist nicht da.«

»Soll ich dich begleiten?«

»Würdest du das tun?«

»Natürlich. Ich habe keinen Gerichtstermin und kann mir ein paar Unterlagen mitnehmen, die ich dann später durcharbeite. Ich könnte sogar ein, zwei Nächte bleiben, bis Mary wieder zurück ist.«

Sie schniefte. »Du bist die Beste.«

Ich schob ihr die Locken hinter die Ohren. »Es wird alles gut werden. Das Schlimmste für dich war doch, überhaupt um Hilfe zu bitten. Du musst jetzt einfach weiter darum bitten. Niemand erwartet von dir, dass du nur glücklich bist und alles sofort im Griff hast. Es braucht Zeit. Pass auf, ich könnte am Wochenende sogar bei Smith's vorbeigehen und mich mit Hochzeitsmagazinen eindecken. Und wir fangen schon mal mit Planen an.«

Ihre Tränen versiegten, und ein echtes Lächeln erschien in ihrem Gesicht. »Das fände ich schön. Heiratest du eigentlich wirklich in einer Burg? Du wolltest ja ursprünglich eine lange Verlobungszeit und eine kleine Hochzeit. Kein Brimborium.«

Gedankenverloren spielte ich mit meinem Medaillon. »Ich weiß nicht, was ich will, Liz. Klein, groß, Wales, Schottland. Träumt nicht jedes Mädchen davon, eine Hochzeit zu planen?«

»Nicht immer, Abs. Das Ganze kann sehr schnell sehr belastend werden. Die Ausgaben, die Gästeliste, fordernde Familien, der Versuch, allen gerecht zu werden. Genau das ist Mary und mir passiert. Dann dachte ich, scheiß drauf. So etwas sollte doch nicht so stressig sein. Und deswegen sind wir nach Thailand durchgebrannt. Es war schließlich unser besonderer Tag und die einzige Möglichkeit, ihn nach unseren Vorstellungen zu begehen. Manchmal muss man einfach spontan sein, etwas Verrücktes tun. Charlie und du, ihr könntet euch morgen davonmachen, wenn ihr wolltet.«

Ich machte große Augen. »Ich bin nicht spontan und tue nie etwas ohne genaue Vorüberlegungen und ohne einen detaillierten Plan.«

»Du warst nicht immer so.«

»Doch.«

»Ich erinnere mich gut an die Zeit, als du anders warst. Ich kenne dich nun schon seit siebzehn Jahren. Und es hat durchaus Augenblicke mit einer wilden und verrückten Abigail Jones gegeben.« Ihre Augen funkelten.

Ich wusste genau, worauf sie anspielte, wollte aber nicht, dass sie das jetzt hervorkramte.

Nein. Im Hier und Jetzt gab es keine spontane Abbie. Sie gehörte der Vergangenheit an. Auch wenn ich den Rat meiner besten Freundin durchaus zu schätzen wusste – so war es doch nicht immer gut ausgegangen, wenn ich ihren wilden Ideen gefolgt war.

Nein. Charlie hatte das Bild einer wunderschönen Hochzeit entworfen, und die Fahrt nach Schottland nächsten Monat würde mir das Gefühl geben, dass ich aktiv beteiligt war. Wir konnten beide dafür sorgen, dass es ein sorgfältig geplanter, unvergesslicher Tag würde. Charlie und ich konnten das gemeinsam vollbringen. Ich wusste nur allzu gut, dass Spontaneität zu nichts als Kummer und Schmerzen führte.

11
Vor vierzehn Jahren
Juli

Das Gewicht meines Rucksacks drückte auf meine Schultern, und meine Fußsohlen waren vom Marschieren über die Straßen von Paris, München, Zagreb, Belgrad und Sofia hart geworden. Sofia war übrigens die einzige Stadt, von deren Besuch ich immer geträumt hatte, bei den anderen vier hätte ich mir nie vorstellen können, dass ich jemals dort landen würde. Unsere Bräune hatte sich im Lauf der Zeit gut entwickelt – Liz' bronzefarbene Arme und meine, die daneben aussahen wie ein Paar verbrannter Lachsfilets.

Ich befreite mich von meiner Last und sank auf die Bank vor dem Hauptbahnhof von Sofia – unserem vereinbarten Treffpunkt. Ich hatte Liz im Hostel zurückgelassen, weil ich noch unbedingt die Alexander-Newski-Kathedrale hatte besuchen wollen. Das byzantinische Innere mit seiner weihrauchgeschwängerten kühlen Luft hatte mich ruhig und nachdenklich gestimmt.

In jeder Stadt hatte Liz mir erst am letzten Tag unseres Aufenthalts das nächste Ziel verraten. Bisher waren wir stets weiter nach Osten gereist, und insgeheim hoffte ich, der nächste und letzte Ort würde wieder auf halber Strecke Richtung London liegen. Italien vielleicht? Nur damit die Zugreise nach Hause nicht zwei Tage dauerte.

»Abs«, rief Liz hinter mir.

»Da bist du ja. Ich wollte schon einen Suchtrupp losschicken.« Ihr Gesicht war tränenverschmiert. »Was ist los?«

Sie ließ ihren Rucksack vor meine Füße fallen und setzte sich neben mich. Autos hupten, während sie vorbeisausten.

»Mum hat gerade angerufen.« Sie schniefte.

»Was ist passiert?«

»Sie ist mitten im Supermarkt zusammengebrochen. Man hat

sie ins Krankenhaus gebracht und ...« Noch ein Schniefer. »Und ihr den Magen ausgepumpt.« Liz' Unterlippe zitterte, als sie mich anschaute.

»Scheiße. Und was ist mit ihr?«

»Es geht ihr schon wieder einigermaßen. Sie hatte Mirtazapin eingenommen und danach eine Flasche Prosecco gekippt, bevor sie spätabends noch einkaufen ging. Die blöde Kuh.«

»Liz!«

»Ich muss zurück«, sagte sie.

»*Wir* müssen zurück.«

»Was? Nein, ich werde dich doch nicht in mein ödes Londoner Leben mit hineinziehen. Mum kommt wieder in Ordnung, aber ich habe im Krankenhaus mit ihr gesprochen, und sie braucht mich. Ich habe schon einen Heimflug gebucht. Er geht um zehn und braucht ein bisschen über drei Stunden.«

»Warum hast du nicht mit mir darüber gesprochen? Ich kann dich doch nicht mit der ganzen Sache alleinlassen.«

»Ich komme schon zurecht. Ich bin nur etwas sauer, dass wir diese letzte Station unserer Reise nicht gemeinsam erobern.«

Ich schluckte. »Aber ohne dich will ich da nicht hin.«

»Ach, komm schon, Abs. Es wird bestimmt schön. Das Abenteuer deines Lebens.«

»Worüber du mich allerdings noch ins Bild setzen musst.«

»Ich kann nicht glauben, dass du den Ort nicht längst erraten hast.«

»Besonders viele Hinweise hast du mir nicht gerade gegeben.«

»Mein Lieblingsbuch?«

Ich zuckte die Achseln.

»*Mord im Orientexpress.*«

»Ich kann mich noch dunkel an den Film erinnern – alle hatten den gesehen. Aber fährt der Orientexpress nicht von London nach Paris oder Wien?«

»Es gibt noch eine andere Strecke, die, auf der wir seit zweieinhalb Wochen unterwegs sind. Mit ein, zwei Stationen habe ich mir beim Buchen ein paar Freiheiten erlaubt. Aber schließlich wird diese Reise dort enden, wo das Buch beginnt. In Istanbul.«

Ich riss die Augen auf. »Die Türkei? Wie lange wird das denn dauern?«

»Hier.« Sie überreichte mir eine Fahrkarte mit dem Aufdruck ›Balkanexpress‹. »Um die zehn Stunden. Ich habe ein Schlafwagenabteil für zwei Personen gebucht. Das hast du jetzt ganz für dich.« Aus ihrer Tasche zog sie einen zusammengefalteten Zettel, der sichtlich schon einmal zerknüllt gewesen war. »Los, geh ihn suchen.«

»Wen denn?« Ich faltete den Zettel auseinander und erkannte die Notiz von Oz, die er nach unserer gemeinsam verbrachten Nacht auf meinem Schreibtisch hinterlassen hatte. »Ich dachte, der Zettel sei im Papierkorb gelandet!«

»Ich habe ihn wieder rausgefischt, als du vor dem Geburtstagsessen mit deiner Familie geduscht hast.«

»Warum?«

»Weil da seine Adresse draufsteht. Du hattest dich geärgert, weil du seine Nummer« – sie malte Anführungszeichen in die Luft – »›verloren‹ hast.«

»Das war doch ein Witz, Liz. Er hat mir Nummer und Adresse aufgeschrieben, damit ich ihm in neun Jahren Bescheid sage, falls ich es nicht zu dem Treffen schaffen sollte. Es war ein –«

»Ja, ich weiß, dass es eine Anspielung auf diesen Film war, in den du mich mal geschickt hast: zwei Schauspieler, die über Leben und Liebe schwadronieren.«

»Nichts da. Das waren zwei Menschen, die offensichtlich füreinander bestimmt waren, was durch die Umstände aber verhindert wurde.«

»Ganz genau.«

»Moment. Ich habe nicht mich gemeint. Das war ein Film. Fiktion. Alles nur ausgedacht. Nicht wirklich geschehen. Hätte nicht geschehen können.«

»Danke, ich weiß, was Fiktion bedeutet«, sagte sie leicht verärgert. »Aber er ist ›der Eine‹.«

Ich sank auf die Bank zurück. »Du weißt, dass ich an all das nicht glaube.«

»Jetzt hör mal gut zu, Abs. Er hat dir nicht ohne Grund seine Daten hinterlassen. Er möchte nicht, dass du neun Jahre wartest. Er hat seine Adresse hinterlassen. Zur Sicherheit. Falls du seine Nummer abduschst. Und das ist jetzt deine Chance, ihn zu finden.«

Ich beschloss, mich nicht länger querzustellen. »Und nun?«

Sie zuckte die Achseln. »Weiter als bis zu meinem großartigen romantischen Plan, dich dort hinzukriegen, habe ich nicht gedacht. Übrigens habe ich gehört, dass die türkischen Frauen auch nicht ohne seien. Und nun kann ich nicht mit.« Sie zog einen Schmollmund und verschränkte die Arme vor der Brust. Liz hatte während unserer Tour schon mit zwei Mädchen die Nummern getauscht – einer amerikanischen Studentin in Kroatien und einer deutschen Tätowiererin in München.

Ich versetzte ihr einen Klaps auf den Arm. »Du bist verrückt, weißt du das?«

Sie nickte. »Ja.«

»Und wie komme ich wieder nach Hause?«

»Vielleicht willst du das ja gar nicht.«

»Liz, ich muss. Der Ferienjob im Segelklub, das Jurastudium, eine Wohnung finden. Das ist mein Leben.«

»Und es ist öde.«

Ihre Worte schockierten mich, aber ich beschloss, jetzt keinen Streit anzufangen. Offensichtlich war sie ziemlich durcheinander. »Hör zu. Ich weiß, was dir zu schaffen macht. Auch du wirst etwas finden. Irgendwo wartet ein Job auf dich.«

»Wo denn?« Sie runzelte die Stirn und fummelte an den Rucksackgurten. »Ich habe Angst, Abs. An der Uni war alles toll. Ich hatte dich, ich gehörte irgendwo hin, in Gruppen und Organisationen, die mir etwas bedeuteten. Aber jetzt? Auf welche Zukunft kann ich mich denn freuen? Eingesperrt mit meiner Mum und mit null Berufsaussichten.«

Ich legte einen Arm um sie und rieb ihre Schulter.

»Es tut mir leid. Das mit deinem öden Leben habe ich nicht so gemeint«, sagte sie. »In Wirklichkeit stimmt das nicht. Du hast alles so gut geplant, und ich bin stolz auf dich. Aber ...«

»Was aber?«

»Dass ich die Ablehnung der UNICEF verwunden hätte, ist gelogen. Ich war mir so sicher, dass wir in ihr Graduiertenprogramm aufgenommen würden. Es wäre toll gewesen, mit dir zusammenzuarbeiten, etwas Sinnvolles zu tun. Und du hättest dann mit mir bei meiner Mum gewohnt.«

»Aber mein Weg ist die juristische Ausbildung. Ich habe bei der Bewerbung nur mitgemacht, weil du mich gezwungen hast.«

»Ich weiß. Du hast recht.«

»Lass mich mit dir zurückfliegen, Liz. Istanbul ohne dich ist nicht dasselbe. Und für dich finden wir andere Jobs, für die du dich bewerben kannst. Ich hätte dann noch drei ganze Tage, ehe ich nach Mumbles muss. Und Oz ... Oz war ein Eintagsflirt. Eine einzige heiße Nacht mit ... Das war gar nichts.« Der Tick an meinem Auge meldete sich wieder, und ich rieb unauffällig mit dem Zeigefinger daran, während ich den Arm auf die Bank stützte.

»Netter Versuch. Aber du kannst diesen Tick nicht vor mir verbergen.« Sie ließ die Schlösser ihres Rucksacks aufschnappen und holte eine Plastikhülle mit Reißverschluss heraus. »Ich möchte, dass du dir die hier anschaust.« Sie öffnete die Hülle und reichte mir zwei Fotos: Oz und ich beim Tanzen.

»Woher hast du die?«

»Die habe ich gemacht. Als sie vor Beginn der Tanzerei diese Wegwerfkameras verteilten, warst du noch nicht da. Ich habe euch aufgenommen, als ihr da so heiß getanzt habt.«

Bei der Erinnerung wurde ich rot.

»Sieh doch nur, wie glücklich du warst.«

Auf dem einen lachten wir beide ausgelassen, während er mich nach hinten bog. »Ich war betrunken.«

»Stimmt nicht. Ich habe dich nämlich schon richtig betrunken erlebt.«

Ich sah mir das zweite Bild an, auf dem ich die Arme um seinen Hals gelegt hatte und er seine um meine Taille. Wir sahen einander tief in die Augen.

»Das muss Liebe sein«, sagte Liz.

»Liebe?«, stotterte ich. »Das war keine Liebe.«

Sie stupste mich in die Rippen. »Er hat was mit dir angestellt. Und du wirst es für den Rest deines Lebens bereuen, wenn du nicht wenigstens versuchst, ihn zu finden.«

»Ich kann da doch nicht unangekündigt aufkreuzen«, sagte ich, strich über das Foto und versuchte, die inneren Bilder vom Ende jener Nacht zu verscheuchen. »Ich sollte ihm einen Brief schreiben.«

»Was glaubst du denn, wo wir leben! In den Neunzigern? Such ihn auf Facebook, chatte mit ihm, triff ihn, treib es wild mit ihm ... und der Rest bleibt dir überlassen.«

»Wie soll ich ihn denn finden? Ich weiß ja nicht mal seinen Nachnamen.«

»Demir heißt er.«

»Woher weißt du das?«

»Das habe ich der Informationstante vom University College aus dem Kreuz geleiert. War ganz schön zickig. Aber dann hat sie mir die Studentenzeitung gegeben, und darin war ein Artikel über die Fächer, die er belegt hatte. Hättest du gedacht, dass er außer Englisch für Fortgeschrittene auch Betriebswirtschaft und Management studiert hat?«

»Nein. Aber Liz ... diese Nacht war doch ... also, sie sollte doch ein One-Night-Stand bleiben.«

»Sagt wer?«

»Da waren wir uns doch einig.«

»Na, dann ändere diese Vereinbarung. Das hier ist deine letzte Chance, etwas Verrücktes und Spontanes zu tun. Danach gehst du hübsch zurück nach London und bist wieder öde.«

Ich warf ihr einen finsteren Blick zu. Aber mein Puls beschleunigte sich. Ich wurde immer aufgeregter. Aber hätte ich auch die Nerven, all das durchzuziehen, ohne Liz an meiner Seite?

12

Der Bus vom Bahnhof Halkali bahnte sich seinen Weg zum Stadtteil Sultanahmet im Osten. Ich hatte mir fest vorgenommen, die dreißig Haltestellen zu zählen, bis ich aussteigen musste, aber kaum hatte ich mich auf meinem Fensterplatz eingerichtet, gab ich es auf. Zu vieles lenkte mich ab, während der Bus ins Stadtzentrum fuhr: der dichte, chaotische Verkehr; die Straßenhändler; die Geschäfte mit rosafarbenen Fassaden. Ich sah eine wunderschöne Moschee, eingequetscht zwischen einem Mietshaus und einer Domino's Pizzeria – ein schrilles Nebeneinander von Alt und Neu. Ich wollte alles in mich aufnehmen. Mit einem Mal war ich erleichtert, dass ich nicht gekniffen hatte und mit Liz nach Hause geflogen war.

»Blaue Moschee«, verkündete die Ansage etwa eine Stunde später und riss mich aus meiner Trance. Die Hälfte der Fahrgäste stieg aus, und das hatte auch ich vor, aber mein Rucksack klemmte zwischen den Sitzen fest. Ein Mann stand auf und half mir, und der türkische Ausdruck für danke – *teşekkür ederim* – kam mir flüssig aus dem Mund.

Über Kopfsteinpflaster schlappte ich in meinen Sandalen bis zum Hotel Sarniç. Als Liz mir erklärt hatte, dass ich dort wohnen würde, rätselte ich, wieso. Bis dahin waren die Hostels alle sehr in Ordnung und billig gewesen. Aber für unsere letzte Station war sie leichtsinnig gewesen, denn sie wusste, dass ich nach zweieinhalb Wochen in Gemeinschaftszimmern mit wenig Schlaf bei der Aussicht auf ein Einzelzimmer keinen Widerstand leisten würde.

Das sei ihre Extrazugabe, hatte sie gesagt und mit einem Augenzwinkern hinzugefügt: »Was, wenn du ihn mit auf dein Zimmer nehmen möchtest?«

Darauf schlug ich ihr mit dem Lonely-Planet-Führer für Istanbul auf den Kopf. Den hatte sie mir, zusammen mit all den übrigen Vorbereitungen überreicht, darunter auch einem Ticket für den Heimflug. Glücklicherweise musste ich keine zweitägige Zugfahrt auf mich nehmen, wie ich befürchtet hatte.

Das Sarniç war eine Art gelbe Pralinenschachtel – absolut symmetrisch, mit hohen Fenstern und Schmuckbändern aus braunen Terracottakacheln am ganzen Gebäude. Blumentöpfe zierten die fünf Treppenstufen zum Eingang.

Nachdem ich mich in meinem Zimmer frisch gemacht und im Dachrestaurant gefrühstückt hatte, setzte ich mich im Foyer an den Gästecomputer und loggte mich in meinen Facebook-Account ein. Der ins Suchfeld eingetippte Name Özgür Demir ergab acht Treffer. Ich betete, dass er ein normales Foto von sich benutzt hatte und nicht so ein geschöntes wie ich. Meine ›Briefmarke‹ war ein Schnappschuss von mir, wie ich unter einem großen Sonnenhut hervor auf die Bracelet Bay schaue, meinen Lieblingsort in Mumbles. Jeden Sommer waren Dad und ich bei Ebbe zu dem Leuchtturm gewandert. Er war unser heimlicher Rückzugsort – und das Geschlidder dorthin, wenn der Sand in algenbedecktes Felsgestein überging, war jedes Mal ein Vergnügen.

Ich scrollte rauf und runter, aber keines der Bilder zeigte meinen Oz. Auch wohnte keiner dieser Typen in Istanbul. Es sah also so aus, als müsste ich einfach dort aufkreuzen und hoffen, ihn zu Hause anzutreffen.

Doch auch das war vergeblich. Die Adresse führte mich zu einem umzäunten Anwesen, und die Wachmänner davor kannten weder Oz' Namen noch verstanden sie Englisch.

Auf der gegenüberliegenden Straßenseite war ein Café, das einladend wirkte. Als böte es eine willkommene Erholung von der brennenden Sonne. Also dankte ich den Wachmännern und ging hinüber.

Ich setzte mich, und ein Kellner nahm meine Bestellung entgegen. An einem Tisch links von mir saß eine schnatternde Schar junger Mädchen mit viel zu viel Make-up und teuer aussehender Kleidung. Mir war klar, dass meine Clarks-Sandalen und mein Primark-Rock sie nicht beeindrucken würde.

Der Kellner brachte meinen Kaffee, und der erste Schluck ließ mich zusammenzucken; er war stark und bitter wie Teer. Der Mann reichte mir ein Schälchen mit Zucker, und ich nahm drei Teelöffel voll.

»Entschuldigen Sie, darf ich Sie etwas fragen?«, sagte ich, als er gerade wieder gehen wollte.

»Mein Englisch ist nicht so gut.«

»Oh, ja, ähm. *Ich*«, sagte ich und zeigte auf mich, »suche« – Finger zu meinen Augen – »einen Mann. Einen Mann mit Namen Özgür Demir.« Ich hielt die Luft an.

Er strich sich übers Kinn, und seine gut einen Zentimeter langen Stoppeln knisterten unter seinen Fingern. Er verzog den Mund. »Tut mir leid.« Er schüttelte den Kopf. »Diesen Namen kenne ich nicht.«

Ich seufzte, öffnete meine Handtasche und holte das Portemonnaie heraus, in das ich Liz' Fotos von unserem Tanz gesteckt hatte. Eins zeigte Oz nur von der Seite und war sicherlich nicht gerade für eine Identifizierung geeignet.

»Sind Sie sicher? Ich glaube, er kommt öfter in dieses Café, einen Kaffee trinken«, sagte ich, zeigte auf die Kaffeetasse und hoffte, dass ich ihn nicht beleidigte, weil ich sein Englisch unterschätzte. »Er gab mir seine Adresse, und ich denke, das ist da drüben«, sagte ich und wies auf die andere Straßenseite.

»Burak!«, rief er einem anderen Kellner zu, einem älteren Mann, der hinter dem Tresen Gläser polierte. Es folgte ein türkischer Wortschwall. Ich verstand nur Oz' Name irgendwo in der Mitte. Der andere Typ schüttelte den Kopf, und ich sank tiefer in meinen Sitz.

»Tut mir leid, Miss.« Er zuckte die Achseln und ging.

Ich schob das Foto wieder ins Portemonnaie und biss in mein Croissant. Das Ganze war doch lächerlich! Wie konnte ich mich von Liz nur zu so etwas Verrücktem überreden lassen? Na, jedenfalls hatte ich es versucht. Jetzt würde ich schleunigst wieder in die Straßenbahn steigen und die Stadt erkunden. Keine Zeit, hinter einem Typen herzujagen, der ... der ... Ich biss mir auf die Unterlippe. Okay, ich gestehe es. Es war hart gewesen, mir jenen Tag und jene Nacht aus dem Kopf zu schlagen. Nachdem ich meine Abschlussarbeit eingereicht hatte, verbrachte ich viel Zeit damit, mir Stress wegen der Note zu machen, die ich dafür bekommen würde, aber auch mit Tagträumen über Oz. Ich hatte die Automatenfotos angestarrt und sie unter meinem Kissen versteckt, bis sie ganz zerknittert waren. Eigentlich war es mir bis jetzt ziemlich gut gelungen, ihn in jene Region meines Gehirns zu verbannen, wo ich all die erstaunlichen Erfahrungen aufbewahrte, die man nur ein einziges Mal im Leben macht. Kein junger Mann konnte so intelligent, so aufmerksam, so attraktiv und zugleich ein so guter Tänzer sein. Das gab es einfach nicht.

Jemand tippte mir auf die Schulter. Ich fuhr herum. Hinter mir stand eine sehr schöne, junge Frau. Ihr roter Faltenrock bedeckte kaum ihre Oberschenkel, und ihre sieben Zentimeter hohen Pumps ließen knallgelb manikürte Zehennägel sehen. Sie warf ihr welliges, schwarzes Haar mit einem Schwung nach hinten und strich ihr Polohemd glatt.

»Entschuldigen Sie«, sagte sie mit sehr starkem türkischen Akzent auf Englisch. »Ich habe Sie den Namen Özgür Demir nennen hören.«

Ich richtete mich kerzengerade auf. »Ja, kennen Sie ihn? Warten Sie, ich habe ein Foto.« Ich zerrte an dem verklemmten Reißverschluss meiner Handtasche. Ein Fettstift, lose Münzen und ein Päckchen Papiertaschentücher purzelten heraus. »Entschuldigung, tut mir leid«, sagte ich und machte mir auf dem Boden neben ihren Füßen zu schaffen, wobei mir das Jimmy-Choo-Logo auf ihren Schuhen nicht entging. Rasch schob ich alles wieder in die Tasche und zog das Foto aus meinem Portemonnaie. Sie nahm es, als wären ihre Finger eine Zange.

»Ich habe ihn vor wenigen Monaten auf einer Demo in London kennengelernt, eine Freundin hat dieses Foto gemacht. Er hat mir seine Adresse gegeben, aber es sieht nicht so aus, als wohnte er hier.«

Ihre Nasenflügel weiteten sich. »Sind Sie Engländerin?«

»Ja.«

»Und Sie sind nach Istanbul gekommen, um ihn zu finden?« Sie verschränkte die Arme vor der Brust und hob eine Augenbraue.

»Genau.«

Sie lächelte, ihre vollen Lippen hatten die Farbe ihres Rocks. »Ich kenne ihn. Unsere Familien sind seit Ewigkeiten befreundet.«

Am liebsten hätte ich sie vor Freude umarmt, aber ich hielt mich zurück.

»Wissen Sie vielleicht, wo ich ihn finden könnte?«

Erneut warf sie ihre dichte, schwarze Mähne nach hinten, und im selben Moment bemerkte ich die beiden anderen Mädchen, die an dem Tisch hinter ihr saßen. Sie flüsterten und sahen verstohlen zu uns herüber und hielten sich die nicht minder gepflegten Hände vor den Mund, um ihr Kichern zu unterdrücken.

»Heute ist Özgür mit seiner Mutter außerhalb der Stadt unterwegs. Aber Morgen werden wir uns alle im Strandclub treffen. Kommen Sie doch auch hin, um elf Uhr. Ich bin sicher, er wird sich über das Wiedersehen mit Ihnen freuen.«

Sie schlenderte zurück an ihren Tisch, schnipste mit den Fingern und murmelte etwas. Eines der Mädchen gab ihr einen Stift und einen Zettel. Sie konnte kaum die Wörter aufschreiben, denn ihre krallenartigen Finger hatten Mühe, den Kuli festzuhalten.

»Geben Sie den einem Taxifahrer, dann weiß er, wo er Sie hinfahren muss«, sagte sie und drückte mir den Zettel in die Hand.

»Danke ...?«

»Dima. Ich heiße Dima.«

Ich hielt ihr die Hand hin. »Abbie.«

Sie nahm sie, aber etwas wie Widerwillen huschte über ihr Gesicht, als meine verschwitzte Hand die ihre berührte. Doch das war mir egal. Ich konnte es gar nicht abwarten, Liz eine SMS zu schicken. Geschafft! Ich hatte ihn gefunden.

Der Golden Beach Club lag weit abseits der Straße. Riesige Palmen wiegten sich auf einer üppigen Rasenfläche, mindestens zwei Kilometer Fußweg von der Bushaltestelle entfernt, an der ich am nächsten Tag ausstieg. Der Asphalt war so heiß in der Sonne, dass ich ihn durch die dünnen Sohlen meiner Riemchensandalen spürte. Zwei Pförtner öffneten die Glastür, als ich mich näherte, und verbeugten sich tief.

Der Anblick des gewaltigen Wasserfalls, der das Atrium beherrschte, sowie der dezent verteilten gediegenen Möbel und des riesigen Deckenventilators verschlug mir den Atem. Hinter einem langen Empfangstresen an einer Wand standen zwei Herren in Anzügen, und hinter ihnen türmten sich Stapel weißer Handtücher.

Ich packte den Griff meiner Strandtasche fester und räusperte mich. »Entschuldigen Sie.«

»*Hoşgeldiniz*. Herzlich willkommen. Was können wir für Sie tun?«

»Ich bin mit jemandem verabredet.«

»Können Sie den Namen nennen?«

»Ja. Ja, sie heißt Dima.«

»Und ihr Nachname?«

Ich nahm meinen Sonnenhut ab und kratzte mich an einer verschwitzten Stelle am Kopf. »Ihren Nachnamen weiß ich nicht.«

»Wir haben über tausend Mitglieder. Ich fürchte, ohne den Namen des Gastes kann ich Sie nicht hereinlassen. Vielleicht können Sie sie anrufen?«

»Ich habe keine Nummer. Aber warten Sie, es gibt noch jemanden. Einen Mann namens Özgür Demir.«

Er tippte auf ein paar Tasten seines Computers. »Den Namen haben wir nicht im System.«

Ich war wütend auf mich selbst, dass ich Dima nicht mehr Details entlockt hatte.

»Könnte ich vielleicht irgendwo ein Glas Wasser bekommen?«

Der Mann verzog den Mund. Ganz offensichtlich hatte er strikte Anweisungen, keine Personen hereinzulassen, die ungepflegten Touristen ähnelten. Es musste ein Vermögen kosten, hier Mitglied zu sein.

Er wies mit dem Kopf auf einen Bereich weiter hinten. »Sie können den Trinkwasserbrunnen dort benutzen. Bitte, bedienen Sie sich.« Er lächelte angestrengt.

Ich nahm einen Glasbecher und drückte den Griff hinunter, worauf das Wasser viel schneller herausschoss, als ich erwartet hatte. Es bespritzte meine Shorts, und in meinem Schritt bildete sich ein Fleck. *Na großartig.*

Das glitzernde Wasser in dem Becken hinter der Glaswand sah sehr einladend aus; drumherum aalten sich Leute in der Sonne. Ein Mann erhob sich von einer Liege, streckte die Arme hoch und setzte zum Sprung an. Ich kniff die Augen zusammen. *Oz?*

Am anderen Ende des Beckens tauchte er wieder auf – weit genug weg, um mich nicht zu erkennen, wenn ich wie wild gewunken hätte, aber nah genug, um keinen Zweifel daran zu lassen, dass er es war – mit seiner nassen Badehose, die ihm an der Haut klebte und wenig der Fantasie überließ, und den schimmernden Muskeln in Brust und Armen. Ich knibbelte an meiner Unterlippe, weil mir jene Londoner Nacht wieder einfiel.

Oz schlenderte an seinen Platz zurück, wo eine Frau in einem weißen Minibikini ihm ein Handtuch reichte, sich praktisch auf ihn warf und ihm die Arme um den Hals schlang. Er griff nach ihren Händen hinter seinem Kopf, doch erst, nachdem sie sich vorgebeugt hatte. Hatte sie ihn geküsst?

Als er sich wieder auf der Liege ausstreckte, schob das Mädchen ihre Sonnenbrille hoch und warf schwungvoll die Haare nach hinten. *Moment mal, diese Geste kenne ich.* Sie blickte kurz in meine Richtung, und ein Irrtum war nicht möglich, es war Dima. Ich versteckte meinen Kopf hinter einer Farnpflanze und spähte durch die Blätter.

»Hallo, Miss!«

Ich fuhr hoch und stieß das Glas neben meinen Füßen um, das zum Glück nicht zersprang. Es war der Mann vom Empfang. »Ja?«, sagte ich.

»Darf ich Ihnen ein Taxi rufen?«

Ich hängte mir meine Tasche über die Schulter. »Nein, das ist nicht nötig. Ich warte draußen auf meine Freunde. Sie werden sicherlich bald herauskommen«, sagte ich leichthin und lächelte, bevor ich rasch nach draußen verschwand.

Die Sonne brannte noch heftiger, und der Schatten der Palme neben mir sorgte kaum für Erleichterung.

Etwa eine Stunde später öffnete sich die Glastür wieder, und ich hörte Gelächter. Eine Gruppe erschien, in ihrer Mitte Oz, eingehakt mit Dima.

»Oz?«, brachte ich mit trockenem Hals krächzend hervor.

Er drehte sich um und nahm seine Sonnenbrille ab.

»*Yok artık*. Das gibt's doch nicht. Abbie?« Er ließ Dimas Arm los. Er lächelte und seine Grübchen vertieften sich. »Bist du das wirklich?«

Er kam näher. Die Erinnerung an seine Lippen auf meinem Körper, an seine erhitzte Haut auf meiner ließ mein sonnengerötetes Gesicht bestimmt noch röter werden.

Ich grinste. »Leibhaftig.«

»Was machst du ...? Wie ...?«

Er nahm mich bei den Armen, küsste mich auf beide Wangen und hinterließ ein aufregendes Aroma von Kokosnuss und Zitrus. Seine Augen funkelten in der Sonne; das Karamell seiner Haut war tiefer und kräftiger, als ich es in Erinnerung hatte. Und das weiße T-Shirt, das er übergezogen hatte, betonte seine Bräune noch.

Er fuhr sich durch das feuchte Haar. »Was machst du hier?«, fragte er.

»Dima hat mich eingeladen«, erwiderte ich und neigte den Kopf als eine Art Begrüßung in ihre Richtung.

Er blickte Dima an, die Arme ausgestreckt, Handflächen nach oben.

Sie imitierte seine Haltung. »*Sürpriz*!« Ihre Mundwinkel zuckten, als sie auf uns zukam. »Liebe Abbie. Wir haben auf dich gewartet. Ich dachte schon, du hättest es dir anders überlegt.«

Ich schüttelte den Kopf. »Ohne deinen Nachnamen haben sie mich nicht reingelassen.«

Immer wieder fuhr Oz sich durchs Haar. »Ich verstehe nicht, Abbie. Wie hast du Dima kennengelernt?«

Unser Gespräch war alles andere als privat. Dieselben Frauen, die im Café mit Dima am Tisch saßen, begleiteten sie jetzt, und drei junge Typen lungerten in einiger Entfernung herum, guckten in ihre Handys und zwischendurch immer wieder zu dem Drama, das da gerade seinen Lauf nahm.

»Ich habe Dima gestern in einem Café kennengelernt; sie sagte, sie kenne dich. Und sie hat mich für heute hierher eingeladen. Dann würde ich dich sehen.«

»Das wäre aber ein ... *ähm* ...«

»Zufall?«

Er lächelte und tippte sich an den Kopf. »Ja, das Wort meinte ich.«

»Na ja. Ich bin mit meiner Freundin Liz im Zug durch Europa gereist. Erinnerst du dich an sie? Sie hat alles geplant, Istanbul sollte unsere letzte Station sein. Aber dann musste sie wegen ihrer Mutter plötzlich zurück nach England.« Ich zuckte die Achseln. »Dima hörte, wie ich den Kellner im Café fragte, ob er dich kennt. Und sie hat mich hierher eingeladen, aber ich habe den Eingangstest nicht bestanden.« Ich krauste die Nase und warf einen kurzen Blick auf den Club.

Er kam ganz nah heran. »Du bist nach Istanbul gekommen, um mich zu suchen?«, flüsterte er, und wie jedes Mal in seiner Nähe wurde mir innerlich ganz warm.

In dem Moment fuhr ein Wagen vor. »Özgür!«, rief einer der anderen Typen. »*Hadi ama*.«

»Eine Minute«, rief Oz zurück und hob die Hand. »Wie lange bleibst du in Istanbul?«

»Noch zwei weitere Tage.«

»Hast du schon irgendwelche Pläne?«

»Mir die Stadt angucken. Ein paar Punkte auf meiner Top-Ten-Liste habe ich schon abgehakt.«

»Wie schön«, sagte Dima. »Wir können Abbie doch morgen Nachmittag ein paar Sachen zeigen.«

»Das wäre nett, vielen Dank. Ich würde gern Ecken von Istanbul sehen, die nur die Einheimischen kennen. Hättest du morgen auch Zeit?«, fragte ich Oz.

Als er mir antworten wollte, unterbrach Dima ihn. Sie redete auf Türkisch auf ihn ein, und er antwortete leicht gereizt. Ich hatte das Gefühl, Zeugin eines Krachs unter Verliebten zu sein. Jetzt kam einer der Jungen, gab Oz einen Klaps auf den Rücken und mischte sich seinerseits ein. Es war die reinste Seifenoper, direkt vor meiner Nase, aber zum Verständnis fehlten mir die Untertitel.

»Es tut mir leid, Abbie. Morgen Vormittag muss ich woanders sein. Am Mittwoch geben wir eine große Party, um den Geburtstag meines Bruders zu feiern; ich werde bei den Vorbereitungen helfen. Du musst unbedingt kommen.«

Bei Oz' letztem Vorschlag machte Dima auf den Hacken kehrt und marschierte zu dem wartenden Auto.

»Ich muss jetzt gehen. Kann ich dich morgen anrufen?«, fragte er.

»Meine SIM-Karte funktioniert im Ausland leider nicht. Aber ich wohne im Hotel Sarniç.«

»Okay, dann holen wir dich morgen Nachmittag ab. Gegen zwei?«

Ich nickte. »Das klingt gut.«

Oz beugte sich noch einmal zu mir, um meine Wangen zu küssen. Nur mühsam widerstand ich der Versuchung, ihn lange und heftig zu küssen. Die glühende Sonne musste mein Gehirn verschmort haben.

»Können wir dir ein Taxi besorgen? Oder dich mitnehmen?«, fragte Oz.

»Nein, ich komme zurecht. Es sieht so aus, als seist du beschäftigt.«

Seine Lippen zuckten. »Es ist so schön, dich zu sehen.«

»Ebenso.«

Er legte den Kopf schräg. »Abbie. Mein Verstand ist … Oje, mein Englisch. Ich weiß nicht, was ich sagen soll.«

»Das macht nichts. Ich weiß, dass es ziemlich merkwürdig sein muss, mich hier stehen zu sehen, aber es muss Li …« Ich konnte mich gerade noch davon abhalten, Liz' Ausspruch nachzuplappern. »Es muss Schicksal sein.« Ich lachte nervös. Es war nicht Schicksal. Eher schon die Einmischung meiner besten Freundin, die es gut mit mir meinte.

»*Kader* sagen wir auf Türkisch. Schicksal.« Er sprach leise und tief. »Es ist etwas, was ich –«

»Özgür!« Das war Dima, die in scharfem Ton aus dem offenen Wagenfenster nach ihm rief.

Ich verkniff mir einen spöttischen Seufzer. Hatte sie vor, jeden Versuch einer Unterhaltung zwischen uns zu stören? »Wir sehen uns dann morgen.«

»Ja, ich kann es nicht erwarten.« Er setzte die Sonnenbrille wieder auf und ging, nicht ohne sich noch einmal kurz umzuschauen und mich mit diesem Lächeln zu bedenken, das mich wieder unmittelbar in die Zeit zurückversetzte, als er nach meinem Ohnmachtsanfall vor der Parkbank erschienen war.

Oz' Freunde warteten, während er davonfuhr, noch auf ihre Autos und sahen mich verdutzt an. Aus einem plötzlichen Impuls heraus winkte ich dem Angestellten des Clubs und zeigte auf das Taxischild. *Scheiß drauf.* Immerhin würde ich mich stilvoll entfernen.

Das kühle Innere des Wagens war eine willkommene Erholung, und ich sank in den Ledersitz, während sich mir der Kopf drehte. Aber so durcheinander, dass ich dem Fahrer den Namen meines Hotels gegeben hätte, war ich doch nicht. Er zuckte die Achseln, fuhr los und hielt gerade mal zwei Kilometer weiter an der Bushaltestelle, an der ich am Morgen ausgestiegen war.

Mein Puls hatte sich noch nicht wieder beruhigt, seit ich den Club verlassen hatte. Immer wieder tauchten Bilder auf von dem Tag und der Nacht, die wir in London miteinander verbracht hatten, und ich musste unwillkürlich lächeln. Daneben beunruhigte mich ein Gedanke: Ich konnte Oz' Beziehung zu Dima nicht deuten. Sie schienen einander nah zu sein, sehr nah. Und ich war mir sicher, dass ich gesehen hatte, wie er sie küsste.

Würde ich Gelegenheit haben, mit ihm allein zu sein und ihn zu fragen, was sie ihm bedeutete? Das war eher unwahrscheinlich. Aber immerhin hatte ich eine Stadtbesichtigung ergattert und noch die Einladung zur Party seines Bruders. Vielleicht fände ich ja den richtigen Moment. Falls Dima sich nicht die ganze Zeit dermaßen auf ihn warf, dass man schon blind sein musste, um nicht zu begreifen. Was hatte ich denn aber auch erwartet? Dass er neun Jahre lang gewissermaßen scheintot damit verbringen würde, sich nach Abbie Jones zu verzehren?

Ich schüttelte den Kopf, um die Gedanken zu verscheuchen. Es war einfach albern. Bis vor zwei Tagen hätte ich keine Sekunde damit gerechnet, ihn wiederzusehen. Ich hatte mich gezwungen, die wenigen Stunden, die wir miteinander verbracht hatten, in die Tiefen meines Unbewussten zu verbannen. Und im Hinblick auf meine Zukunft war es sicherlich nicht verkehrt, wenn sie dort blieben. Nur …? Was, wenn Liz doch recht hatte? Was, wenn er tatsächlich ›der Eine‹ war? Was, wenn ich eigentlich einen völlig anderen Weg hätte einschlagen sollen?

13

Energisches Hupen trieb mich aus meinem Winkel im Foyer des Istanbuler Hotels. Als ich am Vortag vom Strandclub zurückgekehrt war, hatte die Dame an der Rezeption mir einen Zettel überreicht: *Ich habe meine Pläne geändert und kann Dich morgen um 11 in Deinem Hotel abholen. Ich hoffe, Du hast noch nichts anderes vor. Oz.* Mein Herz hatte einen Dreifachsalto gemacht.

Wieder hörte ich es hupen und blickte verstohlen aus dem Fenster. Es war Oz auf einem Motorroller. Allein! Ich atmete tief durch und glättete die Falten meines beigefarbenen Hosenrocks. Mein pinkfarbenes T-Shirt war eine Nuance heller als meine momentane Hautfarbe, die mit der türkischen Sonne zu kämpfen hatte.

Ich schlüpfte aus der Tür, nicht ohne der Rezeptionsdame noch einmal kurz zuzuwinken.

Oz nahm seinen Helm ab und schüttelte seine Haare aus.

»Hallo«, sagte ich und wedelte leicht mit der Hand.

»*Günaydin.*« Er schwang sich vom Roller und bockte ihn auf. Dann küsste er mich auf beide Wangen. Ich spürte ein vertrautes Ziehen im Bauch und ein Kribbeln in der Wirbelsäule, als seine Haut meine berührte. Ich holte tief Luft; der Duft nach Zitrus, Gewürzen und Sonnencreme, vermischt mit frisch gewaschener Kleidung. Das marineblaue kurzärmlige Hemd über einem blütenweißen T-Shirt war nicht zugeknöpft, und seine beigefarbenen Cargoshorts reichten ihm bis an die Knie.

»*Günaydin*«, wiederholte ich. »Hübscher Roller. Rosa steht dir.«

»Dir auch«, erwiderte er und wies mit dem Kopf auf mein Oberteil. »Der Roller gehört meiner Schwester. Ich habe ihn mir für den Vormittag ausgeliehen und darf ihn nicht aus den Augen lassen, deshalb entschuldige, dass ich nicht ins Hotel gekommen bin. Sie bringt mich um, wenn sie es herausfindet.« Er grinste spitzbübisch. »Du hast gesagt, du möchtest gern eine andere

Seite von Istanbul sehen.« Er klopfte auf den Rücksitz des Motorrollers. »Und dies ist die beste Methode. Hier.« Er klappte den Sitz hoch, und ich legte meinen Hut und meine Sonnenbrille in den Hohlraum und nahm den zweiten Helm. »Auf geht's.« Er schwang sich auf den Roller und ließ den Motor an.

»Fahren wir weit?«

»Zu einem Ort östlich meiner Heimatstadt. Es ist ziemlich weit, aber die Aussicht aus einem Auto wäre langweilig. Stell deine Füße hier auf die Stange und halt dich gut an mir fest.«

Ich nickte, quetschte mich hinter ihn und legte locker die Arme um seine Taille. Der Roller hopste vorwärts, und ich wäre fast hintenübergekippt. Ich umfasste Oz fester und verwünschte mich, weil ich seine Warnung missachtet hatte.

Als wir endlich auf der Ausfallstraße waren und uns nicht länger durch das Gewimmel der schmalen Gassen im Zentrum schlängeln mussten, fuhr der Roller ruhiger. Ich blickte mich um: ein makelloser blauer Himmel und Bäume, grüner als alle, die ich bisher gesehen hatte. Es war einfach beglückend, Istanbul aus dieser Perspektive zu sehen. Etwas später stieg mir frischer Salzgeruch in die Nase, und wir erreichten einen kleinen Ort mit bunten einstöckigen Häusern. Oz fuhr langsamer, während wir über einen schmalen Pfad holperten, der zum Hafen führte.

»Wir sind da«, sagte Oz, zog den Zündschlüssel ab und befreite sich von seinem Helm.

Als der Motor erstarb, hörte ich über mir die Schreie der Seemöwen und vor mir das Wasser, das gegen die Flotte kleiner Fischerboote schwappte. Eine warme Brise streichelte meine Arme.

»Wo sind wir?«

»Das ist Arnavutköy. Als kleiner Junge bin ich oft hierhergekommen und habe geangelt ... mit meinem Bruder.«

Oz hängte die Helme über den Lenker, und wir gingen hinunter zum Wasser. Oz streifte seine Schuhe ab und setzte sich auf den Rand des Kais und baumelte mit den Beinen.

»Es ist so friedlich hier«, sagte ich, setzte mich neben ihn und löste die Schnallen meiner Sandalen. Als ich einen Fuß ins Wasser hielt, schrie ich auf. »Es ist ja eiskalt!«

Er lachte. »Du musst langsam hineingehen.«

Also tauchte ich zuerst einen Zeh, dann den Fuß bis zum Knöchel, dann bis zum Schienbein ein, und er hatte recht. Es war erfrischend – eine willkommene Abkühlung in der Mittagssonne. Auf die Hände gestützt, lehnte ich mich nach hinten und lächelte. »Wie still es hier ist.«

Oz hatte sich vorgebeugt und die Schultern gespannt. Er runzelte die Stirn. Ich bespritzte seine Beine.

»He!«, protestierte er.

»Du siehst so ernst aus.«

»Wie kommt es, dass du in Istanbul bist.« Er kniff die Augen gegen die Sonne zusammen.

»Wie schon gesagt, das ist Liz zu verdanken. Es sollte nach Bulgarien unsere letzte Station sein.«

»Ich erinnere mich, dass du gesagt hast, du würdest nie eine Interrail-Rundreise machen.«

»Ein Geschenk zum einundzwanzigsten Geburtstag. Von Liz. Als letzte Chance meine Freiheit zu genießen, bevor der Ernst des Lebens beginnt.«

»Du wolltest Rechtsanwältin werden, richtig?«

Ich holte tief Luft. »Ja. Ich habe einen Traineevertrag bekommen. Bei einer ziemlich guten Kanzlei; allerdings nicht erstklassig, wie ich gehofft hatte. Meine Eins gehört nicht zu den besten.«

»*Tebrikler*«, sagte er und drückte meine Hand. »Gratuliere. Die Examensarbeit war gut?«

»Ich habe eine Eins mit Stern dafür bekommen. ›Große Zukunft im Journalismus‹ lautete einer der Kommentare.«

»*Harika*. Wie schön.«

»Aber mit den schriftlichen Prüfungen hatte ich mehr Mühe; dadurch hat sich die Gesamtnote etwas verschlechtert. Trotzdem schulde ich dir großen Dank für deine Hilfe.«

»Ich habe nichts getan.« Nachdenklich formte er die Handflächen im Schoß zu einer Schale.

»Und was ist mit deinen Reiseplänen? Jetzt wo du deinen Master hast? Wenn du noch nicht in Kroatien warst, kann ich es dir nur sehr empfehlen.«

Er zuckte die Achseln und plantschte mit den Füßen im Wasser. »Ich trete jetzt in unser Familienunternehmen ein. Studium und Reisen sind vorbei. Ich muss arbeiten.«

»Wie schade. Was für ein Unternehmen ist das denn?«

»Immobilien. Mein Bruder arbeitet schon mit, und es ist auch mein Schicksal«, erwiderte er mit einem Hauch von Resignation in der Stimme. »Ich muss meinen Probevertrag Ende nächster Woche unterschreiben. Komisch, ich dachte, es ist das Einfachste der Welt. Nur eine Unterschrift. Aber ... Es ist schwer, einen Schritt zu tun, der den Rest deines Lebens bestimmen wird.«

Ich prustete. »So wie du es formulierst, klingt es wirklich hart.« Ich musste wieder an den Moment denken, als mein Vertrag eintraf. Es war nicht das einzige Angebot gewesen, das ich an dem Tag bekam, aber von dem anderen konnte ich niemandem erzählen, schon gar nicht Liz.

»Sei dir selber treu«, murmelte ich.

»Was hast du gesagt?«

Ich wiederholte den Satz, diesmal mit einer ausholenden Geste.

»Das klingt poetisch.«

Ich lächelte. »Das stammt auch nicht von mir, sondern von Shakespeare. Ich weiß nicht, warum ich es gesagt habe.« Liz sprach gern in Zitaten, vielleicht hatte ich diese Angewohnheit schon übernommen.

Ein spitzbübisches Lächeln erschien auf seinem Gesicht. »Ah ja, britischer Humor.« Er spielte mit den Fingerspitzen im Wasser und schnipste dann Tropfen in meine Richtung. »Ich habe ihn vermisst.«

»He!« Ich schützte mich und schöpfte dann selbst Wasser und bespritzte ihn. Doch er hielt nur noch heftiger dagegen. »Ist gut.

Ist gut. Hör auf.« Ich sah mein Oberteil an, das schon durchsichtig wurde, und warf ihm einen Blick zu.

»*Pardon.*« Er kicherte wieder, was seine Grübchen betonte. Diese kleinen Einkerbungen, auf die ich auf den Automatenfotos gestarrt hatte.

»Nett. Sehr erfrischend«, bemerkte ich ironisch. Ich stützte wieder die Arme auf, lehnte mich nach hinten und holte tief Luft. »Was machen deine Freunde? Die, die du in England kennengelernt hast.«

»*Aslında* – Yusef kommt morgen zu Besuch, und ich werde ihm ein wenig von meinem Land zeigen. Und Yaman ist noch in Ankara. Wir mailen manchmal.«

»Ich fände es toll, Yusef wiederzusehen.« Und dann nahm ich all meinen Mut zusammen; ich wollte ihn nach Dima fragen. Doch in diesem Augenblick wandte sich Oz ab und rief einem Mann am Ufer etwas zu. Er zeigte auf die Boote und aufs Meer.

»*Hadi*«, sagte er, stand auf und reichte mir die Hand.

»Was machen wir?«

»Einen Ausflug aufs Wasser. Du kannst hoffentlich schwimmen?«

»Ja, aber ...« Ich musterte meine Kleidung.

»Nein, nein. Wir werden im Boot sein, nicht schwimmen. Nur für den Fall, dass wir ins Wasser fallen«, sagte er todernst, zwinkerte dann aber.

»Ha, ha, lustig«, sagte ich. »Du kriegst es noch raus mit dem britischen Humor.«

Wir gingen zum Ufer, wo Oz eines der hölzernen Ruderboote losmachte. »Pass auf, wo du hintrittst.« Er reichte mir die Hand und verstärkte seinen Griff, als ich in das schwankende Boot stieg.

»Keine Angst, ich halte dich. Du wirst nicht ins Wasser fallen«, versicherte er mir.

Ich setzte mich auf die hintere Bank – mit einer Decke als Polster – und hielt mich an der anderen Bootsseite fest. Mit einer einzigen raschen Bewegung stieß Oz uns mit dem Fuß vom Kai ab, griff nach den Rudern, wedelte rechts und links ein wenig, bis wir auf geradem Kurs waren. Seine Knie stießen jedes Mal, wenn er sich nach vorn beugte, gegen meine.

Ich ließ die Fingerspitzen über die Wasseroberfläche gleiten. Das Wasser war so klar, dass ich kleine Fischschwärme um uns herumschwirren sehen konnte, während das Boot dahinglitt. Je weiter wir uns von der Küste entfernten, desto deutlicher wurde das geschwungene Halbrund des Hafens erkennbar. Mit seinem Kranz aus bunten Häusern, die wie Eiskugeln auf einer bananenförmigen Schale aussahen. Die Restaurants hatten geöffnet, und karierte Decken lagen auf den Tischen, an denen schon einige Gäste saßen.

Ein Blick zurück: in der Ferne die Brücke über den Bosporus und ein endloses blaues Meer. Ich hatte keine Ahnung, wie weit wir hinausrudern würden, doch es war mir egal. Oz erzählte ein wenig über die Geschichte der Region; ich lehnte mich zurück, hörte zu und erzählte ihm meinerseits Geschichten über abenteuerliche Bootsfahrten in Mumbles mit meiner Schwester.

Eine leise Melodie kam aus Oz' Mund, im Takt mit den Ruderschlägen.

»Was summst du da?«

»Ich glaube, meine Schwester spielt ihre Musik immer zu laut, und sie bleibt in meinem Kopf hängen. Ich merke gar nicht, dass ich manchmal singe.«

»Es ist eine hübsche Melodie. Und wie lautet der Text?«

Er räusperte sich, befeuchtete sich die Lippen und sang dann das bezauberndste türkische Lied.

»Wunderschön«, sagte ich, als er fertig war. »Und du hast eine sehr schöne Stimme.« *Singt, tanzt, ein Sprachkünstler. Und was kann er noch?*

Er grinste und sah scheu auf die Ruder. »*Teşekkürler.*«

»Was bedeuten die Worte auf Englisch?«

»*Eh.*« Er blickte zum Himmel. »Also … Entschuldige meine Übersetzung. ›Wo kann ich hingehen? Wo werde ich mich verstecken und weinen? Wo kann ich … mich selbst finden? Soll ich ans Meer gehen und träumen?‹« Jetzt sah er mir direkt in die Augen.

Ich bekam Gänsehaut und konzentrierte mich auf seine Knie, die wieder gegen meine stießen. »Das ist … sehr berührend. Ich sollte es aufschreiben.«

Eine leichte Brise kam auf, das Boot schaukelte sanft. Ich überlegte, ob er wohl an unser letztes Zusammensein dachte und ob er mich gleich küssen würde.

»Ich kann kaum glauben, dass ich dich doch noch gefunden habe«, sagte ich und blickte ihm in die Augen.

Er lächelte, und wieder zeigten sich seine Grübchen.

»Ich bin zu der Adresse gegangen, die du mir aufgeschrieben hast, aber der Wachmann behauptete steif und fest, dass du da nicht wohnst. Seltsam! Und im Beach Club kannte dich auch niemand. Liz hat deinen Nachnamen von der Universität, aus der Zeitschrift, die dein Studienprogramm beschreibt.«

Er blickte in eine andere Richtung. Die Narbe auf seinem Unterarm wirkte blasser in der Sonne. Er ließ ein Ruder fallen, und versuchte, sie zu verbergen. »An der Universität habe ich mich mit dem Namen meines Vaters eingeschrieben, aber hier kennt man mich unter dem Namen meines Großvaters, auch meine Mutter heißt so.«

»Oh«, sagte ich und wusste nicht, ob ich noch weiter in ihn dringen sollte.

»Wir sollten essen, bevor wir zurückkehren und meine Freunde treffen«, sagte er und griff wieder nach beiden Rudern. »Magst du Meeresfrüchte?«

Ich nickte.

Mit kräftigen Schlägen ruderte Oz uns wieder ans Ufer. Ich hatte das Gefühl, die Stimmung verdorben zu haben, als ich ihm meine Verwirrung wegen seines Nachnamens schilderte. Aber ich wollte nicht, dass unsere gemeinsame Zeit schon endete.

Hier draußen auf dem Wasser, nur wir beide – hier spürte ich eine Verbindung, die viel tiefer reichte als vorher. Fühlte er denn nicht die Elektrizität zwischen uns, wie Strom, der jedes Mal, wenn wir uns berührten, zu fließen begann?

Der Besitzer des Restaurants begrüßte Oz wie einen alten Freund. Aber ich hatte ohnehin den Eindruck, dass überall, wo ich hinkam, jeder jeden kannte. Er servierte uns eine Platte mit gebratenen Calamari, Fischklößchen und gesalzenem Bonito und erklärte mit stolzer Geste, dies seien die Spezialitäten des Hauses. Ein frischer grüner Salat und ein Brotkorb begleiteten die reichlichen Köstlichkeiten.

»Das sieht alles sehr lecker aus.«

»*Afiyet olsun.*«

»Was heißt das?«

»Wir sagen es vor einem Essen, um uns Guten Appetit zu wünschen.«

Ich nickte und ließ mir erst einmal ein paar Oliven und Brot schmecken, ehe ich mit meiner Gabel einen frittierten Ring aufspießte. Der Teig war leicht und knusprig, und die Calamari hatten überhaupt nichts Gummiartiges.

»Wie oft kommst du hierher? Jeder scheint dich nämlich zu kennen.«

»Ich versuche, einmal im Monat zu kommen, im Sommer häufiger; meine Freunde gehen lieber in den Strandclub.«

»Der sah ja auch schwer beeindruckend aus.«

»Tut mir leid, dass du ihn nicht ausprobieren konntest.«

»Das macht nichts. Hier gefällt es mir viel besser.« Ich ließ den Blick über den Hafen schweifen. »Übrigens, das Dorf hier erinnert mich irgendwie an Mumbles.«

»Wo du deine Sommer immer mit der Familie verbringst?«

»Ja. Natürlich ist das Wetter hier besser. Um diese Jahreszeit sind wir gewöhnlich in Regenmäntel verpackt. Wales scheint sein eigenes Mikroklima zu haben.«

»Ich vermisse diesen feinen britischen Regen«, sagte er mit einem Anflug von Humor.

»Tatsächlich?« Ich zog die Augenbrauen hoch. »Ich habe eigentlich auch nichts dagegen. Er ist ziemlich erfrischend und hindert uns nie daran, im Meer zu baden.«

»Ich würde gern einmal dorthin fahren, zu deinem Mumbles.«

Bei dem Gedanken an ein Wiedersehen blieb mir kurz die Luft weg. »Dann würde ich es dir zeigen. Wir könnten in Colin's Seafood Café Muscheln und Lavabrot essen.«

»Was ist Lavabrot?«

»Es besteht aus Algen und ist sehr gesund.«

»Das würde ich gern probieren.« Er lächelte übers ganze Gesicht, und mein Herz setzte kurz aus.

Wir erzählten uns noch weitere Geschichten aus den Sommerferien und nannten einander Orte, die wir demnächst gern besuchen würden. Im Stillen fragte ich mich, ob wir all diese einmal gemeinsam bereisen würden.

»So, und was steht jetzt an?«, fragte ich und wischte ein paar Brotkrümel von meinem Hosenrock.

Oz tupfte sich den Mund mit der Serviette ab und schob seinen Stuhl zurück. »Eine Kunstgalerie. Mein Freund Mert ist mit der Besitzerin der Galerie liiert und kann dir die Geschichte jedes Gemäldes erzählen.« Er zuckte die Achseln. »Ich glaube, es ist moderne Kunst.«

»Klingt interessant.« Ich folgte ihm zum Motorroller und dankte auf dem Weg nach draußen dem Restaurantbesitzer.

»Und dann schlendern wir durch den Basar. Die Mädchen werden dir die besten Läden zeigen. Danach ...« Er blinzelte. »Eine Sonnenuntergangstour.«

»Oh, ich kann's kaum erwarten.«

Er klopfte auf den Rücksitz. »*Hadi gidelim.*«

»Was heißt das?«

»Auf geht's. Und diesmal halt dich fest.« Er zwinkerte.

Ich ruckelte mich wieder auf dem Roller zurecht, legte die Arme um seine Taille und die Wange an seinen Rücken. Als wir davonbrausten, ließ ich meine eine Hand über sein T-Shirt wandern, bis ich den stetigen Rhythmus seines Herzens fühlen konnte. Ich seufzte. Er blickte kurz nach hinten, lächelte und drückte seinen Rücken gegen mich. Seine Hände umfassten den Lenker fester, und sein Herzschlag beschleunigte sich unter meinen Fingerspitzen.

Ich schloss die Augen, und mit einem Mal war ich wieder in meinem Zimmer im Studentenheim. Die Heizung neben mir klopfte und wärmte mich von außen, während seine Küsse, die an meinen Füßen begonnen und zart das Innere meiner Schenkel gestreift hatten, mich innerlich erhitzten.

Ich presste die Beine an ihn, während unter mir der Motor brummte, und meine Hände streichelten seine Brust, und ich wünschte mich wieder zurück in das Zimmer, dorthin, wo ...

Im selben Moment hupte es, und mein Tagtraum war dahin. Oz bremste. Ich versuchte mich zu sammeln und wagte nicht, ihm beim Absteigen in die Augen zu schauen. Es musste die Hitze sein, ja, ich machte die Hitze dafür verantwortlich. Ich hatte mich immer noch nicht daran gewöhnt, selbst nach den vergangenen zweieinhalb Wochen nicht.

In einiger Entfernung stand Dima mit ihrem Mädels-Anhang. Die Jungs wirkten gelangweilt, so wie sie auf ihren Handys herumtippten. Keiner machte bei unserem Anblick ein besonders begeistertes Gesicht. Ich sah heimlich auf die Uhr – weit nach zwei, unserer verabredeten Zeit. Ein Mädchen löste sich aus der Gruppe, beschwerte sich offenbar bei Oz und sauste mit dem Roller davon. Vermutlich seine Schwester.

Nach dem Besuch der Kunstgalerie und einem Bummel durch den Basar führte Dima unsere Gruppe nach draußen. Die Sonne stand inzwischen sehr tief und hüllte den Platz vor uns in orangefarbenes Licht. Weiter vor uns, im Hafen von Eminönü, wimmelte es von Menschen. Scharen schnatternder, kameraschwenkender Touristen versammelten sich für eine Hafenrundfahrt zu etwas, das – zumindest die Briten – nicht als »Schlange« bezeichnen würden. Dima blies die Backen auf. Wir warteten ein paar Minuten und schoben uns dann vorwärts.

Als wir den Anfang der Schlange erreichten, hob einer der Stewards eine Hand, in der anderen hielt er ein Seil. Dima begann mit ihm zu diskutieren, doch er zeigte auf das schon überfüllte Boot, das im Wasser schaukelte, und machte eine abwehrende Handbewegung. Dima stampfte mit dem Fuß auf und wurde lauter.

Ich traute mich nicht zu fragen, was los war, vermutete aber, dass das Boot seine zulässige Passagierzahl erreicht hatte. Ich wollte sagen, es sei nicht so schlimm, ich könne doch morgen eine Rundfahrt machen und hätte ohnehin schon die schönste Bootsfahrt hinter mir, die mit Oz in unserem privaten kleinen Dinghy. Aber als ich gerade den Mund aufmachte, zog jemand an meiner Hand.

Blitzschnell hatte Oz mich gepackt, schlüpfte unter dem Seil hindurch und zog mich hinterher, während er es hochhielt. Ohne uns umzuschauen, huschten wir über die Laufplanke.

»Özgür!«, brüllte Dima. Sie wiederholte seinen Namen, aber ihr Schrei ging unter, als der Motor startete und das Wasser aufwirbelte. Oz packte meine Hand noch fester, während wir die Lücke zwischen Boot und Kai übersprangen.

Mein Herz hämmerte in der Brust, und zwischen zweimal Luftholen musste ich kichern. Oz ließ mich nicht los, sondern zog mich durch die Menge in den hinteren Teil des Boots, dann eine schmale Treppe hinauf und schlängelte sich durch das Gedränge auf dem Oberdeck bis zum Bug. Sanft schob er sich mit dem Ellbogen in eine schmale Lücke zwischen zwei Passagieren, sagte »*Pardon*« und zog mich neben sich, so dass ich direkt durch die Glaswand schauen konnte.

Unten am Kai sahen wir Oz' Freunde stehen. Dima hatte die Arme wieder vor der Brust verschränkt, aber die Jungs schwenkten die Arme, wahrscheinlich, weil sie froh waren, dass sie diese Tour nicht mitmachen mussten. Mert streckte den Daumen in die Luft, zeigte auf die Tüte mit Souvenirs, die ich zurückgelassen hatte, und winkte. Oz winkte zurück und rief etwas auf Türkisch. Ich konnte nur meinen Namen aus seinen Worten heraushören.

Das Boot fuhr los, und die Gestalten am Ufer schrumpften, bis sie Teil des Hintergrunds wurden.

»Was hast du gesagt?«

»Dass du nur für so kurze Zeit hier bist. Wie könnten wir zulassen, dass du eine der besonderen Sehenswürdigkeiten unserer Stadt verpasst?«

Ich lächelte. Der Wind frischte auf, und meine Haare flogen in alle Richtungen. Ich hatte kaum genügend Bewegungsfreiheit, um sie mir aus dem Gesicht zu streichen. »Ich habe aber ein schlechtes Gewissen, weil wir deine Freunde zurückgelassen haben.«

Er wehrte ab. »Nein, kein schlechtes Gewissen. Sie werden essen gehen oder in einem Café etwas trinken. Ich bin sicher, dass sie da sein werden, wenn wir zurückkommen.«

»Sie sind sehr nett, deine Freunde. Aber Dima mag mich, glaube ich, nicht besonders.« Ich wartete, dass er etwas zu ihrer Beziehung sagen würde.

»Dima ist ein bisschen schwierig, aber sie ist eine treue Freundin.«

Ich zog eine Schnute. Das war nicht besonders hilfreich. »Ist sie –«

Aus dem Lautsprecher schallte eine Nachricht in drei Sprachen und würgte mich ab. Obwohl eine in Englisch war, verstand ich nicht genug, um den Sinn zu erfassen. Oz zeigte nach vorn und wurde zu meinem persönlichen Reiseführer.

Mist. Wieder den Moment verpasst. Wie konnte ich das Gespräch noch einmal auf sie bringen?

Oz zeigte mir die Paläste von Dolmabahçe und Beylerbeyi und die Yalis, hölzerne Villen aus der Zeit des osmanischen Reichs. Ich beobachtete sein Gesicht, während er sprach: seine Augen, die bei jedem Wort aufgeregt tanzten, seine Lippen, weich und einladend. Als eine der beiden Hängebrücken in Sicht kam, beugte ich mich weiter vor. Sie war beleuchtet wie ein Weihnachtsbaum. Und als wir unter ihr durchfuhren, begegnete uns ein anderer Ausflugsdampfer. Das Wasser schwappte heftig zwischen den beiden Schiffen, und unseres legte sich leicht auf die Seite. Ich griff nach Oz' Hand, und er stützte mich mit seinem Arm.

»Danke«, flüsterte ich. Unser Schiff beruhigte sich wieder, ich ließ seine Hand los und strich mir ein paar Haarsträhnen aus dem Gesicht.

Die Sonne sank noch tiefer, und ihre Strahlen ließen die Silhouette von Istanbul vor einem orangefarben schillernden Himmel erglühen.

Ich atmete tief ein, und meine Lunge füllte sich mit salziger Luft. »Deine Heimat ist wunderschön, Oz.«

»Es ist eine herrliche Stadt. Aber London ... London ist aufregend und bunt. Die Seminare, die ich zusätzlich belegt hatte, waren so ... erhellend. Die Museen so ... interessant. Ich habe mich frei gefühlt.« Oz griff nach der Reling und blickte zurück aufs Meer. Der Wind zauste sein Haar. »Wünschst du dir auch manchmal, du könntest einfach weglaufen?«

Ich holte tief Luft und konzentrierte mich auf das Ufer, wo die Umrisse der Gebäude im schwindenden Licht allmählich verschwammen. »Das ist mir noch nie in den Sinn gekommen.«

»Ich denke manchmal, es ist einfacher wegzurennen als die Konsequenzen zu tragen, wenn man offen erklärt, dass man nicht den Weg gehen will, der für einen bestimmt ist. *Yani* ... Als Kindern wurde uns gesagt, wir sollten träumen, aber was nützt ein Traum, wenn er gegen die Regeln des Lebens verstößt?« Gedankenverloren stützte er sich auf die Reling und blickte sich dann wieder um. »Was wolltest du als kleines Mädchen werden?«

Ich lachte. »Tierärztin. Es gab im Fernsehen eine Sendung, die ich sehr mochte. Die hieß *Blue Peter*, und in der kam ein Golden Retriever mit Namen Bonnie vor. Bonnie bekam irgendwann Junge. Und da war's um mich geschehen. Ich war überzeugt, Tierärztin sei der tollste Beruf der Welt.«

»Wie alt warst du?«

Ich zog die Nase kraus. »Sechs, vielleicht sieben. Aber der Traum hielt nur etwa zwei Jahre. Bis zu dem Tag, als mein Dad mit dem Auto ein Eichhörnchen überfuhr. Meine Schwester zieht mich bis heute damit auf, wie ich mich am Straßenrand übergeben musste, als ich die überall auf dem Asphalt klebenden Eingeweide sah.«

»*Üf ya.*« Er lächelte mitfühlend. »Aber dann hast du einen neuen Traum erschaffen?«

Ich ließ die Schultern hängen. »Als ich dreizehn war, passierte was mit meinem Dad, und von da an ergab eine Sache immer irgendwie die nächste.«

»Wieso, was ist passiert?«

Ich biss mir auf die Innenseite meiner Wange. Ich hatte noch nie mit jemandem darüber gesprochen. »Er kam eines Abends sehr erregt nach Hause. Ich war oben und machte meine Hausaufgaben. Um zu hören, was er meiner Mum erzählte, schlich ich mich raus auf den Treppenabsatz.«

Ich blickte aufs Wasser und sah die Szene sofort wieder vor mir – wie ich am Geländer hocke und versuche, die Stimmen unten zu verstehen, während ich in meinem Nachthemd zu frieren beginne.

»Er hatte einen Brief von der Direktion der Bank bekommen, bei der er arbeitete, einer Zweigstelle in meiner Heimatstadt. Damals wusste ich nicht, was darin stand. Das Nächste, was passierte, war, dass meine Schwester Amy dazwischenplatzte und verkündete, sie höre mit der Schule auf. Sie hatten einen riesigen Krach. Ich erinnere mich noch genau an die Worte, die er zu ihr sagte: ›Warum kannst du nicht so wie deine Schwester sein? Sie wird etwas aus sich machen. Sie wird Rechtsanwältin oder Ärztin werden. Nicht so eine Versagerin wie du.‹«

»Was ist dann passiert?«

»Eine Tür schlug zu. Amy war abgehauen, aber dann hörte ich meine Mum schreien.« Ich würde die Situation nie vergessen: Sirenen und Blaulicht, ein Sanitäter, der etwas Beruhigendes sagt. »Herzrhythmusstörungen. So nannte der Arzt es. Sie brachten ihn ins Krankenhaus. Ich sah, wie er auf einer Bahre mit einer Maske über dem Mund rausgefahren wurde. Mum begleitete ihn und versprach, anzurufen, wenn sie mehr wisse.«

»Es tut mir so leid.«

Tränen schossen mir in die Augen. »Über Stunden dachte ich, er stirbt. Und diese Ängste in meinem Kopf verfolgten mich noch monatelang. Er hat sich schließlich wieder erholt, brauchte aber Medikamente, sollte stressige Situationen vermeiden. Wochen später hat Dad mir erzählt, dass irgendein neuer Kollege, ein diplomierter Bilanzbuchhalter, die Beförderung bekommen habe, auf die er gehofft hatte. Das hatte in dem Brief gestanden. Dad besaß keine Befähigungsnachweise, hatte auch nie studiert. Er hatte sich vom Bürogehilfen hochgearbeitet. Keiner kannte die Bank besser als er, trotzdem hat er nicht die Stelle bekommen, auf die er dreißig Jahre hingearbeitet hatte. Er sagte immer: ›Wenn ich irgendeine Qualifikation gehabt hätte, wäre ich es geworden.‹ Ich war sechzehn und stand kurz vor dem Mittleren Schulabschluss. Und da mir ja, wie gesagt, beim Anblick von Blut schlecht wird, habe ich beschlossen, Anwältin zu werden und ein Prädikatsexamen zu machen. Also habe ich die Fächer gewählt, die für diese Laufbahn nötig sind. Blöd, nicht wahr?« Ich schluckte schwer.

»Nein. Ganz und gar nicht.« Er sah sehr ernst aus.

»Meine Schwester Amy hat ihm immer so viel Kummer bereitet, und ich wollte auf keinen Fall, dass er noch einmal in eine solche Situation geriet. Ich dachte sogar, als Anwältin könne ich ihn beschützen.« Ich lachte halbherzig, weil ich merkte, wie kindisch das alles klang. »Aber er fand meine Entscheidung riesig.«

»Riesig? Das verstehe ich nicht.«

»Es bedeutet zufrieden, erfreut.«

»Und jetzt? Irgendetwas beschäftigt dich. Ein Konflikt?«

Ich schrak zusammen und sah ihm in die Augen. Konnte er Gedanken lesen?

Dann nickte ich. »Ich wollte schon so lange Anwältin werden, jedenfalls dachte ich das. Aber drei Jahre an der Uni haben vieles für mich geändert. Kundgebungen, Demos, Artikel, die ich für die Studentenzeitung geschrieben habe, all diese Erfahrungen ... Wahrscheinlich hätte ich mich für einen juristischen Abschluss entscheiden sollen – das wäre einfach gewesen und hätte mir nicht den Kopf verdreht. Aber dann kam der Tag, an dem ich dich traf. Und du hast gesagt, da draußen warte eine Welt auf mich. Das hat mich getroffen. Ich kann es nicht richtig formulieren. Egal. Jedenfalls träumte Liz von einem Job bei UNICEF. Wir hatten in unserem zweiten Jahr gemeinsam ehrenamtlich für sie gearbeitet: Broschüren verteilt, mit einem Klemmbrett unter dem Arm auf der Straße Leute befragt, um Spenden gebeten, solche Sachen eben. Sie hat mich dann überredet, mich ebenfalls für einen Platz in deren Fortgeschrittenenprogramm zu bewerben. Sie hat keinen gekriegt ... aber ich.« Ich schnaufte.

»Das ist sehr gut.«

Ich schüttelte den Kopf. »Nein, überhaupt nicht. Ich kann ihr nicht sagen, dass ich eine Zusage bekommen habe. Sie wäre todunglücklich. Es war doch *ihr* Traum, nicht meiner. Sie hat sich einfach nicht getraut, sich allein zu bewerben. Nur, ich kann nicht leugnen, dass die Vorstellung, für UNICEF zu arbeiten ...« Ich verstummte und sah hinaus in die Dunkelheit. »Wie auch immer. Ich kann die Stelle nicht annehmen.«

»Du opferst dein Glück für ihres?«

Ich forschte in seinen Augen. »Ich bin mir nicht sicher. Ich weiß einfach nicht, was ich tun soll. Es ist nicht nur wegen Liz. Auch mein Vater wäre fürchterlich enttäuscht, wenn ich meine Pläne ändere.«

Er drückte meine Hand. »Ich glaube, er wäre stolz auf dich, egal, wofür du dich entscheidest.«

»Und du?«, fragte ich und merkte, dass mein Blick von seinen Augen zu seinen Lippen gewandert war und zu lange dort verweilte. »Was wolltest du werden, als du klein warst?«

Er grinste. »Fußballer. Ich hoffte, für meinen Verein spielen zu können, für Beşiktaş.«

»Und was ist daraus geworden?«

Er zuckte die Achseln. »Als die Talentsucher kamen, um sich ein Spiel von uns anzusehen, konnte ich sie nicht beeindrucken.«

»Schade.«

Er wehrte ab und reckte das Kinn. »Das ist in Ordnung. Das wünschen sich so viele, aber nur wenige haben Erfolg. Ein alberner Traum, hat meine Mutter dazu gesagt.«

»Und jetzt?«

»Politik. Aber meine Leute würden niemals einwilligen, wenn ich das Familienunternehmen verlassen wollte. Vielleicht wäre es eine Möglichkeit, jenen Traum zu verfolgen, wenn ich fortliefe. Ich habe gestern Abend recherchiert. Es gibt ein internationales Studienprogramm, das Parlamentspraktika in London anbietet. Ich habe gelesen, dass man als Rechercheassistent für ein Mitglied des Unterhauses arbeiten kann.«

»Oh! Das wäre unglaublich.«

Er sah mich scharf an, und ich wich seinem Blick nicht aus. »Als du gestern erschienen bist, erinnerte ich mich an die Zeit in London, als es möglich war, solch einen Traum zu haben.«

Ich lächelte.

»Ich würde auch *dich* gern wiedersehen.«

Mein Atem wurde flacher. »Wirklich?«

»*Evet*. Würdest du mich denn auch gern wiedersehen?«

Ich nickte, ohne zu zögern.

Alles um uns herum verschwand plötzlich, und es gab nur noch ihn und mich. Erst jetzt merkte ich, dass er immer noch meine Hand hielt. Und es schien das Natürlichste der Welt zu sein.

Mit den Fingerspitzen der anderen Hand strich er mir ein paar Haarsträhnen hinters Ohr. Die Berührung war unglaublich zart und sanft, und doch schoss mir ein elektrischer Stromschlag durch die Wirbelsäule.

»Ich kann nicht glauben, dass du hier bist. Von allen Städten der Welt hast du dir Istanbul ausgesucht«, sagte er.

»Na ja … ich …« Worte und Gefühle überstürzten sich in mir. Ich brachte keinen ganzen Satz zustande.

»*Burada olduğun için çok mutluyum.*«

Ich bat nicht um eine Übersetzung, weil mir die Bedeutung der Worte unwichtig schien. Alle Geräusche um mich herum verstummten, auch das Brummen des Motors und das Geschnatter der Touristen.

Er kam näher, meine Lippen öffneten sich, seine Nase streifte meine. Das Boot fuhr unter eine Brücke, und Dunkelheit umhüllte uns.

Seine Lippen waren warm. Er nahm mein Gesicht in seine Hände, ich schmiegte mich an ihn und ergab mich seinem Kuss, der tief und sinnlich war. Es war mir egal, wer uns sah, denn ich hatte alles um mich herum vergessen und überließ mich dem Moment, in dem unsere Münder perfekt miteinander verschmolzen.

Mein Körper schwang im Rhythmus des Schiffs, mein Kopf ruhte fest in seinen Händen. Seine Daumen streichelten meine Wangen. Ich hatte das Gefühl, wenn er jemals losließe, würde ich zu Boden fallen.

Kalte Luft streifte meine Lippen, als er sich mit einem Lächeln zurückzog. Und als das Boot in einem Halbkreis wieder unter der Brücke verschwand, beugte er sich erneut vor, diesmal zupften seine Lippen an meiner Oberlippe. Als wir uns schließlich voneinander lösten, barg ich meinen Kopf in seiner Halskuhle und atmete den warmen Duft seiner Haut ein. Sein Hemdkragen flatterte im Wind, der immer mehr auffrischte. Oz hatte einen Arm um meine Taille gelegt und hielt sich mit der anderen Hand an der Reling fest, damit wir nicht den Halt verloren.

»Wenn du morgen die Möglichkeit hast, musst du den Palast von Dolmabahçe von innen besichtigen«, sagte er und nahm wieder seine Rolle als Reiseführer ein. »Er beherbergte sechs Sultane, bevor das Osmanische Reich zerstört wurde. Vierzehn Tonnen Gold wurden zur Verzierung der Decken benötigt. Die Geschichte ist interessant. Und ich würde gern deine Ansichten darüber hören. Es gibt sogar einen Kronleuchter, den eure Königin Victoria uns geschenkt hat. Er ist der größte der Welt.«

»Okay, ich setze es auf meine Liste.« Ich konnte nur flüstern, da mir von seiner Umarmung immer noch ganz schwindelig war. Ich sehnte mich nach einem weiteren Kuss.

Als der Hafen in Sicht kam, merkte ich, dass er seine Umarmung lockerte. Er beugte sich über die Reling und hielt sich daran so fest, dass seine Knöchel ganz weiß wurden.

Dann drehte er sich plötzlich um. »Das hätte ich fast vergessen.« Aus der Tasche seiner Shorts kam ein silberner Armreif zum Vorschein. »Vom Basar. Als kleine Erinnerung an deine Zeit hier.« Er hakte ihn auf und legte ihn mir ums Handgelenk. In die ovale Plakette war etwas eingraviert – *Türkiye*.

Ich drehte den Armreif. »Wie wunderschön, vielen Dank.« Ich gab ihm einen Kuss auf die Wange. Er lächelte scheu und wandte sich ab.

Inzwischen hatten die Passagiere sich an der Treppe versammelt, um auszusteigen. Oz machte sich los, um sich ihnen anzuschließen, aber ich wollte ihn zurückhalten, nur für eine Sekunde; wollte wieder in seinen Armen sein, über den Kuss reden und darüber, was er bedeutete. Himmel, wie alt war ich denn? Wieder die Sechzehnjährige, die einen Test in einer Teenagerillustrierten ausfüllte?

Frage eins: Wenn dich ein Junge küsst, bedeutet das:

a) Er ist total verknallt in dich.

b) Er hatte Mitleid mit deiner gierigen Aufdringlichkeit. Oder

c) seine Freundin war nicht in der Nähe, und er dachte, er habe nichts zu verlieren.

Oz' Freunde waren nicht allzu begeistert, dass sie zurückgelassen worden waren. Falsch: Dima war nicht begeistert. Sie knuffte ihn in den Arm und verpasste ihm offensichtlich einen Anschiss auf Türkisch. Jede Menge Seufzen und Haare-Werfen und Geschimpfe. Die Jungs waren nicht ganz so verärgert; Mert erzählte mir, sie hätten auf einer Caféterrasse in der Nähe Bier getrunken. Sie begleiteten mich alle zurück zum Hotel und bombardierten mich auf Englisch mit Fragen nach meinen Eindrücken von ihrer Stadt.

Oz blieb noch kurz bei mir stehen. »Ich schicke dir morgen einen Wagen. Es tut mir leid, dass ich tagsüber keine Besichtigung mit dir machen kann«, sagte er und legte den Kopf schief.

»Das ist schon in Ordnung.«

»Özgur!«, sagte Dima. »*Hadi, hadi.*«

Ich hatte das Wort schon so oft gehört, dass ich wusste, es bedeutet »auf geht's«, »los jetzt«. Aber bei ihr hörte es sich an wie ein Kommando.

»Tschüss, Abbie.«

Als ich in jener Nacht im Bett lag, streichelte ich meine Lippen, die immer noch Spuren seiner Berührung trugen. Warum musste er gehen? Warum hatte ich ihn nicht gebeten zu bleiben? Wir hätten doch zusammen essen gehen oder sogar ins Hotel zurückkehren können. Ich schloss die Augen und ließ meinen Gedanken freien Lauf: seine Umarmung, jener Kuss, die Nacht, die wir in London miteinander verbracht hatten, sein Mund an meiner Haut. Die Träume, die wir einander heute gestanden hatten, waren so privat. Es war so unkompliziert gewesen, sich mit ihm zu unterhalten. Sein Akzent brachte allerdings mein Herz aus dem Takt, und seine Augen schienen tief in mein Innerstes zu schauen.

Ich drehte mich auf die Seite und schob mir das Kissen unter den Kopf. Fast konnte ich Liz hören: »Es muss Liebe sein.«

14
Jetzt
Februar

»*Wie* viel?«, platzte Amy heraus und verschluckte sich beinahe an einer Knoblauchgarnele.

Verlegen ruckelte ich mit meinem Stuhl, weil ich die exorbitante Summe, die der Hochzeitsempfang kosten würde, laut ausgesprochen hatte.

»Ich finde es immer noch nicht in Ordnung, eine derart gewaltige finanzielle Unterstützung anzunehmen«, sagte Mum, während sie sich die Fischfrikadelle schmecken ließ.

Mum, Amy und ich saßen an einem Fenstertisch der Restaurant-Bar Waterfront und feierten meinen fünfunddreißigsten Geburtstag. Die Sonne, die sich nach einem trüben Wintermorgen endlich zeigte, badete den Raum in Licht. Die Hälfte der Tische war besetzt, und eine leise Geräuschkulisse aus Geplauder und vereinzeltem Lachen verlieh dem Ort eine warme, einladende Atmosphäre. Amy hatte sich bereits den süßen Kellner ausgeguckt und flirtete mit ihm jedes Mal, wenn er sich unserem Tisch näherte.

Dieses Fischrestaurant mit Blick auf die Themse war jedes Jahr unser bevorzugter Treffpunkt, seit meine Familie mich zu meinem einundzwanzigsten Geburtstag als Überraschung zum ersten Mal dorthin zum Essen eingeladen hatte. Von der Kanzlei waren es nur wenige Minuten zu Fuß.

»Das ist keine Unterstützung, Mum«, sagte ich und trank einen Schluck Sprudel. »Eher so eine Art Hochzeitsgeschenk«, versuchte ich mich zu rechtfertigen, auch wenn es mir immer noch zu schaffen machte, dass Charlies Eltern sich nicht hatten davon abbringen lassen. Etwas von unserer Geschenkeliste hätte mir durchaus gereicht, aber Charlie hatte immer wieder betont, es sei ihr Wunsch, das für uns zu tun.

»Wenn ihr euch auf den Segelclub hättet einigen können, wäre alles anders«, erklärte Mum.

»Stimmt«, sagte Amy. »Und vielleicht wäre Davy Hughes an dem Abend auch frei. Er ist der beste Tom-Jones-Imitator in ganz Südwales.«

Ich unterdrückte ein Kichern und verbarg mein Grinsen hinter meiner Serviette.

»Wie?«, fragte Amy, tupfte sich den Mund ab und hinterließ einen scharlachroten Lippenstiftfleck auf der Serviette. »Ist so was etwa nicht gut genug für euch?«

»Doch, natürlich. Ich habe nichts gegen Tom Jones. Aber ich kann mir schlecht vorstellen, dass Elena Logan auf der Dachterrasse zu ›Delilah‹ ihr Tanzbein schwingt. Außerdem hat der Segelclub im Biergarten nur Platz für fünfzig Leute, und Mumbles hätte für die meisten von Charlies Verwandten eine weite Anreise bedeutet.«

»Von Schottland nach Wales ist es nicht weit«, erklärte Mum.

»Wir reden von den Äußeren Hebriden. Das ist eine Autofahrt von etwa fünfzehn Stunden.«

»Was ist eigentlich mit euren Flitterwochen?«, meinte Amy, hob ihr Glas und versuchte, dem Kellner zu signalisieren, dass er ihr noch Prosecco nachschenkte.

»Wir denken an etwas in den Tropen, irgendwas, das ein bisschen Abenteuer verspricht, vielleicht die Malediven oder Brasilien.«

»Wer es sich leisten kann. Ich hatte keine Flitterwochen.«

»Ich dachte, Barry hätte dir ein Paar Diamantenohrstecker gekauft.«

»Stimmt.« Mit einem frechen Zwinkern dankte sie dem Kellner für das Glas Edelbrause. »Aber erst, als ich sie nach unserer Trennung ins Pfandhaus brachte, erfuhr ich, dass sie gefälscht waren.«

Mum tätschelte Amys Hand. »Das ist doch jetzt alles Vergangenheit. Vielleicht kannst du ja mit Abbie und ihren Freunden für ihre Junggesellinnenparty irgendwo hinfahren, wo es schön ist.« Sie sang beinahe vor Aufregung und bewegte dabei den Kopf so lebhaft, dass ihre silbern-rotbraune Doris-Day-Frisur mitwippte.

»Ich will kein großes Trara«, sagte ich. »Ein netter Nachmittagstee in einem Londoner Hotel wäre völlig in Ordnung.«

»Ich wäre auch dafür, solange reichlich Champagner fließt und wir anschließend noch die Clubs unsicher machen.« Amy warf sich die Haare über die Schulter. »Durfte auf meiner Junggesellinnenparty nichts trinken. Aber ich hätte ja auch nie gedacht, dass ich schwanger werden würde und eine Hochzeit zu planen hätte.«

»Hast du eigentlich schon nach einem Kleid geschaut?«, fragte Mum, um das Thema zu beenden.

»O ja. Ich habe bei Sally's in Mumbles ein Wahnsinnsteil von Vera Wang gesehen«, sagte Amy und leckte die Knoblauchsoße von einer Garnele.

»Nein, ich bin noch nicht dazu gekommen, mich in Kleidergeschäften umzusehen. Momentan habe ich einfach sehr viel zu tun.« Das war Punkt Nummer fünf auf meiner stetig länger werdenden Liste. Ich spießte einen frittierten Tintenfischring auf und tauchte ihn in die Meeresfrüchtesoße.

»Du hast immer viel zu tun, Abbie«, sagte Mum. »Ich dachte, als Anwältin hättest du den Vorteil, selbständig zu arbeiten und dir Zeit für andere Dinge zu nehmen, zum Beispiel, eine Hochzeit zu planen.«

»Nicht, solange ich noch Junior-Anwältin bin. Ich muss so viele Fälle wie möglich annehmen, um mir einen Ruf zu erarbeiten.«

»Hmm.« Sie holte tief Luft und seufzte, und ich wappnete mich schon für die Standpauke, von der ich wusste, dass sie sie unbedingt loswerden wollte.

»Ich wünschte mir manchmal, du könntest dir öfter freinehmen.« Sie griff nach meiner Hand. »Ich mache mir Sorgen um dich. Du siehst müde aus. Bekommst du auch genügend Schlaf?«

Ich unterließ es, die Augen zu verdrehen. Jedes Mal, wenn wir uns sahen, stellte sie dieselbe Frage. »Mir geht es gut. Und ja, ich schlafe auch genug.«

»Es ist wirklich schade«, fuhr sie fort und nahm ihre Gabel. »Ich hatte gehofft, ihr würdet die Hochzeit in Wales feiern. Dann hättest du einen Grund gehabt, uns öfter zu besuchen, und wir hätten dir helfen können, alles zu organisieren.«

Sofort bekam ich ein schlechtes Gewissen. »Wir können immer noch vieles zusammen machen. Du kannst mir jederzeit in London beim Organisieren helfen. Ich wünschte, ich könnte öfter nach Mumbles kommen, aber es ist wirklich schwierig, da ich an so vielen Wochenenden arbeite.«

»Ich weiß, dass es hart ist, Liebes. Vergiss, was ich gesagt habe. Ich käme liebend gern öfter nach London. Du nicht auch, Amy?«

Amy nickte und murmelte etwas Zustimmendes.

»Vielleicht kannst du einen von diesen Hochzeitskleider-Nachmittagen organisieren«, sagte Mum, »wie im Kino.«

Ich lächelte. »Das wäre toll. Ich werde Liz bitten, sich darum zu kümmern.«

»Wie geht es Liz überhaupt? Hat sie immer noch Probleme mit dem Muttersein?«

»Ich habe den Eindruck, dass es besser wird. Maddy hat jetzt ihren Rhythmus gefunden, und Liz' Mum hat ihr viel geholfen.«

»Ich kann es kaum erwarten, bis du an der Reihe bist.«

Ich ließ die Gabel fallen, sie flog klirrend auf den Teller. »Ich ... wir ... wir haben eigentlich noch nie darüber gesprochen«, sagte ich, bevor ich wieder nach meinem Besteck griff und den nächsten panierten Ring aufspießte.

»Wieso nicht? Du bist fünfunddreißig, Abbie. Du wirst nicht jünger. Und je älter man ist, desto schwieriger wird es, schwanger zu werden. Ich hatte nicht geplant, dich und Amy zu bekommen, als ich so jung war, aber jetzt bin ich froh darüber.«

»Wirklich?«

»Warum klingst du so überrascht?«

»Gibt keinen Grund«, erwiderte ich, weil ich ein gewisses Gespräch, das ich einmal mit Dad geführt hatte, nicht erwähnen wollte, aus Furcht, sie würde sich aufregen.

»Zum jetzigen Zeitpunkt wollen Charlie und ich keine Kinder. Uns gefällt unser Leben, wie es ist. Außerdem hat sich seit deiner Zeit manches geändert. Viele Frauen bekommen Babys, wenn sie vierzig und älter sind. Ich könnte sogar meine Eier einfrieren lassen.«

Die Falten auf Mums Stirn vertieften sich. Sie legte Messer und Gabel zur Seite und tupfte sich den Mund mit der Serviette ab. »Ist es das, was du dir wünschst, Abbie? Macht Charlie dich wirklich glücklich?«

Ihre Frage ließ mich zusammenzucken. »Was? Wieso fragst du das?«

»Heiraten, eine Familie gründen. Das sind große Entscheidungen. Du warst immer so ein entschlossenes Mädchen; sehr ehrgeizig. Trotzdem hatte ich gedacht, wenn es dann doch einmal so weit wäre, dass du dich niederlässt, würdest du begeisterter sein.«

»Ich bin begeistert.« Meine Stimme war deutlich eine Oktave hochgerutscht, aber Mums Miene verriet, dass sie nicht überzeugt war. »›Sich niederlassen‹ ist so ein altmodischer Ausdruck. Es klingt für mich so, als sollte ich ein ruhigeres Leben führen, weniger arbeiten.«

»Das meint es nicht unbedingt. Für mich bedeutet es, dass du jemanden an deiner Seite hast, von dem du überzeugt bist, dass er es wert ist und dass du keinen anderen Menschen mehr brauchst.« Versonnen hielt sie inne. »Habe ich euch jemals erzählt, wann ich wusste, dass euer Dad ›der Eine‹ ist?« Erwartungsvoll sah sie Amy und mich an.

»Du hast erzählt, dass er deine Telefonnummer verloren hatte und dich zufällig wiedergefunden hat. Oder so ähnlich.«

»Spielte nicht eine Kunstgalerie eine Rolle?«, warf Amy ein.

Mum faltete ihre Serviette und legte sie sorgfältig neben ihren Teller. »Dieser liebenswerte Narr hat kreuz und quer im ganzen Land nach mir gesucht.«

»Erzähl, wie war das noch mal?«, bat ich.

»Er hat sein Glück versucht. Er konnte sich an einen Künstler erinnern, von dem ich ihm erzählt hatte, dass er mir gefiel. Und hat herausgefunden, dass im Regent's Park eine einwöchige Ausstellung seiner Werke stattfand. Also hat er sich die ganze Woche frei genommen und ist jeden Tag dort aufgekreuzt – von morgens früh bis abends, wenn der Park schloss –, in der Hoffnung, ich würde irgendwann erscheinen. Obwohl er nicht einmal wusste, ob ich zu der Zeit überhaupt noch in London wohnte.«

Sie blickte wehmütig in die Ferne, dann fuhr sie fort: »Er hat sogar jeden Tag ein Picknick mitgebracht. Und fast wäre ich nicht hingegangen, aber irgendetwas zog mich am letzten Tag doch noch in den Park. Wir sind dann auf dem See Boot gefahren. Und da habe ich dann erfahren, dass er monatelang nach mir gesucht hatte. Das ist wahre Liebe – wenn man tief im Herzen weiß, dass man für jemanden die verrücktesten Sachen machen würde. Danach hätte er mich um alles bitten können, und ich hätte zu nichts nein gesagt. So verliebt waren wir. Und du hast doch dasselbe Gefühl bei Charlie, oder, Abbie?«

Ich hatte gar nicht gemerkt, dass ich gegen Ende ihrer Erzählung abgedriftet und mit meinen Gedanken ganz woanders war – irgendwo in der tiefsten Vergangenheit. Ich hatte Mühe, wieder zurückzufinden, wusste jedoch, ich musste.

»Ja, natürlich habe ich dasselbe Gefühl bei Charlie.«

»Du bist also nicht nur hinter seinem Geld her.« Amy stupste mich in den Arm, und meine Hand stieß reflexhaft gegen mein Glas, so dass es über den Tisch rutschte und sich das Wasser über sie ergoss. »Oh, Mist. Ich bin klatschnass, schönen Dank«, schnaubte sie und tupfte sich den Rock mit ihrer Serviette ab.

»Das war doch keine Absicht«, sagte ich abwehrend.

»Geh in die Toilette und versuch es mit dem Händetrockner«, sagte Mum.

Amy stand auf und leerte ihr Glas. »Vielleicht mach ich auf dem Rückweg an der Bar halt.«

Sie ging, und ich nutzte ihre Abwesenheit, um das Thema zu wechseln.

»Und ... was macht ... der Laden. Wie läuft es, Mum?«

»Na ja ...« Sie griff wieder nach ihrer Serviette und knetete sie in ihren Händen.

»Was ist passiert?«, fragte ich.

»Nichts Ernstes. Bob hat sich die Geschäftsberichte angeschaut, die ich ihm auf deinen Rat hin zugeschickt habe, und er ist etwas besorgt. Irgendwas mit den ›Bilanzen‹, hat er am Telefon gesagt. Er möchte nächste Woche mit mir darüber sprechen, aber ich weiß schon jetzt, dass ich nichts von dem, was er sagt, verstehen werde. Ich bin nicht gut mit Zahlen.«

O Mist. Die Bilanzen. Das klang nicht gut. Seit einigen Jahren führte Mum in Mumbles ein Geschäft nur wenige Schritte von Amys Salon entfernt. Sie verkaufte dort ihre selbst entworfene Kleidung, veranstaltete Strickabende und versorgte die Halbinsel mit allerlei Kurzwaren. Sie trug auch jetzt eine ihrer schönsten Kreationen – ein lavendelfarbenes Twinset. Die Zahlen des vergangenen Jahres zeigten leider, dass die Verkäufe trotz all ihrer Anstrengungen entschieden zurückgingen. Sie gönnte sich kaum noch einen freien Tag, und an Tagen wie diesem bezahlte sie eine Nachbarin dafür, dass sie sie im Laden vertrat.

»Ich bin sicher, dass alles in Ordnung ist«, erklärte ich fröhlich. »Wenn du möchtest, rufe ich nächste Woche Bob an und bitte ihn, mich zu informieren. Und ich habe dir ja schon gesagt, dass ich dir gerne helfen würde, wo ich kann. Du musst einfach nur ein Wort sagen.«

»Zu allem anderen, was du so schon getan hast. Das kann ich nicht, Liebes.«

Mum übertrieb. Alles was ich getan hatte, war, ihr vor ein paar Jahren wieder auf die Beine zu helfen. Amy wusste nichts Genaueres darüber, und ich wollte auch, dass es so blieb.

Der Kellner erschien, um unsere Teller abzuräumen.

»Deine Schwester liegt mir ständig in den Ohren, ich solle mehr online erledigen«, sagte Mum, als der Kellner fort war.

»Ja, das solltest du, Mum. Das fördert den Verkauf ganz gewaltig. Erinnerst du dich noch an die Idee, von der du mir erzählt hast – die Sache mit den Quilts: Leute schicken dir ihre Stoffquadrate, und du machst daraus absolute Unikate für sie? Wenn du die schönsten online stellen würdest, ginge die Sache viral.«

»Viral gehen klingt aber nicht gut.«

Lachend sagte ich: »Viral ist prima. Du würdest in Aufträgen schwimmen, wenn die Leute erst mal sehen, was du zaubern kannst.«

»Liebes, ich bin dreiundsechzig«, erwiderte sie und strich sich durchs Haar. »Viel zu alt, um neue Tricks zu lernen. Und wenn der Laden seine besten Zeiten hinter sich hat, dann kann ich nichts dagegen tun.« Sie senkte den Blick.

Ich sah, dass Amy am Tresen stand und lebhaft mit unserem Kellner plauderte.

Ich beugte mich zu Mum hinüber und nahm ihre Hand. »Ich habe dir doch gesagt, ich kann dir noch mal Geld leihen. Du musst nur etwas sagen. Alles was ich möchte, ist, dass du glücklich bist und dir keine Gedanken über sinkende Verkaufszahlen und mangelnde Laufkundschaft machen musst.«

»Aber ich will doch nicht, dass du dich selbst ruinierst, um mir zu helfen, gerade jetzt vor deiner Hochzeit. Und außerdem wollt ihr noch in diesem Jahr umziehen.«

»Mum, das kriege ich alles geregelt.«

»Ich liebe dich so sehr, Abbie. Alles, was ich will, ist, dass du glücklich bist. Und alles, was ich je getan habe, sollte nur zu Deinem Besten sein. Auch wenn es vielleicht nicht immer so gelaufen ist, wie es sollte … Aber bitte versprich mir eins …«

»Was?«, flüsterte ich gespannt.

»Versprich mir, dass es in deinem Herzen keinen Zweifel gibt.«

Ich erstarrte. Wie kam sie zu dieser Äußerung? War das mütterliche Intuition?

Es stimmte ja. Seit der Konferenz quälte mich eine seltsame Empfindung – ein trauriges Gefühl der Leere, das sich nicht abschütteln ließ. Aber ich konnte Mum niemals anvertrauen, dass ich gewisse Zweifel an der Heirat und an meiner Arbeit hegte. Das würde bedeuten, an vergangene Ereignisse zu rühren, die besser begraben blieben. Sie ans Licht zu bringen würde ihr nur Kummer bereiten. Es waren Ereignisse, die lieber nicht wieder aufgewärmt werden sollten. Und schließlich war ich doch glücklich, oder nicht?

»Deine Träume sind wichtig«, fuhr sie fort. »Vergiss das nie.«

Träume. Die Zeit der Träume war lange vorbei. Pläne waren besser als Träume. Wer einem gut ausgearbeiteten Plan folgte, lief weniger Gefahr, verletzt zu werden.

15
Vierzehn Jahre früher
Juli

Ich kam mir ziemlich dekadent vor, als ich am nächsten Abend – meinem letzten in Istanbul – von einem Fahrer abgeholt wurde. Ich hatte ein Taxi erwartet und war überrascht, als ein Mercedes am Hotel vorfuhr. Als wäre ich Aschenputtel, auf dem Weg zu einem Ball.

Und ich war überrascht, als wir ein bewachtes Anwesen erreichten – dasselbe, bei dem ich vor zwei Tagen gewesen war. Der Wachmann, der mir den Zugang verwehrt hatte, nickte und winkte den Wagen durch. Eine Tafel mit den Worten »Arsel Holding« stand neben dem Wachhäuschen. Das Auto fuhr fast zwei Kilometer durch ein weitläufiges Gelände, vorbei an Tennisplätzen und anderen Sporteinrichtungen, bis schließlich Häuser auftauchten.

Jedes Gebäude schien großartiger als das davor. Der Wagen hielt, und ich betrat eine grüne Oase, die von zahllosen Lichterketten illuminiert war. Ein weiterer Wachmann öffnete ein Tor und wies mich durch. Meine Sandalen klackten auf dem gewundenen Weg, und ich kam aus dem Staunen nicht heraus. Vor mir erhob sich ein zweistöckiger, weißer Marmorpalast – als Haus ließ sich das kaum bezeichnen. Hier lebte Oz?

Ein anderer Gast schlüpfte an mir vorbei und eilte seitwärts ums Gebäude. Ich folgte, drückte meine Handtasche an mich und spielte mit dem Armband, das Oz mir geschenkt hatte und das jetzt auf halber Höhe an meinem Arm festsaß. Gläserklirren und Stimmengemurmel wurden mit jedem meiner Schritte lauter. Hinter dem Gebäude befand sich der Garten. Jedoch kein Garten wie der am Reihenhaus meiner Eltern in Evesham, in dem gerade eben ein Apfelbaum und eine Schaukel Platz fanden. Dieser hier hatte mehr Ähnlichkeit mit der Außenanlage des Golden

Beach Clubs. Es gab ein Schwimmbecken mit Unterwasserbeleuchtung, und um das Becken waren Tische aufgestellt. Girlanden schlangen sich um Säulen, und weiter hinten war ein Festzelt mit einer Bühne, über deren Dach sich Palmen neigten. Dies hier war kein intimes Zusammensein von ein paar Freunden. Halb Istanbul schien anwesend zu sein.

Am Ende des Wegs erwartete mich eine Kellnerin, ein silbernes Tablett mit hohen, schlanken Gläsern in der Hand. Ich dankte und nahm ein Glas. Die Champagnerperlen kitzelten mir in der Kehle. Ich schluckte ein Hüsteln hinunter.

Ich bahnte mir einen Weg durch die Menge und entdeckte schließlich Dima. Sie trug ein schulterfreies langes Kleid – schwarz und bis zum Oberschenkel geschlitzt. Als ich sah, um wen sie ihren Arm gelegt hatte, drehte sich mir der Magen um. Oz, perfekt im Smoking, das Haar elegant gebändigt.

Als er mich sah, kam er lächelnd auf mich zu. Seine Lippen waren warm auf meinen Wangen und seine Haut weich auf meiner. Ein Hauch von Rasierwasser stach mir in die Nase, als er sich vorbeugte. Ich schloss die Augen und dachte an den Kuss auf dem Boot. Ich sehnte mich danach, dass er mich in die Arme nahm. Vielleicht konnten wir uns nach der Party heimlich davonschleichen: Nur wir beide. Wir könnten in mein Hotel gehen und zusammen sein, wie an unserem ersten Abend.

»Du siehst wunderschön aus«, flüsterte er und trat einen Schritt zurück.

Ich errötete. »Dieses alte Teil?« Das rote Kleid, das Liz mir vor ihrem Abschied in den Rucksack gestopft hatte, besaß einen Halsausschnitt mit Gummizug und enthüllte meine blasse Haut, die bisher von einem T-Shirt verdeckt gewesen war.

Dima starrte mich an, mit halb zusammengekniffenen Augen und bebenden Nasenflügeln.

»Oh, Dima, Süße«, sagte Mert, der in diesem Moment neben ihr auftauchte, und schenkte ihr zwei Luftküsse. Er wirbelte sie herum und pfiff. Sie verdrehte die Augen und stöckelte mit verschränkten Armen davon. Ihre typische Haltung. Ich fand es erstaunlich, dass sie auf dermaßen hohen Absätzen überhaupt gehen konnte. Sie gesellte sich zu ihrer weiblichen Entourage, und die jungen Frauen unterhielten sich lebhaft, warfen hin und wieder einen Blick zu mir herüber.

Oz wirkte nervös. Er zupfte dauernd an seiner Fliege und an dem steifen Kragen seines Hemds. Als jemand ihm auf den Rücken schlug, drehte er sich um. Der Mann hinter ihm gab ihm zwei spielerische Klapse auf die Wangen und redete in Türkisch auf ihn ein.

»Verzeih«, sagte Oz und wandte sich zu mir. »Das ist mein Bruder Sinan. Und das ist Abbie, eine Freundin, die ich in London kennengelernt habe.«

Die Ähnlichkeit war verblüffend. Es war offensichtlich, dass sie Brüder waren, aber auch nicht zu übersehen, dass Sinan der ältere war. Er hatte ein paar Falten mehr um die Augen. Und er war größer.

Sinan küsste mich auf die Wangen. »*Memnun oldum.*«

Ich erinnerte mich, dass Oz Liz damals in London mit denselben Worten begrüßt hatte. »Schön, dich kennenzulernen, Sinan. Herzlichen Glückwunsch zum Geburtstag.«

Er lachte. »*Evet*, mein glücklicher Geburtstag!«

»Er ist der Vorwand für meine Mutter, eine ihrer Partys zu veranstalten«, erklärte Oz mir.

Tatsächlich schienen eine Menge Gäste nicht gerade Sinans Altersgruppe anzugehören.

Ein Fotograf tauchte auf und machte eine Aufnahme von den Brüdern.

»Entschuldige mich, Abbie. Ich werde gerufen, um einen weiteren Gast zu begrüßen, den ich nicht kenne. Aber es ist gut fürs Geschäft.« Sinan zuckte die Achseln und entfernte sich.

Ich nippte an meinem Champagner. »Was meinte er damit?«

Oz nahm ein Glas von einem Kellner. »Hier sind eine Menge Leute, die mit der Arsel Holding zu tun haben, unserem Unternehmen. Es ist Sinans Pflicht, sie zu empfangen. Meine Familie plant ein großes Bauvorhaben auf einem Grundstück von einiger

Bedeutung und will bald beginnen. Sie braucht aber noch eine Genehmigung. Diese Party ist –«

»Eigentlich weniger eine Geburtstagsfeier für Sinan?« Ich musterte die Gäste um mich herum und zog mein Kleid etwas nach unten. »Du hast mir gar nicht gesagt, dass du so ... ähm ...« Wie konnte ich es in Worte fassen, ohne unhöflich zu sein?

»So reich bin?«, meinte Oz.

»Na ja, arm bist du nicht gerade.«

»Ich denke nicht, dass man seinen Reichtum zeigen sollte. Das ist sehr –«

»So wie der Sultan in dem Palast?«

Er lachte. »*Evet.* Warst du dort?«

»Ja, ganz schön beeindruckend. Der Harem?« Ich stieß einen kurzen Pfiff aus. »Was für ein Kontrast zu dem Luxus im Wohnbereich des Sultans. Davor hat eine Frau gebettelt. Das kam mir ... falsch vor.«

»Eine Erleichterung, dass das Reich zerstört wurde.«

Ich nickte, aber eigentlich stand es mir nicht zu, über die Vergangenheit der Türkei zu urteilen. Mein Abitur in Geschichte hatte die britischen Könige und Königinnen seit den Tudors umfasst. »Wie ... wie groß ist denn euer Unternehmen?«

»Wir haben das meiste in dieser Stadt gebaut, und viele große Projekte in der Umgebung von Istanbul sind in Planung oder bereits im Entstehen.«

»Oh.« Ich spürte die Blicke einiger Gäste auf mir. Ihre verkniffenen Mienen verrieten Missfallen. Aus dem Augenwinkel nahm ich immer noch Dima wahr, die weiter zu uns herüberstarrte. Ich zerrte an meinem Ausschnitt, weil ich merkte, dass der Stoff schlaff wie ein Kartoffelsack hing. Das Material war außerdem nicht ideal für diese Luftfeuchtigkeit. Es klebte mir am Rücken, und ich fürchtete, dass sich Schweißflecken abzeichneten.

Oz bemerkte meinen Blick. »Ist alles okay?«

Ich nickte.

»Hab keine Angst. Ich sorge dafür, dass du neben Yusef sitzt, damit du dich heute Abend nicht langweilst.«

»Kann ich nicht neben dir sitzen?«

»*Keşke*«, sagte er wehmütig.

Bevor ich fragen konnte, was das bedeutete, kam jemand von hinten und klopfte Oz auf den Rücken, so dass er ein paar Tropfen aus seinem Glas verschüttete.

Oz drehte sich um. »Yusef!«

»*Marhaba.*«

Er war kaum wiederzuerkennen. Seine Haare waren kurzgeschoren, zu einem beinah militärischen Igelschnitt. Die beiden umarmten sich.

»*Marhaba. Keef halak?*«, fragte Yusef.

»Gut, gut. Du erinnerst dich an Abbie?« Oz zeigte auf mich.

»Abbie? Die Londoner Abbie?«

Ich grinste leicht dümmlich. »Genau die. Und wenn Yaman noch hier wäre, wäre es eine richtige Wiedervereinigung.«

»*Inşallah*. Eines Tages«, sagte Oz.

Ein Streichquartett begann zu spielen, und wir plauderten eine Weile. Unterdessen wurden Canapés mit Spargel und Krabben gereicht. Wenn die beiden gelegentlich ins Englische wechselten, mischte ich mich in die Unterhaltung ein, aber dies hier war ein Wiedersehen zweier alter Freunde, und ich wollte mich nicht dazwischendrängen. Stattdessen beobachtete ich Oz. Von uns dreien war er der Lebhafteste, der mit dem breitesten Grinsen. Aber als er auf die Kriege im Irak und in Afghanistan und die katastrophale Situation der Zivilbevölkerung in den bewaffneten Konflikten zu sprechen kam, begann er heftig mit seiner freien Hand zu gestikulieren, und seine Stirn legte sich in besorgte Falten. Die Unterhaltungen mit seinen türkischen Freunden verliefen dagegen stets unbeschwert und fröhlich.

Eine Lautsprecherankündigung unterbrach unser Gespräch. Oz entschuldigte sich und entschwand an den Haupttisch, wo Dima sich sofort neben ihn setzte. Ich hatte ganz beiläufig mehrere Gläser Champagner getrunken und wusste gar nicht mehr genau, wie viele, weil die Kellner immer wieder nachschenkten. Deshalb war ich erleichtert, als das Essen serviert wurde und ich etwas in den Magen bekam, das den Alkohol neutralisierte.

Mit Yusef plauderte ich über sein Leben in Syrien. Er hoffte, schon bald eine Stelle im Libanon, an der Universität von Beirut zu bekommen. Er hatte Politik im Hauptfach studiert, und wir erzählten uns Geschichten aus unseren Seminaren.

Zwischendurch reckte ich den Hals, um über die anderen Gäste hinweg einen Blick auf Oz zu erhaschen. Es war mein letzter Abend in Istanbul und, verdammt noch mal, der letzte Tag meiner Reise – das Ende von drei unglaublichen Wochen. Allein der Gedanke an die Rückreise wirkte ernüchternd und dämpfte meine Erregung. Ich musste eine Wohnung finden und den Vertrag unterschreiben. Aber was war mit dem Job bei UNICEF? Es wäre eine sinnvolle Aufgabe, nur würde das Gehalt – zumindest in den ersten fünf Jahren – für ein Leben in London nicht reichen. Außerdem konnte ich nicht in Liz' Haus wohnen und eine Arbeit annehmen, von der sie geträumt hatte! Vielleicht würde ich auf dem Rückflug einen klareren Kopf bekommen. Aber nein. Mein Kopf *war* klar. Liz war meine beste Freundin. Natürlich würde sie meine Entscheidung verstehen.

Als das Dessert und türkischer Kaffee aufgetragen wurden, nahm ich die Gelegenheit wahr und eilte zur Toilette. Ich legte gerade etwas Lipgloss auf, als die Tür aufflog und schrilles Gekreische hereindrang. Dima und ihre beiden Freundinnen hielten abrupt inne, als sie mich sahen.

»Abbie, hallo«, sagte Dima und begrüßte mich mit Luftküsschen. Ich wusste gar nicht, dass wir so vertraut miteinander waren.

»Hallo, Dima.«

»Du verlässt uns morgen wieder?«

»Ja, ich muss zurück nach London.«

Sie zog eine Schnute. »Wie schade. Ich hoffe, du kommst mal wieder nach Istanbul.«

»Ja, das wäre schön«, sagte ich und versuchte, an ihr vorbei nach draußen zu gelangen.

Doch sie legte mir die Hand auf den Arm, um mich zurückzuhalten. »Du kommst doch zur Hochzeit, oder?«

»Welche Hochzeit?«

»Wenn ich Özgür heirate.« Sein Name hallte laut von den Wänden wider.

»Ich, ich …« Mir blieben die Worte im Hals stecken.

»Hat er dir das gar nicht erzählt? Wir haben noch keinen Termin festgelegt. Es ist noch ein Geheimnis«, sagte sie und zeigte ihre makellosen Zahnreihen. »Aber bald werden wir unsere Verlobung bekanntgeben. Also, tschüss erst mal.« Und damit entließ sie mich mit einer Handbewegung und zog eine Puderdose aus ihrer Handtasche. Sie stäubte mit dem Pinsel über ihre Wangen, und ihre Freundinnen setzten kichernd ihr Geschnatter fort.

Ich taumelte aus der Toilette, konnte mich plötzlich kaum aufrecht halten. Auf dem Rückweg zu meinem Tisch – ich war immer noch völlig niedergeschmettert von dem, was Dima mir gerade erzählt hatte – stellte sich mir eine Frau in den Weg. Sie hatte platinblondes Haar mit einem dunklen Ansatz, trug dickes Make-up, und ihre Gesichtszüge wirkten gestrafft, vermutlich das Werk des natürlich besten Schönheitschirurgen.

»Sind Sie Abbie?«

Ich nickte.

Sie streckte mir eine Hand hin. Ein Rüschenrausch aus cremefarbener Seide schmückte den Ärmel, und an ihrem Mittelfinger steckte ein gigantischer Diamantring. »*Merhaba*. Mein Name ist Ayla Arsel. Ich bin die Mutter von Sinan, Özgür und Eylül.«

Der Händedruck war kurz und schlaff. Ich lächelte, wahrscheinlich zu übertrieben, und war froh, dass ich vorher im Toilettenspiegel zwischen meinen Zähnen nach Essensresten gesehen hatte.

Sie zog die Hand rasch zurück und stemmte sie in ihre Hüfte. Sie überragte mich um mindestens zwölf Zentimeter. Sie einschüchternd zu nennen wäre eine Untertreibung.

»Mein Sohn hat mir erzählt, dass er Sie in London kennengelernt hat.«

Ich war mir nicht sicher, ob das eine Frage oder eine Feststellung war. »Ja, wir sind uns auf einem Demonstrationsmarsch begegnet, als er an der Uni studierte.«

Sie zog eine Augenbraue hoch. »Ich hatte gehofft, London würde seine rebellische Phase beenden. Mein Sohn hat ein gutes Herz, aber er lässt sich zu leicht ablenken.«

Ihr Englisch war nahezu perfekt, aber ich verstand trotzdem nicht, was sie mir sagen wollte. Ich strich mein Kleid glatt.

»Was machen Sie in London, Abbie?«

»Ich habe gerade mein Examen bestanden. Jetzt versuche ich zu entscheiden, ob ich Anwältin werden oder für ein gemeinnütziges Unternehmen arbeiten soll.« *Hoppla.* Keine Ahnung, wieso ich ihr das erzählte. Sie war eine Fremde für mich.

Sie neigte den Kopf und musterte mich von Kopf bis Fuß. »Ich bin sicher, dass Ihre Eltern sehr stolz auf Sie sind. Özgür wird demnächst in unser Familienunternehmen eintreten.«

Ich überlegte, ob ich irgendwie erwähnen sollte, dass er das nicht wollte, hielt aber den Mund.

Ihre Miene verhärtete sich. »Ich weiß, dass er einen verrückten Plan hat und etwas ganz anderes machen möchte«, sagte sie und verschränkte die Arme vor der Brust.

Himmel, konnte sie Gedanken lesen?

»Deswegen kann er keine Ablenkungen gebrauchen. Es wäre eine Schande, wenn er beschlösse, seine Zukunft liege außerhalb von Istanbul oder in der Politik. Ich bin sicher, Sie werden verstehen, dass er dieses Jahr nicht nach London zurückkehren wird. Er wird Dima heiraten, und so werden sich unsere beiden Familien vereinigen. Die Familie Tara ist wichtig für uns, es handelt sich also um eine großartige Verbindung. Wir sind – wie würden Sie sagen? – einander ebenbürtig.« Mit hochgezogenen Augenbrauen musterte sie meine Kleidung.

Ich spürte, wie mir die Farbe aus dem Gesicht wich. Atmete ich überhaupt noch? Ich bekam ein Engegefühl in der Brust, und eine allzu vertraute Anspannung meldete sich – so wie an jenem Tag auf der Demonstration in London.

»Sie werden eine opulente Hochzeit bekommen. Wir werden keine Kosten scheuen. Und wenn Sie mich jetzt entschuldigen, ich muss in dieser Angelegenheit eine wichtige Ankündigung machen.« Und mit einer schwungvollen Bewegung machte sie kehrt.

Ich blinzelte wie wild, als sie sich entfernte und die Schleppe ihres Kleids meine Zehen streifte. Das war die Bestätigung. Von seiner Mutter höchstpersönlich. Ich ärgerte mich schwarz, dass ich nicht hartnäckiger nachgehakt hatte, als er versucht hatte, mir seine Beziehung zu Dima zu erklären. Aber nun war ich im Bilde. Sie waren füreinander bestimmt.

Applaus erklang, und als ich zur Bühne blickte, sah ich Oz' Mutter am Mikrofon. Immer wieder wurde ihre Ansprache von Beifall unterbrochen. Schließlich winkte sie in die Menge, und das Trio ihrer Kinder betrat die Bühne. Ich stolperte näher heran und versuchte, zwischen den Köpfen anderer Gäste hindurchzusehen. Oz hatte die Arme vor der Brust verschränkt.

Jetzt trat eine weitere Gruppe hinzu – Dima und zwei ältere Menschen. Ihre Eltern? Sie strahlte, als sie sich bei Oz unterhakte. Ich hatte keine Ahnung, was Ayla Arsel sagte, aber als sie die Taille ihres Sohns umfasste, drängte Dima sich näher an ihn und küsste ihn auf den Mund. Er wich nicht zurück.

Das Herz pochte in meinen Ohren. Ich ging rückwärts, vorsichtig, damit ich niemandem auf die Füße trat, dann drehte ich mich um und begann zu rennen. Der Alkohol machte mich unsicher, ich stolperte.

Brauchte ich noch mehr Beweise? Was war ich für ihn? Ein letztes kleines Abenteuer, bevor er in diese von seiner Familie arrangierte Verbindung einwilligte?

»Abbie!«, rief eine Stimme. Es war Oz, aber ich wagte nicht, mich umzudrehen. »Abbie, warte!«

Eine Hand packte mich am Ellbogen und zwang mich stehen zu bleiben.

»Abbie, bitte. Lauf nicht weg.«

Meine Wangen brannten, und ich rang nach Luft. Als ich mich zu Oz umdrehte, blickte ich in ein kummervolles Gesicht.

»Bitte. Lass mich erklären.«

»Erklären? Ich finde, was ich gesehen habe, war deutlich genug. Wie willst du das ›erklären‹?«

»Du verstehst das nicht, Abbie. Mein Leben ist …« Er leckte sich die Lippen und fuhr sich durch die Haare. Schuldgefühle. Dafür stand diese Geste. Als ich unangekündigt im Strandclub auftauchte, hatte er sich nicht darüber gefreut, sondern war verlegen gewesen. Voller Schuldgefühle. Und Sorge, seine Freundin könne herausfinden, was wenige Monate zuvor zwischen uns geschehen war.

»Dein Leben ist *was*?« Ich wusste nicht, warum ich plötzlich schrie. Er hatte mir in London keinerlei Versprechungen gemacht. Ich hatte mich von Liz' lächerlicher Vorstellung, er sei ›der Eine‹ und es müsse Liebe sein, einlullen lassen. Dabei war er längst schon mit einer anderen liiert, mit der er sich gerade verlobt hatte. »Also? Dein Leben ist *was*?«

Erst jetzt bemerkte ich, dass zahlreiche Gäste sich um uns versammelt hatten, darunter auch Dima, seine Mutter, sein Bruder und ein älterer Mann, der mir einen Blick tiefster Verachtung zuwarf. Oz musterte die Gesichter seiner Familie und öffnete den Mund. Kein Wort kam heraus.

»Hast du mir nichts zu sagen? Du stehst da und nennst mir keinen Grund, warum du dich abwendest? Der Kuss auf dem Schiff, die Zeit, die wir in London miteinander verbracht haben … Was war das?« Das Schweigen, während ich auf seine Antwort wartete, war quälend.

»Können wir irgendwo hingehen, wo wir allein sind?«, fragte er schließlich.

»Nein. Alles was du sagen möchtest, kannst du mir jetzt, genau hier sagen.«

Er straffte sich, und seine Augen sprangen unruhig von einem Gesicht in der Menge zum nächsten, aber er schwieg.

Bitte, Oz. Sag etwas. Sag etwas, das mich davon abhält zu gehen.

Nichts. Kein Wort. Und je länger ich dort stand, umso verlegener wurde ich, denn alle durchbohrten mich mit Blicken.

»Leb wohl, Oz«, sagte ich und wandte mich ab.

Der Wachmann am Tor ließ mich passieren und wies auf eine Reihe von Taxis. Ich ging zum ersten und nannte dem Fahrer die Adresse des Hotels. Es war mir egal, wie viel es kosten würde. Ich musste hier weg. Oz kam nicht hinter mir her. Das sprach Bände.

»Uff!«, stöhnte ich laut in der Stille meines Hotelzimmers und stopfte meine Kleider in den Rucksack. Ich gehörte nicht hierher. Eine andere Kultur. Himmel noch mal! Eine andere Welt. Eine, die kaum weiter von meiner eigenen entfernt hätte sein können. Wie hätte ich da mithalten sollen, ich, die aus einer kleinbürgerlichen Arbeiterfamilie in den westlichen Midlands stammte? Der Vater meines Dads hatte in den Bergwerken in Südwales gearbeitet, während Oz' Vater die Stadt erbaut hatte, in der er lebte. Das Wort »ebenbürtig« nagte an mir. Es war klar, was Ayla Arsel damit hatte sagen wollen. Sie hielt mich wahrscheinlich für eine dieser geldgierigen Tussen, die versuchen, sich gesellschaftlich emporzuhangeln. Und unser Gespräch auf dem Schiff, über Träume und Abhauen? War das nur leeres Gerede gewesen, damit ich mich küssen ließ?

Es war blöd, noch eine schlaflose Nacht hier zu verbringen. Der Flug, den Liz für mich gebucht hatte, ging morgen in aller Herrgottsfrühe. Also war es egal, ob ich auf dem Hotelbett lag und die Decke anstarrte oder mich auf zwei Stühlen im Flughafen zusammenrollte.

Als ich die Sicherheitskontrolle auf dem Atatürk-Flughafen passierte, warf ich noch einen raschen Blick zurück, bevor die Glastüren der Abflughalle sich schlossen. Eine vertraute Gestalt tauchte kurz auf, verschwand aber gleich wieder in der Menschenmenge.

Oz? Zu spät. Die Türen waren zu, und als sie sich wieder öffneten, war nichts von ihm zu sehen. Nein, Oz konnte es nicht gewesen sein. Er war ja noch auf der Party und feierte seine Verlobung.

Ich hörte jemanden von fern rufen. War das mein Name? Ich wollte mich umdrehen, war aber plötzlich von einer dichten Menschenmenge umgeben. Ihre Stimmen klangen in meinen Ohren – eine Kakophonie der unterschiedlichsten Sprachen.

Ich biss die Zähne zusammen. *Werd erwachsen, Abbie.* Ich hatte mich zu dieser albernen Reise verführen lassen und war vom Weg der ordentlichen, besonnenen Entscheidungen abgekommen. Was war bloß los mit mir, jenem Mädchen, das es niemals wagen würde, ihre Eltern anzulügen, und fest entschlossen war, eine erfolgreiche Anwältin zu werden? Nichts da! Ich würde nicht zulassen, dass dieser Ausflug das Versprechen gefährdete, das ich meinem Dad vor all den Jahren gegeben hatte.

16
Jetzt
April

»Okay, das schreit nach einem Glas Wein«, sagte Liz, sprang vom Sofa auf, ging in meine Küche und warf Oz' Visitenkarte in die Luft. Ich war aufgeflogen. Mir war entgangen, dass Charlie die Karte offen auf dem Couchtisch hatte liegen lassen, und sie war Liz sofort aufgefallen, als sie sich auf der Couch niederließ. Ich beschloss, das Thema so schnell wie möglich zu beenden, denn sie würde sonst eine Riesengeschichte daraus machen.

Regen trommelte gegen die Fensterscheiben, und die Heizung lief mal wieder. Es war Donnerstag, fast schon das Ende einer weiteren langen Arbeitswoche. Ich hatte Liz an der U-Bahn-Station getroffen; sie war vom Regen überrascht worden. So waren wir gemeinsam unter meinem Schirm zu meiner Wohnung geeilt. Jetzt trockneten unsere Kleider auf der Heizung. Ich hatte Leggings und einen Pullover angezogen und ihr etwas Ähnliches geliehen.

Liz öffnete die Kühlschranktür – das Licht beleuchtete ihr Gesicht im Halbdunkel – und zog eine halb leere Flasche Rosé heraus. »Ist das alles, was du hast?«

»Wahrscheinlich ist noch eine im Schrank neben dem Spülbecken.«

»Die stelle ich dann erst mal ins Gefrierfach. Die hier« – und damit schüttelte sie die Flasche – »reicht nicht.«

»Sieht aus, als ob du die verlorene Zeit nachholen wolltest?«

»Mach mir bloß nicht noch mehr Schuldgefühle, als ich ohnehin habe, weil ich nicht mehr stille. Ich habe von der Tittenfüttermafia schon genug Standpauken gekriegt.«

»Von wem?«

»Von der Frau, bei der Mary und ich waren – dieser Stillberaterin. Für die musste ich mich, die Füße auf dem Telefonbuch, kerzengerade auf den härtesten Stuhl setzen und meine Brüste freimachen, weil das die perfekte Haltung ist, dabei war es eiskalt in ihrem Zimmer. Maddy und ich, wir saßen beide da und heulten uns die Augen aus.« Sie schüttelte sich bei der Erinnerung.

»Ihr Ärmsten.«

»Maddy und ich sind fürs Leben gezeichnet. Grauenhaft!« Sie verzog das Gesicht und schraubte den Deckel von der Flasche. »Ich habe immer noch Albträume. Wie sie meine Brustwarze packte und Maddy in den Mund zu stopfen versuchte! Maddy hatte Gewicht verloren, und ich begann durchzudrehen, deshalb hatten wir diesen Termin bei ihr überhaupt gemacht. Wenn die wunderbare Gesundheitsschwester nicht gewesen wäre, weiß ich nicht, was ich getan hätte. Sie hat gesagt, ich solle mir keine Vorwürfe machen, weil ich danach nicht mehr weiter gestillt habe. Dennoch habe ich mich schuldig gefühlt.«

»Ich bin sicher, dass alles, was du tust, nur das Beste für Maddy ist.«

»Hoffentlich. Ich habe es dir nie erzählt, aber als ich Maddy zum ersten Mal die Flasche gab, streckte sie ihre Händchen danach aus und packte sie. Das war, als sei in meinem Kopf ein Licht angegangen. Plötzlich ließen die Angst und die Panikattacken nach.«

»Das sind gute Neuigkeiten.«

»Finde ich auch«, sagte sie und goss den Wein in zwei Gläser.

»Solltest du nicht auf Alkohol verzichten, solange du Antidepressiva nimmst?«

»Mist!« Sie schlug sich mit der Hand gegen die Stirn und fing an, ihren Wein in mein Glas umzuschütten. »Habe ich total vergessen. Nächste Woche ist meine erste Therapiestunde, und ich hoffe, die hilft mir. Dann kann ich endlich die Pillen absetzen.«

»Das sind alles Schritte in die richtige Richtung, Liz.«

»Ich hoffe es.«

Liz war zu unserem monatlichen Übernachtungstermin gekommen. Das war jahrelang ein geheiligter Teil unserer Freundschaft gewesen, doch dies war seit Monaten wieder das erste Mal. Charlie hatte bis zum nächsten Tag in Birmingham zu tun, und Liz' Mum und Mary hüteten das Baby, was sehr viel einfacher war, seit Maddy Säuglingsnahrung bekam. Liz ging noch mal zum Kühlschrank und holte eine Dose Limonade.

Der erste Schluck Wein floss wunderbar durch die Kehle. Zu wunderbar. Ich hatte den ganzen Tag kaum etwas gegessen und jetzt entschieden keine Lust, irgendetwas zuzubereiten. An Wochenenden, wenn wir mehr Zeit hatten, uns um Zutaten zu kümmern, fanden Charlie und ich es herrlich, gemeinsam zu kochen. Wir hatten eine Vereinbarung, dass, wer von uns unter der Woche bis spätabends arbeiten musste, zu Hause etwas vom anderen Selbstgekochtes oder Besorgtes vorfinden würde. Und wenn wir beide lange arbeiteten, holten wir uns etwas beim Japaner um die Ecke, ein leckeres Teriyaki-Hühnchen oder eine Schale Reis mit Rindfleisch und lümmelten uns vor den Fernseher. Wir waren Gewohnheitstiere.

»Sollen wir uns eine Pizza bestellen?«, fragte Liz. »Ich bin am Verhungern. Und ich habe gesehen, dass du nichts im Kühlschrank hast.«

»Klingt gut.« Ich wollte schon zum Telefon greifen. Aber Liz verschwand in die Küche und öffnete sämtliche Schränke. »Heureka! Eine Tüte Chips. Was brauchen wir mehr?« Sie ließ sich neben mir auf der Couch nieder. »Warum hast du mir nicht erzählt, dass du Oz in Paris getroffen hast?«

Ich blies die Backen auf. »Du warst sehr beschäftigt. Vergessen?«

»Trotzdem. Ich bin deine beste Freundin. Und das ist doch ein Riesending!«

Ich reckte den Kopf und lehnte meine Ellbogen auf die Rücklehne des Sofas. »Nein, war es nicht.«

Liz zog die Nase kraus und nahm einen Schluck Limonade. »Da bin ich aber anderer Ansicht. Dein Auge zuckt.«

»Das ist die Müdigkeit. Wieso glaubt jeder, es zuckt immer

dann, wenn ich lüge?«, sagte ich abwehrend und nahm mir ein paar Chips.

Liz kniff die Augen zusammen. »Egal. Also – was hat er gesagt? Wie war es, ihn wiederzusehen?«

»Es war ... unerwartet.«

»Ach was, Sherlock! Und dann auch noch Charlie dort.« Sie zog eine Grimasse.

»Liz, du machst eine viel zu große Geschichte daraus. Das war es nicht.«

»Hast du mit ihm geredet?«

»Nicht richtig. Wir haben ein paar Höflichkeiten ausgetauscht. Er ist aus dem Familienunternehmen ausgestiegen und arbeitet jetzt für eine türkische NGO. Und ich habe ihm erzählt, dass ich Anwältin bin. Und dann hat Charlie uns unterbrochen, und das Gespräch war beendet.«

»Hat er einen Ehering getragen?«

Ich warf ihr einen finsteren Blick zu.

»Was ist? Das interessiert mich halt.«

»Also, es ist mir nicht aufgefallen, weil es auch egal ist.«

Sie legte den Arm aufs Sofa und musterte mich, während sie ihr Handy vom Tisch nahm.

»Was machst du?«

»Ihn googeln.« Sie stieß einen Pfiff aus. »Yep. Mmmh. Immer noch ziemlich heiß, sogar mit ... siebenunddreißig?«

»Zeig mal.«

Ich starrte auf ein Bild, das Liz vergrößert hatte. Oz kniete da inmitten einer Gruppe lachender Kinder. Und in seinem Gesicht lag ein solch liebevoller Ausdruck, und ein kleines Mädchen hatte die Arme um seinen Hals geschlungen. Mir zog sich der Magen zusammen, als ich wieder die Grübchen sah, und ich wurde ganz unruhig. Ich sah zu Liz hoch.

»Warum guckst du mich so an?«

»Du verheimlichst mir was.«

Ich strich mit dem Finger über den Rand meines Glases. *Mist.* Liz kannte mich einfach zu gut.

»Also gibt es da etwas. Raus damit, Abigail.«

»Er kommt hierher. Nach London.«

Sie sperrte den Mund auf.

»Morgen und Samstag. Wegen einer Immobilienmesse, die er mit seinem Bruder besucht.«

»Und? Trefft ihr euch?«

»Nein. Also, ja, gewissermaßen. Charlie hatte ihm versprochen, wir würden mit Charlies Dad kommen. Deshalb hat Oz ihm seine Visitenkarte gegeben. Aber ich hätte nicht gedacht, dass Charlie das ernst nehmen würde. Erst als er es letzte Woche wieder erwähnte. Ich habe gesagt, ich müsse erst schauen, wie es in der Woche mit der Arbeit aussieht.«

»Du musst hingehen.«

»Wieso?«

»Du brauchst irgendeinen ›Abschluss‹!« Liz malte Anführungszeichen in die Luft.

»Liz! Das ist doch keine Episode aus *Friends*.« Ich wischte ein paar Chipskrümel vom Schoß. »Ich glaube nicht, dass ich ihn wiedersehen kann, schon gar nicht, wenn Charlie dabei ist.«

»Weiß er denn nicht, dass ihr mal zusammenwart?«

»Nein. Als Oz sich bei der Konferenz als alter Freund vorstellte, habe ich das geschluckt und ihn nicht korrigiert. Ich war davon ausgegangen, dass ich ihn nie wiedersehen würde. Und jetzt würde es wirklich sehr komisch wirken, wenn ich plötzlich sage, dass er sehr viel mehr war als ein alter Freund.« Ich trank einen großen Schluck Wein und setzte das Glas auf dem Couchtisch ab.

»Okay. Beruhige dich. Vielleicht musst du ihn gar nicht korrigieren. Immerhin willst du ja Klarheit schaffen. Du wirst dich ja nicht davonschleichen und eine heimliche Affäre anfangen!«

»Natürlich nicht«, erwiderte ich und knuffte sie leicht in den Arm.

»Du musst einfach nur ein paar Minuten mit ihm allein haben.« Sie verschränkte die Arme und versank in Gedanken. »Ich komme mit. Ich bitte meine Mum, noch eine Nacht länger zu bleiben. Ich kann Charlie und seinen Dad dann in einen anderen

Teil der Ausstellung entführen, während du dich mit Oz unterhältst.«

»Das klingt haargenau nach der Definition von ›sich davonschleichen‹.«

»Aber wie willst du ihn denn sonst allein treffen? Komm schon, Abs. Wir wissen doch, dass er der Grund dafür ist, warum du so verkorkst bist, wenn es um Typen geht.«

»Ich bin nicht verkorkst, vielen Dank auch. Ich bin seit drei Jahren in einer festen Beziehung mit Charlie.«

»Ich weiß. Aber ich glaube trotzdem, dass Oz immer noch in deinem Kopf herumspukt. Nach eurer letzten Begegnung hast du behauptet, es sei aus zwischen euch, aber ich habe gesehen, dass da noch etwas war, das dich nicht losließ. Wenn du ihn jetzt unter anderen Umständen wiedersähst, hättest du vielleicht die Möglichkeit, diesen Teil deines Lebens endgültig abzuschließen.«

»Hmm. Vielleicht hast du recht. Ich dachte, ich hätte ihn längst aus meinen Gedanken getilgt. Als ich ihn dann plötzlich in Paris wiedergetroffen habe, wurden alte Erinnerungen wach. Und ich gehe sie immer und immer wieder durch und frage mich, ob alles anders gelaufen wäre, wenn ...«

Liz lehnte sich zurück und streichelte meinen Arm. Ihr Blick fiel auf eine DVD-Hülle auf dem Couchtisch. Sie nahm sie in die Hand. »Hast du *Die große Liebe meines Lebens* rausgeholt, damit wir den Film jetzt gucken?«

Ich kaute auf der Innenseite meiner Wange herum. »Ja, und?«

»Sollte ich aus deiner Wahl etwas herauslesen?«

Ich nahm ihr die Hülle weg und drückte sie an meine Brust. »Wie? Nein, natürlich nicht. Ich fühle mich Charlie mit ganzem Herzen verbunden. Ich vergöttere ihn. Meine Gefühle für Oz sind Schnee von gestern. Er hat einfach diese komische Wirkung auf mich. Als wäre ich wieder einundzwanzig. Albern, oder?«

»Überhaupt nicht albern.« Sie trank die Limonade aus und stellte die Dose auf den Tisch. »Wir alle wollen manchmal abhauen, wenn das Leben ein wenig komplizierter wird. Und es lässt sich gar nicht vermeiden, dass du anfängst zu zweifeln, wenn du im Begriff bist, dich für den Rest deines Lebens an jemanden zu binden. Als Mary mir einen Antrag machte, war ich völlig hingerissen, aber dann fing ich an, über meine bisherigen Beziehungen nachzudenken, und fragte mich, warum sie nicht funktioniert hatten, warum es diesmal anders war. Tausend Gedanken wirbelten mir durch den Kopf. Ich habe sogar einige meiner Exfreundinnen angerufen, von denen ich gedacht hatte, ich sei in sie verliebt.«

»Echt?«

»Und als ich ihre Stimmen hörte ... spürte ich gar nichts. Und da wusste ich plötzlich, dass Mary meine ›Für immer‹ war. Und wenn Charlie das für dich ist, sollte es auch keine große Sache sein, dich noch einmal mit Oz zu treffen.«

Ich wusste nicht, wann genau Liz während des Films eingeschlafen war, aber ich konnte es ihr nicht übelnehmen. Es war nicht gerade ein Actionfilm mit haufenweise Kampfszenen und Explosionen, die jemanden, der noch dazu unter Schlafentzug litt, hätten wachhalten können.

Während des Abspanns legte ich Liz' Kopf sanft auf die Couch und deckte sie zu. Ich brachte es nicht übers Herz, sie aufzuwecken, und wollte auch ungern die Unterhaltung von vorher fortsetzen.

Aber warum eigentlich nicht? Hatte ich Angst, dass ich wieder Gefühle für Oz haben könnte, wenn ich ihn sah? Und was würde das bedeuten?

Am nächsten Abend wartete ich vor dem Eingang der Immobilienmesse. Die Veranstaltung war vor einer Stunde eröffnet worden, und durch das Fenster konnte ich sehen, wie die Besucher sich vor den Fotografien an den Wänden und den Entwürfen von Bauvorhaben im Miniaturformat drängten. Smokings und elegante Kleider dominierten, und der Champagner floss. Charlie sollte jede Minute eintreffen; Liz verspätete sich wie üblich.

Mein Smartphone klingelte in der Handtasche. Liz' Nummer leuchtete auf. »Wo bist du?«, flüsterte ich, als steckte ich mitten in einem Raubüberfall.

»Es tut mir so leid. Mum hat angerufen und abgesagt. Sie hat sich irgendwas eingefangen. Wahrscheinlich die Erkältung von Maddy, und Mary ist noch nicht von der Arbeit zurück. Es tut mir leid, Abs, aber ich kann nicht kommen.«

Das Herz schlug mir bis zum Hals. »Das ist okay. Wirklich, es macht nichts. Charlie wird ja gleich hier sein.«

»Dann rede jetzt sofort mit Oz. Verabrede ein Treffen.«

»Das kann ich nicht, Liz.« Im Hintergrund konnte ich Maddy wimmern hören.

»Pass auf, Abs. Ich muss jetzt aufhören, aber tu es! Du wirst es sonst bereuen. Ich melde mich später.«

Sie beendete das Gespräch, und ich stand da und bibberte. Der Frühling hatte bisher noch keine Anstalten gemacht, sich zu zeigen, und ich bedauerte, dass ich nicht kurz nach Hause gegangen und etwas Wärmeres und Schickeres angezogen hatte. In der Eile hatte ich meine Kostümjacke in der Kanzlei gelassen, und der Riss am Ellbogen meines Mantels war wieder aufgegangen. Ich zog den Kragen hoch bis ans Kinn und pustete heißen Atem in die Lücke zwischen Hals und Stoff.

Dann sah ich ihn. Er wandte mir den Rücken zu. Eine elegante, blond gefärbte Frau legte ihm einen Arm um die Schulter, und ich wusste sofort, wer es war – seine Mutter. Was hatte sie denn hier zu suchen? Er drehte sich um, und ich wich in den Schatten zurück. Aber er hatte mich nicht gesehen.

Ein Arm schlängelte sich um seine Taille. Ich erstarrte. Dunkles Haar, gertenschlanker Körper. Auch wer das war, wusste ich genau. Sie hob den Kopf, um ihn auf die Wangen zu küssen, und legte dabei die Hand auf seine Schulter.

Ich konnte nicht hineingehen. Ich sah mich nicht in der Lage, ihnen allen wieder gegenüberzutreten, obwohl ich schrecklich gern gewusst hätte, warum er seinen Namen wieder in Demir umgewandelt hatte – den Namen, der auf seiner Visitenkarte stand. Außerdem hätte ich gern erfahren, was er inzwischen erlebt hatte.

»Abbie!«, rief Charlie von hinten, und ich fuhr herum. »Entschuldigung, Liebes.« Er neigte den Kopf und küsste mich. »Ich wollte dich nicht erschrecken. Dad parkt noch das Auto. Er wird gleich hier sein.« Er musterte mein Gesicht. »Ist alles in Ordnung? Du siehst etwas blass aus.«

»Ähm. Ich habe eben vom Anwalt eine letzte E-Mail zum morgigen Fall bekommen. Ich muss wohl eine Kaution hinterlegen.«

»Aber mein Dad ist den ganzen Weg von Schottland gekommen. Könntest du nicht wenigstens auf ein Glas bleiben?« Seine Augenbrauen hinter der Brille zogen sich zusammen.

»Ich habe auch Kopfschmerzen.«

Er berührte meine Stirn, seine Finger waren warm an meiner kalten Haut.

»Und mein Hals kratzt ein bisschen.« Mein Auge zuckte, als ich mir an den Hals fasste.

Er strich mir über dem Auge eine Haarsträhne weg. »Also gut. Ich werde es Dad erklären. Er wird aber trotzdem enttäuscht sein. Wir sehen uns dann zu Hause. Warum hast du auch keine Aspirin dabei?«

Mich packte das schlechte Gewissen wegen meiner Flunkerei. Ein weiterer seidener Faden war dem Netz aus Lügen hinzugefügt. Doch das war nur gut, beschloss ich – es war gut, wenn ich Oz nie wiedersah.

Ich entfernte mich vom Veranstaltungsort, und gerade als ich zur U-Bahn hinuntergehen wollte, hörte ich in der Ferne meinen Namen rufen.

Ich drehte mich um, und mein Herz setzte kurz aus. Es war Oz, der mir entgegengerannt kam. Alle möglichen Gedanken wirbelten mir durch den Kopf. Ich hätte mich nicht umdrehen sollen, aber jetzt war es zu spät.

Heftig atmend blieb Oz vor mir stehen. »Abbie …«, flüsterte er und rang nach Luft. »Warum bist du gegangen?«

»Woher wusstest du überhaupt, dass ich dort war?«

»Charles. Er sagte, du musstest dringend fort, und ich hatte so gehofft, dich wiederzusehen.«

Mir wurde die Kehle eng, fast als würde ich jetzt für meine Ausflucht von vorhin bestraft. »Ich habe einfach eine Menge Arbeit zu erledigen. Deswegen gehe ich am besten nach Hause.« Ich sah nervös über seine Schulter, ob womöglich gerade Charlies Dad auftauchte. »Ich habe gesehen, dass deine ganze Familie gekommen ist.«

»Ja. Wir waren schon lange nicht mehr alle vereint. *Yani*, es ist so viel passiert, was dafür gesorgt hat, dass wir uns nicht gesehen haben. Bist du sicher, dass du nicht noch bleiben kannst? Nicht einmal für ein Glas?« Seine Augen bohrten sich in meine, und ich wusste, ich sollte wegschauen. Ich durfte auf keinen Fall erneut in ihren Bann geraten, und wie sollte ich Charlie außerdem erklären, dass ich plötzlich wieder aufkreuzte?

Ich entdeckte rechter Hand ein kleines Bistro. Oz folgte meinem Blick und sah mich erwartungsvoll an.

Und da schwirrte mir das durch den Kopf, was Liz über ihre Kontaktaufnahme zu alten Liebhaberinnen erzählt hatte. Schon beim Klang von deren Stimme hatte sie gewusst, dass sie ihr nichts mehr bedeuteten. Und hier stand ich, vollkommen unfähig, die Wirkung zu leugnen, die seine Stimme auf mich hatte. Würde dieses Gefühl bei einem Glas Wein etwa verschwinden?

»Es tut mir leid, ich kann nicht. Leb wohl, Oz.« Ich drehte mich um und ging.

17
Jetzt
Mai

»Die Architektur ist unglaublich.«

»Ich hatte gehofft, es würde dir gefallen«, sagte Charlie, als wir draußen vor einem weiß verputzten Haus in der Nähe des Belsize Parks standen. Es wirkte ungewöhnlich und hatte einen gewissen mediterranen Charme. Neben vier ähnlichen Häusern stand es leicht zurückgesetzt von der Straße und sah aus wie eines dieser Häuser, wie man sie häufig in Immobilienzeitschriften findet.

»Aber warum sind wir hier?«, fragte ich und hielt mir die Flasche mit eiskaltem Wasser, die ich soeben an einem Kiosk um die Ecke gekauft hatte, an Wangen und Stirn.

Es war ein ungewöhnlich heißer Samstagmorgen mitten im herrlichsten Frühling. Wir waren von unserer Wohnung aus durch den Regent's Park und weiter den Primrose Hill hinaufgelaufen. Ich hätte mich gern noch eine Weile oben hingesetzt und die Sonne genossen, aber Charlie wollte unbedingt weiter und irgendwo zu einem späten Frühstück einkehren.

»Wir haben einen Besichtigungstermin«, sagte er.

»Was? Warum?«

»Warum?« Er wirbelte mich herum, griff in seine grauen Khakishorts und zog einen Schlüsselbund heraus. »Weil ich einen Tipp bekommen und eine vorläufige Anzahlung gemacht habe.« Er biss die Zähne zusammen und zog den Kopf ein.

Mir klappte der Unterkiefer herunter. »Du hast was?«

»Ich wusste, dass du ausrasten würdest, aber hör bitte erst mal zu. Ich habe mit Dad über unsere Haussuche gesprochen, und er fand unsere Vorgehensweise vollkommen falsch. Wir sollten kühner denken, meinte er. Momentan gebe es einen Käufermarkt, weshalb es wenig sinnvoll sei, jetzt ein Haus zu kaufen, das höchstwahrscheinlich in wenigen Jahren zu klein für uns sein würde, während der Markt in der Zwischenzeit noch mehr angezogen hätte.«

»Aber das ist ja ein Palast! Wir haben doch nach Reihenhäusern mit drei Schlafzimmern gesucht, und zwar in Gegenden, die unser Budget nicht übersteigen. Dies hier ist ein brandneues Gebäude, fünfundvierzig Fußminuten von unserer jetzigen Wohnung entfernt. Das können wir uns unmöglich leisten.«

Er ließ die Schultern sinken. »Du hast recht. Und ich wusste, dass es dir nicht gefällt.« Er schob die Hände in die Taschen und setzte sich in Bewegung.

»Charlie! Warte.« Ich packte ihn am Arm. »Ich habe nicht gesagt, dass es mir nicht gefällt. Es ist wunderschön. Aber wir können es uns garantiert nicht leisten.«

»Okay ... *wir* nicht, aber Mum und Dad haben beschlossen, die Wohnung in der Baker Street aufzugeben. Sie haben einen Käufer gefunden. Das Geld wollen sie in einer anderen Immobilie anlegen, und sie dachten, wir könnten unser Geld in einen Topf werfen.«

»Und was genau wäre mein Part bei diesem Kauf?«

Er drehte mich langsam zu dem Haus um. »Hör zu, mit Dads Beteiligung ist die Hypothek für uns bezahlbar. Und wir werden sie gemeinsam abzahlen, das verspreche ich dir. Ich weiß, du wolltest, dass wir die Anzahlung gemeinsam leisten, aber seit du letzten Monat deiner Mum aus der Patsche geholfen hast –«

»Du hast gesagt, das spiele keine Rolle.« Ich verschränkte die Arme vor meinem sommerlich grünen Wickelkleid mit Pünktchenmuster.

»He.« Er nahm meine Arme, legte sie um seine Taille und packte mich bei den Schultern. »Ich habe nie behauptet, es spiele eine Rolle. Was du für deine Mum getan hast, ist heroisch.«

Ich senkte den Kopf. »Nein, ist es nicht.«

Er hob mein Kinn an, damit ich ihm wieder in die Augen sah. Dann beugte er sich vor und küsste mich zart auf die Lippen.

»Doch! Du hast immerhin ... wie lange? ... zwei ganze Jahre gebraucht, um das Geld zu sparen, das du ihr gegeben hast.«

Das stimmte. Ich hatte seit Jahren für eine Anzahlung auf ein Haus gespart – lange bevor Charlie und ich ein Paar wurden. Aber nachdem ich mit Mums Buchhalter gesprochen hatte, war mir klar, dass ich ihr helfen würde, da sie sonst das Geschäft hätte schließen müssen. Und das durfte auf keinen Fall passieren. Ganz egal, was sie an meinem Geburtstag zu mir gesagt hatte.

»Hör zu, Abbie. Du und ich, wir werden immer eine Einheit sein. Es spielt keine Rolle, wie viel wer wann bezahlt. Das ist es doch, was ein Paar ausmacht. Wenn du also im Moment nicht in der Lage bist, etwas zum Kauf dieses Hauses beizutragen, heißt das doch nicht, dass wir nicht wenigstens an einen Kauf *denken* dürfen.«

»Aber warum hast du nicht wenigstens vorher mit mir darüber gesprochen? Wenn du mir das alles so erklärt hättest, hätte ich bestimmt keine Einwände gehabt.«

»Weil ich dich überraschen wollte. Tut mir leid.« Er schob seine Unterlippe vor. »Dad hatte schon immer was für große Gesten übrig. So hat er auch unser Haus gekauft. Mum liebt diese Gesten, und ich dachte, du vielleicht ebenfalls. Außerdem musste ich schnell reagieren. Solche Häuser sind verkauft, sobald sie annonciert worden sind. Man kann auch erst im Oktober einziehen.«

Ich holte tief Luft und sah zum Haus hoch. Es war wirklich wunderschön. Mit seinen Rundbogenfenstern und den Säulen zu beiden Seiten der Haustür wirkte es vertraut und einladend.

»Dies sind die Schlüssel zum Musterhaus.« Charlie rasselte damit. »Du kannst mir bei der Entscheidung, welches Grundstück wir kaufen, helfen. Wie wär's, wenn wir uns mal umschauen? Ohne Druck. Wenn es dir wirklich nicht gefällt oder wenn dir unwohl ist bei dem Gedanken, wie wir es kaufen würden, dann gehen wir wieder. Fair?«

Charlie hatte ein überzeugendes Argument vorgebracht, aber würde ich das Haus jemals als mein Heim empfinden, wenn ich nichts zu dem Kauf beigetragen hatte? Seit meinem allerersten Job bei dem Zahnarzt während meines Studiums war es mir stets ein Anliegen, meine Wohnung selbst zu bezahlen. Doch im Lauf der Jahre war dieses Ziel in immer weitere Ferne gerückt. Vielleicht war es an der Zeit, sich davon zu verabschieden. Vielleicht hatte Charlie recht. Ich sollte uns als ein Team begreifen, zwar nicht zu jeder Zeit gleichermaßen finanzstark, aber dennoch ein Team.

»Klingt fair.« Ich lächelte, und er fasste mich an der Schulter und steuerte mich in Richtung des Hauses.

»Los«, sagte er. »Lass uns reingehen. Es ist beeindruckend.«

Während wir durchs Erdgeschoss und den dahinterliegenden kleinen, sehr gepflegten Garten liefen, konnte ich nicht umhin, mich von Charlies Begeisterung anstecken zu lassen. Er öffnete jeden Küchenschrank, bestaunte die lautlos schließenden Türen und die versteckte Speisekammer und brachte mich zum Kichern. Die Räume waren groß, hatten aber wenig Atmosphäre. Das Wort »gemütlich« käme mir nicht in den Sinn, wenn ich sie beschreiben müsste.

Er hielt meine Hand, als er mich nach oben führte. In der anderen trug ich noch immer die Wasserflasche.

»Und ich dachte, hier«, sagte er und zeigte auf den breiten Sims des Erkerfensters im Eheschlafzimmer, »und …« Er zog mich rasch ins nächste Zimmer und zeigte auf ein ähnliches Fenster. »Vielleicht hier.« Im dritten Schlafzimmer war wieder ein solches Fenster; diesmal ging es auf den Garten. »Und auf jeden Fall hier.« Seine Augen funkelten.

»Was hast du hier vor?«, fragte ich, kniff die Augen zusammen und wandte mich zum Fenster.

Er zog mich an sich, lief rückwärts, bis seine Beine an den Sims stießen, und ließ sich mit mir an seiner Brust darauf nieder. Er nahm mir die Wasserflasche aus der Hand und hielt sie mir in die Halskuhle. Ich schrie auf, weil sie so kalt war. Als er die Flasche auf dem weiß gestrichenen Sims ablegte, verlor sie Wasser, das mir über die Brust lief. Er beugte sich herunter und küsste jeden Tropfen einzeln weg. Ich stöhnte, als seine Lippen immer weiter nach unten wanderten und die Haut unter meinem Kleiderschlitz streichelten. Er packte meinen Hintern mit den Händen und presste mich gegen sein steifes Glied.

Ich bog den Kopf nach hinten, mein Herz raste. »Charlie, das geht doch nicht!«

»Doch«, flüsterte er, und sein Atem streifte meine erhitzte Haut. »Der Makler holt die Schlüssel erst in einer halben Stunde.«

»Oh«, stöhnte ich, als seine Finger meine Schenkel hochwanderten und am Spitzenbesatz meines Höschens zupften. Es erregte mich, dass ich plötzlich irgendwie gefangen war, und mir wurde noch heißer, obwohl das Fenster halb offenstand und eine kühle Brise den exotischen Duft von Gartenblumen ins Zimmer trug. Langsam knöpfte ich sein blütenfrisches weißes Hemd auf, dessen Ärmel er aufgerollt hatte, und streichelte die zarten Härchen auf seiner Brust.

»Gefällt es dir?«, fragte er und küsste mich überall. »Gefällt dir das Haus?«

»Ja«, erwiderte ich, als er mein Wickelkleid weiter aufschlug. Ich öffnete den Knopf seiner Shorts und zog den Reißverschluss auf.

»Sollen wir es kaufen?«, fragte er.

Ich keuchte, während er mich an sich presste und leicht wiegte.

Das war der Moment, in dem ich, verloren in berauschtem Schwindel, nicht mehr wusste, ob das »Ja«, das ich hauchte, Zustimmung ausdrückte oder etwas sehr viel Archaischeres.

Mein Smartphone surrte hartnäckig in meiner Handtasche. Ich war schon zu sehr in Fahrt, um noch darauf zu reagieren, hatte allerdings ein paar nagende Gedanken nicht gänzlich verscheuchen können: Das war nicht die Sorte Haus, von der ich immer geträumt hatte. Dieser Traum war eigentlich kindisch. Mein Elternhaus in Evesham war klein, und bis Amy nach Manchester zog, hatte ich mir ein Zimmer mit ihr teilen müssen. Deswegen wünschte ich mir auch seit je nur eines – ein Zimmer für mich allein mit einem großen Doppelbett und einem Schrank ausschließlich für mich. Aber nun würde ich bald die Mitbesitzerin eines freistehenden Einfamilienhauses mit fünf Schlafzimmern sein. Dabei hatten wir noch nicht einmal darüber gesprochen, was wir mit all diesen Schlafzimmern anfangen sollten. Allerdings wusste ich nicht, ob ich wirklich darüber diskutieren wollte. Ich schob den Gedanken beiseite und ließ mich fallen.

Nachdem Charlie den Reißverschluss seiner Shorts hochgezogen und ich mein Kleid gerichtet hatte, fischte ich mein Smartphone aus der Handtasche.

Nadas Name war unter den verpassten Skype-Anrufen. Ich sah, dass sie auch eine SMS geschickt hatte, und öffnete sie.

»Wer hat angerufen?«

»Nada. Sie schreibt …« Ich überflog die ersten zwei Sätze. »Sie hat unseren Brief mit der Terminankündigung erhalten und sagt, sie kann kommen.«

»Toll.«

Ich las weiter, was alles in den vergangenen Wochen in ihrem Leben passiert war. Als ich die Anhänge sah, die sie mitgeschickt hatte, erstarrte ich.

»Bist du das?«, fragte Charlie, über meine Schulter gebeugt.

»Ja«, erwiderte ich und ließ das Telefon beiläufig in die Handtasche gleiten.

»He! Lass mich mal sehen.«

Ich zögerte kurz, ehe ich es ihm reichte. Seine Augen wurden schmal, während er das Foto mit den Fingern großzog. »Du siehst umwerfend aus. Ist das Nada in ihrem Hochzeitskleid?«

Ich nickte.

Er studierte das Bild genauer. »Ich erkenne ihn. Ja, das ist der Typ von der Immobilienmesse. Der, den wir auf der Konferenz trafen. Ich dachte, du hättest gesagt, dass du ihn als Studentin in London kennengelernt hast.«

Mir wurde heiß. »Ja, das stimmt, beim ersten Mal. Aber wie

sich herausstellte, hatten wir beide gemeinsame Freunde«, sagte ich leichthin und hoffte, er werde nicht weiter in mich dringen.

»Nun, wir haben ihm eine Menge zu verdanken.«

Ich erstarrte und schaute ihn an: »Wie meinst du das?«

»Du erinnerst dich doch, dass ich dir erzählt habe, ich hätte ihn und seinen Bruder auf dieser Immobilienmesse im vergangenen Monat wiedergetroffen. Sie versprachen Dad, sie würden ihn informieren, sobald das erste Haus zum Verkauf stünde, und zwar noch bevor es auf den Markt käme. Das ist eins ihrer Projekte.«

Ich konnte es nicht glauben. Dieses Haus war von der Arsel Holding gebaut worden? Oz' Familie hatte das Haus gebaut, in dem ich leben würde?'

18
Neun Jahre früher
Juni

»Du siehst umwerfend aus.«

»Ja, finde ich auch«, sagte Nada, während sie sich im Schlafzimmerspiegel ihrer Tante bewunderte, ein nicht verschwinden wollendes freches Grinsen im Gesicht.

Ihr Brautkleid war schlicht, aber elegant, mit schwerem, seidenem Faltenwurf und Perlen rings um den runden Halsausschnitt. Schon ihre Mutter und ihre Großmutter hatten es getragen, und vor der Hochzeit am nächsten Tag mussten noch ein paar Änderungen in letzter Minute vorgenommen werden.

»*Bijannini, bijannini*«, sagte ihre Tante.

»Sie sagt ›wunderschön‹«, übersetzte Nada.

Ich war vor einer Stunde im Rafiq-Hariri-Flughafen angekommen, in einen Schleier aus Hitze und Smog getreten und schleunigst zur Wohnung von Nadas Tante ins Zentrum gebracht worden, um das Kleid in Empfang zu nehmen, und ich gab mir größte Mühe, mein Gähnen zu unterdrücken. Während des nächtlichen Flugs von London nach Beirut hatte ich trotz der angebotenen alkoholischen Getränke und trotz meiner völligen Erschöpfung allerhöchstens eine Stunde geschlafen. Nicht nur ging mir ständig meine Arbeit durch den Kopf, auch der späte Anruf von Mum am vergangenen Abend ließ mich zweifeln, ob ich überhaupt hätte reisen sollen. Mum fürchtete offenbar, plötzlich nach Manchester fahren zu müssen, falls das Baby meiner Schwester kam – das allerdings erst in ein paar Wochen fällig war –, während es Dad nicht gut ging. Er hatte am Telefon ganz in Ordnung geklungen, aber Mum hatte mir eine andere Geschichte erzählt, sobald er ihr das Telefon überlassen hatte. Ich fand, sie regte sich unnötig auf.

»Ich kann es immer noch nicht glauben, dass du gekommen

bist«, sagte Nada, nachdem ihre Tante das Zimmer verlassen hatte, um Tee zu kochen. »Liz hat es leider nicht einrichten können. Sonst wäre es wie in alten Zeiten gewesen: die Bande wiedervereint.«

»Sie war am Boden zerstört.«

»Und? Wie sieht's aus in der Welt des Körperschaftsrechts?«, fragte Nada, während sie sich aus dem Kleid schälte.

»Willst du das wirklich wissen?«

»Erst wenn ich auf meiner Junggesellinnenparty ein paar Gläser getrunken habe.« Sie zwinkerte.

Ich tat, als wäre ich schockiert.

»Nur ein Scherz. Ich würde viel lieber etwas über dein Liebesleben hören als über deine Arbeit.«

»Welches Liebesleben?«

»Hat es etwa nicht geklappt mit diesem Typen?«

»Welchem denn? Dem aktuellen, der einen Textmarker rausholte, als nach dem Essen die Rechnung kam? Oder dem Devisenhändler, den ich in einem Café kennengelernt habe und der bei unseren Spaziergängen im Park dauernd auf den Boden sank, um Liegestütze zu machen?«

»*Ya. Allah.* Spinner.«

Ich lächelte. »Beide waren eigentlich nette Kerle. Ich habe einfach nicht die Geduld für etwas Ernstes und auch kein Interesse. Wo ich doch kaum genug Zeit habe, um meinen Kühlschrank nachzufüllen, ganz zu schweigen von den Extrastunden, die man in eine Beziehung investieren müsste.«

»Bei dir klingt das wie ein zweiter Job.« Sie kicherte.

»Himmel, wie habe ich dich vermisst. Es ist so lange her. Wie läuft es denn mit deiner neuen Stelle?«

Ihr Gesicht leuchtete auf. »Total verrückt. Viel zu viel, worüber ich berichten muss, aber ich beklage mich nicht. Die Krise im Mittleren Osten ist gut für meine Karriere. Ich habe so lange davon geträumt, für die *Financial Times* zu schreiben. Und wer weiß, vielleicht werde ich eines Tages nach London versetzt, und wir können uns öfter sehen.«

»Und Yusef wäre damit einverstanden?«

»Selbstverständlich. Vergiss nicht, wer die Hosen in unserer Beziehung anhat.« Sie zwinkerte.

Ich lächelte trotz eines heftigen Eifersuchtsanfalls. Nada hatte alles so gut hinbekommen – den Beruf, ihre Beziehung, ihre Zukunft. Drei Jahre arbeitete ich nun schon bei Mckenzie's, einer der hundert Londoner Topkanzleien. Der Stress war gnadenlos, aber die Bezahlung sehr gut. Ich lebte allein in einer schicken Einzimmerwohnung in Clapham und war in der Kanzlei eine Juniorpartnerin, die die nächste Stufe der Leiter zu erklimmen versuchte. Aber wenn ich schließlich oben war – was dann?

Vor einer Woche hatten Liz und ich uns auf ein Glas getroffen und uns darüber unterhalten, dass wir beide das Gefühl hatten, in einer Sackgasse zu stecken. Sie hatte eine Reihe unerfreulicher Dates hinter sich und Mühe mit ihrem neuen Chef. Ich wiederum wurde den Eindruck nicht los, dass ich nicht dort war, wo ich sein wollte, ohne dass ich jedoch die geringste Ahnung hatte, wo ich denn sonst sein wollte oder wie ich meine Situation ändern könnte. Ich steckte fest. Die Einladung zu Nadas Hochzeit war genau die Ausrede, die ich brauchte, um mich für eine Weile auszuklinken. Ihren Verlobten kannte ich noch nicht, da ich Nada jetzt zum ersten Mal wiedersah, nachdem sie London vor vier Jahren verlassen hatte.

»Also ... wenn du gerade keinen Freund hast, dann ...« Mit spitzbübischer Miene zog sie ihr T-Shirt wieder an.

Ich zupfte sie am Ärmel. »Hör mal, du wirst mich doch wohl nicht an einen dieser Tische für Singles platzieren?«

»Ich? Eine Kupplerin? Niemals.« Sie zog eine komische Grimasse. »Aber ich glaube, du könntest etwas mit jemandem, den ich neben dich gesetzt habe, gemeinsam haben. Er hat früher in London gelebt, und ich verspreche dir, er übernimmt gern mal die Rechnung und macht Liegestütze nur in der Muckibude.« Ich ließ mich von Nadas Begeisterung anstecken. Wer weiß, vielleicht hatte sie meinen perfekten Mann gefunden.

Nach einer raschen Dusche mit Kleiderwechsel in meinem Hotel verbrachten wir die nächsten Stunden mit einer Stadtrundfahrt. Was mir an Beirut am meisten auffiel, war die tiefe Kluft zwischen Arm und Reich. BMWs und Rolls Royces wetteiferten mit verbeulten Rovers und Mazdas. So konnten wir in eine Straße einbiegen und plötzlich eine Stadt vor uns haben, die von einem fünfzehn Jahre währenden Bürgerkrieg gezeichnet war. Viele Gebäude waren noch nicht wieder saniert worden; Einschusslöcher sprenkelten längst verlassene Wohnungen. Dann hinter der nächsten Kurve änderte sich die Szenerie komplett: Restaurants voller wohlhabend wirkender junger Araber in Designerkleidung.

Wir trafen uns mit Nadas Freundinnen von der amerikanischen Universität, an der sie Journalismus und Internationale Beziehungen studiert hatte, wozu auch ihr Auslandsjahr an der Universität von Surrey gezählt hatte. Sie führten mich zu ihren alten Lieblingsplätzen auf dem stattlichen Campusgelände, das in einer Wolke aus Kieferduft hoch über dem Chaos der Stadt thronte.

Nach der stundenlangen Tour und einem herrlichen Gelage mit libanesischen Speisen und libanesischem Wein machten wir uns nach erneutem Duschen und Kleiderwechsel auf zu einem Club, wo uns Cocktailgläser mit einer milchig rosafarbenen Flüssigkeit serviert wurden. Das Getränk war so erfrischend, dass ich rasch hintereinander zwei Gläser hinunterstürzte. Wir hockten um einen niedrigen, runden Tisch und unterhielten uns über Arbeit, Männer und Politik.

Als es jedoch zu laut für jede Verständigung wurde, zogen wir auf die Tanzfläche, aber nicht, bevor ich ein drittes Glas geleert hatte. Der Raum drehte sich, und ich griff nach Nadas Arm.

»Alles in Ordnung mit dir?«, fragte sie.

»Mir ist schwindelig«, rief ich in ein dickes, lockiges Haarbüschel.

»Trink etwas Wasser. Diese Cocktails sind ganz schön stark. Außerdem bist du bestimmt nicht an die Hitze gewöhnt.«

»Was ist denn da drin?«, nuschelte ich. »Sie schmecken köstlich.«

»Erdbeerlikör, Sahne und ein doppelter Schuss Rum.«

Ich hickste, und aus meinem Mund kam eine Art schnaubendes Lachen. *Hoppla.*

Wir tanzten und tanzten, bis mir unter meiner weißen Seidenbluse der Schweiß den Rücken hinunterlief. Aber ich drehte mich ununterbrochen weiter, weil mein kurzer Rock so toll hochflog.

Die Uhr sprang über zu einstelligen Ziffern, und Nada verkündete, für sie sei nun Schluss. Sie wolle vor der Hochzeit am nächsten Tag wenigstens noch ein paar Stunden schlafen. Ich fragte sie, ob wir nicht noch für einen letzten Song bleiben könnten, aber sie schüttelte den Kopf. Und nachdem ich rasch ein weiteres Glas mit diesem herrlichen Erdbeercocktail geleert hatte, schwankte ich mit den anderen aus dem Club. Sie packten mich in ein Taxi und gaben dem Fahrer eine Adresse und zwei Scheine.

Ich war dankbar für ihre Unterstützung. Mittlerweile wusste ich nämlich nicht mehr, welcher Tag es war, geschweige denn, in welchem Hotel ich wohnte. Ich fragte mich, was meine Eltern wohl sagen würden. Liz würde mir aber sicherlich gratulieren. Betrunken und allein in einer fremden Stadt. Ich schnaubte noch einmal und gratulierte mir selbst.

Dann bin ich, glaube ich, eine Weile eingenickt, weil ich hochschreckte, als das Taxi plötzlich hielt. »*Shukran, shukran, shukran*«, sagte ich zum Fahrer.

Den ganzen Tag über hatte ich dieses Wort gehört, das auf Arabisch Dank ausdrückt. Ich fand es wunderbar, dass ich jemandem so viele Male danken konnte, ohne dass es albern klang. Ich sagte es noch dreimal. Der Fahrer grinste mich aus dem Rückspiegel an.

Ich stieg aus dem Auto, blieb aber mit dem Arm im Sicherheitsgurt hängen, so dass ich stürzte und mit Knien und Ellbogen auf dem Beton des Bürgersteigs aufschlug. Ein heftiger Schmerz durchfuhr mich und durchdrang sogar meine alkoholische Benommenheit. Um mich herum ein Trommelfeuer erregter arabischer Stimmen.

Kein Grund zur Sorge; mir geht es gut. Aber eine stützende Hand, die mir aufhilft, wäre schön. Bei einem kurzen Blick auf mein Knie sah ich Blut an meinem Schienbein hinunterlaufen. *Oje*. Ich kicherte wieder.

Jemand packte mich an einem Arm, ein anderer am anderen. Der links neben mir war der Taxifahrer, der sich tausendmal entschuldigte. Er nickte und ließ mich plötzlich los, als ein Arm sich um meine Taille legte. Ich drehte mich nach dem unbekannten Retter um. In meinem benebelten Zustand sah ich das Gesicht nur verschwommen, und dennoch ... Ich war wie vom Donner gerührt.

»Oz?!«, schrie ich.

»Kannst du gehen, Abbie?«

Es war wie der Versuch, auf Zehenspitzen über schmale, auf Federn ruhenden Planken zu balancieren. Na ja, eigentlich nicht. Er half mir auf, aber meine Beine gehorchten mir immer noch nicht. Ich lehnte den Kopf an seine Brust und sog den Zitrusgeruch ein, bevor ich hochgehoben wurde. Wieso zum Teufel konnte er mich tragen? Ich musste doch mindestens zehn Pfund zugelegt haben bei all dem, was ich an diesem Abend gegessen und getrunken hatte.

»Abbie, auf welcher Etage bist du?«, fragte er, etwas aus der Puste vor Anstrengung.

»Auf deiner?« Ich hickste. Meine Arme lagen um seinen Hals. Die Haare in seinem Nacken kitzelten meine Finger.

Er runzelte die Stirn.

»Ganz oben, glaube ich. Schlüssel ist in meiner Handtasche.«

Ich musste wohl einen Moment lang ohnmächtig gewesen sein, denn das nächste, was ich registrierte, war, dass ich mich in meinem Hotelzimmer befand und das Licht angeknipst wurde. Ich ließ mich von seiner Brust gleiten, und plötzlich überkam mich ein dringendes Bedürfnis. Ich stürzte ins Badezimmer, knallte die Tür zu und übergab mich in die Toilette.

Danach kam ich langsam wieder zu mir. Ich schleppte mich zum Waschbecken, klatschte mir etwas kaltes Wasser ins Gesicht, gurgelte noch ein bisschen und fühlte mich auf der Stelle besser.

Um Gottes willen! Was für ein Anblick im Spiegel! Aufgescheuerte Ellbogen mit eingedrückten Kieselsteinchen. Wenigstens war das Blut an meinem Knie geronnen.

Ich stützte mich an der Badezimmerwand ab und zog die Tür auf. Als ich Oz auf dem Stuhl neben der Frisierkommode sitzen sah, verschluckte ich mich an meinem Atem. »Hallo«, sagte ich und hoffte, dass es rau und sexy klang. Ich selbst konnte mich nicht hören, da mir von der lauten Musik in dem Club immer noch die Ohren dröhnten.

Oz erhob sich. »*Hadi*, jetzt legen wir dich hin.«

»Nur wenn du mitkommst«, lächelte ich und schwankte auf ihn zu. Mein Knöchel gab nach, und wieder stolperte ich. Er packte mich, bevor ich hinfiel. Wieso schaffte ich es nicht, zwei Schritte hintereinander zu tun?

»Ich falle dauernd in deine Arme«, kicherte ich mit einem weiteren Schluckauf.

Er hielt mich fest und packte mich mit sanfter Gewalt aufs Bett. Dann löste er die Schnallen meiner Schuhe und legte mir ein kühles Tuch auf den Körper.

In meinem Kopf drehte es sich, und meine Augenlider waren schwer. »Wieso bist du hier? Woher kommst du? Nennt man das Schicksal?« Ich machte Witze. Nichts ergab irgendeinen Sinn.

»Ruh dich aus, Abbie. Wir sehen uns morgen bei der Hochzeit.«

»Wir heiraten?« Bei der Vorstellung, wie ich durchs Kirchenschiff schritt und Liz vorn am Altar neben ihm stand, musste ich lächeln. Ich summte die ersten Takte des Hochzeitsmarschs.

»Nein, aber Yusef und Nada.«

»Woher weißt du, dass Nada und Y…« Dann dämmerte es mir. Yusef. War das nicht Oz' Freund aus Londoner Tagen? Im Geist begann ich, neue Querverbindungen in die Landkarte einzutragen, die ich im Kopf gespeichert hatte.

»Zeit zu schlafen«, flüsterte er und drehte mich auf die Seite.

Ich versuchte, die Augen offenzuhalten. Ich hatte ihn nicht einmal genau angeschaut. War er noch derselbe? Auf jeden Fall roch er wie immer. Es gab so viel, worüber ich gern mit ihm reden würde. *Bleib!* Ich wünschte, er würde sich neben mich legen und mich in seine Arme nehmen. Das Gefühl, ich säße in einem Boot und die Wellen versuchten, es in Schieflage zu bringen, verschwand allmählich, und ich glitt in den Schlaf, während ich noch den Hochzeitsmarsch summte.

19
Jetzt
Juli

Ein schwarzes Taxi hielt am Bürgersteig vor meiner Wohnung, und Liz stieg aus.

»Wieso kommst du mit dem Taxi?«, fragte ich verblüfft.

»Geheime Hochzeitsmission. Steig ein. Das ist ein Befehl.«

Bevor ich protestieren konnte, hatte Liz mich schon in den Wagen geschoben. Sie hatte sich eine halbe Stunde vorher per SMS bei mir angekündigt. Ich hatte einen faulen Morgen mit Charlie und der Samstagszeitung verbracht, dann aber nach meinem Vorschlag, wir könnten doch einen Spaziergang machen und unterwegs irgendwo frühstücken, Verdacht geschöpft. Denn er wollte unbedingt zu Hause bleiben, obwohl draußen strahlend die Sonne schien und es in unserer Wohnung stickig war. Jetzt wusste ich, wieso. Ich wurde in Geiselhaft gehalten, bis meine beste Freundin aufkreuzte.

Das Taxi fuhr zur Marylebone High Street. Liz wich meinen Fragen, wohin es denn überhaupt gehe, aus, bis wir nach wenigen Minuten vor Browns Bride hielten.

»Überraschung!«, erklärte sie und bezahlte den Fahrer.

»Aber wir haben doch schon nach Kleidern geguckt.«

»Ein Mittagsbummel durch die Debenhams Braut-Kollektion ist nicht dasselbe wie nach Kleidern gucken«, erwiderte sie kurz angebunden. »Und du hast dich viel zu lange nicht entschließen können, was du überhaupt willst. Also habe ich die Sache in die Hand genommen. Die Hochzeit ist in sechs Monaten. Ich denke, du solltest inzwischen eine Entscheidung getroffen haben.«

Ich erinnerte mich dunkel, dass es in einer der Hochzeitszeitschriften, die Liz bei ihrer letzten Übernachtung vorbeigebracht hatte, einen Zeitplan gab, dem zufolge man das Kleid nicht später als sechs oder sieben Monate vorher bestellen sollte, damit die Kosten am Ende nicht wegen Expresszuschlägen explodierten und auch genügend Zeit für mehrere Anproben blieb. Liz selber hatte für ihre Hochzeit kein Kleid im Voraus in Auftrag geben müssen; sie hatte bei der Zeremonie am Strand von Phuket einen Sarong getragen, den sie nach dem Ehegelöbnis mit größtem Vergnügen von sich schleuderte, um in einem weißen Bikini ins Meer zu springen. Eine andere Hochzeitszeitschrift wiederum hatte versichert, ein Brautkleid von der Stange lasse sich problemlos in wenigen Tagen umarbeiten, weswegen ich das Thema erst einmal vertagt hatte.

Die Tür des Geschäfts schwang auf, und eine Dame mittleren Alters begrüßte uns mit ausgestreckten Armen. Sie trug eine beigefarbene Seidenbluse zu einem langen grünen Faltenrock und hatte ein Zentimetermaß um den Hals hängen.

»Die zukünftige Braut«, verkündete sie. »Willkommen bei Browns Bride. Ich bin Olivia.« Sie ließ uns eintreten.

Eine Angestellte stürzte mit Champagner auf uns zu und lächelte eifrig und zahnreich.

Das Geschäft verströmte intime Exklusivität. An drei Ständern hingen höchstens dreißig Kleider, was, verglichen mit der Lawine aus Creme und Weiß im Warenhaus, wie ein paar vereinzelte Schneeflocken wirkte. Ich blickte voller Panik zu Liz, da ich mich schon jetzt davor fürchtete, nach dem Preis zu fragen, um schließlich den unvermeidlichen Satz sagen zu müssen: »Ich werde noch einmal darüber nachdenken«, was ich natürlich nicht tun würde.

Liz zupfte mich am Ärmel und flüsterte mir ins Ohr: »Tut mir leid, deine zukünftige Schwiegermutter hat den Laden vorgeschlagen.«

Das wunderte mich nicht. Trotz all meiner Bemühungen hatte Charlies Mum begonnen, sämtliche Planungen in die Hand zu nehmen, und gleichzeitig Charlie und mir Vorwürfe gemacht, dass wir offenbar nicht in der Lage seien, uns für Besuche in Schottland mehr Wochenenden freizunehmen und ihr zu helfen. Sie hatte betont, das würde ihr die Organisation erleichtern und sie könnte uns Vorschläge zur Wahl vorlegen.

»Wir werden nur eine Stunde hier sein, und der Termin hat auch nicht besonders viel gekostet. Du musst nichts kaufen, sondern einfach nur genießen. Außerdem gibt es noch ein paar Überraschungen.«

»Willkommen«, flötete die Verkäuferin erneut, und ich drehte mich um.

»Mum!«, rief ich, eilte zu ihr und umarmte sie.

Drei Monate waren seit unserem Geburtstagsessen vergangen, und ich hatte jämmerlich versagt – weil ich in Arbeit ertrank, hatte ich in Bezug auf die Hochzeit absolut nichts organisiert, woran Mum und Amy sich hätten beteiligen können. Deshalb war ich jetzt umso dankbarer, dass Liz für dieses Treffen gesorgt hatte.

»Ich wollte mir das hier um keinen Preis entgehen lassen. Amy lässt sich entschuldigen. Barry kränkelt ein wenig, deshalb musste sie zu Hause bleiben.«

Zum Glück, dachte ich, sagte es aber nicht laut, um Mum nicht zu verärgern. Ich hatte Amy wirklich sehr gern, aber sie neigte manchmal dazu, aus allem, was wir gemeinsam unternahmen, ein Riesending zu machen, und der Champagner wäre garantiert im Nu verputzt.

Olivia legte die Hände zusammen. »Warten wir noch auf unseren letzten Gast oder sollen wir fortfahren?«

Liz sah auf ihr Telefon. »Sie wird in etwa zehn Minuten hier sein, aber wahrscheinlich fangen wir besser schon an. Ich möchte Abbie in allen Kleidern sehen.«

»Wer kommt denn noch?«, wollte ich wissen, aber meine Frage wurde ignoriert, stattdessen baten Olivia und ihre Assistentin uns, auf einem blassblauen Samtsofa Platz zu nehmen.

»Unsere Auswahl an Kleidern richtet sich an die moderne, unabhängige Frau«, begann Olivia. »Das Brautkleid ist eine der wichtigsten, denkwürdigsten Anschaffungen Ihres Lebens, und aus diesem Grund möchten wir, dass Sie jetzt bei uns etwas sehr

Besonderes erleben. Wir werden Ihnen Vorschläge machen, die ganz auf Ihre Figur, Ihre Größe und Ihre Haarfarbe zugeschnitten sind. Und seien Sie versichert, wenn Sie heute hier hinausgehen, werden Sie eine kluge Wahl getroffen haben.«

Ich wurde rot, und Liz bedachte mich mit einem wissenden Blick. Sie und Mum wurden aufgefordert, aus zehn Kleidern, von denen Olivia glaubte, sie passten zu meiner Figur und meinen roten Haaren, ihr Lieblingsstück auszusuchen. Mich zog es allerdings zu einem anderen Modell.

»Mum, warum weinst du?«, fragte ich ein paar Minuten später, als ich mit dem ersten Kleid – einer gerüschten Angelegenheit im Cinderella-Stil, mit schmalem Mieder und Stufenrock – aus der Umkleidekabine trat.

»Es ist nichts, Süße.« Sie tupfte sich die Augenwinkel mit einem Papiertaschentuch aus der Schachtel, die die Assistentin diskret auf den Tisch gestellt hatte. »Du siehst so wunderschön aus.«

Ich drehte mich im Kreis, um das Kleid voll zur Geltung zu bringen, und erlaubte mir, die Situation einfach zu genießen. Ich warf mich sogar extra in Pose, um die Atmosphäre zu entspannen, und Mum lachte unter Tränen.

»Es ist wirklich bezaubernd.« Sie knüllte ihr Taschentuch. »Jetzt verstehe ich, warum du nicht mein altes Hochzeitskleid tragen wolltest. Das passt besser zu einer schlichteren Feier – einem Festzelt im Garten vielleicht, nicht zu einer großartigen Burg. Dies hier ist eindeutig ein Anwärter.« Ich sah in den Spiegel, und es wurde mir eng um die Brust. Vielleicht saß das Mieder ja zu eng.

»Und jetzt zieh das andere an«, drängte Liz und nahm einen ordentlichen Schluck Champagner.

Zurück in der Kabine, entblätterte ich mich und schlüpfte in das Kleid, das ich mir ausgesucht hatte. Als ich in den Spiegel blickte, erstarrte ich.

»Nada?« Meine beste Freundin aus der Zeit meines Jurastudiums in Guilford stand vor mir. Nada mit ihrem strahlenden

Lächeln und ihren dunklen Locken. Ich umarmte sie. »Du lieber Himmel, was für eine Überraschung! Bist du extra aus Beirut gekommen?«

»Ein glücklicher Zufall. Ich hatte diverse Termine in unserem Londoner Büro, und Liz hat dafür gesorgt, dass der Kleiderkauf auf den heutigen Tag fällt.«

»Ich fasse es nicht, dass du hier bist. Wir werden uns so viel zu erzählen haben. Was machen die Mädchen?«

»Sie entwickeln sich prächtig. Wachsen viel zu schnell – acht und sechs inzwischen – und beide ziemlich frech.«

»Wie ihre Mutter.«

Sie tat so, als wäre sie beleidigt. »Egal.« Dann trat sie zwei Schritte zurück und stieß einen Pfiff aus. »Wunderschön, Abbie. Du siehst umwerfend aus.«

Dieses Kleid war das genaue Gegenteil von Mums Wahl. Ein knappes Mieder mit französischer Spitze und angeschnittenen Ärmeln und einem schmalen Tüllrock. Es brachte meine bescheidenen Kurven zur Geltung und fühlte sich schlicht und elegant an. Irgendwie erinnerte es mich an etwas ... Ich drehte mich um und betrachtete mich noch einmal im Spiegel. Ja.

»Es gleicht deinem Brautkleid, Nada.«

Sie musterte kurz mein Spiegelbild und lächelte herzlich. »Ja, stimmt. Du hast recht. Ich kann kaum glauben, dass das schon neun Jahre her ist.«

»Wirklich so lange?« Meine Worte überraschten mich. Denn eigentlich würde ich nie vergessen, wie viele Jahre Nadas Hochzeit zurücklag, weil jene Tage damals einen unauslöschlichen Eindruck hinterlassen hatten.

»Klopf, klopf«, sagte Olivia und zog den Vorhang beiseite. »Haben wir ›das Eine‹ gefunden?«

Ich lächelte nervös. »Ich muss noch darüber nachdenken.« Ich wusste, dass ich mich nicht hinreißen lassen sollte. Grob geschätzt, hatte der Preis dieses Kleids vermutlich vier Ziffern und die erste nicht unter fünf. Solch ein extravaganter Kauf nur für einen Tag!

Ich musste daran denken, was Mum über ihr altes Hochzeitskleid gesagt hatte und dass ich es nicht tragen wollte. Es war von ihrer Mutter selbst genäht worden – ein schlichtes, leicht ausgestelltes Kleid in Knielänge und mit Spitze abgesetzt, ein Familienerbstück. Es wäre entschieden die billigere Wahl. Ich hatte es sogar vor einiger Zeit Charlies Mum gegenüber erwähnt, aber sie hatte gelacht und gesagt, das komme angesichts der Kleidung des Bräutigams und der Bediensteten absolut nicht in Frage. Tatsächlich fiel es mir langsam immer schwerer, mir die einzelnen Stationen dieses Tages vorzustellen, schon gar nicht, wie Charlie aussehen würde.

»Ich verstehe gut, dass es keine leichte Entscheidung ist«, fuhr Olivia fort. »Aber stellen Sie sich doch einmal vor: die Augen Ihrer Gäste, wenn Sie in diesem erlesenen Kleid die Kirche betreten, am Arm Ihres Vaters, und der Mann Ihrer Träume am anderen Ende des Kirchenschiffs.«

Sie begann gerade den Hochzeitsmarsch zu summen, als mir plötzlich schwindlig wurde und ich Mühe hatte zu atmen.

»*Ya, Allah*«, rief Nada. »Ist alles in Ordnung?«

Die besorgten Gesichter von Mum, Liz, Nada und den Verkäuferinnen umgaben mich, als ich zum Sofa taumelte und dort meine Handtasche ausschüttete, um an meinen Inhalator zu kommen. Ich nahm zwei Stöße und bekam sofort wieder Luft.

»Mir geht es gut«, sagte ich noch etwas zittrig.

»Ach, Liebes.« Mum setzte sich neben mich auf das Sofa. »Was hast du? Was hat denn diesen Anfall ausgelöst?«

Ich legte die Hand auf die Stirn. »Ich weiß es nicht. Vielleicht ist das Kleid etwas zu eng.« Ich zog am Stoff in der Taille, drehte mich weg von Liz und hoffte, dass sie nicht das Zucken in meinem Auge gesehen hatte. »Außerdem habe ich nicht gefrühstückt, weshalb der Champagner vielleicht nicht die beste Idee war.«

Mum schüttelte bedächtig den Kopf und nahm sichtlich Anlauf zu ihrer Standpauke, dass ich gefälligst besser auf mich achten solle. Ehrlich gesagt, brachte ich es jedoch nicht übers Herz, den Anwesenden zu verraten, dass es nicht nur zwei Gläser Champagner waren, die ich auf leeren Magen getrunken hatte, die diesen Anfall ausgelöst hatten, sondern auch die Worte der Ladenbesitzerin, die mir das Bild einer Hochzeit vor Augen geführt hatten, die nie und nimmer stattfinden konnte.

20
Jetzt
September

Der Wecker meines Telefons auf dem Nachttisch riss mich aus dem Schlaf. Da stimmte etwas nicht. Draußen war es noch stockdunkel. Ich griff nach dem Handy, um es auszustellen, und sah nach der Zeit. Drei Uhr früh.

Neben mir bewegte sich Charlie, grunzte leise und streckte seine Glieder.

»Entschuldige«, flüsterte ich. »Ich muss die falsche Zeit eingestellt haben.«

Eine Minute später ertönte auch Charlies Wecker.

»Nein, hast du nicht«, sagte er gähnend. »Ich habe sie umgestellt. Wir müssen aufstehen.«

»Aber der Flug geht doch erst um elf«, sagte ich und stützte mich auf die Ellbogen, während er die Nachttischlampe anknipste.

»Überraschung«, erklärte er mit spitzbübischem Grinsen, fuhr sich mit der Hand über Augen und Gesicht und setzte die Brille auf.

»Was für eine Überraschung?«

Er schlug die Decke beiseite und schwang die Beine über die Bettkante. »Ich habe strikte Anweisung, nichts zu sagen, sondern nur dafür zu sorgen, dass du um drei aufstehst und das Taxi kriegst, das in einer Dreiviertelstunde hier sein wird.«

Ich setzte mich aufrecht hin, während er seinen Morgenmantel anzog. »Strikte Anweisung von wem?«

Er kam zum Bett und küsste mich auf die Wange. »Dann wüsstest du gleich Bescheid.«

Ich zog an seinem Ärmel, als er sich entfernen wollte. »Charlie, was geht hier vor?«

»Reg dich nicht auf, Abbie. Es soll eine lustige Überraschung sein.«

»Vier Nächte auf Madeira? Ich zähle schon die Tage, du nicht auch?«

Charlie hatte sich noch zu einem Vier-Tage-Trip nach Madeira entschlossen, weil er plötzlich fand, wir hätten uns eine Belohnung verdient.

Wegen Arbeitsüberlastung und der nahenden Hochzeit hatten wir im vergangenen Monat nur wenig Zeit miteinander verbracht. Ich wusste, wir mussten unbedingt selbst einige Dinge planen, ehe seine Eltern alles komplett übernahmen. Und ich musste auch wieder das Gefühl haben, dass wir beide zusammengehörten. Unser jeweiliges Arbeitsleben drohte die Regie zu übernehmen.

»Tut mir leid, Abbie. Es hat nie eine Reise nach Madeira gegeben. Zieh dich an, ich mach dir Frühstück. Vertrau mir«, sagte er, nahm mein Gesicht in die Hände und küsste mich erneut, diesmal auf die Nasenspitze. »Es wird dir gefallen, und ins Ausland geht es trotzdem. Nun beeil dich, sonst kommst du zu spät.«

Nachdem das Taxi losgefahren war und ich Charlie aus dem Rückfenster nicht mehr sehen konnte, öffnete ich den Umschlag, den er mir beim Abschiedskuss überreicht hatte. Ich zog eine mit geschwungener schwarzer Schrift beschriebene Karte heraus. Das Gedicht verblüffte mich.

Surprise! It's your hen do.
Where we are going it's sure to be bright
And don't worry it's always a delight.
By its other name it could be eaten
*But for this event, it can't be beaten.**

* Hen do = englisch Junggesellinnenabschied. »Überraschung! Das ist deine Hennen-Party / Wo wir hinfahren, ist es garantiert sonnenhell. / Und keine Sorge, es macht immer großes Vergnügen. / In seiner ersten Bedeutung ist es essbar. / Aber in dieser ist es nicht zu toppen.«

Über dieser Reise stand unübersehbar Liz' Name. Wir hatten einander seit einer Shoppingtour durch Camden vor wenigen Wochen nicht mehr gesehen; damals war ich über eine Vintage-Kleiderboutique gestolpert und hatte ein wunderhübsches, billiges Kleid gefunden, das jetzt bei ihr hing, um erst kurz vor der Hochzeit geändert zu werden. Liz war mit Maddy und ihrem Vollzeitjob so ausgelastet, dass sie keine Zeit für weitere Dinge hatte, die von einer Brautführerin erwartet wurden. Deshalb fand ich die Idee, dass wir vier Tage miteinander verbringen würden, sehr schön.

Eine Stunde später erreichte das Taxi den Flughafen Stansted. Im Terminal wimmelte es von Menschen mit Koffern. Alle schienen zu wissen, wohin sie flogen, nur ich nicht.

»Abbie!« Das war Liz' Stimme hinter mir.

Ich drehte mich um und sah sie aufgeregt auf mich zu stürmen; sie schob ihren Koffer auf seinen vier Rädern vor sich her, und ihre blonden Locken wippten.

»Ich wusste es«, sagte ich, als sie mich umarmte. »Ich wusste, dass du hinter dem allen steckst. Es ist wirklich eine nette Idee, aber ein Nachmittagstee in einem Hotel hätte mir auch genügt.«

Sie schüttelte den Kopf. »Ich habe damit nichts zu tun, Abs. Meine große Überraschung war der Kleiderkauf. Dass ich verreisen würde, erfuhr ich erst gestern Abend, als Mum mit ihrem Koffer aufkreuzte und mir erklärte, ich würde zu deiner Junggesellenparty fahren.« Sie wippte auf der Stelle. »Sogar Mary wusste Bescheid. Ich platze vor Neugier, wohin wir fliegen. Übrigens ... Ich habe Neuigkeiten.«

»Welche denn?«

»Ich kündige meinen Job.«

»Großer Gott, das ist ja ein Ding!«

»Ich weiß. Aber ich glaube, es ist richtig. Ich kann Maddy nicht mehr in der Kinderkrippe abgeben. Ich hasse das: den Stress, die Tränen – ihre und meine. Ich möchte nicht, dass es so hart ist, und Mary übernimmt in letzter Zeit noch mehr Fälle ...«

Ihre Augen wurden feucht. »Ich habe das Gefühl, ich bin um die ersten Monate ihres Lebens betrogen worden, und sie fehlt mir. Aber … ach, ich weiß nicht, ich liebe doch auch meinen Job.« Sie blickte himmelwärts.

»Hör zu, es wird alles gut werden. Du tust doch alles für Maddy. Ich finde, das ist eine sehr mutige Entscheidung und im Moment vielleicht die richtige. Ich bin mir sicher, sie werden dich wieder mit offenen Armen aufnehmen, wenn du irgendwann deine Meinung änderst.« Sie nickte und lächelte: Die Gefahr von Tränen war fürs Erste gebannt. »Ich lasse mich nicht unterkriegen. Wenn ich mit der postnatalen Depression zurechtkomme, komme ich auch damit zurecht. Und überhaupt, dies ist deine große Reise.«

Bevor ich sie sah, hörte ich sie schon – Absätze, die übers Linoleum klackerten, und ihr typischer anerkennender Pfiff. Amy. Sie winkte wild von fern und umarmte uns heftig, als sie dann bei uns war.

»Wow! Du hast es geschafft.« Sie klatschte in die Hände.

»Es ist wirklich sehr nett, dass du diese Party für mich planst, aber ich wollte doch nur –«

»Glaubst du etwa, ich lasse meine kleine Schwester ohne eine donnernde Abschiedsfeier heiraten?« Sie wedelte mit ihren falschen Fingernägeln vor meiner Nase. »Auf gar keinen Fall. Das wird ein Knaller. Mum passt auf die Kinder auf, Liz' Mum übernimmt ihren Sprössling, und wir lassen es krachen. Ich bin immer noch sauer auf dich, weil du mich bei der Planung außen vor gelassen hast, deswegen dachte ich, das mache ich jetzt für dich, bevor ihr die Möglichkeit habt, irgendetwas Schnarchlangweiliges zu organisieren.« Sie tat so, als müsse sie ein Gähnen unterdrücken.

»Wir sind nur zu dritt?«, wollte ich wissen.

»Nein. Diese libanesische Freundin von dir ist gerade zufällig auf einer Hochzeit an dem Ort, zu dem wir fahren, und hat gesagt, sie habe Lust, mitzufeiern.«

Ich strahlte bei der Aussicht, Nada wiederzusehen, aber gleichzeitig hatte ich ein schlechtes Gewissen. Es stimmte, ich hatte Amy – und übrigens auch Mum – nach der Kleiderkaufaktion vor zwei Monaten nicht mehr gebeten, mich weiter bei den Hochzeitsvorbereitungen zu unterstützen. Selbst das Nähen der Kleider für die Brautjungfern war von Elena Logan an irgendeine berühmte schottische Näherin in ihrem Dorf delegiert worden. Sie hatte mich überzeugt, dass es vor Ort einfacher sein werde, Änderungen in letzter Minute vorzunehmen. Amy zog den Reißverschluss ihres Koffers auf und förderte mehrere knallrosafarbene T-Shirts zutage. Es war kaum zu übersehen, dass die eine Hälfte des Koffers mit all den Utensilien für eine Junggesellinnenparty beladen war. Amy warf uns die T-Shirts zu, und mir blieb der Mund offen, als sie ihre Jeansjacke öffnete und uns ihres zeigte. Darauf stand: *Ich bin die Ehrenjungfer. Abbies Junggesellinnenparty, Istanbul. 14.–17.Sept.*

Bevor ich auch nur einen zusammenhängenden Satz herausbrachte, fragte Liz: »Wir fliegen nach Istanbul?« Mit weit aufgerissenen Augen sah sie von mir zu Amy.

»Ja, habt ihr denn meine Hinweise nicht kapiert? ›Delight‹ spielt an auf ›Turkish Delight‹, das Naschzeug; es wird dort ›bright‹ sein, hell und heiß; einen ›Turkey‹, Truthahn, kann man essen, aber Turkey ist auch die Türkei. Himmel, was seid ihr langsam im Kopf. Hab ein Superangebot von EasyJet bekommen, neunundsiebzig hin und zurück, und außerdem einen Sparpreis für zwei miteinander verbundene Einzelzimmer in einem Drei-Sterne-Hotel. Istanbul hat dir auf eurer Interrail-Tour doch am besten gefallen. Ich dachte, du fändest es schön, dorthin zurückzukehren und in Erinnerungen zu schwelgen.«

Ich öffnete den Mund, um ihr zu sagen, dass ich auf keinen Fall noch einmal nach Istanbul fahren könne, aber sie hatte schon ihren Koffer geschlossen und eilte los, um einzuchecken. Ich konnte ja schlecht kneifen, wenn alles schon bezahlt war. Und es stimmte, ich hatte meiner Familie erzählt, wie toll Istanbul war, aber natürlich hatte ich die Details mit Oz und wie die Reise geendet hatte, ausgelassen. Aber was sollte schon passieren? Die Stadt hatte rund fünfzehn Millionen Einwohner; die Chance, zufällig auf Oz zu treffen, war gleich Null.

Die ersten zweieinhalb Tage der Reise waren vollgestopft mit Besichtigungen, mit Herumlungern am Hotelpool, Essen und Schlafen. In der zweiten Nacht hatte Amy sich um drei Uhr früh ins Zimmer geschlichen. Wir waren in einem Nachtclub gewesen, und Liz und ich hatten uns kurz nach Mitternacht verdrückt. Amy hatte darauf bestanden, mich als zukünftige Braut mit Schärpe und Krönchen herauszuputzen, und wir hatten eine Menge Aufmerksamkeit auf uns gezogen. Nada war noch in Ankara und würde an diesem Abend zu uns stoßen, um mit uns zu feiern. Ich hatte keine Ahnung, was organisiert worden war, nur, dass ich das schönste Kleid anziehen sollte, das ich eingepackt hatte. Charlie mochte es am liebsten an mir – ein hellblaues, ärmelloses, oben enganliegendes Sonnenkleidchen aus Baumwolle, das weit hochflog, wenn ich mich drehte. Ich hatte mich darauf gefreut, es auf Madeira zu tragen, aber bisher war dieser Überraschungstrip viel schöner.

An diesem Abend war der Sonnenuntergang am Florya-Güneş-Strand atemberaubend – Orange in allen Schattierungen spiegelte sich im Wasser, während die Wellen sanft gegen das Ufer schwappten. Nada hatte uns gebeten, uns hier zu einem Hochzeitsempfang einzufinden, zu dem wir, wie sie sagte, eingeladen worden seien.

Am Strand war eine Bühne aufgebaut – Blumengirlanden, kreuz und quer zwischen Pfosten aufgespannt, die im Sand steckten. Tische, beladen mit Speisen und Getränken, und überall herumschwirrende Partygäste.

»Abbie!«, schrie jemand, und als ich mich umdrehte, sah ich Nada barfuß in einem pfirsichfarbenen Sommerkleid mit Blumenmuster uns entgegenlaufen. Es folgten Küsschen und Umarmungen zwischen uns vieren.

»Wie schön, dich zu sehen«, sagte ich. »Was machst du in Istanbul? Was für ein unglaublicher Zufall.«

Sie drückte mich fest. »Es ist solch ein verrücktes Zusammentreffen. Ein Freund von Yusef hat geheiratet, und in seiner Heimatstadt Ankara und hier in Istanbul, wo seine Braut herkommt, wurde das ganze Wochenende über gefeiert. Und dies hier« – sie schwenkte den Arm über die Szenerie hinter ihr – »ist die Party nach der offiziellen Feier, und du bist herzlich eingeladen. Ja, der Bräutigam hat sogar gesagt, er habe dich in London kennengelernt, Abbie. Yaman ist sein Name.«

Hitze stieg mir in die Wangen, und Liz bemerkte meine Erregung.

»Yusef hat unsere Mädchen zurück ins Hotel gebracht; ich bin jetzt also frei und ungebunden. Wie wär's, wenn wir etwas trinken und mit unserer kleinen Party beginnen?« Sie wackelte mit den Hüften. »*Yalla*«, sagte sie und geleitete uns hinunter zum Strand.

»Das ist doch ein Wort!« flötete Amy, zog ihre Stilettos aus und folgte Nadas Fußspuren in Richtung Bar.

Ich ging Arm in Arm mit Liz hinterher und flüsterte, damit sie mich nicht hören konnten. »Du glaubst doch nicht –«

»Dass Oz hier sein wird?«

»Was flüstert ihr zwei da?«, fragte Nada und blickte über die Schulter zurück.

»Wir müssen so schnell wie möglich was trinken«, sagte Liz. Sie schickte die anderen vor und hielt mich zurück. »Alles in Ordnung, Abs. Vergiss nicht, es ist deine Junggesellinnenparty. Lass uns ein bisschen Spaß haben. Denk nicht an ihn, und außerdem bin ich fest überzeugt, dass es okay ist, wenn du ihn wiedersiehst.«

Ich drehte den Kopf weg, damit Liz mein zuckendes Auge nicht sah.

Die Dunkelheit brach herein. Das war das Startsignal für die Band. Sofort fühlte ich mich wieder in das Londoner libanesische Restaurant versetzt, wo ich zu türkischer Musik getanzt hatte. Wir tranken ein paar Gläser *Raki* – das türkische Gegenstück zu dem Arak, den ich im Maroush getrunken hatte, nur dass dieser Raki rein und unglaublich stark war – und schlossen uns einem Rundtanz an, bei dem alle sich einhakten und nach einer bestimmten Schrittfolge bewegten.

Inzwischen war es kurz vor zehn und immer noch kein Zeichen von Oz. Ich hatte mich allerdings nicht getraut, Nada zu fragen, ob er kommen würde. Seine Handynummer stand noch unter meinen Kontakten, und ich hatte schon überlegt, ihm eine SMS zu schreiben, es dann aber unpassend gefunden. Außerdem stimmte die Nummer vielleicht nicht mehr.

Je später es wurde, desto mehr entspannte ich mich. Wir tanzten zu jedem Song und machten regelmäßig Pausen für ein Gläschen und irgendwelche türkischen Leckereien.

In meinem Kopf begann sich alles zu drehen, und ich griff nach Liz' Arm. »Ich glaube, ich muss etwas Wasser trinken und den nächsten Song auslassen.«

»Brauchst du Begleitung?«, fragte sie und zog die schmalen Träger ihres roten Kleids hoch, die ihr über die Schultern gerutscht waren.

»Unbedingt,« erwiderte ich, legte meine Hand feierlich auf meine Hüfte, so dass wir uns einhaken konnten, und signalisierte Nada und Amy, wir würden zur Bar gehen.

Etwas weiter entfernt brannte ein Lagerfeuer am Strand. Wir schwankten darauf zu und besorgten uns unterwegs zwei Flaschen Wasser am Getränkestand.

»Ich bin sternhagelvoll«, erklärte Liz. »So besoffen war ich nicht mehr, seit ...« Sie hickste. »Wer weiß wann.«

Wir versuchten, uns beim Feuer niederzulassen, schafften es aber nur, uns gegenseitig zu Boden zu ziehen, uns dabei aus den offenen Wasserflaschen zu bekleckern und in einem fort zu kichern. Ich hievte Liz wieder hoch, aber sie kippte gemeinsam mit mir um, und so lagen wir beide platt auf dem Rücken und prusteten vor Lachen.

Als wir wieder Luft bekamen, sah ich zum Himmel. Millionen Sterne funkelten. Das erinnerte mich an den Himmel, den ich während jener Bootsfahrt mit Oz bestaunt hatte.

»Er ist nicht gekommen«, nuschelte ich. »Oz ist nicht gekommen.«

»Hast du es dir denn gewünscht?«

Ich nickte. »Ja.« Dann richtete ich mich auf und blickte in die Flammen, die in der Luft züngelten.

»Tatsächlich?« Liz stützte sich auf die Ellbogen.

Ich hickste. »Ich glaube schon.«

»Na, dann schreib ihm doch eine SMS. Wir haben morgen bis zu unserem Rückflug den ganzen Vormittag Zeit, da kannst du dich mit ihm treffen.«

»Okay«, kicherte ich und wühlte nach meinem Telefon. Das Display flimmerte vor meinen Augen, als ich seinen Namen ins Suchfeld tippte und auf »neue Nachricht« drückte. »Was soll ich denn schreiben?«

»Ähm. Du bist so sexy und so attraktiv. Ich vermisse Dich und möchte Dich morgen, wenn ich nicht mehr so betrunken bin, auf einen Kaffee treffen. Viele Küsse, Abigail Lily Jones.«

Ich tippte das wortwörtlich so ein und drückte auf »senden«. »Da!«, sagte ich und warf das Handy in den Sand. »Nimm das, Mr Sexy, Schlau-und-sexy. Du türkischer Herzensbrecher. Ich bin sehr, sehr betrunken. Ich muss mich jetzt hinlegen.«

Ich fiel wieder in den Sand und dachte plötzlich, ich müsse mich übergeben. »Scheiße, Liz. Dieser Trip damals nach Istanbul. Wenn alles anders gekommen wäre, dann hätten wir zusammenbleiben können. Ich hätte die Praktikumsstelle bei UNICEF angenommen und in der ganzen Welt Frieden verbreitet«, sagte ich mit weit ausholender dramatischer Geste. »Und Oz wäre nach London gekommen und hätte dort gearbeitet. Wir hätten womöglich sogar geheiratet.« Ich hatte keine Ahnung, wo diese Gedanken mit einem Mal herkamen. Ich war wirklich viel zu betrunken, um irgendetwas Sinnvolles von mir zu geben.

Liz richtete sich noch weiter auf. »Warte, was? Du hättest wo gearbeitet?«

»Du entsinnst dich doch.« Ich stupste sie. »Das Praktikum, für das wir uns damals bewarben. Ich habe das Angebot abgelehnt.«

Ich konnte mich nicht richtig auf ihr Gesicht konzentrieren, sah es plötzlich doppelt, doch es entging mir nicht, dass ihr Lächeln verschwunden war.

»An so etwas würde ich mich, glaube ich, erinnern. Warum zum Teufel hast du mir das nie erzählt?«

Ihr harscher Ton machte mich auf der Stelle nüchtern, und mir dämmerte, dass ich es ihr tatsächlich nie erzählt hatte.

»Weil du Mitleid mit mir hattest?« Sie spuckte die Worte geradezu aus. »Die arme, dumme Liz, nicht gut genug, um angenommen zu werden.«

»Nein. Das war es nicht, was ich –«

»Und du behältst das für dich seit ...« Sie zählte an den Fingern ab. »Seit vierzehn Jahren?«

»Ich habe nicht angenommen, weil ich Jura studieren wollte.«

»O ja, wie konnte ich das vergessen. Mit deiner Bewerbung wolltest du mich aufmuntern. Du dachtest sowieso, du seist für Höheres geschaffen. Also hast du es gemacht und hast die Stelle verdammt noch mal gekriegt, und jetzt erzählst du mir, du hättest sie auch angenommen?!«

Sie stand schwankend auf. »Ich fasse es nicht, dass du mir nie davon erzählt hast. Ich hätte dir gesagt, du sollst sie annehmen, aber du hast mir gar nicht die Möglichkeit dazu gegeben. Warum, Abs? Du hast deine Zwanziger mit einer Karriere vergeudet, die du hasst, und warum? Weil du nicht den Mumm hattest, deiner besten Freundin zu gestehen, dass du diese wahnsinnige Chance bekommen hast, dort zu arbeiten, wovon ich immer geträumt habe.«

»Siehst du!« Ich kam mühsam auf die Füße. »Wie hätte ich denn annehmen können, wo es doch dein Traum war? Du hättest mich gehasst, es mir verübelt.«

»Stattdessen schweigst du und frisst den ganzen Groll in dich hinein?«

»Nein, Liz«, sagte ich und griff nach ihrem Arm.

»Vergiss es.« Sie schüttelte mich ab. »Ich geh jetzt zurück ins Hotel.«

»Lass mich mitkommen«, bat ich.

»Juhu!« Das war Amy, die mit einem Mal neben uns stand und eine Flasche Baileys schwenkte. »Die habe ich von der Bar stibitzt. Was ist hier los?« Sie legte mir den Arm um den Hals.

»Ich wollte gerade gehen«, sagte Liz. »Bleibt nur. Genießt die Party.« Ihrem – an mich gerichteten – Lächeln fehlte die Wärme, und ich war wie betäubt, als sie ging.

»Schlappschwanz«, murmelte Amy, nahm einen Schluck aus der Flasche und reichte sie mir.

»Nein, danke.«

»Ach komm, Abbie. Es ist deine Party. Und die soll doch wild und verrückt sein. Tu etwas Unerwartetes.« Sie stellte die Flasche sicher in den Sand und fing an, ihr Kleid aufzuknöpfen, während sie sich drehte. Dann stand sie in einem heißen rosa BH und Höschen da.

Mir klappte das Kinn herunter. »Du gehst doch jetzt nicht nackt baden?«

Amy stolperte zum Meer, zerrte an den Trägern ihres BHs und warf ihn in den Sand. Sie watete ins Wasser, bis es ihr bis zur Taille reichte. »Du traust dich ja doch nicht!«, rief sie, tauchte und verschwand unter Wasser. Sie fing an, mit Armen und Beinen um sich zu schlagen, um gleich wieder unterzugehen. Ich wartete, dass sie wieder auftauchte, aber vergeblich. Zeit verging.

Plötzlich packte mich Panik, und ich schrie ihren Namen. Einmal. Zweimal. Dreimal. Nichts. Hilfesuchend blickte ich mich um. Niemand in Rufweite. Die wenigen Partygäste, die mit Liz und mir am Feuer gesessen hatten, waren gegangen.

Ohne noch zu zögern, rannte ich zum Wasser und zuckte, als mein Fuß die Wellen berührte. Ich tauchte ein und schwamm bis zu der Stelle, wo ich sie zuletzt gesehen hatte; ich ging mit dem Kopf unter Wasser und schluckte literweise Meerwasser, aber ich konnte sie nicht entdecken. Es war zu dunkel.

Da tauchte Amy in einer Gischtfontäne plötzlich laut lachend wieder auf. »Ätsch!«

»O nein!«, rief ich anklagend gen Himmel und schlug mit dem

Arm aufs Wasser. Ich schwamm zurück und schleppte mich ans Ufer. Mein Kleid klebte an mir, der leichte Stoff fühlte sich schwer und ungemütlich an. Von allen gemeinen Streichen, die sie mir jemals gespielt hatte, war dies der allergemeinste.

Ich griff nach der Baileys-Flasche, nahm einen Schluck und ließ mich neben das Feuer plumpsen. Meine Beine wurden ganz sandig, aber es war sinnlos, sie sauber zu wischen, da meine Hände sofort auch dreckig geworden wären. Ich zitterte, schlug die Arme um mich und ließ das Gesicht auf die Knie sinken. Mir dröhnte der Schädel zwischen den Fingerspitzen.

»Du hast wirklich überhaupt keinen Sinn für Humor«, sagte Amy von hinten.

Ich rappelte mich hoch und blickte sie scharf an. Sie hielt sich ihre Sachen vor die Brust, und ihr Haar tropfte. »Seit wann ist es lustig, so zu tun, als würde man ertrinken? Hast du vergessen, was damals vor all den Jahren passiert ist, als wir uns davongeschlichen haben und in Mumbles segeln gegangen sind?«

»O nein, wie sollte ich das vergessen? Meine kleine Schwester hat mir das Leben gerettet. Als müsstest du deinen Stand in der Familie noch weiter aufwerten, wo der sowieso schon so hoch war.«

»Wovon redest du da?«

»Vergiss es. Diese Junggesellinnenparty fängt an zu lahmen. Ich gehe wieder zur Bar.« Sie schwankte los in Richtung der Hochzeitsparty.

Ich trank den Rest der Flasche am Feuer und besorgte mir ein Taxi zum Hotel. Nada schrieb ich eine SMS, ich würde mich morgen, bevor wir aufbrechen, bei ihr melden.

Ich stolperte in mein Zimmer, nachdem mir zweimal die Schlüsselkarte aus der Hand gefallen war. Die Zwischentür zu Liz war abgeschlossen, und eine abgrundtiefe Traurigkeit nistete sich in meiner Brust ein. Ich klopfte sanft an ihre Tür und rief leise ihren Namen, aber Liz öffnete nicht.

Ich hatte keine Lampe angeknipst, aber es fiel genug Licht von der Straße durchs offene Fenster, dass ich mein Bett finden konnte. Zur Sicherheit stellte ich den Papierkorb neben mein Bett.

Mir war speiübel, und außerdem quälte mich das unangenehme Gefühl, es sei an diesem Abend etwas geschehen, an das ich mich partout nicht mehr erinnern konnte. Ich betete zu Gott, dass es nichts sehr Dummes war. Denn seit der schicksalhaften Reise nach Beirut war ich nicht mehr so betrunken gewesen.

21
Neun Jahre früher
Juni

Riesenkater. Nicht gerade ein großartiger Anblick auf Nadas Hochzeit. Ich stieg vor der Kirche aus dem Taxi, hielt meine Handtasche fest umklammert und ordnete noch einmal die Spaghettiträger meines mintgrünen Kleids. Meine übergroße Sonnenbrille diente zwei Zwecken: Die Gläser schützten gegen die blendende Sonne, und sie verbargen meine von mangelndem Schlaf und Alkohol verquollenen Augen.

Der Bogeneingang der Kirche war mit einer üppigen Girlande aus Jasmin geschmückt – der Duft war betäubend. Innen herrschte Dunkelheit. Die einzige Beleuchtung kam von den Teelichtern, die im Gang neben den Kirchenbänken auf dem Boden standen, und von den Sonnenstrahlen, die durch Ritzen zwischen den Fenstern drangen. Ein Blick über die Schulter offenbarte mir ein Meer in zartestem Hellblau. Es mischte sich mit dem Himmel.

Da ich eingequetscht zwischen Nadas Freundinnen saß, gelang es mir nicht, Ausschau nach Oz zu halten. Warum hatte sie mir nicht gesagt, dass Oz hier sein würde? Wusste sie denn nichts von der Verbindung zwischen mir, ihm und Yusef? Aber dann – warum sollte sie? Und Nada stellte nie persönliche Fotos auf ihrer Facebookseite ein, dort waren hauptsächlich politische Kommentare zu finden. Sie hatte mir per E-Mail nur ein einziges Foto von ihnen beiden geschickt, aber Yusef trug darauf eine Sonnenbrille und hatte längere Haare, so dass ich ihn nicht erkannte.

Der Empfang fand im Al-Falamanki-Restaurant statt, das, nicht weit entfernt von meinem Hotel, etwas zurückgesetzt am Strand lag. Hinter dem Gebäude gab es einen Hof, der wie ein geheimer Garten wirkte: Tapetentische mit weißen Leinendecken und noch mehr herrliche Jasmingestecke. Über uns hingen kreuz und quer Lichterketten und hüllten die Gäste in einen magischen Schimmer.

Braut und Bräutigam erschienen, und ich mischte mich unter das Spalier der Gäste, um sie zu begrüßen und Reis zu werfen. Ich umarmte Nada und küsste Yusef auf die Wangen und sagte zu ihm, ich hätte bis gestern keine Ahnung gehabt, dass er Nadas Verlobter war. Ich schaute ihnen zu, wie sie strahlend durch die Menge schritten.

»Abbie?«

Ich fuhr mit meinem fast vollen Glas herum und bespritzte unabsichtlich die Person hinter mir. Oz.

Da war er, in einem marineblauen Anzug, die Haare kürzer, aber jene Augen. In sie zu schauen war, als öffnete sich eine Tür in die Vergangenheit: Das Bild von ihm im Ruderboot in Istanbul, als die Sonne ihre Karamellfarbe zum Leuchten brachte; der Tag, an dem ich ihm endgültig verfallen war. Der Flashback war so intensiv, als wäre alles erst gestern passiert und nicht vor fünf Jahren.

Mein Herzschlag beschleunigte sich, und unsere Umgebung verschwand, während sein Gesicht umso deutlicher vortrat. Ich weiß nicht, wie lange wir dort standen und einander anstarrten. Das Herz der feuchten Beiruter Nacht pochte um uns herum.

»Fühlst du dich besser?«, fragte er schließlich.

Ich ließ das Glas sinken, da mir die Ereignisse der vergangenen Nacht einfielen. »Ja, sehr viel besser. Ich danke dir, dass du mir in mein Zimmer geholfen hast.«

»Du musst nichts erklären, Abbie. Ich war froh, dass ich da war.«

Ich nickte und verlagerte mein Gewicht von einem hochhackigen Schuh auf den anderen.

»Wie ist es dir ergangen?«, fragte er.

»Gut, gut, danke.«

Er trank einen Schluck Champagner. Und als er das Glas zum

Mund führte, bemerkte ich den goldenen Reif an seinem Ringfinger.

Es gab keine weiteren Fragen. Er lockerte seine Krawatte und ließ mit einem leichten Dreh von Daumen und Zeigefinger den obersten Knopf seines Hemds aufspringen. »Es ist heiß hier. Heißer als in Istanbul.«

»Wie lange bleibst du?«

»Ich fahre morgen mit Yusef und Nada nach Damaskus. Sie besuchen Verwandte von Yusef, bevor sie auf Hochzeitsreise gehen. Ich war noch nie dort, und die Stadt interessiert mich.« Seine Stimme hatte nicht die Wärme, die ich von früher kannte.

Jemand kreischte meinen Namen. Nada. »Ich bin so, so glücklich. Ihr habt euch gefunden?«, sagte sie und klatschte in die Hände.

Ich errötete noch stärker. »Hast du das hier geplant?«

»Ich erfuhr erst, als wir unsere Gästelisten zusammenstellten, dass ihr einander kanntet. Du hast mir vor Jahren von einem türkischen Wahnsinnsknaben erzählt, den du in London kennengelernt hättest.«

Bei der Erinnerung an eine betrunkene Nacht mit Nada in Guilford, als wir uns über vergangene Lieben unterhielten, musste ich lächeln. Aber ich hatte ihr erklärt, es habe sich um einen Urlaubsflirt gehandelt.

»Du hattest damals erwähnt, er studiere am Londoner University College; und als Yusef dann sagte, er werde einen Freund einladen, den er in London kennengelernt habe, als er an dem College ein Seminar belegt hatte, ging mir auf, dass du schon der Liebe meines Lebens begegnet warst und diesen gutaussehenden Mann hier kanntest.« Sie kniff Oz in den Arm.

»*Tati.* Los, los.« Ohne zu antworten, schob sie uns an einen Tisch, etwas versteckt hinter einer Säule. »Das sind eure Plätze.« Unsere Tischkarten standen nebeneinander; gedeckt war für sechs. »Viel Spaß.« Mit einer dramatischen Geste verließ Nada uns und umarmte auf ihrem Weg zum Haupttisch noch weitere

Menschen. Wieso setzte Nada uns zusammen, als wenn sie uns verkuppeln wollte? Wusste sie nicht, dass er verheiratet war?

Oz rückte mir den Stuhl zurecht.

»Danke«, murmelte ich und sah am Augenrand, wie Nada und Yusef sich an ihrem Tisch umarmten. »Ich hatte keine Ahnung, dass Yusef dein Yusef ist. Wenn ich das gewusst hätte, wäre ich ...« Wäre ich was? Nicht gekommen?

Oz zog sein Jackett aus und hängte es über die Stuhllehne. »Ich wusste auch nicht, dass du in London mit Nada zusammengewohnt hast.«

Andere gesellten sich zu uns, doch nach den gegenseitigen Vorstellungen wechselte die Unterhaltung ins Arabische. Oz wandte sich zu mir um, während ich mich an die Vorspeise, Lachs mit Granatapfel, machte.

»Ich wusste nicht, dass du Nada kennst«, sagte er.

»Ich habe mir während meines Jurastudiums in Guilford eine Wohnung mit ihr geteilt.«

Dann schüttelte ich den Kopf. »Jetzt fällt es mir ein. Auf der Party von deinem Bruder erzählte Yusef mir, er werde für ein Jahr an der Beiruter American University Politik studieren. Dort hat Nada auch ihr Examen gemacht. Sie erzählte mir, sie habe einen syrischen Studenten kennengelernt und sich in ihn verliebt. Was für ein irrer Zufall.«

»Du hältst das für Zufall?« Er sah mir prüfend in die Augen. Sein Blick war scharf.

»Na ja ...« Ich schob ein paar rote Kerne auf meinem Teller herum.

»Ich wüsste nicht, wie man es sonst nennen sollte. Glaubst du etwa, dass dahinter so etwas wie göttliches Eingreifen steckt? Schicksal?«, fragte ich ungläubig.

Jetzt schüttelte er den Kopf. »Das habe ich dir doch mal erzählt. In der Türkei glauben wir an *Kader*. Schicksal.« Bei seiner Stimme lief mir ein Schauer über die Arme, und ich verfluchte mich dafür, dass ich ihm erlaubte, wieder eine solche Wirkung auf mich zu haben, denn ich erinnerte mich, wie unsere letzte Nacht in Istanbul geendet hatte.

Als der Hauptgang, Lamm mit Reis, kam, verwickelte mich der freundliche Herr zu meiner Linken in ein Gespräch, bis er sich, kaum dass die Teller leer waren, entschuldigte und entschwand. Unterdessen hatte sich über uns ein Sternenteppich ausgebreitet. Ein Gitarrist und ein Geiger stimmten ein Duett an. Da schob Nada plötzlich ihren Kopf zwischen uns. »Los, ihr zwei, bitte kommt und tanzt. Ich möchte nicht, dass Yusef und ich die Einzigen sind.«

»Ich bin eine schreckliche Tänzerin«, erwiderte ich.

»Ich kann auch nicht tanzen«, erklärte Oz.

Ich runzelte die Stirn, und er deutete ein Achselzucken an. Ich wusste nur allzu gut, dass es nicht stimmte.

»Leute, die Musik ist doch höchst zivilisiert. Ihr werdet doch wohl in der Lage sein, euch ein bisschen dazu zu wiegen«, erklärte Nada leicht entnervt. »*Yalla, yalla*«, befahl sie und schubste uns förmlich von den Stühlen.

Wir steuerten auf einen Bereich in der Nähe des Haupttischs zu, wo Yusef auf das wichtige Ritual mit seiner neuen Braut wartete. Jetzt legten sie die Stirn gegenaneinander und begannen, sich zur Musik zu bewegen.

Unbeholfen legte ich eine Hand auf Oz' Schulter und nahm mit der anderen seine Hand. Ich mochte ihn nicht anschauen. Die Hitze der Berührung machte mich ganz schwindelig. Und doch wurde ich die Erinnerung an unsere letzte Begegnung nicht los – an die Art, wie seine zukünftige Verlobte ihm am Hals hing, und an unseren kühlen Kontakt im Angesicht seiner Familie. Mein Kiefer spannte sich.

In dem Moment merkte ich, dass er meine Finger ungewöhnlich fest drückte. Ich blickte hoch. Er wirkte verloren – traurig, verletzt und auch wütend. In dem schwachen Licht sahen seine Augen nicht wie Karamell, sondern wie dunkle Schokolade aus.

»Ist alles in Ordnung?«, fragte ich. »Du wirkst –«

»Warum bist du gegangen?«, sagte er.

Ich blieb stehen und sah ihn wieder an. Er ließ meine Hand fallen und trat einen Schritt zurück, so dass ich seine Schulter loslassen musste.

»Warum ich die Party in deinem Haus verlassen habe?«

Er nickte.

»Ich wollte dir die Chance geben, mir zu erklären, was da oben auf der Bühne passierte, aber du konntest es nicht. Trotzdem war es klar – deine Mutter verkündete deine Verlobung mit Dima.«

»Meine *Verlobung*?«

»Kannst du dir vorstellen, wie gedemütigt ich mich an jenem Abend fühlte?«

»Es tut mir leid, aber das hast du missverstanden.«

»Ich glaube nicht. Deine Mutter hat euch beide mit großer Geste vorgeführt, du hast Dima geküsst, und alle haben applaudiert.«

»Aber so war das nicht.«

»Wie bitte?«, sagte ich etwas zu laut für den intimen Ort. Nada und Yusef hörten auf zu tanzen und sahen zu uns herüber.

»Ich glaube, wir müssen dieses Gespräch woanders führen. Es gibt eine Menge zu erklären«, sagte er.

Meine Hände waren feucht und klebten an meinem Kleid.

»*Gel.* Komm.« Er nahm meine Hand, und wir verließen den Hof. Er lockerte seinen Griff erst, als wir in vollkommenem Schweigen über eine lange Straße gelaufen waren, ich mit klackernden Absätzen und dankbar für seine Hand, die mich daran hinderte, über die rauen Gehsteigplatten zu stolpern.

Auf der Corniche, einer endlosen Promenade direkt am Wasser, wimmelte es von Menschen. Paare schlenderten gemächlich Arm im Arm, und in der Ferne schrien Kinder. Der Weg war von Kerzen erleuchtet, und ein Typ, der mit gekreuzten Beinen auf der Erde hockte, spielte sanfte Melodien auf seiner Gitarre. Die Wellen schwappten gegen das Ufer. Wir setzten uns auf eine freie Bank, und unsere Knie berührten sich, während wir einander anschauten.

»Ich verstehe nicht. Du bist doch verheiratet«, sagte ich.

Er nickte.

»Mit Dima?«

»Ja, aber –«

»Dann gibt es nichts zu erklären.« Ich versuchte aufzustehen, aber er packte meine Hand und zog mich zurück auf die Bank.

»Bitte, Abbie. Gib mir die Chance, alles zu erklären.«

Ich entzog ihm meine Hand und verschränkte die Arme. »Ich höre.«

Er knetete die Hände in seinem Schoß und suchte sichtlich nach den richtigen Worten. »Was du an jenem Abend auf der Bühne gesehen hast, war meine Mutter, die den Abschluss eines gemeinsamen Geschäfts zwischen meiner Familie und Dimas Familie verkündete, wozu eine gewaltige Menge Bargeld von Dimas Vater gehörte. Es war die Feier der Vereinigung unserer Familien.«

»Aber deine Mutter hat zu mir gesagt, sie werde bald deine Verlobung ankündigen. Als wir uns bei dem Essen begegneten, erklärte sie, es sei deine Bestimmung oder so ähnlich. Und das war, nachdem Dima mir genau dasselbe auf der Toilette erzählt hatte. Was sollte ich denn sonst davon halten?«

Er schüttelte den Kopf. »Warum hast du mich nicht erklären lassen? Warum bist du weggerannt, bevor ich meine Version erzählen konnte?«

»Ich habe dich doch darum gebeten, aber du konntest nicht.«

»Ich konnte es nicht vor meiner Familie sagen. Ich musste allein mit dir sprechen. Ich hatte damals nicht den Mut, vor ihnen zu sagen, was ich in meinem Herzen empfand.«

Meine Arme waren noch immer verschränkt. »Gut. Jetzt sind sie nicht hier. Sprich.«

»Dieses Geschäft, bei dem es um Bauland ging, hatte einen Preis ... Mich.«

Verwirrt blickte ich ihn an. Eine tiefe Falte furchte seine Stirn.

»Dima und ich sind seit unserer Kindheit gute Freunde. In unseren Familien wurde immer darüber gescherzt, dass wir eines Tages ein Paar sein würden. Es war meine Bestimmung, ins

Familienunternehmen einzutreten, und meine Mutter konnte nicht akzeptieren, dass ich verändert aus England zurückkehrte, dass ich nicht mehr tun wollte, was sie für mich geplant hatte. Doch die Zukunft des gesamten Unternehmens hing an diesem einen Geschäft. Die Arsel Holding war in Schwierigkeiten. Mein Großvater hatte mehrere unglückliche Investitionen gemacht, und die Banken wurden allmählich nervös. Es war meine Pflicht, mitzuhelfen, dass dieses Geschäft zustande kam. Und Familie ist alles für mich. Dimas Vater wünschte sich nichts lieber, als dass seine Tochter in unsere Familie einheiratete. Deshalb ...«

Ich holte tief Luft. Es klang wie das Drehbuch zu einem TV-Drama. Aber es war Oz' Leben.

»Sie überzeugten mich, dass es so zu sein hatte – mein Glück war ein kleiner Preis für den Erfolg unseres Unternehmens. Doch dann bist du wieder in mein Leben getreten ... und ... alles was ich dir an dem Tag auf dem Boot gesagt habe, ist wahr. Das waren meine Gefühle. Ich wollte davonlaufen, aber ich wusste nicht wie. Und ich wollte dir all dies erzählen, bevor du wieder nach Hause geflogen bist, doch du hast mir keine Chance gegeben. Aber ich war auch ein Feigling. Das gebe ich zu.«

Ich ließ die Worte erst mal sacken. »Was hätte sich dadurch geändert? Ich passte nicht in deine Welt, Oz. Deine Mutter hat mir das Gefühl vermittelt, ich sei deiner nicht würdig. Und was Dima angeht, so hat sie mich nur ausgelacht. Ich kam mir zwischen deinen Freunden wie ein Trampel vor.«

»Hast du dich so mit mir gefühlt?« Er legte einen Arm auf die Rücklehne der Bank und berührte dabei leicht meinen Rücken.

Ich erschauerte. »Nein, mit dir nie.«

»Nach einem Krach mit meiner Mutter verließ ich die Party. Ich bin zu deinem Hotel gefahren. Dein Flug sollte ja erst am nächsten Tag gehen. Der Portier sagte, dass du ausgecheckt hast, und ich habe ein Taxi zum Flughafen genommen.«

»Dann warst du das doch«, flüsterte ich.

Seine Nasenflügel bebten. »Warum, Abbie? Warum bist du weggefahren?«

Sein scharfer Ton überraschte mich, und ich stand auf. »Ich habe es dir doch gesagt, Oz. Deine Mum und Dima haben mir klargemacht, dass du heiraten würdest. Ich war einundzwanzig Jahre alt, und ich fühlte mich heillos überfordert. Ich war verletzt und gedemütigt.«

Er hatte Tränen in den Augen. Das war wie ein Stich ins Herz.

»Hör zu, Oz, das ist fünf Jahre her. Inzwischen ist so viel passiert. Ich kann mich nicht mehr an jedes einzelne Wort erinnern, das deine Mutter und Dima zu mir gesagt haben, aber es reichte, um mich in die Flucht zu treiben. Ich wollte nicht das Gleiche noch mal von dir hören.«

Ein anderer Gedanke wühlte sich durch mein Gehirn. »Warum hast du denn nicht versucht, mich zu finden, um mir all dies zu erklären? Du hast gesagt, du seist zum Flughafen gefahren, aber was ist mit den fünf Jahren danach? Warum hast du mich nicht übers Netz gesucht?« Mein Blick fiel wieder auf seinen Ehering. »Ach, weißt du was, vergiss es einfach. Du bist verheiratet, und ich hoffe, ihr beiden seid glücklich miteinander. Mir ist kalt, und ich möchte zurück zum Fest und meine Sachen holen. Ich glaube, wir haben alles gesagt, was in den vergangenen Jahren nicht gesagt wurde. Es war schön, sich wieder zu erinnern.«

Ich setzte zum Rückweg an, doch er packte mich beim Ellbogen und drehte mich heftig zu sich um.

»Es gab Dutzende Abigail Joneses auf Facebook, und keine von ihnen hatte dein Gesicht. Und ich habe dir geschrieben, Abbie. Nicht lange nach deinem Abflug, als meine Mutter mir erzählte, worüber sie mit dir gesprochen hat, habe ich dir einen Brief geschrieben. Ich habe deine Universität angerufen, und sie versprachen, ihn an dich weiterzuleiten. Und dann habe ich dir Postkarten geschickt, sechs Monate lang jeden Monat eine. Es waren Ansichtskarten von all den Orten, die du in Istanbul besichtigt hast. Auch wenn du noch immer böse auf mich warst, solltest du wenigstens die schöne Zeit in meiner Stadt nicht vergessen. Du hattest so eine weite Reise gemacht, um mich zu besuchen, und ich habe sie dir ruiniert.«

Ich schüttelte seine Hände ab. »Du hast mir nicht geschrieben. Ich habe weder einen Brief noch Postkarten bekommen.«

»*Evet*.« Er nickte. »Doch.«

Das konnte nicht sein. Mum und Dad hätten mir doch mitgeteilt, wenn Post für mich gekommen wäre. Und King's wird beschlossen haben, die Post nicht weiterzuleiten. Du liebe Güte, sie waren schließlich nicht die Royal Mail.

»Fünf Jahre lang«, sagte er leise, »dachte ich, dass es dir egal ist. Dass du sie gelesen und beschlossen hattest, nicht zu antworten.«

Was hätte ich denn geantwortet oder getan, wenn ich seine Botschaften erhalten hätte? Wie kann man die Geschichte zurückdrehen und andere Entscheidungen treffen, so dass sich neue Entwicklungen ergeben?

Noch ein weiterer Blick in seine Augen – diese betörenden Augen –, und mein Widerstand würde zerbröseln. In meinen Schläfen hämmerte der Schmerz. »Ich habe Kopfschmerzen. Ich muss gehen. Es tut mir leid, Oz.«

Er griff wieder nach meinem Arm. »Willst du es denn nicht wissen?«

Ich wollte ihn abschütteln, aber meine Entschlossenheit ließ nach. »Was denn wissen?«

»Willst du nicht wissen, was ich in dem Brief geschrieben habe? Wie ich mich gefühlt habe? Wie ich mich jetzt fühle?«

Sein Griff lockerte sich, und ich versuchte nicht mehr, mich zu befreien.

»Was spielt es noch für eine Rolle, Oz? Es hat nicht sein sollen. Ich hatte ein Leben, das auf mich wartete, und du ebenfalls. Du magst ja behaupten, es sei nicht das, was du dir gewünscht hast, aber du hast dein Schicksal oder, was immer es war, angenommen.«

»Auch wenn ich das Abkommen akzeptiert habe, habe ich nie aufgehört, an dich zu denken«, erwiderte er. »Ich hatte gehofft, die Worte, die ich in meinem Brief geschrieben hatte, würden einen Weg in dein Herz finden.«

Was sollte ich sagen? Ich schwieg. Die Wahrheit? Auch ich hatte nie aufgehört, an ihn zu denken. Alle meine Beziehungen nach Oz waren durch die Erinnerung an ihn von vornherein zum Scheitern verurteilt. Aber ich machte einfach so weiter wie zuvor, habe mich ins Jurastudium und meine Karriere gestürzt. Nachdem der Sechzehnstundentag normal geworden und ich bei McKenzie's eingetreten war, fiel es mir leichter, dem Zeitmangel die Schuld dafür zu geben, dass ich mit jedem neuen Mann nicht über ein paar Treffen hinauskam.

»Ich habe damals etwas für dich empfunden, Oz, und ich kann nicht leugnen, dass ich nach jener Nacht sehr viel an dich gedacht habe. Ich habe sie in Gedanken ständig nachgespielt und mich gefragt, ob ich vielleicht etwas übereilt zum Flughafen geflohen war. Doch dein Schweigen oder was ich für dein Schweigen hielt, bestärkte mich, das Richtige getan zu haben. Aber jetzt ...« Ich schüttelte den Kopf. »Was würde es nützen, wenn ich um deine Gefühle wüsste? Es ist zu spät.«

»Es ist nicht zu spät, Abbie. Mein Leben –«

»Bitte, Oz.« Ich legte ihm die Hand auf die Lippen. »Nicht. Ich muss gehen. Es tut mir leid«, sagte ich.

Es war das zweite Mal, dass ich ihn hatte stehen lassen. Aber dieses Mal folgte er mir nicht. Mit jedem Schritt wurde die Last auf meinen Schultern schwerer.

»Was ist passiert?«, fragte Nada, als ich meine Handtasche holte. Ich wollte ihr mit meiner Geschichte aber keinesfalls den Abend verderben. Mit Liz hätte ich mich jetzt gern auf dem Sofa zusammengerollt, aber ich konnte doch nicht einer Braut an ihrem Hochzeitsabend mein Herz ausschütten!

»Nichts. Es ist eine wunderschöne Hochzeit.« Hoffentlich verriet mein Gesicht nicht meinen inneren Aufruhr! »Ich wünsche euch eine herrliche Zeit in Syrien und in euren Flitterwochen.« Ich umarmte sie. »Ich danke dir so sehr, dass ich an deinem großen Tag dabei sein durfte.«

»Aber du gehst doch nicht schon?«

»Ich habe Kopfschmerzen. Die vergangene Nacht war heftig.« Ich lächelte. »Sehen wir uns morgen, bevor ihr aufbrecht?«

»Auf jeden Fall. Ich komme mit Yusef zum Hotel. Wir müssen sowieso Oz abholen. Ich hoffe, ihr beiden hattet« – sie stupste mich – »Spaß.«

»Du hattet das Ganze also doch geplant?«

»Yusef hat mir versprochen, nichts zu sagen.«

»Das heißt, du kennst unsere Vergangenheit?«

Sie nickte. »Und ich hätte mir keine bessere Gelegenheit denken können, um euch beide wieder zusammenzubringen.«

»Aber er ist verheiratet.«

»Ja, aber sie haben sich vor einer Weile getrennt. Yusef hat mir erzählt, Oz habe sie nie wirklich geliebt. Er wurde zum Wohle der Familie zu der Ehe gezwungen. Aber schließlich hat er sich doch widersetzt. Der Scheidungsantrag ist schon eingereicht. Er wartet jetzt auf den endgültigen Bescheid des Gerichts; erst dann wird er es ihren Familien bekanntgeben. Das heißt, er ist frei und ungebunden.«

Ein Gast kam, küsste Nada und umarmte sie, während mir ihre Worte in den Ohren dröhnten.

»Aber jetzt muss ich mich wieder meinen ehelichen Pflichten widmen.«

Sie ging, und der Hof drehte sich um mich, während ich versuchte, diese Neuigkeit zu verdauen. Hatte Oz mir das zu sagen versucht, als ich ihm das Wort abschnitt? Warum ließ ich ihn ständig stehen, gab ihm keine Chance, sich zu erklären?

Ich schnappte mir Handtasche und Stola und begann zu rennen. Meine Absätze klackerten auf dem steinernen Gehsteig. Als ich an der Corniche ankam, war die Bank leer. Ich suchte die Promenade in beiden Richtungen mit den Augen ab, von Oz keine Spur. Mein Atem wurde flach, ich holte meinen Inhalator und sprühte zweimal.

Oz war also getrennt und lebte in Scheidung? Hatte er wirklich sein Leben, seine Verpflichtungen, seine Bestimmung, sein *Schicksal* hinter sich gelassen?

Was wäre gewesen, wenn ich seine Post gelesen hätte? Hätte ich dann Jura studiert? Wäre er nach London gekommen, um dort zu studieren oder ein Praktikum zu machen? Wären wir zusammen? Würde ich im Ausland leben?

»Er hat nie aufgehört, an mich zu denken«, flüsterte ich in die nächtliche Luft. Ich musste ihn unbedingt finden.

Zurück im Hotel, fragte ich den Portier nach Oz' Zimmernummer, doch er wollte sie nicht herausrücken. Schweren Herzens ging ich zurück in meine Etage. Ich stöhnte laut in der Stille des Korridors und steckte meine Schlüsselkarte in den Schlitz. Das war es also. Morgen würde Oz verschwinden und mit ihm all meine Hoffnung darauf, ihn wiederzusehen.

Ein paar Zimmer weiter ging eine Tür auf, ich drehte mich um. Ein Kopf guckte heraus. Es war Oz.

Als er mich sah, lächelte er – Staunen und Freude mischten sich darunter –, und seine Reaktion spiegelte meine.

Ich schloss meine Tür und rannte los, stürzte mich auf ihn, er krachte gegen die Tür, unsere Münder stießen aufeinander. Bilder schossen mir durch den Kopf. Der zärtliche Kuss im Fotoautomaten, die heiße Nacht in meinem Studentenwohnheim, die erregende Umarmung auf dem Touristenschiff.

Seine Hände wanderten von meinem Hals meinen Rücken hinunter. Meine Haut entflammte sich bei seiner Berührung, Jahre aufgestauten Verlangens waren plötzlich freigesetzt.

Heftig atmend wich er zurück. »Fünf Jahre. Ich habe fünf Jahre darauf gewartet, dich wieder zu küssen.« Er neigte den Kopf. »Wie konnte das alles geschehen, Abbie?«

»Ich weiß es nicht, aber hier sind wir nun. Nada hat mir alles erzählt.«

Ich zog ihn wieder an mich, küsste ihn leidenschaftlich, fuhr ihm mit den Händen durchs Haar. Drei Knöpfe seines Hemds standen offen. Seine Brust war zu sehen, und ich sehnte mich danach, ihn zu streicheln. Meine Finger zitterten, als ich es tat.

Er atmete einmal tief ein und aus und küsste mich dann unter mein Ohr, wobei seine Nase eine empfindliche Stelle dort berührte.

»Dein Geruch. Er ist himmlisch«, flüsterte er. »Wie an jenem Tag. Dem Tag in London.«

»Erinnerst du dich noch an den Tag?«, fragte ich keuchend.

»Wie könnte ich ihn jemals vergessen? Das Mädchen, das mir in die Arme fiel. Ein Mädchen, aufgeregt und voller Hoffnung. Du hattest keine Angst davor, fremdes Essen zu probieren, neue Erfahrungen zu machen. Sehr mitteilsam, aber auch nervös.«

Ich wich zurück. »Ich war nicht nervös.«

»Du hast dir die ganze Zeit auf die Unterlippe gebissen und das Haar hinter die Ohren gestrichen.«

Ich lächelte bei der Erinnerung.

»Du warst so ... wie sagt man auf Englisch? So bodenständig?« Er strich mir ein paar Strähnen aus dem Gesicht.

»Du meinst langweilig?« Ich warf ihm einen missbilligenden Blick zu.

Er lachte. »Du bist nicht langweilig.«

»Gut, dass wir das geklärt haben, aber sollte es zu deiner Verführungstaktik gehören, dann ist sie kläglich gescheitert.«

Er streichelte meine Wangen. »Möchtest du, dass ich dich verführe?«

Bei dem Wort »verführen« wurden mir die Knie weich. Ich stöhnte, als seine federleichten Küsse über mein Schlüsselbein weiter zu der gleichen Stelle unter meinem anderen Ohr wanderten, die sogar noch erregbarer war.

»Ich möchte jedenfalls nicht, dass du glaubst, die Sache mit mir sei geritzt.«

Er hörte auf mich zu küssen. »*Ne?* Was ist eine geritzte Sache?«

»Ach, vergiss es.« Ich zog ihn wieder an mich, schob meine Hände unter sein Hemd und fühlte mit Wonne seinen kräftigen Körper, seine muskulöse Brust.

Als seine Lippen erneut meine trafen, schmiegte ich meinen Körper an seinen. Sein Schwanz regte sich zwischen meinen Schenkeln.

»Ich fühle mich wieder wie einundzwanzig.« Ich kicherte. »Beinah möchte ich dich bitten, die Augen zu schließen, damit ich mich ausziehen und unter die Decke schlüpfen kann.«

»Lass mich dich mit geschlossenen Augen ausziehen.«

»Einverstanden.«

Seine Augenlider senkten sich. Ich musterte ihn unbeobachtet – den kräftigen Kiefer, die vollen Lippen, leicht geöffnet. Ich platzierte einen Kuss darauf. Wieder diese Grübchen. Meine Daumen zeichneten sie nach, sein Kopf bewegte sich mit. »Wenn du lächelst, möchte ich einfach in sie reinkriechen.«

Er atmete tief ein. »Und wenn du lächelst, kräuselt sich deine Nase so hübsch.« Er tippte auf meine Nase. »Genau hier.«

Ich riss an seinem Hemd und zog ihm den Stoff über die Arme.

»Ich dachte, ich würde dich zuerst ausziehen«, sagte er.

»Ich habe es mir anders überlegt.« Ich fummelte an seinem Gürtel und öffnete seine Hose. Ich schob sie hinunter, während er sich gegen die Wand lehnte, mit den Füßen seine Schuhe abstreifte und die Socken auszog.

Ich legte seine Hände auf meine Schultern, und er streifte die Träger meines Kleids zart beiseite, beugte sich über mich, küsste mein Dekolleté und schnupperte. Seine Küsse wanderten weiter zu meinen Brüsten, und seine Finger zeichneten sie auf dem seidenen BH nach. »Orangen und Lilien«, flüsterte er, als er den Duft meines Körpersprays wahrnahm. Ich zitterte vor Erwartung.

Mein Kleid fiel zu Boden. Er löste die Verschlüsse meiner Sandalen, zog mir jede einzeln aus, wanderte mit seinen Küssen meine Beine hinauf und bearbeitete sämtliche Körperteile mit seinen Lippen. Meine Haut sirrte jedes Mal, wenn er mich berührte.

Ich zog ihn mit mir bis zur Bettkante. Als ich mit den Kniekehlen dagegenstieß, kippte ich um, und wir fielen rückwärts aufs Bett. Wir knallten mit den Köpfen aneinander.

»*Pardon*«, sagte er. Aber ich musste kichern, mein ganzer Körper bebte unter ihm.

Mit meinem Lachen war es jedoch vorbei, als er mit großen, hungrigen Augen meinen halbnackten Körper musterte. »Du bist noch schöner, als ich dich in Erinnerung habe.«

Ich zog ihn an mich und küsste ihn. In meinem Kopf explodierte ein wahres Feuerwerk. Die Gedanken verschwammen; es gab nur noch das süße Gefühl von Angekommensein, Schwerelosigkeit und einem Verlangen, das meinen ganzen Körper ergriff.

Es fiel mir schwer, wieder zu Atem zu kommen, nachdem wir uns voneinander gelöst hatten.

Geräusche von hupenden Autos und sich unterhaltenden Menschen drangen durch das geöffnete Fenster. Oz richtete sich auf, stützte den Kopf auf eine Hand und griff mit der anderen von hinten nach meiner Schulter. Ich kuschelte mich an ihn. Im Rhythmus seiner sich hebenden und senkenden Brust sausten noch immer die Endorphine durch meinen Körper.

»Das war …« Er beendete den Satz auf Türkisch, und die Worte purzelten mit einem riesigen, verrückten Lächeln aus ihm heraus. Plötzlich setzte er sich auf. »Komm morgen mit mir, nach Syrien. Ich ertrage es nicht, dich zu verlassen.«

Eigentlich hatte ich auschecken und in die Berge fahren wollen, wo mich ein Zimmer in einem kleinen, abgeschiedenen Ferienort erwartete. Die klassischen Touristenziele Byblos und Baalbek standen natürlich auch auf meiner Liste. Ich wusste allerdings nicht, ob es mir ohne Nada als Reiseführerin überhaupt Spaß machen würde.

»Ein Roadtrip nach Damaskus? Mit dir?«, sagte ich schließlich. »Das würde mir gefallen.«

Er presste mich an sich und küsste meine Stirn. Ich antwortete mit einem Kuss in seinen Nacken und legte meinen Kopf an seinen.

Er griff zärtlich nach dem Medaillon, das ich um den Hals trug. »Wie wunderschön.«

»Meine Eltern haben es mir zu meinem einundzwanzigsten Geburtstag geschenkt. Und was ist das?«, fragte ich und nahm seinen Anhänger in die Hand.

»Vor dem Masterexamen habe ich sechs Monate Militärdienst geleistet.«

Ich streichelte seinen Arm und berührte dabei die Narbe mit den Fingerspitzen. Er zuckte zurück. »Wie bist du eigentlich zu der gekommen?«

Er rückte im Bett ein Stück von mir ab. »Das ist lange her.«

»Hat es mit deinem Vater zu tun?«

Er bedeckte die Narbe. »Warum sagst du das?« Sein Ton war abweisend.

»Es tut mir leid«, sagte ich, kroch wieder in seine Arme und streichelte seine Brust. »Ich möchte keine schlimmen Erinnerungen wecken. Nur ... immer, wenn ich deinen Dad erwähne, tust du das, du verdeckst die Narbe.«

»Das wusste ich gar nicht.«

»Es ist in Ordnung, du musst es mir nicht erzählen.«

Er schwieg, runzelte die Stirn und drehte den Arm so, dass er die Narbe besser betrachten konnte. Er holte mehrmals tief Luft, bis sein Herzschlag unter meinen Fingern ruhiger wurde. »Es war ein Autounfall. Mein Vater fuhr mich zum Fußballtraining. Ich war sechs. *Harika ufaklık*, so nannte er mich damals. Das bedeutet »kleiner Wunderjunge«. Zu der Zeit kickten wir jeden Tag stundenlang nach der Schule. Er fuhr auch gern mit mir zum Angeln, dort wo wir beide waren und gerudert sind. Doch an jenem Tag ... dem Tag meines Morgentrainings, hatte er getrunken. Das hat man mir später erzählt. Und ...« Sein Kiefer verhärtete sich, und er rutschte noch weiter weg von mir.

Ich setzte mich neben ihn, presste meine Schulter an seine und hoffte, mein Schweigen würde ihn wieder zum Sprechen bringen.

»Alles, woran ich mich erinnere, ist, dass ich an viele Maschinen angeschlossen war und einen verbundenen Arm hatte. Mein Vater war in ein anderes Krankenhaus gebracht und operiert worden. Ich habe ihn nie wiedergesehen.«

»Er ist gestorben?«

Er schüttelte den Kopf. »Nein, er wurde wieder gesund, aber ...«

Er hielt inne. »Niemand hat danach jemals wieder von ihm gesprochen. Sie sagten, dass er aus Schuldgefühl fortgegangen ist. Aber er hat sich nie verabschiedet. Und dann, ein paar Jahre später, sagten sie mir, dass er gestorben war, weil er zu viel getrunken hatte. Als ich älter war, wurde meine Mutter jedes Mal wütend, wenn ich seinen Namen erwähnte.«

»Wie traurig.« Instinktiv streichelte ich noch einmal seine Narbe, beugte mich über sie und küsste sie. Dieses Mal zuckte er nicht zurück. Als ich zu ihm hochsah, hatte er Tränen in den Augen.

Er schniefte und strich mit Daumen und Zeigefinger unter seinen Augen entlang, dann wandte er sich wieder an mich. »Erzähl mir von deinem Leben in London.«

»Es ist …« – ich zupfte an dem Laken unter meinen Achseln – »scheiße.«

Er lehnte sich wieder gegen sein Kissen und stützte den Kopf in die Hand. »Wieso?«

»Ich habe einen Sechzehnstundentag und keine Zeit, meine Familie oder meine beste Freundin zu sehen. Die Arbeit besteht nur aus Verträgen, die zu formulieren sind, und dabei muss man höchst sorgfältig sein. Das ist nervtötend.«

»Das tut mir leid.«

»Ich sollte mich nicht beklagen. Ich verdiene gutes Geld, und ich spare für eine Wohnung in London. Vielleicht werde ich dieses Jahr sogar Senior-Partnerin der Kanzlei, was noch mehr Geld bedeuten würde. Aber …«

Er strich mir übers Haar und rückte näher, sein Atem streifte meine Wange. »Was aber?«

»Jetzt kann ich die ganze Zeit nur an das denken, was hätte sein können.«

»Wenn du meinen Brief bekommen hättest?«

Ich nickte. »Warum habe ich damals nur die Flucht ergriffen?«

»Du wurdest gezwungen, etwas zu glauben, was nicht stimmte.«

»Und ich wurde gedemütigt.«

Er drehte mein Gesicht zu sich. »Es tut mir sehr leid, Abbie, dass du an jenem Abend so behandelt wurdest. Es tut mir leid, dass ich nicht sofort zu dir gekommen bin, anstatt mich mit meiner Mutter zu streiten. Ich hätte mutiger sein sollen. Ich hätte vor allen Leuten sagen sollen, was ich für dich empfinde.«

»Das ist Vergangenheit«, sagte ich mit einem schmallippigen Lächeln. »Und wer weiß, was geschehen wäre, wenn ich nicht weggelaufen wäre, wenn ich dich hätte ausreden lassen oder nach meiner Rückkehr deinen Brief bekommen hätte. Lass uns nicht weiter darüber nachdenken.« Ich kuschelte mich an ihn.

Er streichelte meine Wange und küsste mich. Seine Küsse wanderten dann von meinem Mund über meine Brust zu meinem Bauch.

»Erinnerst du dich noch an die Nacht in London?«, fragte er, seine Stoppeln kitzelten meine Haut.

»Ja«, sagte ich.

»Als du mich aus dem Zug gerufen und mit in dein Zimmer genommen hast, konnte ich mein Glück nicht fassen. Und jetzt ...« Seine Küsse wanderten immer weiter nach unten. »Und jetzt hat das Schicksal mir das Glück zurückgebracht.«

Ich gab jeden Widerstand auf und verlor mich unter seinen Küssen.

22

Bevor ich mit Oz den Sonnenaufgang erlebte, dachte ich immer, ihr Untergang sei die schönste Zeit des Tages. Er hatte um fünf Uhr früh sein Hotelzimmer mit mir verlassen, wir waren zurück zur Corniche gegangen und hatten das Schauspiel von den Felsen am Hafen aus beobachtet. Im Geist beschwor ich die Sonne, möglichst spät aufzugehen – ich wollte weiter so sitzen bleiben, seine Arme zum Schutz gegen die morgendliche Brise fest um mich gelegt. Ich fürchtete, sobald wir uns bewegten, wäre der Zauber gebrochen.

Händchenhaltend gingen wir zurück zum Hotel, ließen uns aber sofort los, als wir Nada und Yusef an der Rezeption sahen. Ich knotete das T-Shirt, das Oz mir geliehen hatte, in der Taille zusammen, fuhr mir durchs verfilzte Haar und hoffte, man sähe nicht, was wir in der vergangenen Nacht getrieben hatten.

»Da seid ihr zwei ja.« Nada warf die Arme in die Luft. »Wir haben schon an euren Zimmern geklopft, und ihr wart nicht da. Yalla, Oz. Wenn wir nicht bald aufbrechen, geraten wir in den Morgenverkehr.«

»Wir … ähm.« Ich blickte nach unten und sah, dass ich immer noch meine hochhackigen Sandalen trug.

»Ich habe Abbie beim Frühstück getroffen und sie überredet, mit nach Damaskus zu kommen.«

»Wirklich?« Nada klatschte in die Hände und kreischte. »Toll! Dann los, ihr beiden, beeilt euch und packt. Ich gebe euch zehn Minuten.«

Wir lächelten und gingen, aber dann drehte ich mich noch mal kurz um und rief: »Wir kommen in zwanzig Minuten runter. Ich muss unbedingt duschen.« Ich blickte Oz an und biss mir auf die Unterlippe, er zwinkerte. Mein Herz machte einen dreifachen Salto.

Unterwegs konzentrierte ich mich auf die Landschaft – nichts als Berge und verwitternde Felsen, dazwischen immer riesige Reklametafeln, die für neue Filme, Politiker oder Bier warben. Hin und wieder ein kleiner Ort mit wenigen Wohnstraßen, einer Tankstelle und einer Handvoll Geschäften. Wir fuhren in Nadas Jeep. Die Klimaanlage funktionierte nicht, deshalb hatten wir die Scheiben heruntergelassen.

Nachdem ein Soldat unsere Pässe geprüft hatte, überquerten wir die Grenze nach Syrien. Die Landschaft änderte sich nicht groß, wurde allerdings trockener und unfruchtbarer. Die Städte bestanden aus den immergleichen Wohnblöcken. Aber etwas wirkte anders. Die vielen Plakate mit dem Bild des Präsidenten an Wänden, Ladenfronten und Bushaltestellen waren jetzt kaum noch zu zählen. Er schien mich überallhin zu verfolgen. Frauen, Gesicht und Körper in schwarze Gewänder gehüllt, waren mit Kindern im Schlepptau auf den Straßen unterwegs; die Männer trugen hauptsächlich weiße Gewänder und Kopfbedeckungen.

Über den leeren Sitz zwischen uns hinweg hielt Oz meine Hand. Ich lächelte ihm zu, wandte mich jedoch ab, als Nada mich forschend anschaute. Oz und ich hatten beschlossen, unser Geheimnis noch nicht preiszugeben. Alles kam uns zu neu und unsicher vor, als dass wir hätten darüber reden mögen.

Den Tag in Damaskus verbrachten wir mit dem Besuch von Sehenswürdigkeiten – einschließlich der bezaubernden *Tekkiye*-Moschee am Ufer des Barada-Flusses und der *Umayyaden*-Moschee, einem noch größeren, prächtigeren Gotteshaus in der Altstadt. Nada lieh mir einen langen Rock und eine leichte Baumwollbluse, die meine nackte Haut bedeckte, so dass ich die Moscheen betreten konnte.

Yusef führte uns mittags zu seinem Lieblingsimbiss, und später am Nachmittag tranken wir Tee in einem Café, das er und Nada in der ersten Zeit ihrer Verliebtheit häufig aufgesucht hatten, wenn sie zu Besuch kam.

Als es ans Abschiednehmen ging, umarmte ich Nada und Yusef.

»Bitte, bitte kommt nach London. Ihr könnt bei mir wohnen. Ich habe einen Futon im Wohnzimmer.«

»*Inshallah*«, sagte sie.

»Ich höre dieses Wort so oft. Es klingt irgendwie ausweichend, unverbindlich.«

»Das ist es nicht.« Sie schüttelte den Kopf. »Wenn Allah wünscht, dann geschieht es.«

Mit einer kräftigen Auspuffwolke, die sich mit dem staubigen Dunst der Stadt vermischte, fuhren sie davon.

»Und jetzt?«, fragte ich Oz.

»Das.«

Er zog mich in eine Seitengasse, fort vom Gewimmel der Hauptstraße, und küsste mich leidenschaftlich, und ich musste wieder an die vergangene Nacht denken – und an den heutigen Morgen in der Dusche, als wir eigentlich packen sollten; ich dachte an die Sehnsucht, das verzweifelte Verlangen, mit ihm zusammen zu sein, das Bedürfnis, ihn in mir zu haben. Seine Fingerspitzen glitten unter mein Baumwollhemd. Seine Berührung. Ich konnte mein klopfendes Herz nicht zügeln, als er meine Hüften packte. Niemand hatte je eine solche Wirkung auf mich gehabt.

Das Geschnatter einer Gruppe von Frauen trieb uns auseinander. Als sie an uns vorbeigingen, drückte Oz sich etwas entfernt von mir herum, die Hände wie ein kleiner Junge, der beim Klauen von Bonbons erwischt worden war, tief in den Taschen vergraben.

Wir wanderten durch die Straßen, sprangen in Taxis, hielten zwischendurch an, um die Architektur zu bestaunen. Unter dem Bogen des *Azim*-Palasts, einem weitläufigen ottomanischen Gebäude, machten wir eine Pause in einem Schatteneckchen. Hitze und Staub. Selbst im Schatten war es unerträglich heiß. Wir setzten uns, an eine Säule gelehnt, auf den Boden, und ich fächelte mir mit der Touristenbroschüre für den Palast Luft zu.

»Hast du Durst?«, flüsterte Oz und streichelte mit den Lippen sanft mein Ohr, was mein Innerstes sofort in Aufruhr versetzten.

Ich nickte.

Er erhob sich, schlenderte zu einem etwas versteckten Stand im Hof und reichte dem Verkäufer etwas Geld. Er kam zurück und hielt mir eine eiskalte Flasche an die Wange, ich kicherte. Wir teilten sie uns, und zwischen unseren Schlucken legte Oz seine kühlen Lippen an meinen Hals und sogar meine Schulter, nachdem er mein Hemd weggeschoben hatte.

»Und worauf hättest du jetzt Lust?«, fragte er.

Ein Anfall von Müdigkeit ließ mich gähnen. »Schlafen.«

Er küsste mich auf die Nasenspitze. »*Hadi*. Komm, wir gehen etwas essen und danach ins Hotel. Morgen ist auch noch ein Tag.«

In der Nische eines nahe gelegenen Restaurants schlemmten wir in Hummus mit warmem Pitabrot. Die Kichererbsensoße war glatt und cremig, und das aufgepuffte Fladenbrot dampfte, als wir es auseinanderrissen, genau wie in dem libanesischen Restaurant in London. Ich tauchte ein Stück Brot in die Soße und tropfte etwas Olivenöl darüber, bevor ich es aß. *Himmlisch.*

Aus den Lautsprechern an der Wand ertönte Musik, und dichter Rauch von dem Fleisch, das über einem offenen Feuer briet, hing in der Luft.

Wir hatten bis jetzt noch nicht darüber gesprochen, was für uns beide als Nächstes anstand und was dieser letzte Tag überhaupt für uns bedeutete. Was kam nach dem Freitag? Ein Flugticket nach London? Zurück in mein altes Leben?

Oz zeigte auf mein Gesicht. »Du hast da etwas Hummus.«

Ich stupste an meine Wange. »Wo?«

Er beugte sich vor, küsste meinen Mundwinkel und leckte den Klecks zärtlich weg.

Seit wir miteinander geschlafen hatten, spielten meine Hormone verrückt. Unter dem kleinen Tisch rieben wir unsere Knie aneinander. Die Härchen an seinen Beinen kitzelten mich. Er streichelte meine Schenkel, und, hilflos vor Sehnsucht, wieder mit ihm zu schlafen, biss ich mir auf die Unterlippe.

»Woran denkst du?«, fragte er. »Diese Linie« – er fuhr mit dem Finger über meine Stirn – »erscheint hier öfter.«

Ich starrte auf meinen Teller und knetete ein Stück Brot zwischen den Fingern. »Außer dass ich wieder mit dir ins Bett will, möchte ich wissen, was wir hier eigentlich tun«, erklärte ich kühn.

»Wir genießen das köstlichste Essen in ganz Syrien.«

»Ich meine, was ›mit uns‹ ist. Lieber Himmel, ich klinge wie ein Teenager. Was das ›mit uns‹ bedeutet.«

Er drückte meine Hand. »Wir genießen die gemeinsame Zeit. Ich möchte mit dir zusammen sein, Abbie. *Inşallah*, wir werden einen Weg finden. Ich werde hoffentlich bald frei sein.«

Ich seufzte. »Ich weiß nicht, was ich tun soll, Oz. Ob ich zurück nach London soll. Ich hasse meinen Job.« Ich schnaufte – es tat gut, das laut auszusprechen. »Als Nada von ihrer journalistischen Arbeit erzählte, musste ich wieder daran denken, wie wir auf dem Schiff über unsere Träume gesprochen haben. Und jetzt geht mir die ganze Zeit durch den Kopf, wie anders mein Leben aussehen würde, wenn ich die Stelle bei UNICEF angenommen hätte.«

»Mir geht es genauso. Ich wünschte, ich hätte den Mut gehabt, nach London zurückzukehren und ein Praktikum zu machen oder etwas Sinnvolleres. Vielleicht für eine humanitäre Organisation zu arbeiten – Unterkünfte errichten, das Leben von Menschen verbessern. Stattdessen ist es mein Job, Familien aus ihren Wohnungen zu vertreiben, die alten Mietshäuser abzureißen und Luxuswohntürme zu bauen.«

Ich hatte plötzlich eine Erleuchtung. »Warum tun wir es nicht?«

Sein Lächeln spiegelte meines. »Warum tun wir was nicht?«

»Nada hat mir von eine Beiruter Organisation erzählt, über die sie berichtet hat – Habitat für die Menschlichkeit. Warum geben wir nicht beide unsere Jobs auf, leisten freiwillige Hilfsdienste und leben in Beirut. Mein Mietvertrag steht demnächst zur Verlängerung an. Ich müsste nur drei Monate vorher in der Kanzlei kündigen, das ist alles. Außerdem habe ich Geld für eine Eigentumswohnung gespart, aber welchen Sinn hat es, eine Wohnung zu kaufen, wenn ich für die Hypothek eine Arbeit machen muss, bei der ich depressiv werde?«

Seine Augen strahlten. »Meinst du das ernst?«

»Ich glaube, ich habe noch nie etwas so ernst gemeint.«

»Okay.« Er beugte sich wieder vor und küsste mich sanft auf den Mund. »Dann machen wir das.«

»Wirklich?« Mit dieser Antwort hatte ich nicht gerechnet. Ich wollte weder über etwaige Konsequenzen nachdenken noch darüber, dass es sich um einen völlig diffusen Plan handelte. Wir würden die Einzelheiten erarbeiten müssen. Gemeinsam könnten wir das.

Als wir später eng umschlungen im Hotelbett lagen, unsere nackten Körper ins Laken gehüllt, schoss mir plötzlich ein Gedanke durch den Kopf. Seit meiner Ankunft auf dem Beiruter Flughafen hatte ich mich nicht mehr bei meiner Mum gemeldet. Eine rasche SMS, dass es mir gerade wahnsinnig gut gehe, würde sie beruhigen. Vorsichtig löste ich mich aus seiner Umarmung und stieg aus dem Bett. Ich schlüpfte in einen Bademantel und suchte nach meinem Telefon. Der Akku war leer. Ich steckte es in die Ladestation. Sobald es genug Strom hatte, summte es ununterbrochen: eine Textnachricht und fünf verpasste Anrufe. Bestimmt meine überängstliche Mutter, die sich vergewissern wollte, dass ich noch lebte. Ich las die erste SMS. Als ich den Sinn der Worte erfasste, glitt mir das Handy aus den Händen und knallte auf den Boden.

23

»Abbie! Wo zum Teufel steckst du?« Zum dritten Mal hörte ich Amys Nachricht ab, ihre Stimme ging mir durch Mark und Bein. »Himmelherrgott, ruf mich endlich an! Dad hatte einen Herzinfarkt.«

Die nächsten Stunden erlebte ich nur verschwommen. Oz wachte auf, als er mich am Telefon schreien hörte. Die Stimme meiner Schwester bebte; Schluchzer unterbrachen ihre Worte; und die zeitliche Verzögerung war völlig entnervend. Ein Herzstillstand. Kritisch, aber stabil. Allgemeines Krankenhaus Evesham.

Ich beruhigte sie, indem ich ihr versprach, mit dem nächstmöglichen Flug zurückzukehren. Aber sobald ich das Gespräch beendet hatte, fing ich selbst an zu zittern. Oz nahm mich in die Arme und hielt mich ganz fest.

Danach übernahm er. Über die Rezeption wurde ein Nachttaxi bestellt und ein Preis mit dem Fahrer abgemacht. Oz' Arabisch war immerhin so gut, dass ich nicht einmal nachdenken, sondern nur einen Fuß vor den anderen setzen musste. Er rief vorab in meinem Beiruter Hotel an und bat, meine Sachen bereitzuhalten und meinen Flug umzubuchen.

Ich döste im Taxi immer wieder weg, und mein Kopf kippte auf Oz' Schulter. Alle paar Minuten weckte mich ein plötzlicher Ruck, und ich blickte desorientiert um mich. Draußen herrschte völlige Dunkelheit. Die von den Scheinwerfern angeleuchteten arabischen Straßennamen waren mir unverständlich.

Bei der Passkontrolle liefen mir die Tränen über die Wangen. Oz wischte sie mit den Daumen weg. »Bitte, Abbie, bitte weine nicht.«

»Ich weiß nicht, was ich denken soll, was ich sagen soll.«

»Es gibt nichts zu sagen. Deine Familie hat Priorität. Du hast meine Nummer. Ruf mich an, wenn du kannst. Denk nicht an uns. Dein Vater. Er ist jetzt am wichtigsten.«

Ich zitterte, und mir klapperten die Zähne. Nach all dem Kaffee, den Oz und ich nach der Ankunft im Flughafen getrunken hatten, zeigte das Koffein nun Wirkung.

»Danke, dass du mich hergebracht hast.«

»*Her zaman*. Jederzeit, Abbie, und für immer.« Seine Lippen liebkosten meine flüchtig.

Ich sah ihm in die Augen, sah die leuchtend orangefarbenen Pünktchen in den Tiefen des geschmolzenen Karamells, bevor er mich umarmte. Während seine Wärme sich in mir ausbreitete, fragte ich mich plötzlich: Wann würde ich ihn wiedersehen?

So hatte ich mir unseren Abschied nicht vorgestellt. Wir mussten doch über unsere Pläne sprechen, aber wie sollte ich auch nur eine Sekunde lang darüber nachdenken, wenn Dad Tausende von Kilometern entfernt in einem Krankenhausbett lag?

Ich zeigte dem Mann am Flugsteig meinen Pass und legte meine Handtasche auf das Transportband. Unwillkürlich drehte ich mich immer wieder um, weil ich noch einmal einen kurzen Blick auf Oz erhaschen wollte. Und da stand er, hinter der Barriere, und rührte sich nicht – mit unbewegter Miene, die Arme übereinandergelegt, als umarme er sich selbst. Ich nahm meine Tasche am anderen Ende wieder entgegen, drehte mich ein letztes Mal um und winkte. Die automatische Tür schloss sich hinter mir und verstellte mir den Blick. Ich stolperte zur nächsten Bank und schluchzte.

»Du siehst furchtbar aus, Abbie.«

Ich schreckte aus meinem Dämmerzustand hoch und verschüttete die letzten Wassertropfen aus meinem Pappbecher auf dem Fußboden. »Dad! Du bist ja wach.« Ich zog meinen Stuhl an sein Bett.

Er war an alle möglichen Maschinen angeschlossen, die unter anderem seine Herzfrequenz und seinen Blutdruck anzeigten. Von meinem Gesundheitscheck im letzten Jahr, den mein Arbeitgeber alle zwölf Monate von seinen Angestellten verlangte, wusste ich, was die Zahlen auf den Monitoren bedeuteten.

Seine große, raue Hand lag in meiner. Auf seinem Handrücken war der Zugang für eine Infusion gelegt, und es hatte sich ein großes Hämatom gebildet.

»Du hast uns Angst gemacht, Dad. Mum ist ziemlich aufgelöst.«

»Sie macht immer so einen Riesenwirbel, deine Mum.«

»Zu Recht, Dad. Du hattest einen Herzinfarkt und hast dir noch das Knie gebrochen, als du dabei hingefallen bist.«

»Ich komme wieder in Ordnung.« Er hustete. »Kannst du mir etwas Wasser einschenken, Liebes?«

»Natürlich.« Ich füllte seine Tasse aus der Metallkanne, die die Schwester vor einer Weile gebracht hatte, und hielt sie ihm an die Lippen. Mühsam hob er den Kopf und trank einen Schluck.

»Ah, das tut gut. Mein Mund war ganz ausgetrocknet.«

Es klopfte an der Tür. Mum und meine Schwester kamen herein. Mum sah schrecklich aus, als hätte sie seit Tagen nicht geschlafen – das Haar platt nach hinten gekämmt, das Hemd nicht ordentlich in die Gartenhose gesteckt und eine ihrer selbstgestrickten Jacken um die Schultern gelegt. Meine Schwester watschelte wie eine Ente – ihr rosafarbenes Umstandskleid spannte sich über ihrem wassermelonenhaften Kugelbauch. Als ich ihr meinen Stuhl anbieten wollte, winkte sie ab.

»Wenn ich mich setze, komme ich nie mehr hoch.« Sie kicherte.

»O Phil, du hast uns einen solchen Schreck eingejagt«, sagte Mum, während sie sich über das Fußende des Betts beugte und die Decke über seinen Beinen streichelte.

»Mir geht es gut, Jean. Warum musstet du bloß Abbies Reise ruinieren?«

»Als du aus der Operation aufgewacht bist, saß sie schon im Flugzeug.«

Die Nachricht, die mich nach der Landung erreicht hatte, war eine Erleichterung. Amy befahl mir, ich solle erst einmal zu Hause eine Runde schlafen, ehe ich nach Evesham führe. Sie sagte, Mum würde durchdrehen, wenn ich auf der M40 einen Autounfall hätte.

»Wir haben sie angerufen, das schwöre ich. Aber ich bin so glücklich, dass sie jetzt hier ist.« Mum drückte meine Hand, während ich noch immer Dads hielt.

Ich hatte bisher noch nicht mit dem Arzt sprechen können. Die Berichte darüber, wie ernst Dads Zustand war, klangen widersprüchlich. Allein das gebrochene Knie würde mit der Reha Wochen, wenn nicht Monate brauchen, um zu heilen, weil er es keinesfalls belasten durfte. Für mich war die Sache jedoch ohnehin klar. Ich wäre ganz unabhängig von der Diagnose zurückgekommen.

Eine Schwester steckte den Kopf durch die Tür. »Zeit für Ihre Tabletten, Mr Jones. Und die Besuchszeit geht zu Ende. Tut mir leid, aber er braucht seine Ruhe.«

Ich küsste Dads feuchte Stirn und roch die medizinische Seife auf seiner Haut. Er hielt meinen Arm etwas länger fest und wartete, bis Mum und Amy das Zimmer verlassen hatten. Da die Schwester beim Prüfen des Tropfs in Hörweite war, sprach er leise und ruhig.

»Pass auf deine Mum auf, Liebes. Sie hat einen ziemlichen Schreck bekommen. Und jetzt fragt sie sich voller Sorge, wie sie sich um mich kümmern und gleichzeitig deine Schwester unterstützen soll, wenn das Baby kommt.«

»Natürlich mache ich das.« Ich streichelte seine schweißnassen, grauen Haare.

»Fünf Minuten«, sagte die Schwester zu uns, bevor sie das Zimmer verließ.

Ich setzte mich wieder auf meinen Stuhl, wollte diese kostbaren fünf Minuten mit ihm nutzen – Minuten, von denen ich fürchtete, es könnten vielleicht die letzten sein, die wir miteinander verbrachten. Während des qualvollen Flugs, als ich keine neuen Informationen über ihn erhielt, war ich ziemlich sicher gewesen, dass ich nie mehr mit ihm sprechen würde.

»Wie läuft es bei der Arbeit?«, fragte Dad. »Steht die Kanzleipartnerschaft immer noch an?«

»Hmm ... alles bestens, Dad.«

»Ich bin so stolz auf dich, Süße. Eines Tages wirst du Senior-Partnerin sein. Das weiß ich. Dann könntest du dein Guthaben aufstocken und dir eine Zweizimmerwohnung leisten. Mein kleines Mädchen eine Eigentümerin. Deine Zukunft ist so strahlend wie dein Gesicht.«

Er lächelte, zuckte dann aber plötzlich vor Schmerzen zusammen.

»Was ist? Was hast du?« Ich geriet in Panik.

»Mein Knie. Jedes Mal, wenn ich mich auch nur einen Millimeter bewege, fängt ... Aua!« Er biss die Zähne zusammen.

»Soll ich die Schwester noch mal rufen? Vielleicht musst du mehr Schmerzmittel bekommen.«

»Nicht nötig, Liebes. Dafür sind die Pillen hier.« Er griff nach einem Schälchen mit zwei Kapseln, warf sie sich in den Mund und spülte sie mit einem großen Schluck Wasser hinunter. »Du solltest jetzt besser gehen und deiner Mutter beistehen. Sie braucht dich.« Er legte seine Hand auf meine. »Und bitte, vergiss nicht, um was ich dich gebeten habe – dass du dich um sie und Amy kümmerst. Versprochen?«

»Ich verspreche es«, flüsterte ich und versuchte, nicht die Fassung zu verlieren.

Wie hätte ich ihm sagen können, wie meine Pläne in Wirklichkeit aussahen? Er wäre am Boden zerstört.

Nachdem Amys Mann Barry seine Frau am Abend abgeholt und mit ihr nach Manchester zurückgefahren war, hatte ich mich entschuldigt und war in mein altes Kinderzimmer verschwunden. Ich warf mich aufs Bett und kuschelte mich in mein rosafarbenes Flauschkissen. Ich hätte am liebsten Oz angerufen, aber in Beirut war es weit nach Mitternacht. Ach, Mist! Wenn er jetzt doch hier durch die Tür käme, mich auf den Kopf küsste, mich umarmte und mir sagte, alles würde gut. Wir hatten uns ein paar

SMS geschrieben – als ich in Heathrow angekommen war und später, nach dem Besuch im Krankenhaus.

Ich zog das Handy hinten aus meiner Jeanstasche und scrollte durch meine Kontakte. Es klingelte endlos, bis sie endlich abhob.

»Abs?«

Liz' Stimme klang beruhigend. »Hallo«, piepste ich.

»Was ist los?«

»Alles ist schrecklich.« Ich zupfte ein paar rosa Flusen aus dem Kissen und warf sie auf die Bettdecke. »Ich bin zu Hause.«

»Zu Hause in London?«

»Nein, bei meinen Eltern zu Hause.«

»Ich dachte, du kämst erst Freitag zurück.«

»Wollte ich auch. Aber Dad hatte einen Herzinfarkt und –«

»Oje! Wie geht es ihm?«

»Er hat sich das Knie gebrochen, als er gestürzt ist. Die OP ist vorbei, und er erholt sich langsam. Aber ich habe das erste Flugzeug genommen. Ich habe das Gefühl, mir platzt der Kopf. Auf der Hochzeit habe ich was mit Oz angefangen, und wir haben beschlossen, unsere Jobs aufzugeben und in Beirut zusammenzuleben, aber mein Dad glaubt, ich will noch immer Partnerin in der Kanzlei werden.« Ich schniefte und wischte den Rotz am Ärmel meines Pullovers ab.

»Eins nach dem anderen, Abbie. Du redest zu schnell und lauter unverständliches Zeug. Hast du gesagt, du hast was mit Oz angefangen? Mit dem türkischen Sexgott Oz?«

Ich ließ die Schultern sinken, stopfte mir das Kissen unter den Kopf und kippte aufs Bett. »Genau. Nada hat sich als Kupplerin betätigt, und wir ...«

»Du hast mit ihm gevögelt?« Ihre Stimme klang ganz aufgeregt.

»Nicht nur einmal.« Ich biss mir auf die Lippe.

»Abigail Jones, du böses Mädchen!«

Ich lachte halbherzig. »Aber ich war so durcheinander, als

ich abflog. Ich habe keine Ahnung, was ich machen soll. Wir haben noch nicht mal angefangen, irgendwas zu planen. Ich bleibe bis Montag in Evesham, und ich weiß überhaupt nicht, wie ich meinen Eltern das alles beibringen soll. Wie kann ich überhaupt weggehen, wenn mein Dad so krank ist?«

»Du willst wirklich die Arbeit hinschmeißen und nach Beirut ziehen?«

»Ja.« Meine Stimme kann nicht besonders überzeugend geklungen haben, und ich wusste, was Liz dachte. Wie konnte ich sie verlassen?

»Hmm. Vielleicht ist jetzt nicht gerade die beste Zeit, ihnen von deinem großartigen Plan zu erzählen. Wird dein Dad ständige Pflege benötigen oder nur, ›bis er wieder auf den Beinen ist‹?«

»Wahrscheinlich für mindestens zwei Monate. Ich muss möglichst bald mit dem Arzt sprechen, denn ich glaube nicht, dass Dad uns die ganze Wahrheit sagt. Kannst du nächstes Wochenende hochkommen? Ich würde schrecklich gern alles mit dir bereden.«

»Klar kann ich kommen.«

Ihre Stimme zu hören, beruhigte mich, ich sah nun etwas klarer. Noch vor wenigen Minuten war alles düster, doch jetzt hatte ich einen Plan, zumindest in Umrissen. Das Problem war nur, er war in Lügen und Geheimniskrämerei gehüllt.

Am folgenden Wochenende richtete ich mich nach dem Abendessen auf der Couch bei Mum und Dad ein. Dad war einige Tage zuvor entlassen worden, zusammen mit drei verschiedenen Medikamenten und einem Paar Krücken. Das Esszimmer war zu einem Schlafzimmer umfunktioniert worden, und ein privater Pflegedienst kam täglich für sechs Stunden. Er übernahm, wenn die kassenärztliche Schwester nicht da war. Amys Termin rückte immer näher, aber noch meldete sich das Baby nicht. Oz wiederum war mit seiner Arbeit beschäftigt und zurzeit auf einer Dienstreise in China. Und ich versuchte, nicht paranoid zu werden, weil wir keinen Kontakt hatten. Während unseres letzten Gesprächs hatte er vorgeschlagen, dass wir unsere Pläne so lange auf Eis legen, bis wieder etwas Ruhe in mein Leben eingekehrt wäre. Aber mir kribbelte es in den Fingern – ich wollte nur noch bei der Arbeit und bei meinem Vermieter kündigen, damit wir endlich unsere Zukunft planen konnten.

Während im Hintergrund der Fernseher lief, saß Dad mit ausgestrecktem Bein in seinem Lehnsessel und versuchte, das Kreuzworträtsel zu beenden, das er am Morgen begonnen hatte. Alle paar Minuten spannte er den Kiefer an. Ich wusste, dass er Schmerzen hatte, aber es nervte ihn, wenn Mum bei jeder kleinsten Bewegung von ihm in Aufregung geriet.

»Wie läuft es bei der Arbeit, Liebes?«, fragte Mum und ließ sich neben mir auf dem Sofa nieder.

Ich trank einen Schluck Tee und dachte, ich könnte ebenso gut jetzt klar Schiff machen. »Es gibt etwas, das ich euch beiden wahrscheinlich erzählen sollte.«

Dads Kopf tauchte hinter seiner Zeitung auf, und Mum stellte ihre Tasse auf dem Couchtisch ab.

»Was ist passiert?«, fragte sie alarmiert.

»Nichts Ernstes. Nur ...« Ich drückte meine Beine noch fester in die Couch. »Ich habe jemanden kennengelernt. Ich bin ihm begegnet, als ich am King's College war, und dann haben wir uns bei meiner Interrail-Tour wiedergetroffen. Er war auch auf Nadas Hochzeit, und wir haben beschlossen, dass wir beide dort hinziehen werden ...«

»Sprichst du von dem Türken, den du in Istanbul kennengelernt hast?«

»Woher weißt du, dass er Türke ist?«

»Na ja ... ich ...«

Alle Farbe wich aus meinen Wangen. »Du hast ihn gelesen! Den Brief. Und die Postkarten. Sie sind also doch angekommen!«

»Ich wollte das nicht. Er war an eine Ms A. Jones adressiert. Also dachte ich, er sei für deine Schwester, und habe gar nicht gemerkt, dass er vom College weitergeleitet worden war. Amy hat immer gesagt, wir sollten ihre Post aufmachen, bevor wir sie nach Manchester schicken. Und als ich dann angefangen habe zu lesen ... na ja.« Sie lehnte sich zurück. »Wir haben es zu deinem Besten getan.«

»*Wir?*« Ich blickte zu Dad.

Er schwieg, was er immer in solchen »Frauen-Situationen« tat, wie er es gern nannte. Meist ging es dabei um Mum und Amy.

»Abbie, du warst jung und beeinflussbar«, fuhr Mum fort. »Du hattest diese tolle Traineestelle. Und dann kam da plötzlich dieser Brief. Dieses ganze Geschreibe von einer verrückten Mutter und einem Mädchen, das eine hysterische Zicke sei, und davon, dass du wieder nach Istanbul kommen sollst. Das klang wie aus einer Telenovela.«

»Aber du hattest trotzdem kein Recht, sie vor mir zu verstecken ...«

Sie legte ihre Hand auf meine. »Du warst so jung damals ... Wir haben doch gesehen, wie es deiner Schwester ergangen ist, die dem erstbesten Kerl hinterhergelaufen ist. Wir wollten nicht, dass dir das auch passiert. Du hättest doch gar nicht gewusst, was du alles aufs Spiel setzt. Aber ich sollte es wissen, weil ...« sie blickte in ihren Schoß und kniff die Lippen zusammen. »Egal.«

»Weil was, Mum? Weil du dein Leben für Dad weggeworfen hast?«

Plötzlich fiel mir die Szene am ersten Tag meines Studiums wieder ein – Dad hatte mir einen Aktenschrank geschenkt, und ich hatte ihm versprechen müssen, eine fleißige Studentin zu sein. Aber das war nicht das einzige Versprechen, das ich ihm an jenem Tag geben musste. Er hatte mir erzählt, wie bitter er es bereut habe, dass Mum ihre Träume aufgegeben hatte, um mit ihm zu leben, und ich musste versprechen, dass die Liebe niemals meiner Zukunft im Weg stehen dürfe. Ich habe seine Worte nie vergessen. »Irgendwann kommt die Zeit, da lernst du einen netten Jungen kennen, der dich glücklich machen wird. Aber pass auf, dass du keinerlei Opfer bringst, nur um mit ihm zusammen zu sein.«

Damals war ich achtzehn und ungeküsst, kannte auch jenes heftige Gefühl des Verliebtseins noch nicht. Ich hätte dieses Versprechen niemals abgeben dürfen.

Mum wandte den Blick ab. »Deine Situation war mit meiner nicht zu vergleichen. Ich wollte nicht, dass du deine Träume für eine Liebelei wegwirfst. Du hattest eine strahlende Zukunft vor dir.«

»Damals mag es vielleicht nicht mehr als eine Verliebtheit gewesen sein, Mum, aber jetzt ist es sehr viel mehr. Wir werden unsere Jobs aufgeben, in Beirut leben und uns einer humanitären Organisation anschließen.«

»Ihr werdet was?«, mischte Dad sich ein.

»O gütiger Himmel!«, sagte Mum.

»Sei doch nicht immer so verdammt dramatisch. Ich bin sechsundzwanzig, Herrgott noch mal! Und hänge in einem Job fest, den ich hasse. Wenn ich den Brief bekommen hätte, wenn ich gewusst hätte, was er damals geschrieben hat, wäre ich vielleicht gar nicht hier. Ich hätte vielleicht diesen karitativen Job angenommen, und er wäre nach London zurückgekommen, um hier zu arbeiten und …« Erst jetzt merkte ich, dass ich inzwischen aufgestanden war und mit den Armen fuchtelte. Wahrscheinlich sprach ich so laut, dass die Nachbarn schon an ihren Gardinen zupften. Mir war gar nicht bewusst gewesen, dass ich meinen Eltern nie von dem Angebot bei UNICEF erzählt hatte, und auch nicht, dass solche bitteren Gefühle in mir rumorten.

»Hört auf!«, brüllte Dad. »Alle beide! Hört auf!« Er stemmte sich aus dem Sessel und schien noch etwas sagen zu wollen. Doch es kamen keine weiteren Worte. Die Zeitung glitt ihm aus den Händen, er griff sich ans Herz und fiel zu Boden.

»Dad!«, schrie ich, noch bevor Mum reagieren konnte. Ich kniete mich neben ihn, schüttelte ihn, versuchte vergeblich, ihn hochzuheben. Mum saß wie gelähmt auf der Couch. Meine Hände zitterten, als ich nach meinem Handy griff und den Rettungsdienst anrief, um dann, angeleitet von der ruhigen Stimme aus der Freisprechanlage, zu versuchen, ihn selbst wiederzubeleben. Alles verschwamm vor meinen Augen, aus denen hemmungslos die Tränen strömten.

Doch die Reanimation erwies sich als vergeblich. Dad lag da und reagierte nicht. Ich konnte nichts mehr für ihn tun.

24

Eine Woche später zogen dunkle Wolken von Norden heran und brachten sintflutartige Regenfälle. War es denn zu viel vom Himmel verlangt, Wales einmal eine Pause von diesem trübseligen Sommerwetter zu gönnen? Ich saß vor Tante Betsys Haus in Mumbles in meinem Auto, während die Scheibenwischer wie verrückt über das Glas jagten.

Barry hatte Amy und Mum gestern von Evesham hergefahren, aber ich hatte, umgeben von Erinnerungen, noch eine weitere Nacht im Haus meiner Kindheit bleiben wollen, um endlich meinen Gefühlen freien Lauf zu lassen, die ich Mum zuliebe so lange unterdrückt hatte. Amy war, sobald wir sie benachrichtigt hatten, aus Manchester gekommen. Gemeinsam hatten wir uns um Mum gekümmert und gleichzeitig alles für die Beerdigung in Mumbles organisiert, wo Dad aufgewachsen war und hatte begraben werden wollen. Der Gottesdienst fand an diesem Nachmittag um drei Uhr in der örtlichen Kirche statt, gefolgt von einem Leichenschmaus im Segelclub.

Oz hatte sofort herfliegen wollen, aber ich hatte ihn abgehalten. Wie hätte ich ihn hier haben können? Schließlich war der Streit über ihn und unsere Zukunft der Auslöser für die Auseinandersetzung gewesen, die zu Dads Tod führte. Seine Anwesenheit hätte Mum nur immer wieder an die Geschehnisse erinnert.

Ich trat die Schuhe auf der Fußmatte ab und schüttelte meinen Schirm aus. Die Tür war nur eingehakt, und ich trat ein. Tante Betsy stand in der Diele, und ihre mitfühlende Miene machte mich ganz schwach. Ich sank in ihre herzliche Umarmung. Ihr kräftiges Parfüm war tröstlich.

»Schon gut, schon gut«, sagte sie und streichelte meinen Rücken. Meine Schultern bebten. »Ich bin für dich da, Liebes. Es wird sich alles finden.«

Sie reichte mir ein Taschentuch, das im Ärmel ihrer Strickjacke steckte, und ich trocknete mir die Augen.

»Du musst halb verhungert sein, Liebes. Ich habe dir Tee und Crumpets gemacht.«

Ich schlüpfte aus meiner Jacke und hängte sie an die Garderobe. »Das klingt verlockend.«

»Geh doch schon mal ins Wohnzimmer. Deine Mum ist auch dort.«

Die Tür knarrte, als ich sie aufstieß. Mum saß im Dunkeln in einem Sessel. Tante Betsy kam mit einem Tablett, schenkte Tee in zwei Tassen und zog die schweren Vorhänge auf. Tageslicht drang durch die Gardinen und ließ die silbernen Strähnen in Mums kastanienbraunem Haar leuchten. Ihre Wangen waren hohl, und die Ringe unter ihren Augen wirkten noch dunkler. Sie trug eine schwarze Strickjacke über einem langen schwarzen Kleid.

»Ich denke, ich lasse euch für eine Weile allein«, erklärte Tante Betsy. »Ich möchte kurz in die Kirche und schauen, ob alles so weit fertig ist.«

Ich setzte mich auf die Couch, nahm eine Tasse, blies den Dampf weg und setzte sie zurück auf die Untertasse. Wir waren zum ersten Mal nach jenem verhängnisvollen Tag miteinander allein.

Mum blickte zu mir hoch, ihre Augen schwammen. »Er fehlt mir so sehr.«

Ich war sofort an ihrer Seite und legte einen Arm um ihre Schulter. Uns liefen die Tränen über die Wangen, wie wir so nebeneinandersaßen. Wir sagten nichts, schluchzten nur und rangen nach Luft. Wir trösteten einander und versuchten, uns an etwas zu klammern, von dem wir wussten, wir würden es nie zurückbekommen – den Moment, bevor alles sich veränderte.

Mum wischte sich die Tränen mit Papiertüchern aus der Schachtel auf dem Tisch ab, während ich mir meine wegtupfte.

»Es tut mir leid, Abbie.« Sie sah mich an und strich mir eine Haarsträhne hinters Ohr. »Ich hätte damals nicht mit dir streiten dürfen. Ich hätte mich nicht so abfällig äußern sollen. Wir wussten doch nicht, dass du so unglücklich warst.«

»Es ist nicht deine Schuld. Ich hätte wissen müssen, dass es nicht der richtige Zeitpunkt war, es euch zu sagen.«

»Hätte es den denn je gegeben?« Sie schniefte und zog weitere Papiertücher aus der Schachtel und reichte mir zwei.

Wir saßen schweigend da, hielten einander an den Händen und warteten, dass der Gefühlssturm in unserem Inneren sich legte.

»Was soll ich nur machen, Abbie?«, fragte Mum. »Jetzt, wo er nicht mehr da ist. Was soll ich nur machen? Ich habe keine Arbeit, keine Ersparnisse ...«

Ihre Worte überraschten mich. »Was ist denn mit Dads Rente?«

»Es gibt keine.«

»Was? Das kann doch nicht sein! Als wir vor einiger Zeit über meine Betriebsrente sprachen, erzählte er mir, wie wichtig es sei, jeden Monat Geld auf die Seite zu legen.«

»Er wollte nicht, dass du es erfährst.«

»Was genau?«

»Er war zu stolz, zuzugeben, dass wir in Schwierigkeiten waren. Es gab keine Entlassung, dafür sorgte die Bank. Kostensenkung, nicht genug in den Kassen, hieß es. Und nachdem sie ihn damals nicht befördert hatten, gefiel ihm der Gedanke nicht, dass sie seine Rente verwalteten – weiß der Himmel aus welchem Grund. Also hat er das Geld, unsere Zukunft, selbst angelegt, und zwar in irgendwelche Tech-Aktien in Übersee. Sie sind abgestürzt.«

»Warum hast du mir das nicht früher gesagt? Ich hätte euch helfen können. Wie hast du denn den Pflegedienst bezahlt?«

»Wir hatten bereits eine Hypotheke auf unser Haus aufgenommen. Vor einiger Zeit wollten wir deine Schwester unterstützen. Barry hatte Schwierigkeiten mit seinem Autosalon, und es standen Hypothekenraten aus. Es war noch etwas Geld übrig, eine Art Spartopf. Aber jetzt? Ich denke, ich werde noch mehr

Geld aufnehmen müssen oder verkaufen.« Sie blickte zum Fenster. »Aber ich liebe das Haus. Es ist unser Heim; mit so vielen Erinnerungen verbunden, an dich und Amy als Kinder. Euer Dad hat so hart dafür gearbeitet. Ich kann und will es nicht verkaufen.«

Ich drückte ihre Hand und versuchte zu begreifen, was sie gesagt hatte. »Das wirst du auch niemals müssen.«

»Manchmal glaube ich, er hat es absichtlich getan. Hat uns verlassen, damit wir nicht noch mehr in Schulden versinken.«

»Nein, Mum, sag das nicht. Hör zu.« Ich sah ihr in die Augen. »Kein Widerspruch. Ich werde dir helfen. Ich habe eine Menge gespart. Beleih das Haus nicht noch mehr; die Zinsen sind horrend, und der Bank wird irgendwann mehr gehören, als ihr zusteht. Noch vor Jahresende werde ich Senior-Partnerin der Kanzlei mit einem sehr viel höheren Gehalt. Ich kann dir helfen. Du wirst dir nie mehr Sorgen wegen Geld machen müssen. Aber bitte verkaufe nicht.«

»Das kann ich nicht annehmen, mein Herz. Du willst doch deinen Job kündigen und ins Ausland gehen.«

Dads Worte, die er im Krankenhaus zu mir gesagt hatte, kamen mir wieder in den Sinn.

»Wir sind eine Familie. Und die Familie hat Dad alles bedeutet. Er würde wollen, dass wir zusammenhalten und du eine Zukunft hast.«

»Aber was ist mit der Zukunft, die du dir gewünscht hast?«

Im Stillen verabschiedete ich mich von dem Plan, den ich mir mit Oz ausgemalt hatte. »Das war ein Hirngespinst. Eine Midlife-Crises.« Ich lachte innerlich über die Absurdität meiner Bemerkung. Immerhin war ich erst sechsundzwanzig. »Und so schlimm ist mein Job gar nicht.«

»Und was ist mit dem Jungen?«

»Wenn Oz und ich füreinander bestimmt sind, werden wir einen Weg finden.«

Am folgenden Sonntag trommelte der Regen gegen die Fensterscheiben meiner Wohnung in Clapham. Die ganze Woche hatte Oz versucht, diesen Anruf zu organisieren; er wollte unbedingt mit mir über etwas Wichtiges sprechen, gleichzeitig hatte ich nicht gewusst, wie ich ihm mitteilen sollte, dass wir unseren Traum nicht mehr würden träumen dürfen. Trotzdem hoffte ich, dass wir irgendwie doch einen neuen Plan schmieden könnten.

Ich trank einen großen Schluck Wein, um meine Nerven zu beruhigen, und ließ mich in meinem Sessel nieder. Bisher war die Unterhaltung angespannt gewesen. Es war, als hielte Oz das Handy weg vom Mund. Jedes zweite Wort verstand ich nicht. Wie konnte ein Anruf von Istanbul nach London, angesichts all der technologischen Fortschritte, nur so mühsam sein?

»Ich möchte mit dir über etwas sprechen«, sagte ich und hielt mich am Glas fest.

»*Lütfen*, bitte, lass mich zuerst. Ich wollte dir das schon früher sagen, ich wusste, wie sehr du leidest, aber ich hatte nicht die Kraft, vorher zu sprechen. Es fällt mir nicht leicht, und es bricht mein Herz, dir noch mehr Kummer zu bereiten, aber …«

Mein Herz pochte heftig in meiner Brust.

»Dima und ich werden unserer Ehe eine zweite Chance geben.«

»Oh.« Mehr brachte ich nicht heraus. Sofort befiel mich lähmende Benommenheit. Eigentlich war sie nie ganz verschwunden, aber jetzt war sie wieder vollständig da, machte mich stumm und regungslos, während der Regen immer stärker ans Fenster prasselte.

Er seufzte tief. »Ich wollte dich nie verletzen. Bitte verzeih mir. Es tut mir leid, mehr als du dir vorstellen kannst. Ich hoffe, eines Tages wirst du meine Gründe verstehen. Du verdienst es, glücklich zu sein, Abbie, und ich kann dir dieses Glück nicht schenken.«

Ich sagte nichts. Ich schaffte es noch nicht einmal, böse oder verletzt zu sein oder ihn dazu zu zwingen, mir eine glaubwürdigere Erklärung zu bieten. Ich konnte ihm nicht einmal sagen, dass auch ich ihm etwas mitzuteilen hatte, etwas, das die Belastbarkeit unserer Beziehung auf die Probe gestellt hätte. Jetzt war es zu spät. Liz hätte gesagt: »Es muss Liebe gewesen sein.« Aber was hatte das jetzt noch zu bedeuten? Es war vorbei.

25
Jetzt
September

Das Zimmer im Istanbuler Hotel war in helles Sonnenlicht getaucht, und mein Kleid klebte verschwitzt und voller Sand an mir. Ich rieb mir die Stirn mit den Fingern und versuchte, das Pochen in meinem Schädel wegzumassieren. Amy schnarchte laut auf dem Ausziehbett neben meinem, und ich griff nach meinem Handy auf dem Nachttisch, um nach der Uhrzeit zu sehen.

»Scheiße«, zischte ich, als ich die Nachricht las, die nach meinem Absturz in der vergangenen Nacht hereingekommen war.

Ich würde dich gern auf einen Kaffee sehen. 10 Uhr im Pierre-Loti-Café? Es wäre wunderbar, dich wiederzusehen. Oz.

Als ich nach oben scrollte, um zu schauen, was ich geschrieben hatte, stöhnte ich auf, worauf Amy sich in ihrem Bett bewegte. Ich schlich ins Badezimmer, spritzte mir kaltes Wasser ins Gesicht und fasste mein Haar zu einem Knoten zusammen. Was sollte ich tun? Sollte ich zurückschreiben und mich überschwänglich entschuldigen oder ihn treffen und ihm diese Peinlichkeit persönlich erklären?

Ich suchte im Internet nach dem Café und sah, dass es einer der obligatorischen Treffpunkte der Stadt mit atemberaubender Aussicht war, »ein Ort, der die perfekte Abrundung Ihres Aufenthalts bietet und Ihnen unvergessliche Erinnerungen an diese großartige Stadt schenkt«. Würde das die Chance für das »Schlussmachen« sein, das im April nicht stattgefunden hatte? Würde die Erinnerung an unsere gemeinsame Zeit mich weiterhin verfolgen, wenn ich ihn jetzt nicht traf?

Mit dem Taxi brauchte ich eine Viertelstunde zu dem Café, das hoch über der Stadt auf einem Hügel lag. Ich suchte die Tische ab und entdeckte ihn schließlich im Schatten eines Baumes, von wo er aufs Wasser blickte.

Ich strich mein grünes Sommerkleid glatt und ging zu ihm. »Oz?«

Er wandte sich um, und als unsere Augen sich trafen, musste ich mich am Tisch festhalten.

»Abbie.« Er grinste breit, stand auf und küsste mich auf beide Wangen. Instinktiv schloss ich die Augen und atmete den vertrauten Duft ein, bevor ich wieder in die Gegenwart zurückkehrte. »Möchtest du Tee?«

Ich nickte und setzte mich. Oz winkte einem Kellner und sprach Türkisch mit ihm, wobei er auf sein halb leeres Glas zeigte.

»Ich bin so glücklich, dass du mir eine Nachricht geschickt hast«, sagte er.

Ich biss mir hart auf die Lippe. »Ich entschuldige mich deswegen. Ich hätte das nicht schreiben sollen.«

Er lachte warm. »Es ist okay. Nada hat mir von deiner Junggesellinnenparty erzählt.«

Überrascht blickte ich hoch. »Ach?«

»Ja. Ich habe sie in Ankara getroffen bei den ersten Feierlichkeiten von Yamans Hochzeit, und sie hat mir erzählt, dass du in der Stadt bist. Ich wollte dich schon anrufen, aber ich hatte nur deine alte Nummer und bekam keine Verbindung. Dann wurde ich bei der Arbeit aufgehalten und als ich endlich zu Yusufs Party kam, warst du leider schon weg. Hattest du einen schönen Abend?«

Gott sei Dank war ich schon weg! Wer weiß, was ich sonst getan hätte, so betrunken wie ich war.

»Ja und nein.«

»Wieso? Was ist passiert?«

Der Kellner brachte meinen Tee, der augenblicklich tröstlich wirkte und meinen Magen beruhigte. »Ich hatte Streit mit Liz und mit meiner Schwester ... Ich würde sagen, der Streich mit dem Einsperren im Schrank, als ich acht war, ist damit ausgeglichen.« Ich drehte den Teebecher auf der Untertasse und wärmte meine Finger daran.

»Worüber hast du mit Liz gestritten?«, wollte er wissen.

Ich seufzte. »Weißt du noch, wie wir damals, als ich vor vielen Jahren hierherkam und wir uns auf der Bootsfahrt über unsere Traumjobs unterhalten haben?«

»Natürlich weiß ich das. Ich erinnere mich an jeden einzelnen Moment von jedem einzelnen Tag, den ich jemals mit dir verbracht habe.«

Bei diesen Worten sah ich ihm in die Augen, und meine Antwort blieb mir im Hals stecken. Ich wandte den Blick ab und ließ ihn schweifen. Die Aussicht auf das Goldene Horn war wunderbar, der Reiseführer hatte recht mit seiner Beschreibung. Nachdem ich mich etwas gesammelt hatte, sagte ich: »Ich habe Liz endlich von dem Jobangebot von UNICEF erzählt, das ich damals abgelehnt habe. Sie war sehr wütend, weil ich es ihr verschwiegen hatte.«

»Sie wird schon noch verstehen, warum du es ihr nicht gesagt hast.«

»Hoffentlich.« Unsere Blicke trafen sich. »Hast du dich jemals gefragt, was hätte sein können, wenn ich deinen Brief gelesen hätte?«

Er nickte. »*Evet*.« Er griff nach meiner Hand. Bei seiner Berührung lief mir ein Schauer über den Rücken. Rasch zog ich die Hand weg und spielte unbewusst mit meinem Verlobungsring.

»Es tut mir leid«, sagte er mit zerknirschter Miene.

»Oz, ich –«

»Abbie, bitte lass mich dir zuerst etwas sagen.« Er machte ein Gesicht, als müsse er sich innerlich wappnen. »Ich weiß, ich habe kein Recht, das zu sagen, aber wenn ich es nicht tue, werde ich es immer bereuen. Es ist so lange in meinem Herzen gewesen, und als ich dich in Paris sah …« Er spannte den Kiefer an und atmete tief ein und aus. »Ich wünsche dir ein Leben lang Glück mit deinem Verlobten, aber … *seni seviyorum*. Ich liebe dich. Ich liebe dich noch immer. Ich werde dich ewig lieben. Und –«

»Oz, bitte.« Ich schüttelte den Kopf. »Das darfst du nicht sagen.« Der Wind frischte auf und streichelte sanft meine Arme. »Ich bin verlobt; du bist mit Dima verheiratet –«

»Dima und ich haben uns vor Jahren getrennt.«

»Was? Wie? Warum?«

»Das ist eine lange Geschichte.«

»Und wieso kenne ich sie nicht?«

»Als ich endlich mein Leben wieder im Griff hatte, erfuhr ich von Yusef, dass du eine Beziehung hast und dass sie ernst ist. Dann haben wir uns in Paris getroffen, und ich konnte sehen, wie glücklich du warst; du warst verlobt, und es schien nicht richtig zu sein, etwas zu sagen. Dann im April wollte ich unbedingt mit dir reden, aber ich weiß, dass es eine schlimme Zeit für dich war, und ich habe wirklich versucht, weiterzumachen.«

Er blickte zum Geländer, auf dem eine Taube gelandet war und jetzt gurrte. »Und dann bist du wieder hierhergekommen, und letzte Nacht hast du mir plötzlich die SMS geschickt, nachdem ich dich immer wieder über eine Nummer anzurufen versucht habe, die nicht mehr deine war. Als ich alle Hoffnung verloren hatte, dich wiederzusehen, war da diese Nachricht. Ich fragte mich, ob vielleicht …«

Ich stand auf und fühlte mich mit einem Mal ganz schwindelig und benommen. »Ich habe dir doch gesagt, Oz, ich war betrunken. Diese SMS war ein Fehler. Es war auch ein Fehler, dass ich hergekommen bin. Nach all den Jahren hättest du mir das nicht sagen dürfen. Du hast kein Recht dazu.«

Der Lärm der anderen Gäste, das Klappern des Geschirrs, die Gespräche und das Lachen – all diese Geräusche glitten in den Hintergrund. Das Einzige, was ich hören konnte, war mein rasender Herzschlag.

Ich nahm die Handtasche vom Stuhl, seine Worte hallten noch in meinen Ohren. »Ich muss gehen.«

Oz sprang auf und packte meine Hand. »Bitte, Abbie. Bitte, lass uns reden. Fühlst du das denn nicht?« Er legte meine Hand auf sein Herz – sein schneller Puls passte zu meinem. »Diese Macht, die uns immer wieder zusammenbringt, ist so stark. Ich kann nicht glauben, dass du nicht auch etwas fühlst. Bitte. *Beni affet*. Vergib mir; vergib mir all den Schmerz, den ich dir bereitet habe. Es ist mir wichtig, dass du alles verstehst.«

Ich entzog ihm die Hand. »Bitte, Oz. Lass das. Ich habe einen Verlobten, den ich sehr liebe. Ich bin nur gekommen, um mich für diese SMS zu entschuldigen. Vielen Dank für den Tee, aber jetzt sollte ich am besten gehen.« Und mit diesen Worten entfernte ich mich und drehte mich nicht noch einmal um. Ich musste zurück – zum Hotel, nach Hause und zu Charlie.

Das war kein »Schlussmachen«. Ich hatte eine alte Wunde wieder aufgerissen, und jetzt schmerzte sie noch mehr. In meinem Kopf drehte es sich. Ich hätte ihm niemals die Gelegenheiten bieten dürfen, mir zum allerersten Mal zu sagen, dass er mich liebt. Nachdem er mir gesagt hatte, er werde seiner Ehe eine zweite Chance geben, hatte ich mehr als zwei Jahre gebraucht, um mich zu fangen. Es hatte so wehgetan. Ich wollte mich nicht nochmals in diese Situation bringen.

26
Sieben Jahre früher
Dezember

»Das fühlt sich so falsch an.« Ich griff nach dem Glas mit Fruchtcocktail und trank einen Schluck.

»Was genau? Dass wir mittags Alkohol trinken oder dass wir Hautkrebs kriegen, bevor wir dreißig sind?« Liz kicherte und rückte ihr Bikinioberteil zurecht.

»Dass wir im Dezember an einem Strand in Thailand liegen, wenn ich längst wieder arbeiten sollte.«

Liz stützte sich auf einen Ellbogen und schob sich die Sonnenbrille in die Haare. »Abbie, du bist krankgeschrieben. Du musst dich ausruhen, sorgsam mit dir umgehen.«

Ich stellte mein Glas auf dem niedrigen Tischchen neben meiner Sonnenliege ab und rieb mir den Nacken. »Ich bin nicht krank, Liz.«

»Nein, aber du hattest einen Nervenzusammenbruch, und deine Familie hat dich mit deiner besten Freundin in eine Auszeit geschickt; also bleibt dir nichts anderes übrig als zu tun, was ich sage.«

Ich setzte mich aufrecht hin, umschlang meine Knie und versank in Gedanken, denn die Erinnerung an das, was vor wenigen Wochen geschehen war, bedrückte mich sehr.

»Tut mir leid.« Liz legte mir einen Arm um die Schulter. »Das war etwas grob.«

Ich schüttelte den Kopf. »Nein, das ist schon in Ordnung. Aber die Erinnerung an den Tag damals tut weh.«

»Jetzt bin ja ich da. Wir haben alle Zeit der Welt, um in Ruhe darüber zu sprechen.«

Ich sank wieder auf die Liege. Mit jedem Atemzug füllte sich meine Lunge mit salziger Luft. Keine einzige Wolke am Himmel. Liz hatte recht, es war der perfekte Ort für eine Auszeit. Letzte

Nacht hatte ich zum ersten Mal seit Monaten wieder richtig geschlafen – meine Schlaftabletten lagen unbenutzt neben meinem Bett. Aber ich konnte meinem Leben zu Hause nicht ewig aus dem Weg gehen.

»Es ist wirklich wunderschön hier, Liz. Ich trage es dir nicht mehr nach, dass du mich verlassen hast und in der Weltgeschichte herumgereist bist«, sagte ich mit einem frechen Lächeln.

»Halt, stopp, du weißt, dass ich dich nicht verlassen habe. Es war nicht meine Schuld, dass Mum beschloss, die Wohnung zu verkaufen und mir einen Großteil der Summe zu geben. Und ich habe dich gefragt, ob du nicht mitkommen willst. Erinnerst du dich?«

Ich nickte. Das stimmte, aber ich hatte einfach nicht weggekonnt – ich musste für meine Mum da sein.

»Wann fängt deine nächste Schicht an?«

Liz holte ihre Uhr aus der Strandtasche. »In einer Stunde.«

»Kommt Mary an den Strand, bevor du gehst?«

»Ja.« Sie ließ sich auf die Liege fallen und wühlte mit den Fingern im Sand.

»Hmm.« Ich musterte sie.

»Was ist?«

»Dich hat's schlimm erwischt, nicht?«

Sie knabberte an ihrer Unterlippe. »Ich glaube, sie ist es.«

Ich stützte mich auf meine Ellbogen. »Wie? Echt?«

»Ich bin verrückt nach ihr.« Sie reckte die Arme dramatisch über den Kopf. »Solche Gefühle hatte ich noch nie für irgendwen. Und das liegt nicht nur daran, dass sie die heißeste Anwältin ist, eine, die im Gerichtssaal für Furore sorgt, sondern …« Ihre Miene verfinsterte sich.

»Sondern was?«

»Ich weiß nicht, ob sie genauso für mich empfindet.«

»Das tut sie mit Sicherheit.«

»Ich glaube, dass sie das Ganze für einen Urlaubsflirt hält.«

»Sag ihr, dass es das für dich nicht ist. Wahrscheinlich sendest du widersprüchliche Botschaften. Du hast dich allen gegenüber, mit denen du jemals zusammen warst, immer so locker-unverbindlich gegeben.«

»Echt?«

»Als eine Art Verteidigungstaktik, falls sie mit dir Schluss machen. Damit dir nicht das Herz gebrochen wird.«

»Kein Wunder, dass ich mit keiner länger als ein paar Monate zusammen war.«

»Sprich mit ihr über deine Gefühle.«

»Du glaubst, so einfach ist das?«

»Ach, weiß der Teufel, Liz. Mein Liebesleben ist eine Katastrophe. Du solltest dich wahrscheinlich nicht von mir beraten lassen.« Ich starrte hinaus aufs Meer.

»Du denkst immer noch an ihn, oder?«

»Wen?«, fragte ich beiläufig.

»Du weißt, wen. Mir ist klar, dass es noch wehtut. Aber du solltest jetzt an dich denken. Du hast dich mit deiner Arbeit und dem ganzen Rest total überfordert. Es wird Zeit, dass Abigail Jones die Kontrolle über ihr Leben übernimmt oder zumindest überhaupt lebt.«

Ein Kellner erschien, um unsere leeren Gläser einzusammeln, und reichte uns die Getränkekarte.

»Möchtest du noch was?«, fragte Liz. »Betrunken auf der Arbeit ist vielleicht nicht die beste Idee, aber du kannst ja noch bleiben, wenn du willst.«

Ich wollte nicht, dass wir uns schon trennten. Es waren unsere ersten Stunden miteinander, seit ich vor zwei Tagen in Phuket angekommen war. Eine Reise der Sonderklasse, bezahlt von der Gehaltserhöhung nach meiner Beförderung; ich hatte allerdings einen Preisnachlass für »Freunde & Familie« bekommen, weil Liz in einem der Restaurants des Hotels arbeitete.

Ich selbst hatte mich voll in die Arbeit gestürzt, und das hatte mich von meiner Trauer abgelenkt und schließlich zur Beförderung geführt. Immerhin hatte ich mir in den zwei Jahren kaum einen Tag frei genommen. Laut einem der Kollegen in der Kanzlei würde ich bald ganz oben sein, was meine Karriere betraf.

Doch jetzt sah es so aus, als stünde alles auf der Kippe, nachdem ich krankgeschrieben worden war.

»Hallo, Schöne.« Mary beugte sich über Liz' Sonnenliege.

Alles um sich herum vergessend, küssten sie sich, lang und leidenschaftlich.

Ich räusperte mich und winkte den Kellner weg. Endlich war der Kuss zu Ende. Mary hockte sich auf den Rand der Liege. Sie trug ein lose geknotetes Hemd über dem Badeanzug. Die Sonnenbrille steckte in ihrer Kurzhaarfrisur. Liz konnte den Blick nicht von ihr abwenden.

»Also, Abbie. Hast du noch über das, was ich gesagt habe, nachgedacht?« Mary musterte mich interessiert.

»Was hattet ihr zwei denn Geheimes zu besprechen?« Liz zwinkerte.

»Ich habe Abbie gesagt, sie solle doch darüber nachdenken, ob sie nicht noch einmal wechseln will. Es ist nichts Ungewöhnliches, sich im Anwaltsbereich vom Solicitor zum Barrister umzuentscheiden. Was sie jetzt macht, ist sicherlich gut und schön, aber sie sollte nicht dabei hängen bleiben, wenn es sie nicht glücklich macht. Ich glaube, Abbie würde eine brillante Barrister sein. Wir hatten gestern nach dem Mittagessen ein gutes Gespräch, während du arbeiten musstest.«

»Das ist ja fantastisch!«, rief Liz.

Ich verschränkte die Arme vor der Brust. »Na ja ... ich habe bisher noch –«

»Und du könntest sie mit den richtigen Leuten zusammenbringen.« Liz packte Mary bei den Händen.

»Natürlich. Unsere Kanzlei könnte etwas mehr reiferes Blut gebrauchen.«

Ich zog ein Gesicht, als wäre ich beleidigt.

»Nicht böse gemeint. Es ist nur so, dass die meisten Neulinge frisch von der Universität kommen, ohne irgendwelche reale Erfahrung. Du wärst eine echte Bereicherung.«

»Aber –«

»Was aber, Abbie?«, meinte Liz. »Die vergangenen zwei Jahre

waren doch ziemlich scheiße für dich. Ich weiß, wie sehr du deinen Job gehasst hast.«

»Ich drucke dir ein paar Informationen aus«, sagte Mary. »Und wenn ich nächste Woche wieder zu Hause bin, spreche ich mit dem Kronanwalt James Simons, unserem Kammervorsitzenden. Vielleicht könntest du ein Minipraktikum bei uns machen und mich bei einem meiner Einwanderungsfälle begleiten. Dann wirst du begreifen, warum ich so gern über das spreche, was ich die ganze Zeit mache.«

Sie küsste Liz auf die Nasenspitze, was zu einem richtigen, intimen Kuss führte.

Plötzlich fühlte ich mich wie das fünftes Rad. »Ich ... ähm ... wir sehen uns heute Abend«, murmelte ich und sammelte meine Sachen zusammen.

Liz winkte kurz, aber ihrer beider Lippen lösten sich nicht voneinander. Es war schön, sie so glücklich zu sehen, trotzdem stach mich die Eifersucht. Ich hängte mir die Strandtasche über die Schulter und stapfte los. Der Sand verbrannte mir die Füße, und ich hopste zurück auf den nächstgelegenen Weg, der mich zur Ferienanlage führte. Nur eine Handvoll Gäste verteilte sich um den Pool; den Privatstrand hatten wir fast für uns allein gehabt.

Ich ließ mir das, was Mary gesagt hatte, durch den Kopf gehen. Wenn ich meine Laufbahn änderte, würde das Leben anders sein. Konnte ich mir das leisten? Mary hatte gesagt, die Arbeit als Anwältin schenke ihr jede Menge Befriedigung. Sie hatte eine Welt beschrieben, die anders war als die, die ich kannte. Und die Freiheit, die die Selbständigkeit bot, klang verlockend. Aber ich müsste den Einführungskurs selbst bezahlen oder mich um ein Stipendium zur Unterstützung bewerben, und das hieße, dass ich einen Teil meiner Ersparnisse, die ich für andere Dinge vorgesehen hatte, verwenden müsste.

Dad würde das Fehlen eines Monatsgehalts als Nachteil und das Angestelltendasein als Vorteil anführen. Aber Dad war tot und konnte kein Urteil mehr abgeben. Bei dem Gedanken an ihn spürte ich ein Gefühl der Leere in mir. In seiner letzten Sprachnachricht auf meinem Handy hatte er nach meiner neuesten Beurteilung auf der Arbeit gefragt – eine Nachricht, die ich häufig abhörte, um mir ein wenig über seinen Verlust hinwegzuhelfen. Ein kalter Windstoß aus der Klimaanlage empfing mich in der Tür zum Hotel. In der Mitte des riesigen Atriums tröpfelte aus einem Brunnen Wasser auf ein Meer aus Kieselsteinen. Ich konnte einfach dasitzen und stundenlang glücklich der rhythmischen Bewegung des Fließens zusehen. So ruhig hatte ich mich seit ... seit meiner Reise nach Syrien nicht mehr gefühlt. Stopp. Keine Tränen mehr – mir waren die Papiertücher ausgegangen. Ich blickte hoch in die Luft, damit sie nicht flossen. Eine Dame in traditioneller Thai-Kleidung kam vorbei. Sie hielt die Hände gefaltet vor sich, als bete sie. »*Sawasdee-ka*«, sagte sie leicht näselnd und verschwand.

Ich nahm den Aufzug in die dritte Etage und schloss meine Zimmertür auf. Ein schwerer Duft nach Lilien und ... ich schnupperte nochmals. Jasmin. Meine Strandtasche landete mit einem Plumps auf dem Marmorfußboden. Auf meinem Bett lag zwischen zwei aus Handtüchern geformten schwanähnlichen Geschöpfen ein Jasminstrauß. Ich hielt ihn mir unter die Nase und wagte nicht, die Augen zu schließen. Er würde mich auf den gewundenen Pfad der Erinnerungen verleiten – dieser Duft, den ich mit meiner Zeit in Beirut verband; Erinnerungen, die längst unter Monaten der Trauer und des Verlusts begraben lagen.

Mein Handy vibrierte. Eine weitere SMS von Mum. Seit ich hier war, kamen sie in immer kürzeren Abständen. Aber ich konnte ihr keinen Vorwurf machen. Sie war in Sorge. Keine Mutter möchte, dass ihr Kind zusammenbricht und Unverständliches murmelt, während sie auf die Sanitäter wartet. Was war der Auslöser an jenem Tag gewesen? Eine erneut schwangere Amy und ich waren gekommen, um Mum beim Ausräumen des Familienhauses zu helfen, nachdem sie entschieden hatte, es sei Zeit, mit dem Leben weiterzumachen und nach Mumbles zu ziehen – sie wollte an dem einen Ort sein, an dem sie sich Dad nahe fühlte, weil seine Asche beim Leuchtturm verstreut worden war.

Monatelang hatte ich unter Schlaflosigkeit gelitten, und eine Brustkorbinfektion, die ich nicht loswurde, sorgte außerdem dafür, dass ich unter starken Medikamenten stand, weshalb es im Rückblick wohl nicht die intelligenteste Idee war, mit einer Flasche Wein in Kindheitserinnerungen zu versinken. Der Schmerz über den Verlust von Dad wuchs mit jedem weiteren Foto von ihm und mir in Mumbles – all die seligen Sommertage mit ihren furchtlosen Abenteuern an der walisischen Küste. Ich habe ihm immer nähergestanden als meiner Mum.

Ich setzte mich auf die Bettkannte und zog das Lesezeichen aus meinem Roman auf dem Nachttisch. Ein Bild: eines der vielen, die ich an jenem Tag, als wir Mum beim Umzug halfen, aus einem Karton unter meinem Kinderbett gefischt hatte. Nicht von mir und Dad, sondern von mir und Oz; das, auf dem wir während der Bootsfahrt in Istanbul in die Kamera lächeln. Der Schmerz hatte sich tief in meiner Brust festgesetzt, und ich hielt mir mein Medaillon an die Lippen, während ich auf das Foto starrte. Es wurde Zeit, ihn loszulassen und das eigene Leben weiterzuführen.

27
Fünf Jahre früher
Februar

»Die Perücke steht dir«, sagte Liz und betrachtete mein Spiegelbild in der Toilette des großen Saals der Middle-Temple-Anwaltskammer.

»Ja, findest du? Sie juckt so.« Ich seufzte und zupfte meine schwarze Robe zurecht.

»Da.« Sie zog einen Lippenstift aus ihrer Unterarmtasche und warf ihn mir zu. »Du bist zu blass. Damit du ein bisschen frischer aussiehst.«

Ich wischte mir die Handflächen an meinem schwarzen Rock ab und nahm den Stift. »Ich bin so nervös. Was ist bloß los mit mir?«

»Komm schon. Die Zeremonie ist vorbei. Jetzt besaufen wir uns mit Champagner.«

»Das kann ich nicht.«

»Wieso nicht? Du hast seit ewigen Zeiten genau auf diesen Moment hingearbeitet, studiert, Examina bestanden und alles gemacht, was eine angehende Anwältin vorweisen muss. Und morgen wirst du dreißig. Hast du dir da nicht einen freien Abend verdient?«

»Eigentlich schon.« Ich schob das Kinn vor und malte meine Lippen blutrot an. »Alle meine neuen Kollegen sind da. Ich darf mich auf keinen Fall irgendwie blamieren, und Champagner steigt mir sofort zu Kopf.«

»Jeder Alkohol steigt einem zu Kopf.«

Ich nahm ein Papiertuch vom Stapel neben dem Waschbecken. »Ich glaube, ich bin nervös, weil die ganze Familie aufgekreuzt ist.«

Liz richtete ihr rotes Kleid. »Ich kann kaum glauben, dass alle gekommen sind.«

»Ich auch nicht. Ich hatte auf ein höfliches ›Herzlichen Glückwunsch, Liebes, aber für mich und Tante Betsy ist die Reise zu weit‹ von Mum gehofft und auf ein ›Tut uns leid, aber wir können die Kinder nicht allein lassen‹ von Amy und Barry. Aber sie alle betrachten es als eine Art Mini-Urlaub und bestehen darauf, mich morgen auch noch zum Essen auszuführen.«

»Sie sind stolz auf dich und wollen bei deinem Dreißigsten dabei sein.«

»Sie hätten doch auch eine Karte schicken können.«

»Hast du heute etwa schlechte Laune? Vielleicht kann ich meine *Verlobte* ja überreden, dass sie dich morgen mit Nachsicht behandelt, falls du zu aufgekratzt sein solltest.« Ihre Schultern tanzten, und sie spitzte die Lippen.

»Du lässt aber auch keine Möglichkeit aus, dieses Wort auszusprechen.«

»Nein.«

Sie hielt ihren Ring ins Licht und ertappte mich, als ich darauf starrte. »Du kommst auch noch an die Reihe.«

»Ach, hör auf. Ich habe keine Zeit für Dates. Und ich brauche auch niemanden in meinem Leben.«

»Wieso nicht? Du hast jetzt endlich den Beruf, den du haben wolltest. Was ist verkehrt daran, sich jemanden zu wünschen, mit dem man seinen Erfolg teilen kann, jemanden, dem man wirklich etwas bedeutet, bei dem man innerlich explodiert, wenn er sich einem nähert?« Sie machte ein Gesicht wie ein Pudel, der sein Herrchen um ein Leckerchen anbettelt.

»Du bist unverbesserlich.«

»Ich bin verliebt«, erwiderte sie, wedelte mit den Händen und bewunderte ihr Spiegelbild.

»Liz, bitte hör auf mit den ständigen Versuchen, allen anderen ebenfalls zu ihrem Glück zu verhelfen. Lass mich einfach zusehen, wie du eine wunderschöne Braut wirst.«

Sie grinste und legte Lipgloss auf.

»Überleg doch mal. Das ist Schicksal. Wenn du vor zwei Jahren nicht nach Thailand gekommen wärst, wärst du Mary nie begegnet und würdest jetzt nicht hier stehen.«

»Das ist nicht Schicksal. Irgendwann wäre ich Mary sowieso begegnet.« Sie schüttelte den Kopf. »Nein. Ich war unschlüssig. Ich wollte Thailand noch nicht verlassen. Du hast mich überredet, Mary zu folgen, als ihr Urlaub zu Ende war. Wenn es dich nicht gegeben hätte, wäre Mary eine heiße, sexy Urlaubsaffäre geblieben.«

Ich wusste, ich sollte zurück zur Feier, also wäre es blöd, jetzt mit Liz einen Streit über Vorherbestimmung anzufangen. »Also gut, Liz. Es ist Schicksal. Schicksal, dass ich einen Nervenzusammenbruch hatte und mir eine Auszeit in Thailand genommen habe, um mir über mein Leben klar zu werden.«

Sie hakte mich unter und starrte in unsere Gesichter im Spiegel. »Sag nicht so was! Ich habe mich so gehasst dafür, dass ich nicht da war, als es dir so schlecht ging.«

»Das ist nicht deine Schuld, Liz. Und du warst ja dann für mich da.«

Die Tür flog auf, und Absätze klackerten über den Marmorboden. »Da seid ihr ja«, verkündete Amy und verschüttete etwas Champagner aus ihrer Flöte, als die Tür zurückschwang. »Was geht hier vor, Schwesterlein? Du bist seit über zehn Minuten im Klo. Barry nagt irgendeinem Anwalt das Ohr ab und versucht, ihn davon zu überzeugen, dass ein gebrauchtes BMW-Cabrio das Auto der Saison sei, und ich langweile mich zu Tode.«

»Welchem Anwalt denn?« Meine Hände wurden feucht.

»Heißt, glaube ich, James.« Sie nahm noch einen Schluck.

»Um Gottes willen, doch nicht James Simons, der Kammerpräsident?«, fragte ich.

Sie stellte ihre Champagnerflöte vorsichtig neben das Waschbecken, zog den Saum ihres rosafarbenen Strickkleids hoch und griff wieder nach ihrem Glas. »Ist der irgendwie wichtig oder was?«

»Ja, Schwesterlein, das ist er. Er ist Kronanwalt und Richter!«

»Ooh, so einer wie Richterin Judy?«

»Du guckst zu viel Nachmittagsfernsehen.«

»Versuch du mal, zwei Kinder unter fünf jeden verdammten Tag, sieben Scheißtage die Woche, bei Laune zu halten.«

Ihre Worte kamen undeutlich. Es war eindeutig nicht ihr erstes Glas, an dem sie nuckelte wie ein Neugeborenes.

»Ich gehe jetzt besser und rette ihn, Liz«, sagte ich. »Können wir später reden?«

Sie nickte. »Natürlich, los, geh.«

Amy packte meine Hand und führte mich aus der Damentoilette. »Es gibt hier ein paar heiße Jungs.« Sie riss die Augen auf und rempelte gegen meine Schulter.

»Wirklich? Ist mir gar nicht aufgefallen. Ist aber auch schwierig, wenn alle Perücke tragen.«

»Da ist sie ja, meine wunderschöne Nichte«, tönte Tante Betsy, mit Mum im Schlepptau, aus ziemlicher Entfernung und breitete die Arme aus. In ihrem fliederfarbenen Kleid, das ihre Figur wie ein Zelt umschloss, drängte sie sich durch die Menge in meine Richtung. Die breite Krempe ihres Huts war mit kleinen Blumensträußchen dekoriert.

»Wir sind so stolz auf dich, Herzchen.« Tante Betsy schlang die Arme um meinen Hals und brachte meine Kopfbedeckung in Gefahr. »Nicht wahr, Jean?«

»Ja, das sind wir.« Mums Stimme klang brüchig. »Und all das hier, das hast du dir mehr als verdient.«

Sie wollte mich entführen, aber ein Pfiff erregte meine Aufmerksamkeit. »Abbie!« Barry wedelte mit einem Arm in meine Richtung, sein anderer lag um Richter Simons' Schulter. Ich war kurz davor, die Nerven zu verlieren.

Ein Tablett mit Champagner kam in Sicht, aber ich entschuldigte mich und ging hinüber, um zu sehen, was die Aufregung bedeutete.

»Abbie, großartige Neuigkeiten! Jimbo hier ist ein Mann von exzellentem Geschmack. Er kommt nächste Woche in einer Jobangelegenheit nach Manchester und sagt, er will im Autohaus vorbeischauen. Ich habe einen ganz besonderen Vintage-Aston Martin, in den er sich bestimmt verlieben wird.«

Hatte er den Kammerpräsidenten Simons tatsächlich Jimbo genannt? Der Schweiß lief mir den Nacken hinunter.

James Simons strahlte. »Ich muss schon sagen, Ihr Schwager kennt sich mit Autos aus. Ich besitze eine kleine Sammlung, und der wäre eine hervorragende Ergänzung.«

»Wirklich?« Meine Stimme rutschte nach oben.

»Seien Sie nicht so überrascht, Ms Jones. Wir Kronanwälte können nach der Arbeit auch mal aus uns herausgehen.« Er lachte. Ein regelrecht dröhnendes Lachen. Ich hatte nicht den Eindruck, ihn schon einmal so jovial erlebt zu haben.

Barry klopfte ihm auf den Rücken. »Großartig, Sie kennenzulernen, Jimbo. Hier ist meine Karte. Melden Sie sich einfach« – er wackelte mit den Fingern vor seinem Ohr und imitierte ein Telefonat –, »wenn Sie in der Gegend sind, dann sehen wir weiter. Entschuldigen Sie, ich glaube, ich sollte zu meiner besseren Hälfte.«

»Charmant. Wirklich ein charmanter Kerl«, sagte James Simons, nachdem sie sich verabschiedet hatten.

Ich nickte und sah, wie Barry Amy von hinten um die Taille fasste und ihr in aller Öffentlichkeit seine Zuneigung zeigte, indem er sie kräftig auf die Wange küsste.

»Wir freuen uns, Sie in unserer Kanzlei zu wissen, Ms Jones«, sagte James Simons. »Mary hat mir nur Gutes über Ihre Arbeit berichtet. Auch wenn ich zu schätzen weiß, dass Sie älter sind als einige unserer Neuzugänge und wahrscheinlich auch schon wissen, worauf Sie sich spezialisieren möchten, halten wir es für wichtig, dass all unsere Neuen in ihrem ersten Jahr die Möglichkeit erhalten, Erfahrung in sämtlichen juristischen Bereichen zu sammeln, auf die unsere Kanzlei sich spezialisiert hat.«

Ich nickte stumm und sagte nicht, dass es nur einen Weg gab, den ich gern verfolgen würde – den, den Mary eingeschlagen hatte.

»Ich würde Sie gern jemandem vorstellen. Charles!« James

Simons tippte einem hochgewachsenen Mann auf die Schulter. »Entschuldigen Sie die Störung«, sagte er, an eine mir unbekannte Gruppe von Gästen gewandt. »Könnten Sie Mr Logan für einen Moment entbehren?«

Ich stand da, die Hände feucht und steif, und betete, niemand von meiner Familie möge auftauchen und uns unterbrechen. James Simons redete eigentlich nicht mit den Assessoren, schon gar nicht mit solchen, die gerade erst zugelassen waren. Der hochgewachsene Typ drehte sich um, zwinkerte und lächelte mich mit seinen grünen Augen an, Augen, die ich vor vielen Jahren schon einmal gesehen hatte.

»Charles, das ist Ms Jones.«

Wir starrten einander, wie mir schien, viel zu lange an. Die Luft zwischen uns knisterte und zischte, und das Herz hämmerte mir in der Brust. Er sah sogar noch besser aus, als ich ihn in Erinnerung hatte.

»Es ist mir ein Vergnügen.« Charles streckte die Hand aus und schüttelte meine.

Wir schüttelten einander noch immer die Hand. Ich konnte nicht fassen, dass er es war.

»Ich habe schon viel von Ihnen gehört, Ms Jones«, sagte er mit leicht spöttischem Unterton, »aber ich hatte noch nicht die Gelegenheit, Sie kennenzulernen, seit ... Sie zu uns gestoßen sind.«

»Für die nächsten zwei Wochen vertraue ich Sie Charles an«, fuhr James Simons fort. »Er ist unser bester Anwalt für Körperschaftsrecht, und Sie werden eine Weile mit ihm mitlaufen. Danach werden wir Sie weiterreichen. Wohin, habe ich noch nicht entschieden. Ich denke, wenn Sie eines Tages entscheiden, worauf Sie sich spezialisieren wollen, wird es eine wohlinformierte Entscheidung sein. Oh, Gerald.« Er wies mit einem Finger auf jemanden, der gerade vorbeikam. »Entschuldigen Sie mich.« Er nickte uns zu und entfernte sich.

Mit brennenden Wangen sah ich zu Charles hoch und steckte eine Haarsträhne unter meine Perücke.

»Das muss Schicksal sein«, sagte er mit funkelnden Augen.

»Es tut mir leid, dass ich nicht angerufen habe ... Ich habe Ihre Karte verloren.«

»Kein Grund, sich zu entschuldigen. Das ist doch schon so schrecklich lange her. Neun Jahre, wenn ich mich recht erinnere?«

Ich nickte und musste wieder an die Orientierungsmesse denken; damals hatte er in einer Koje gesessen und versucht, Studenten vom King's College für den Beruf des Barristers zu gewinnen.

»Ich dachte, Sie seien fest entschlossen gewesen, Solicitor zu werden. Jedenfalls sagten Sie mir das damals.«

»Das wollte ich auch bzw. ich wurde es. Aber während eines Aufenthalts in Thailand vor ein paar Jahren hatte ich eine Art Erleuchtung.«

»Sind Sie Buddhistin geworden?«

Ich lachte. »Nein, nichts dergleichen. Aber ich lernte damals Mary Parker kennen, und sie war inspirierend, um es mal so zu sagen.«

»Ach, dann sind Sie Marys Wunderkind. Ich habe eine Menge über Sie gehört. Sieht so aus, als werde ich alle Hände voll zu tun haben, Sie davon zu überzeugen, dass Körperschaftsrecht die Sparte ist, wo Sie hingehören.«

»Versuchen Sie es gern«, sagte ich, bevor ich merkte, dass das in einer Umgebung wie dieser ziemlich flirtig klang. Er senkte den Kopf, und als er mich wieder anblickte, waren seine Wangen so erhitzt wie meine.

Rasch griff ich, allerdings im selben Moment wie er, nach einem Glas vom Tablett eines vorbeieilenden Kellners, so dass unsere Finger einander streiften. Bei der Berührung prickelte es in meinen.

»Und wen haben wir hier?« Plötzlich tauchte meine Schwester neben mir auf. Sie wippte von einer Seite zur anderen und streckte die Hand aus, als erwarte sie einen Handkuss. Charles packte sie linkisch und schüttelte sie.

»Das ist Charles Logan, und das ist meine Schwester Amy«, sagte ich.

»Es freut mich, Ihre Bekanntschaft zu machen«, erklärte er und blinzelte heftig.

Amy kicherte. »Jeder hier im Raum klingt wie Colin Firth, alles so vornehm und affektiert«, sagte sie und griff nach meiner Schulter, worauf mir die Perücke vom Kopf fiel. Beim Aufheben verschüttete ich meinen Champagner.

»Es war sehr schön, Sie wiederzusehen, Mr Logan. Ich freue mich auf unsere Zusammenarbeit. Aber jetzt müssen Sie mich entschuldigen.« Ich nahm Amys Arm und blickte kurz über die Schulter zurück, um Charles noch einmal zu sehen. Unsere Blicke verhakten sich, bis ich aus der Tür war.

»Versuchst du etwa, mich zu blamieren, Schwester?«, zischte ich. »Begreifst du denn nicht, wie wichtig dieser Abend für mich ist?«, fuhr ich sie an und setzte meine Perücke wieder auf.

»Doch, das tue ich. Ich höre das nämlich schon seit Wochen, wenn nicht Monaten von Mum. Überhaupt höre ich eigentlich nichts anderes: Abbies großer Erfolg, Abbies Juraexamen, Abbies einundzwanzigster Geburtstag, Abbie, die ihre Schwester vorm Ertrinken gerettet hat ... Niemand ist jemals zu meinen verdammten Geburtstagen in Manchester erschienen, niemand hat sich für mein Friseurdiplom interessiert. Und warum?«

Erschrocken zuckte ich bei ihren Vorhaltungen zusammen.

»Weil nichts, was ich jemals gemacht habe, gut genug war, weil ich nämlich eine kleine Schwester habe, die über Wasser wandeln kann. Das kleine Fräulein Zampano-Solicitor ist Zampano-Barrister geworden und pflegt jetzt Umgang mit all diesen schicken, reichen Snobs. Und ist genau wie die. Deine Familie ist dir nicht mehr gut genug.«

Sie hob die Hand, um meinen Einspruch zu unterbinden.

»Behaupte bloß nicht, dass du nicht so denkst«, fuhr sie fort. »Wir sind dir peinlich. Du konntest es gar nicht abwarten, von zu Hause wegzugehen, nach London, und Anschluss bei all diesen Oxbridge-Typen zu suchen.«

»Immerhin habe ich etwas aus meinem Leben gemacht, und Dad war stolz auf mich«, schoss ich zurück. »Und ich habe ihn nicht jahrelang unglücklich gemacht, weil ich keinen Schulabschluss und kein Studium vorweisen konnte, und er musste nicht fürchten, dass ich eines Tages nach Hause zurückkehren würde, weil ein Gebrauchtwagenhändler mich geschwängert hat.«

Die Antwort folgte auf der Stelle. Ich hatte nicht einmal ihren Arm hochgehen sehen, als ihre Hand mir schon ins Gesicht knallte.

»Hau ab«, fauchte sie. »Du kannst dir deinen dreißigsten Geburtstag in den Hintern schieben. Mit dir rede ich nicht mehr.« Sie stürmte zurück in den Saal.

Draußen in der Garderobe winkte Liz mir heftig zu. Meine Wange brannte noch von dem Schlag, als ich zu ihr ging, und ich hoffte, dass kein roter Abdruck zu sehen war.

»Schnell«, sagte Liz und zerrte am Ärmel meiner Robe.

»Weshalb die Eile?«

Sie zog mich zu der Garderobenfrau. »Hast du deine Marke?«

Ich fischte sie aus meiner Jackentasche und überreichte meine gleichzeitig mit Liz. »Aber ich habe mich noch nicht von Mum und Tante Betsy verabschiedet. Und Amy und ich hatten einen furchtbaren Krach wegen –«

»Das habe ich gehört. Wir alle übrigens. Aber dazu hast du jetzt keine Zeit mehr. Es ist schon halb sieben, und wir brauchen fünfundzwanzig Minuten, und die Bürgersteige sind vereist.«

»Wohin gehen wir?«, fragte ich und schlüpfte in den Mantel, den Liz mir hinhielt.

»Das erzähle ich dir unterwegs. Gib mir deine Perücke und die Robe. Ich bitte Mary, beides in die Kanzlei mitzunehmen«, sagte sie, während sie eine Nachricht auf ein Stück Papier kritzelte und den Zettel der Garderobenfrau gab.

»Ms Jones!«

Als ich mich umdrehte, sah ich Charles Logan auf mich zu eilen.

»Gib mir eine Minute, Liz. Wir treffen uns dann draußen.«

»Mach schnell«, sagte sie und ging hinaus. Ich vermutete, dass sie eine verfrühte Geburtstagsüberraschung für mich geplant hatte.

Erwartungsvoll blickte ich Charles an – seine tiefliegenden grünen Augen ließen mich nicht los. Er nahm seine Perücke ab und schüttelte sein plattgedrücktes sandfarbenes Haar. »Ich habe mich gefragt ... ähm ... ob Sie vielleicht ... ähm. Würden sie gern mal einen Kaffee mit mir trinken?«

Eine Verabredung? Ich lächelte. Es war schon lange her, dass ich mich mit einem Mann getroffen hatte, und ich konnte nicht leugnen, dass ich mich von ihm angezogen fühlte. Ein Kribbeln im Bauch. Vielleicht würde ich mich nun, da ich meine Zulassung hatte, endlich entspannen und in meinem Leben auf andere Dinge konzentrieren können.

»Ja, gern«, sagte ich schließlich, und dass er augenblicklich lächelte, wärmte mir das Herz.

Fünfundzwanzig Minuten später stand ich vor Liz und wagte nicht, zu der kleinen Menschenmenge hinzusehen, die sich vor dem Prinz-Charles-Kino, nördlich des Leicester Square, versammelt hatte und auf eine Valentine-Sonderaufführung von *Die große Liebe meines Lebens* wartete.

»Oz wird nicht da sein«, sagte ich und konnte immer noch nicht fassen, dass Liz mich deswegen fortgeschleppt hatte.

»Das sagst du, seit wir die Feier in Middle Temple verlassen haben, alle paar Minuten.«

»Er ist nicht mehr frei.«

»Auch das sagst du. Und woher weißt du das? Woher willst du überhaupt irgendetwas wissen? Du hast doch seit vier Jahren gar keinen Kontakt mehr mit ihm.«

»Liz, er hat Schluss gemacht. Ich bin über ihn hinweg. Das hier ist lächerlich.«

Sie verschränkte die Arme und sah mich skeptisch an. »Wirklich? Wenn du über ihn hinweg wärst, würdest du nicht dauernd jeden Typ, den du kennenlernst, mit ihm vergleichen, und immer irgendwas zu bemängeln haben und lahme Gründe dafür finden, wieso du noch nicht bereit für etwas Ernsthaftes seist. Sieh dich doch an. Ich weiß, du hoffst heimlich, dass er hier sein wird.«

»Das ist nicht wahr. Zum Beispiel hat mich heute jemand gefragt, ob ich einen Kaffee mit ihm trinke, und ich habe ja gesagt. Vielleicht ist das ja der Anfang von etwas Ernsthaftem.«

Plötzlich riss Liz die Augen weit auf und sah mir über die Schulter. »O mein Gott. Da ist er.«

28
Jetzt
Oktober

Ich nahm den Zettel vom obersten Karton.

Die hier habe ich für Dich vom obersten Regal heruntergeholt. Hoffentlich hast Du Spaß dabei, in alten Erinnerungen zu schwelgen. Hab Dich lieb. Charlie, Küsschen.

In einer Woche würden Charlie und ich unser neues Haus beziehen, und er hatte mich gefragt, was in diesen Kartons sei. Ich hatte erklärt, ich würde sie durchgehen und alles Unbrauchbare wegwerfen, ehe die Packer nächste Woche kämen. Jetzt war Sonntag, und er war früh in die Kanzlei aufgebrochen, um einige Unterlagen zu holen, bevor er sich auf den Weg nach Birmingham machte, wo er sich mit dem Anwalt seines Falls treffen wollte, dessen Verhandlung morgen begann.

Eine Schale Müsli in den Händen, betrachtete ich, was da vor mir stand. Mein Leben in vier Kartons. Drei hatte ich selbst gepackt – sie enthielten den Inhalt meines Schlafzimmers in Evesham und Dinge aus meinem Londoner Leben, bevor ich mit Charlie zusammenzog. Den letzten hatte Mum für mich mit Gegenständen aus meiner Kindheit gefüllt. Sie selbst hatte alle Fotos und auch mein Examenszeugnis behalten. Keine der Kisten hatte ich all die Jahre geöffnet.

Mit einer Schere durchschnitt ich das Klebeband um den Karton mit der Aufschrift »Schlafzimmer«. Ich zog sechs Reiseführer heraus: einen für jeden der Orte, die Liz und ich auf unserer Interrail-Tour besucht hatten. Ich konnte immer noch nicht fassen, dass sie die alle – so fürsorglich – im Voraus gekauft und mitgeschleppt hatte und jedes Mal stolz mit einem wedelte, wenn wir zum nächsten Abenteuer aufbrachen. Alle waren ziemlich abgegriffen, hatten teilweise gebrochene Rücken und viele Bleistiftanmerkungen am Rand.

Unter den Reiseführern lag ein Stapel mit Papieren und Broschüren zu einigen der Kundgebungen, auf denen Liz und ich gewesen waren. Es gab auch einen ganzen Aktenordner über das Praktikum, das wir bei UNICEF absolviert hatten. Und unter dem Ordner fand ich jenen Brief, in dem UNICEF mir einen Platz im Graduiertenprogramm anbot. Den hatte ich nie jemandem gezeigt. Er war ein Geheimnis, das ich nach der Rückkehr von meiner ersten Reise nach Istanbul versteckt hatte.

Liz und ich hatten uns nach dem Streit auf meiner Junggesellinnenparty wieder versöhnt. Sie gab dem Alkohol die Schuld, und ich hatte mich dafür entschuldigt, dass ich ihr meine Zusage verschwiegen hatte. Es hätte allerdings auch nichts geändert, wenn ich es ihr vor all den Jahren gesagt hätte. Damals hatte ich ein klares Ziel vor Augen und war fest entschlossen, nicht davon abzurücken.

Als ich das Merriam-Webster-Jurawörterbuch ausgrub, musste ich seufzen. Dass ich nach meinem Abschluss noch weitere Examina bestanden hatte, gefiel meinem Dad ganz besonders. Und nichts anderes hatte ich gewollt, als ihm zu gefallen. Ihm niemals so viel Verdruss zu bereiten wie Amy. Nur hatte ich das eben letztlich doch getan. Tränen stiegen mir in die Augen, und ich sackte auf dem Boden zusammen, in der Hand eine meiner vielen Urkunden aus der Schule – die über einen Debattierwettbewerb in der sechsten Klasse. Es war nur eine Teilnahmebescheinigung, aber Dad hatte sie rahmen wollen. Er steckte große wie kleine Erfolge in einen Rahmen.

»Ich vermisse dich, Dad«, schluchzte ich in die Stille. »Ich vermisse dich so sehr.«

Zwei Stunden waren inzwischen vergangen, und alles was ich geschafft hatte, waren anderthalb Kartons. Ich hatte eine Großpackung Papiertaschentücher dabei verbraucht. Eine Handvoll Postkarten rutschte aus dem dritten Karton. Liz' Postkarten aus Thailand. Die, auf denen sie mich gebeten hatte, sie besuchen zu kommen. Das war der Wendepunkt für mich: dass ich nach Phuket reiste und Mary kennenlernte.

Unter all den sonnigen Bildern aus Südostasien kam eine alte Schuhschachtel zum Vorschein. Mein Herz machte einen Sprung, als ich sie öffnete. Die Automatenfotos und der türkische Armreif, zusammen mit anderen Erinnerungsstücken von meinem ersten Aufenthalt in Istanbul, lagen darin. Ich streifte den Armreif über und drehte ihn an meinem Handgelenk; dabei musste ich an das Gespräch mit Oz im vergangenen Monat denken. Hatte es etwas geändert?

Ganz unten in der Schachtel lag ein kleines Fotoalbum im Taschenformat. Ich drückte es an meine Brust und atmete tief ein und aus, um mich zu beruhigen. Unter den Plastikfolien steckten alle Bilder, die jemals von mir und Oz gemacht worden waren: die von uns aus dem Automaten, wir, tanzend beim Valentine's Dance und sightseeing in Istanbul und Damaskus und das von uns beim Sonnenaufgang in Beirut.

Hier hatte ich den Ablaufplan für unser Drehbuch. Eine Handvoll gemeinsam verbrachter Tage – jeder festgehalten in unserem Lächeln, den Umarmungen und Küssen und jeder voller Hoffnungen und Träume.

Ich hatte gedacht, wenn ich sie in ein Album packte und das Album in einer Schachtel versteckte, müsste ich mich nie mehr mit jenem Teil meines Lebens beschäftigen.

Jetzt war ich noch neugieriger auf den Inhalt des vierten Kartons. Das war der, den Mum für mich gepackt hatte, damals, am Tag meines Nervenzusammenbruchs. Seitdem hatte ich ihn nicht mehr geöffnet. Es lagen Schulzeugnisse darin, noch mehr Urkunden und Bescheinigungen und ... ich traute meinen Augen nicht. Ein Brief an mich, adressiert ans King's College und weitergeleitet an meine Adresse in Evesham; dazu sechs Postkarten von all den Orten, die ich in Istanbul besichtigt hatte. Oz' Worte. Die Worte, die ich nie hatte lesen können.

Plötzlich fiel mir das Schlucken schwer. Ich griff nach meinem Inhalator, nahm zwei Stöße. Ich drehte den Brief um, wo er aufgerissen worden war. Das Herz hämmerte in meiner Brust.

Da klingelte es an der Haustür. Ich sprang hoch, schob Brief und Postkarten in den Reiseführer für Istanbul, der oben auf dem Karton lag, und eilte zur Wohnungstür. Ich öffnete sie einen Spalt, und im Windfang stand Amy. Das Haar hatte sie zu einem unordentlichen Knoten auf dem Kopf getürmt, riesige Ohrringe baumelten an ihren Ohren, die Arme hatte sie über ihrer Jeansjacke verschränkt. Es war das erste Mal, dass ich sie seit meinem Junggesellinnenabschied wiedersah.

»Was machst du denn hier?«, fragte ich.

»Ich finde es auch schön, dich zu sehen«, erwiderte sie, während sie vor Kälte zitternd auf der Stelle hüpfte. »Ich bin gekommen, um mich zu entschuldigen.«

»Wofür?«

Sie zuckte die Achseln. »Für das, was auf deiner Party passiert ist, damals vor fünf Jahren, und ja, auch ganz allgemein dafür, dass ich so eine Scheißschwester bin. Tut mir leid, dass ich nicht früher gekommen bin. Mit den Kindern und dem Geschäft ist es eben nicht so einfach, wegzukommen. Aber Mum hat mir deutlich gemacht, dass ich die Dinge zwischen uns geraderücken muss.« Sie zog eine Flasche Rosé aus ihrer Tasche. »Darf ich reinkommen«

Ich wurde etwas zugänglicher. »Klar.«

Sie musterte das Chaos im Wohnzimmer: umgekippte Kartons, überall auf dem Teppich verstreute Papiere und dazwischen zerknüllte feuchte Papiertaschentücher.

»Ich sehe, du hast ohne mich angefangen«, sagte Amy.

»Woher weißt du, dass ich die heute durchsehen würde?«

»Hat Mum mir erzählt, und sie macht sich Sorgen.«

»Dazu hat sie keinen Grund.«

»Abbie. Guck doch nur mal in den Spiegel. Du siehst grauenhaft aus, und als du letztens unser Elternhaus leergeräumt hast, da ...« Sie schüttelte den Kopf, wobei die Ohrringe ihr ums Gesicht tanzten.

Ich musste mich setzen, die Last der Erinnerung drückte mich auf die Couch. »Das ist lange her. Und das hier ist anders.«

»Wirklich?« Sie hob die leere Packung Papiertaschentücher

auf. »Mum wusste, dass das Sortieren der Kartons Erinnerungen an Dad wecken könnte. Wir haben miteinander geredet, und ich habe ihr gestanden, was auf deiner Junggesellinnenparty passiert ist. Sie war ziemlich verärgert – hat gesagt, sie würde auf die Kinder aufpassen und es sei höchste Zeit, dass ich mich entschuldige. Die Fahrt hierher hat drei Stunden gedauert, und ich bin zu erschöpft, um gleich wieder zurückzufahren.«

Ihre Worte verblüfften mich, aber sie hatte recht. »Dann hole ich die Gläser und Eis«, sagte ich mit einem angedeuteten Lächeln.

Amy schenkte uns ein, ließ sich, den Rücken gegen das Sofa gelehnt, auf dem Boden nieder und strich ihren Jeansrock glatt. Ich setzte mich vor sie.

Sie nahm ein Foto von mir hoch, wie ich mit Perücke und Talar vor dem Kammerpräsidenten kniete – am Tag, als ich Barrister wurde. Sie stöhnte. »Ich entschuldige mich für den Abend deiner Anwaltszulassung. Ich habe da schreckliche Sachen zu dir gesagt.«

Ich ließ die Schultern sinken. »Das sind doch alte Geschichten.« Ich nahm ihr das Bild ab und legte es zurück in den Karton. »Und ich habe mit schrecklichen Sachen geantwortet. Vergessen?«

»Wir waren wohl beide ziemlich hässlich zueinander an diesem Abend und beide viel zu stur, um uns zu entschuldigen.« Ihre Augen verschleierten sich, als fühle sie sich wieder dorthin zurückversetzt. »Himmel! Ich war so furchtbar betrunken. Und ich wusste, dass Barry irgendwas am Laufen hatte. Ich war sehr nervös.«

»War das an dem Wochenende, als du ihn erwischt hast?«

»Ich war schon länger misstrauisch. Und richtig Verdacht habe ich geschöpft, als er an diesem Abend früher ging, um schneller nach Manchester zurückzukehren. Auf verrückte Weise hat unser Streit mich gerettet. Wenn ich wegen dieses Streits London nicht bald nach ihm verlassen hätte, hätte ich ihn und seine Sekretärin nicht bei ihren Kamasutra-Übungen erwischt.«

»Das tut mir leid«, sagte ich und streichelte ihren Arm.

»Warum sollte dir das leidtun? War das Beste, was mir passieren konnte.« Sie trank einen großen Schluck Wein.

»Aber war Barry denn nicht ›der Eine‹? Ich dachte, du liebst Barry?«

»Mir gefiel es, dass er ein Autohaus besaß, dass ich in einem hübschen Teil von Manchester wohnen und einen BMW fahren würde. Weiter reichte meine Fantasie damals nicht.«

Ich blickte sie halb kritisch, halb mitleidig an.

»Ja, so oberflächlich bin ich.« Sie kicherte, leerte ihr Glas und stellte es auf den Fußboden. »Wusstest du denn, dass Charlie ›der Eine‹ ist, als du ihn das erste Mal getroffen hast?«

Ich dachte an unsere Begegnung auf der Orientierungsmesse und an unser erstes Date. »Nein, nicht sofort. Mir hat gefallen, dass er so aufmerksam und rücksichtsvoll war. Wir waren Freunde, bevor wir ein Paar wurden.«

»Ein Spätzünder also?« Sie füllte ihr Glas nach. »Ich habe auch nie behauptet, dass ich immer noch fest an den ›Einen‹ glaube und an die gegenseitige Anziehung, bei der man es kaum erwarten kann, einander die Klamotten vom Leib zu reißen. Übrigens, es gibt jemand Neues in meinem Leben.«

»Oh, wirklich?«

Sie nickte, plötzlich ganz verlegen, und umklammerte ihre Knie. »Er heißt Dylan. Er besitzt den Pub neben dem Friseursalon. Geschieden, ein Kind. Er ist der Grund, weswegen ich in Istanbul mit niemandem angebändelt habe. Ohne dich hätte ich ihn gar nicht kennengelernt.«

»Was habe ich denn damit zu tun?«

»Muss ich es wirklich erklären?«

Ich blickte weg und lenkte mich mit ein paar Schulzeugnissen ab, die verstreut auf dem Boden lagen. »Ich weiß nicht, wovon du redest.«

Amy griff nach meiner Hand. »Mum hat es mir erzählt, Abbie. Sie hat mir die ganze Geschichte erzählt, und das macht meinen Entschuldigungsbesuch noch dringender. All die Jahre dachte ich, Mums Laden und mein Geschäft seien von dem Geld aus dem Verkauf unseres Elternhauses bezahlt worden. Aber du warst das. *Du* hast all *dein* Geld für uns ausgegeben. Es war das Geld, von dem Dad sagte, du solltest es für eine eigene Wohnung sparen, aber du hast es mir und Mum gegeben, damit wir neu starten konnten.«

»Ich habe nicht alles aufgegeben.«

»Um Mum nach Dads Tod zu unterstützen, hast du zwei Jahre lang so viel gearbeitet, dass du zusammengebrochen bist, und dann hast du mir beigestanden, als meine Ehe in die Brüche ging, und dafür gesorgt, dass ich bei Mum wohnen konnte, indem du ihr geholfen hast, in Mumbles eine größere Wohnung zu finden. Und schließlich hast du mich unterstützt, damit ich mit dem Salon wieder auf eigenen Füßen stehen kann. Ich kann es gar nicht fassen, dass du das alles getan hast. All das Geld – Geld, das für deine Zukunft gedacht war.«

»Ich brauchte es nicht. Weiter zur Miete zu wohnen war nicht das Ende der Welt. Und sieh mich doch an.« Ich schwenkte den Arm durchs Wohnzimmer. »Wirkt doch gar nicht so schäbig, und ich werde in einer Burg heiraten und nach Belsize Park ziehen.« Ich hob mein Glas und leerte es.

»Das war die traurigste Rede, die ich jemals gehört habe.«

»Ich habe Glück, Amy. Können wir es dabei belassen?«

Sie schüttelte den Kopf. »Warum hast du das getan, Abbie? Obwohl ich all die Jahre eine so miese Schwester war.«

»Na ja ... wenn du die Zeiten nicht mitrechnest, wo du mich im Schuppen eingesperrt, all meinen Lieblingspuppen die Haare abgeschnitten und mir bei der Zeremonie in der Anwaltskammer ins Gesicht geschlagen hast, dann warst du gar nicht so schlimm«, sagte ich mit einem Anflug von Sarkasmus.

»Und was ist mit der Geschichte, als ich es beinah geschafft hätte, dass wir beide ertrunken wären und du mich gerettet hast?«

Ich schüttelte den Kopf. »Das habe ich anders in Erinnerung. Es gab nur eine Rettungsweste auf dem Boot, und die hast du mir gegeben. Du hast mein Leben vor deins gestellt. *Du* hast *mich* gerettet.«

»Mum und Dad haben das nicht so gesehen.« Sie legte die Hände in den Schoß. »Nichts, was ich gemacht habe, war jemals gut genug. Ich habe immer nur für Enttäuschungen gesorgt. Als du damals am Abend in der Anwaltskammer zu mir sagtest, ich hätte ihnen in all den Jahren sehr viel Kummer bereitet, hattest du recht. Dad hat es mir nie verziehen.«

»Immerhin warst nicht du es, die ihn umgebracht hat«, flüsterte ich, und meine Augen füllten sich mit Tränen.

Sie umarmte mich so heftig, dass es mir das Glas aus der Hand schlug und die letzten paar Tropfen auf den Teppich spritzten. Doch das scherte mich nicht. Die Wärme, die sie verströmte, war so tröstlich.

»Ach, Schwesterchen«, murmelte sie und streichelte meinen Rücken. »Du hast ihn nicht umgebracht.«

Ich ließ meinen Tränen freien Lauf und fühlte mich sofort erleichtert.

»Wenn Mum und Dad an dem Tag nicht miteinander gestritten hätten, dann –«

»Das ist nicht wahr«, unterbracht Amy mich. »Das hat auch das Krankenhaus gesagt. Er hatte ein schwaches Herz; und seit seinem ersten Infarkt, als er und ich den großen Krach hatten, war es eine tickende Zeitbombe. Also, wenn du glaubst, du hättest ihn umgebracht, dann bin ich genauso schuldig. Aber wir sollten uns nicht weiter wegen der Schuldfrage prügeln.«

Ich holte tief Luft. »Ich glaube, das habe ich seit meinem Zusammenbruch getan – mir die Schuld gegeben. Als ich bei Liz in Thailand war, wollte ich gar nicht mehr zurück. Wir hatten ernsthafte Pläne, dort eine Bar aufzumachen.« Ich lachte, weil die Vorstellung so absurd war.

»Was wäre denn falsch daran gewesen?«

»Nichts. Alles. Dad wäre entsetzt gewesen.«

Sie seufzte. »Genau. Bei allem, was du tust, hörst du Dads Kritik, obwohl er schon fast zehn Jahre tot ist.«

Ich nickte. »War sowieso egal. Liz war unsterblich verliebt. Und ich beschwor sie, wegen Mary zurückzukommen, aber in Wahrheit ... war ich egoistisch. Ich tat es für mich. Sie fehlte mir. Ich hatte nicht nur Dad verloren, sondern auch sie und ...« Sein Name blieb mir in der Kehle stecken.

»Und?«

»Den Traum von ... na ja, den Traum von einem anderen Leben.«

»Aber du hast dich dann doch entschieden, bei der Juristerei zu bleiben, obwohl du alles Mögliche hättest tun können. Zum Beispiel in Thailand eine Bar betreiben.«

»Ein Hirngespinst, Amy. Wenn dich das Londoner Leben erst einmal wiederhat, entkommst du ihm nicht mehr. Und ja, ich gebe zu, ich war immer noch besessen von der Idee, Dad sollte stolz auf mich sein, auch wenn ich es nie mehr spüren würde, ob er es war. Außerdem war ich wohl in Panik. Und der Wechsel vom Solicitor zum Barrister war nicht besonders groß; außerdem wollte ich unbedingt so viel Geld verdienen, dass ich Mum weiter unterstützen konnte. Aber ich bin froh, dass ich mich so entschieden habe. Ich kann Menschen helfen und Familien wieder zusammenbringen; meistens ist es sehr befriedigend. Und Mary kennenzulernen und mehr über ihre Arbeit zu erfahren, hat mich außerordentlich inspiriert.«

Wir schwiegen eine Weile und dachten über das Gesagte nach. Für mich war es eine große Erleichterung, endlich offen mit Amy zu sprechen. Nach meiner Verlobung war der Schmerz über Dads Tod noch weitergewachsen – bis zu dem Moment, als ich in Browns Bride ohnmächtig wurde, während die Besitzerin mir ausmalte, wie Dad mich durchs Kirchenschiff geleiten würde – eine Szene, die niemals stattfinden würde. Aber als ich dann Oz in Istanbul wiedersah und all die Erinnerungen wieder lebendig wurden, weckte das auch von Neuem Kummer und Traurigkeit.

»Bedauerst du, dass du mit Barry Kinder hast?«, fragte ich nach einer Pause.

»Himmel, nein.«

»Wirklich nicht? Du hast ständig gestöhnt, als sie klein waren.«

»Barry hat nie einen Finger gerührt«, sagte sie, griff nach der Flasche, schüttelte sie und stellte sie wieder hin, als sie merkte, dass sie leer war. »Ich habe mich ganz allein um die Kinder gekümmert. Er wollte, dass ich eine gute, kleine Hausfrau war. Es war eine einsame Zeit.«

»Das tut mir leid. Ich hatte keine Ahnung.«

»Aber sie sind meine kleinen Engel. Ich vergöttere sie. Und jetzt, wo sie älter sind, ist es auch leichter, mit ihnen umzugehen, besonders seit ich mit Mum den Babysitter im Haus habe. Mein Leben ist wieder auf der richtigen Spur. Und es ist sehr schön, dass sie jetzt in Wales aufwachsen. Warum fragst du überhaupt? Wünschst du dir ein Kind?« Sie versetzte mir einen kleinen Stoß.

Ihre Frage überrumpelte mich, was merkwürdig war. Denn seit der Verlobung fragten mich das alle – Freunde und Familie, selbst Menschen, die ich kaum kannte. Eine unschuldige Frage, aber doch so persönlich, so zudringlich. Tatsächlich hatten Charlie und ich nur ein einziges Mal darüber gesprochen, und das war wenige Wochen, nachdem wir ein Paar geworden waren – das Gespräch war notwendig gewesen, auch wenn unsere Romanze sich noch in einem frühen Stadium befand.

»Wir müssen erst mal die Hochzeit hinter uns bringen«, meinte ich und fühlte mich plötzlich leer.

Amy lachte auf.

Ich wischte mir die feuchten Wangen mit einem der letzten Papiertücher ab. »Was ist so lustig?«

»Ich habe nachgedacht. Mum wird begeistert sein, wenn sie hört, dass wir reinen Tisch gemacht haben. Und mir tut die Sache auf der Junggesellinnenparty wirklich leid. Das Leben kann manchmal ziemlich stressig sein, und ich habe mich gehen lassen. Aber so zu tun, als würde ich ertrinken, damit du auch mal aus dir herausgehst – das war geschmacklos.«

Ich stupste sie mit der Schulter an. »Es sei dir verziehen.«

»Ich sterbe vor Hunger«, verkündete sie, »und wir brauchen noch eine Flasche.« Sie machte eine Bewegung und stieß dabei an den Istanbul-Reiseführer. Der Brief und die Postkarten rutschten heraus. »Oh, was ist das?« Sie nahm zwei Karten und las sie.

»Nichts«, erwiderte ich und entriss sie ihr.

»Die sind doch von dem türkischen Jungen, dem Typ, mit dem du durchbrennen wolltest. Das sind die Postkarten und der Brief, die Mum und Dad vor dir versteckt haben.«

»Wieso weißt du überhaupt davon?«

»An dem Tag, als wir unser Elternhaus in Evesham zusammenpackten und Mum nach deinem Zusammenbruch mit dir im Krankenhaus war, habe ich aufgeräumt. Und da war diese kleine Schachtel, und es tut mir leid, aber ich habe reingeguckt und all die süßen Fotos von euch beiden in einem Album gesehen. Etwas später habe ich Mum danach gefragt, und sie hat mir erzählt, dass du vorhattest, mit ihm im Ausland zu leben, und dass Dad und sie dir nicht gezeigt hätten, was er vor Jahren geschrieben hatte. Ich war ziemlich sauer, habe gesagt, das sei nicht in Ordnung und dass sie kein Recht dazu hatten. Ich weiß, sie wollten dich nur schützen, weil sie dachten, bei mir hätten sie versagt. Aber du bist nicht wie ich, und sie hätten dir vertrauen und dich deinen Weg gehen lassen sollen. Aber die hier habe ich nicht gesehen.«

Ich sah den Stapel in meiner Hand durch und bewunderte die herrlichen Bilder, die jede der Postkarten schmückten.

»Hast du sie alle gelesen?«

Ich schüttelte den Kopf. »Ich habe sie erst kurz bevor du gekommen bist, gefunden. Sie waren in einem der Kartons. Ich glaube, ich habe zu viel Angst.«

»Wieso?«

»Weil ...« Ich schluckte. »Weil ich fürchte, dass dann alles wieder hochkommt. Aus der Zeit, als ich dachte, mein Leben würde sich komplett verändern. Ich dachte, ich hätte die Sache mit Oz begraben. In einer Woche werde ich umziehen, in drei Monaten heiraten, ich sollte mich also auf eine Zukunft mit Charlie konzentrieren, aber Oz taucht immer wieder in meinem Leben auf. Letzten Dezember habe ich ihn in Paris auf der Konferenz gesehen und dann noch mal auf einen Kaffee an unserem letzten Tag in Istanbul, als ich dir den Zettel schrieb, ich würde noch einen Stadtrundgang machen.«

»Ist da zwischen euch etwas passiert?«

»Nein, natürlich nicht.« Bei ihrer Frage fing mein Auge an zu zucken, und ich musste wieder daran denken, was Oz gesagt hatte.

Amy schlang die Arme um ihre Knie. »Okay, da jetzt offenbar Beichtstunde ist, gestehe ich, dass ich absichtlich Istanbul für deinen Junggesellinnenabschied ausgesucht habe. Ich habe deine libanesische Bekannte kontaktiert und sie nach ihm gefragt. Sein Leben klingt ziemlich kompliziert. Ich wusste, dass er bei dem Hochzeitsempfang sein würde, und dachte, vielleicht ... O nein, du bist stinksauer, oder? Mist, warum versaue ich immer alles so fürchterlich mit dir?«

Ich ließ mich auf den Teppich sinken und starrte an die Decke. »Ach, Amy, was soll ich bloß machen? Ich liebe Charlie über alles, aber ich bekomme Oz nicht aus dem Kopf. In Istanbul sagte er, er sei geschieden und liebe mich noch immer. Aber ich könnte nie etwas tun, was Charlie verletzen würde.«

Sie nahm mir den Brief und die Karten aus der Hand. »Dann lass uns sie verbrennen.«

Ich schoss hoch. »Nein!«

Amy sah mich verblüfft an. »Ich meine, noch nicht. Ich möchte wissen, was er geschrieben hat.«

»Soll ich sie dir vorlesen?«

Ich nickte und holte tief Luft, um mich innerlich zu wappnen. Sie zog den Brief aus dem Umschlag und faltete ihn auseinander.

Liebe Abbie,

inzwischen musst Du zu Hause sein. Ich weiß überhaupt nicht, wo ich anfangen soll. Wenn ich auf Türkisch schreiben könnte, wäre es leichter für mich, meine Gefühle auszudrücken. Ich hoffe, dies erreicht Dich. Deine Universität hat versprochen, den Brief weiterzuschicken.

Warum bist Du so plötzlich abgereist, Abbie? Ich war in Deinem Hotel, um Dir alles zu erklären, aber du warst weg. Ich habe meine Mutter zur Rede gestellt und erfahren, dass sie Dir von der Abmachung zwischen unserer und Dimas Familie erzählt hat. Es ist kompliziert. Ich muss Dich sehen und mit Dir reden. Und es tut mir leid, dass Du diesen Auftritt von Dima auf der Bühne sehen musstest. Sie kann manchmal – wie sagt ihr? – eine Drama-Queen sein.

Bitte, Abbie, alles, worum ich Dich bitte, ist, dass Du Dich meldest. Meine Telefonnummer ist oben auf diesem Brief. Ich möchte Dich wiedersehen. Der Tag, den wir miteinander verbrachten: das Essen in Arnavutköy, die Bootsfahrt – sie werden immer einen Platz in meinem Herzen haben. Ich habe mich gefragt, ob etwas zwischen uns war. Bitte sag mir, dass ich mir das nicht einbilde. Als ich sagte, ich würde gern nach London zurückkommen, meinte ich es ernst. Ich möchte einen Weg finden, um Dich wiederzusehen. Bitte überlege auch, ob Du noch einmal nach Istanbul kommst.

Du hast mir gesagt, dass Du Dich noch nicht wegen des Jurastudiums entschieden hast. Triff keine Wahl mit einem traurigen Herzen. Dein Besuch hat mir so viel bedeutet. Dass Du gekommen bist, um mich zu sehen, hat mich so gefreut. Bitte ruf mich an, damit ich Dir alles erklären kann.

In Liebe, Oz

Sehnsucht und Bedauern packten mich.

Amy drehte die erste Ansichtskarte um und las dann alle hintereinander vor.

Das Fischerdorf, zu dem wir mit dem Roller gefahren sind. Erinnerst Du Dich an das Essen? Bitte schreib mir. In Liebe, Oz

Der Dolmabahçe-Palast. Welcher Luxus. Dein Urteil über den Palast war so wahr. Bitte schreib. In Liebe, Oz

Das Hotel Sarniç. Ich bin heute dorthin gegangen und habe den Portier begrüßt. Er erinnert sich gern an Dich. Bitte Abbie, bitte schreib mir. In Liebe Oz

Der Basar. Hast Du noch den Armreif? Schau ihn bitte an und denk an mich. Ich wollte nie, dass die Entscheidungen meiner Familie Dich verletzen. In Liebe Oz

Das Schiff, mit dem wir auf dem Bosporus gefahren sind. Ich möchte diesen Ausflug noch einmal mit Dir machen. In Liebe Oz

Viel Segen für das neue Jahr. Ich werde keine Postkarten mehr schicken. Ich muss Deine Entscheidung respektieren. Es ist das Beste, wenn ich meinem Weg folge. Vielleicht sehen wir uns am 14. Februar in neun Jahren in London für unser Filmdate wieder? Es würde Schicksal sein, wenn wir es machten. In Liebe Oz.

Eine Träne rollte mir die Wange hinunter, als ich das Armband mit der Hand bedeckte. Wie sollte ich diesen Brief und die Karten je verbrennen?

Amy hielt sich die Finger vor den offenen Mund. »Neun Jahre nach diesem Brief am 14. Februar. War das nicht der Abend der Feier zu deiner Ernennung zur Anwältin?«

»Ja. Ja, genau.«

Das war das letzte Mal gewesen, dass ich ihn gesehen hatte, bevor er in Paris wieder in mein Leben trat. Zu viel Zeit war inzwischen vergangen; ich hatte mich weiterbewegt, und das aus guten Gründen. Und jetzt? Ich konnte es nicht zulassen, dass er wie eine Abrissbirne erneut in mein Leben einbrach. Dieser Brief, diese Postkarten, das Fotoalbum mit den wenigen Schnappschüssen aus einer Handvoll von Tagen, die wir miteinander verbracht hatten, änderten daran gar nichts.

29
Jetzt
November

Liz' Haustür schwang auf.

»Hallo«, piepste Liz.

Ich trat in die Diele, schlang meine Arme um sie und hielt sie fest, während sie in meine Halskuhle schluchzte.

»Alles wird gut, Liz«, sagte ich und streichelte ihren Rücken.

Ich war sofort hergekommen, als ich ihre verzweifelte SMS auf meinem Handy gesehen und daraufhin mit ihr telefoniert hatte. Charlie und ich hatten am Esstisch gesessen und mit lauter Zetteln, die unsere Hochzeitsgäste darstellten, eine Tischordnung auszutüfteln versucht. Anfangs war ich froh über die Unterbrechung, denn ich hatte schon zwei Paracetamol geschluckt, weil mir die Aufteilung von hundertsechzig Gästen rasende Kopfschmerzen verursachte, und auch die zwei Tassen Kaffee hatten mich für diese Aufgabe nicht wach genug halten können. Aber als Liz mir am Telefon erklärt hatte, was los war, verwandelte sich meine Erleichterung in Kummer.

»Wie geht es deiner Mum?«, fragte ich, als wir Arm in Arm in die Küche traten. Wir setzten uns nebeneinander an den Tisch.

»Schockzustand. Verleugnung.«

»Und du?«

Ihre Unterlippe zitterte. »Ich möchte sie nicht verlieren. Sie ist alles, was ich habe.«

Liz zog ein Papiertaschentuch aus der Schachtel, die auf dem Tisch stand, und tupfte sich das Gesicht ab.

»Das stimmt nicht.« Ich griff nach ihrer Hand. »Du hast Mary, mich, Marys Eltern. Wir werden alle da sein und dir helfen, so gut wir können. Ich werde mir frei nehmen, um mich um Maddy zu kümmern.«

»Danke, Abs. Ich kann überhaupt nicht geradeaus denken.

Brustkrebs! Du hörst das K-Wort die ganze Zeit, aber du denkst nie, dass es dir oder einem Menschen in deiner Familie passiert. Und dann kommt die Diagnose, und deine Welt geht zu Bruch.«

»Wann fängt sie mit der Behandlung an?«

»Nächste Woche. Und Mary hat gerade einen dicken Prozess, der demnächst beginnt, dann die Konferenz in Paris. Plus die ganzen Hochzeitsvorbereitungen.«

»Das sollte deine geringste Sorge sein. Übergib alles mir, und ich kümmere mich darum, dass es erledigt wird. Du musst jetzt für deine Mum da sein. Sie wird sich erholen. Sie wird die nötige Behandlung bekommen, und sie wird kämpfen.«

Sie sah mich erwartungsvoll an. »Glaubst du?«

»Ja. Sie hat im Leben so viele Blessuren erlitten und sie alle überlebt. Mit dir an ihrer Seite wird sie auch das schaffen.«

Ein zaghaftes Lächeln erschien auf Liz' Gesicht. »Kaum zu fassen, dass wir uns näherstehen als jemals zuvor. Wenn du mich nicht gedrängt hättest, sie an jenem Tag anzurufen ...« Sie verstummte, drückte meine Hand noch fester und blickte auf meinen Verlobungsring. »Es tut mir leid, dass ich dich Charlie entführt habe. Ihr solltet euch doch mit eurer Hochzeit beschäftigen.«

»Das ist in Ordnung. Er versteht das.«

Zumindest hoffte ich das. Denn seit seine Mum uns vor etwa zwei Wochen aufgetragen hatte, die Sitzordnung festzulegen, hatten wir vergeblich versucht, einen gemeinsamen Termin dafür zu finden.

Die Haustür ging auf, und als ich in den Flur schaute, sah ich Mary den Kinderwagen hereinschieben. Sie ließ ihn im Eingang stehen, kam in die Küche, gab Liz einen Kuss auf die Wange und umarmte mich.

»Maddy ist endlich eingeschlafen«, sagte sie und knipste den Wasserkocher an. »Ich bin froh, dass du da bist, Abbie.« Sie nahm ihren Schal ab und legte ihn zusammen mit ihrem Mantel über einen Küchenstuhl. Dann fuhr sie sich mit der Hand durchs Haar und setzte sich uns gegenüber. »Ich habe etwas auf dem Herzen, eine ziemlich wichtige Sache, die ich dich fragen muss – einen Gefallen, um den ich dich bitten möchte. Ich habe auf dem Spaziergang darüber nachgedacht.«

»Alles, was du möchtest. Ich tue alles«, sagte ich, ohne zu zögern.

»Nächste Woche beginnt für mich ein langwieriger Fall, und ich möchte Liz nicht die ganze Woche allein lassen und dann auch noch das Wochenende. Ich fände es sehr schön, wenn du mir die Einwanderungskonferenz abnehmen und nach Paris fahren würdest.«

Ich war starr vor Schreck. »Das Seminar leiten?«

»Ja. Immerhin ist es dir zu verdanken, dass wir noch einmal eingeladen wurden.«

»Ich bin sehr geschmeichelt, Mary, aber ich weiß nicht, ob ich die richtige Person dafür bin.«

»Rede keinen Unsinn. Ich wüsste keine geeignetere für die Aufgabe.«

Die Antwort blieb mir im Hals stecken. In der nächsten Woche wollten Charlie und ich nach Auchen Castle fahren, um die letzten Hochzeitsvorbereitungen zu treffen, darunter auch die Planung des Gottesdiensts. Und die Woche danach hatte ich einen Fall, der viel Einarbeitung erforderte.

Aber Paris war eine einmalige Gelegenheit. Vielleicht ließe sich unsere Reise um ein Wochenende verschieben. Die geschäftige Atmosphäre auf der letzten Konferenz hatte ich sehr genossen ... die Gelegenheit zu Gesprächen, die interessanten Menschen, das Netzwerken. Und eine solch hochkarätige Veranstaltung zu leiten wäre der Höhepunkt dieses schwierigen Jahres. Ich hatte mehr Prozesse verloren als gewonnen, und manche der verlorenen hatten mir schwer zugesetzt. Wenn Familien auseinandergerissen wurden, machte mir das immer sehr zu schaffen.

Dann kam mir ein anderer Gedanke. Würde Oz dort sein? Könnte ich ihm jemals wieder in die Augen blicken nach seinem

Geständnis damals in Istanbul? Und spielte das überhaupt noch eine Rolle? Ich bewegte mein Medaillon an der Kette hin und her.

»Es wäre mir eine Ehre, Mary.«

Den Rest des Tages verbrachte ich mit Liz und Mary und kehrte erst abends nach Hause zurück. Charlie saß in unserer großen Küche am Frühstückstresen, studierte Akten und trank ein Glas Rotwein, sein Teller war leer.

»Da bist du ja«, sagte er. »Wie fühlst du dich?«

»Als wäre eine Rakete in meinem Kopf explodiert«, erwiderte ich und rieb mir die Schläfen.

»Möchtest du irgendwas?«

»Nein, danke.« Ich trottete zur Spüle und ließ Wasser in ein Glas laufen. Ein Röhrchen Paracetamol lag auf dem Fenstersims. Ich öffnete es und schluckte zwei. »Tut mir leid wegen heute.«

»Jetzt setz dich doch erst mal, Abbie«, sagte er und klopfte auf den Barhocker neben sich. »Ich mache dir was zu essen warm.«

Ich schüttelte den Kopf. »Danke, aber ich bin nicht besonders hungrig.« Ich legte mein Handy auf den Tresen.

»Wie geht es Liz?«

»Etwas besser. Es ist ein hartes Jahr für sie. Ausgerechnet jetzt, wo ihr Leben mit Maddy in geregelte Bahnen kommt, passiert das.«

Charlie stand auf, nahm mich in die Arme und küsste mich auf den Kopf. »Mach dir keine Sorgen. Sie wird schon wieder. Sie hat viel Unterstützung.«

Noch während ich mich von seiner Umarmung besänftigen ließ, bemerkte ich die fertige Sitzanordnung, die auf dem Esstisch lag. »Es tut mir leid, dass ich dir nicht geholfen habe«, sagte ich und wies mit dem Kinn auf den Plan.

»Das macht nichts. Einige wenige Platzierungen wollte ich noch mit dir besprechen, damit zwischen den verschiedenen Zweigen meiner Familie nicht der dritte Weltkrieg ausbricht.« Er lächelte. »Aber das machen wir morgen.«

»Oh«, sagte ich und blickte ihm ins Gesicht. »Ich habe Liz versprochen, wiederzukommen, und ich muss Mary sehen.«

»Wieso das denn?«

Ich holte tief Luft, für das, was ich ihm zu sagen hatte. »Ich übernehme am nächsten Wochenende ihren Job in Paris. Ich werde auf der Einwanderungskonferenz ein Seminar leiten.«

Er ließ mich los und sank auf den Hocker. »Du tust was?«

»Ich hatte gehofft, du würdest verstehen, dass ich es tun muss. Ich helfe damit nicht nur Mary, es wäre auch eine riesige Chance für mich.«

Er legte den Kopf schief. »Und unsere Hochzeitsvorbereitungen?«

»Ich dachte, wir könnten unseren Ausflug aufs darauffolgende Wochenende verschieben.«

Sein Kiefer verspannte sich sichtbar, und seitlich an seiner Stirn trat eine Ader hervor. »Ich möchte nicht unfreundlich erscheinen, aber es gibt auch andere Leute, die einspringen könnten. Es ist schließlich nur ein Seminar.«

Ich wurde ärgerlich. »Es ist nicht ›nur‹ ein Seminar. Es ist meine Chance zu beweisen, zu beweisen ...«

»Was zu beweisen, Abbie?«

Ich umklammerte mein Glas mit beiden Händen, unfähig, den Satz zu beenden.

»Ich weiß, dass Liz deine beste Freundin ist, und ich verstehe auch, dass du jetzt bei ihr sein möchtest, aber ich begreife nicht, wieso du nach Paris fahren sollst, wenn es drei andere qualifizierte Anwälte in der Kanzlei gibt, die genauso gut einspringen könnten.«

Mary hatte *mich* gefragt. Mich. Weil sie meinen Fähigkeiten vertraute und nicht, weil ich Liz' beste Freundin war. Das glaubte ich zumindest.

Charlie nahm mir das Glas Wasser weg und stellte es beiseite, dann packte er meine beiden Hände und drückte sie fest. »Abbie ... ich habe das Gefühl, wir sind dabei, auseinanderzudriften. Wir sind beide vollkommen von unserer Arbeit absorbiert, und jetzt kümmerst du dich wieder um Liz und Maddy, und dann lässt du dir auch noch das Seminar aufhalsen, weil du glaubst, das schuldest du Mary.« Er rückte näher. »Ich möchte das Gefühl haben, dass ich auch noch zähle, dass wir beide zählen. Seit du aus Istanbul zurück bist, kommt es mir so vor, als hättest du diese Barrieren errichtet. Ich dachte eigentlich, der Umzug in dieses Haus wäre aufregender für dich, aber deine Kleidung liegt immer noch in einem Koffer, als wärest du ein Gast.«

Das stimmte. Ich hatte kein einziges Wochenende frei gehabt, um mich mit dem Haus zu beschäftigen. Das Leben war aus den Fugen geraten, und ich wusste nicht, was ich dagegen machen konnte. Aber dass der Großteil meiner Kleider noch nicht ausgepackt war, hatte ich nicht einmal bemerkt.

Mein Handy auf dem Tresen vibrierte. Zum Glück. Ich schielte auf das Display. Es war eine Eilmeldung. Bei der Überschrift schreckte ich hoch. »Terroranschlag im Herzen Istanbuls«. Im Absatz darunter sprangen mir folgende Worte ins Auge: Bomben. Beşiktas-Stadion. Neunundzwanzig Tote. Einhundertsechsundsechzig Verwundete.

Mein Hocker scharrte über den Boden, als ich ihn zurückschob und aufstand. »Ich habe es mir anders überlegt. Ich habe Hunger«, sagte ich. »Ich hole uns was vom Chinesen.«

»Wieso rufst du nicht an und lässt es liefern?«

»Ich glaube, ich muss mal raus, mir den Kopf auslüften.«

Ich wollte an ihm vorbei, doch er hielt mich fest. »Abbie, hör zu. Wenn es dir wirklich so viel bedeutet, dann fahr nach Paris. Ich mache mir einfach Sorgen, dass du dir zu viel auflädst. Und ich möchte nicht, dass dir das Gleiche passiert wie vor ein paar Jahren. Liz hat Mary, ihre Ehefrau, jemanden, der durchaus mehr für sie da sein kann. Vergiss das nicht. Es ist nicht deine Aufgabe, alle zu retten.«

Ich schwieg, nickte nur kurz, bevor ich aus der Tür eilte, und mein Schuldgefühl wuchs ins Unermessliche, weil ich den wahren Grund für meinen Aufbruch nicht genannt hatte.

Während ich die Straße hinunter und dann um die Ecke zum Chinesen lief, zog ich mein Handy aus der Tasche. Ich scrollte durch meine Kontakte und blieb mit dem Finger auf Oz' Namen stehen. Es klingelte ewig.

»Abbie?«

In diesem Moment hätte ich die Verbindung beenden sollen. Hatte ich denn nicht nur wissen wollen, ob er noch lebte?

»*Allo?* Abbie?«

Seine Stimme.

Ich leckte mir über die Lippen, die von der Kälte ganz trocken und spröde waren. »Hi.«

Er seufzte. »Wie schön, dich zu hören.« Im Hintergrund konnte ich Schreie und Sirenen ausmachen.

»Die Bomben. Ich habe eben die Nachricht gesehen ... und ich musste einfach sofort wissen, ob es dir gut geht.«

»Dank Allah, ich bin okay. Ich war bei dem Spiel.«

Vor Schreck verschluckte ich mich fast an der schneidenden Novemberluft. »Wirklich?«

»Aber das Spiel war schon vorbei. Ich war auf dem Weg nach Hause anstatt danach mit meinen Freunden auszugehen. Aber sie sind auch in Ordnung.«

Schweigen breitete sich zwischen uns aus, aber ich hörte ihn atmen.

»Ich möchte dich wiedersehen«, sagte er schließlich. »Ich möchte mich entschuldigen für das, was ich in dem Café gesagt habe, und dir genau erklären, was in den wenigen letzten Jahren geschehen ist. Aber am Telefon oder in einer E-Mail ... ist das nicht möglich. Ich muss dich sehen. *Lütfen.* Bitte. Ich kann das alles nur hinter mir lassen, wenn du alles weißt.«

Autos fuhren an mir vorbei, und auch die Bürgersteige waren belebt. Die Menschen und Bruchstücke ihrer Gespräche wurden Teil des Hintergrundgeräuschs.

Da sagte er plötzlich: »Die Einwanderungskonferenz. Wirst du dort sein?«

Ich hielt die Luft an. »Vielleicht. Meine Kollegin hat mich gebeten, ein Seminar zu leiten.«

»Fantastisch. Ich werde wieder eine Rede halten. Vielleicht können wir einen Kaffee zusammen trinken. Ich verspreche dir, ich werde nichts sagen, was dich verärgert.«

Was sollte ich dazu sagen? Konnte ich ihm wirklich wieder gegenübertreten, ohne an das zu denken, was er mir in Istanbul gestanden hatte? Aber er hatte ja recht. Es gab noch so viel zu bereden. Und tief im Herzen wollte ich unbedingt wissen, was in seinem Leben passiert war, nachdem ich ihn am Vorabend meines dreißigsten Geburtstags im Leicester Square gesehen hatte.

30
Fünf Jahre früher
Februar

»Hör auf, mich zu ärgern«, sagte ich zu Liz. Wir standen vor dem Prince-Charles-Kino, wo sich eine kleine Menschenmenge versammelt hatte. »Oz ist nicht hier.«

Liz schaute mich mit einem Ausdruck an, den ich noch nie bei ihr gesehen hatte.

Ich drehte mich langsam um und begegnete seinem Blick, sah aber sofort wieder weg und packte Liz am Arm. »Was mache ich jetzt?«

»Tja, du bist überrumpelt. Er hat dich gesehen. Du musst dich mit ihm treffen.« Sie bedachte mich mit einer ihrer knochenbrecherischen Umarmungen.

»Scheiße«, sagte sie und löste sich von mir. »Es ist Schicksal. Ich hätte nicht gedacht, dass er hier ist. Eigentlich wollte ich dir sagen, dass du den Typen vergessen sollst. Du kannst nicht weiter durchs Leben gehen und jeden Mann mit ihm vergleichen. Aber da ist er nun.« Sie lächelte und schob mir ein paar Haarsträhnen hinters Ohr. »Außerdem hast du mir doch erklärt, du wärst bereit, dich wieder mit ihm zu treffen, wenn ihr beide solo wärt. Ich wette, er wird sich fürchterlich dafür entschuldigen, dass er dir das Herz gebrochen hat. Du kannst ihm von mir ausrichten, dass er es mit mir zu tun bekommt, falls er wagt, dir noch einmal so etwas anzutun. Ich möchte, dass es dir so geht wie mir mit Mary, Abs, denn es ist verdammt wunderbar mit ihr, und du hast das auch verdient.« Sie juchzte. »Das ist ja wie im Kino – ein märchenhaftes Ende.«

Für einen Moment ließ ich mich von ihrer Begeisterung anstecken und lächelte strahlend. Aber dann fiel mir das Datum ein, das Charlie und ich festgesetzt hatten. Oz tauchte ausgerechnet in dem Moment wieder in meinem Leben auf, wo ich endlich bereit war, diesen wichtigen Schritt zu tun. Spielte das elende Schicksal mir einen grausamen Streich?

»Ich gehe zurück und erzähle deiner Familie, dass du aufgehalten wurdest. Einverstanden? Los, triff dich mit ihm. Sei glücklich.«

Oz trug einen Anzug in einer Hülle über der Schulter und einen kleinen Koffer in der Hand. Er sah traurig aus; seine Augen wirkten müde und lagen tief in den Höhlen. Mein Lächeln erstarb.

»Du bist gekommen«, sagten wir beide gleichzeitig und mussten lachen.

»Ich habe für wenige Stunden einen Zwischenaufenthalt in London. Ich komme vom Flughafen, heute Abend fliege ich nach New York.«

»Oh.« Ich konnte meine Enttäuschung kaum verbergen.

»Ich wollte dich sehen.« Er schluckte schwer, und seine Augen verschleierten sich. »Ich musste jemanden haben, mit dem ich reden kann.« Er fröstelte trotz seines eleganten Mantels und des Schals.

»Dann lass uns reingehen.«

Wir kauften zwei Eintrittskarten, gingen zur Bar und bestellten beim Barkeeper einen Whisky auf Eis und einen Gin Tonic. Dann setzten wir uns auf zwei Hocker und warfen unsere Mäntel auf einen dritten. Um uns herum sammelten sich Kinobegeisterte und begannen, sich leise angeregt zu unterhalten.

Ich bemerkte, dass er keinen Ring trug. Aber ich konnte meine Augen nicht von seinem kummervollen Gesicht lassen.

»Ist alles in Ordnung?«, fragte ich.

Er starrte schweigend in sein Glas und ließ die Eiswürfel klirren.

»Rede mit mir, bitte, Oz. Was ist los? Wieso fliegst du nach New York?«

»Mein Leben ist eine Lüge. Eine einzige große Lüge.«

Ich drehte mich auf dem Hocker, um ihn genauer anzuschauen. »Was ist passiert?«

»Du hast mich nie gefragt, wieso ich mich an der Universität mit einem anderen Namen eingeschrieben habe.«

»Nein, ich glaube, das stimmt.«

»Damals ertappte meine Mutter mich dabei, wie ich in ihrem Büro Papiere durchsuchte. Bankauszüge. Zahlungen an jemanden in New York, jemanden, der S. Demir hieß, der Name meines Vaters. Und als ich sie deshalb zur Rede stellte, sagte sie, das sei ein häufiger Name und die Überweisungen hätten mit einer Immobilie zu tun, die sie in Amerika mieten. Um sie zu ärgern, habe ich mich weiter mit seinem Nachnamen eingeschrieben. Wie ein Kind. Ich wollte eine Reaktion von ihr.«

Ich trank einen Schluck und fragte mich, wohin diese Geschichte führen würde. Es war, als hätten wir den Faden des Gesprächs, das wir in Damaskus geführt hatten, direkt wieder aufgenommen; als hätte es keine vierjährige Lücke gegeben.

»Einmal hat sie mir gegenüber eine Bemerkung gemacht, die ich nie vergessen habe. Sie sagte, sie sei froh, dass er tot ist, weil sie ihm den Unfall niemals verziehen hätte. Aber für mich fühlte er sich nie tot an.« Er schob sein Glas beiseite und legte die Hände hinter den Kopf, fuhr sich heftig mit den Fingern durchs Haar und knallte dann seine Fäuste so heftig auf den Tresen, dass beide Gläser klirrten.

»Aber sie hat gelogen. Er ist nicht tot. Er ist sehr lebendig.« Er sah mich traurig an. In seinen Augen standen Tränen.

»Was?« Ich war fassungslos.

»*Yirmi yedi yıl.* Siebenundzwanzig Jahre. Sieben. Und. Zwanzig. Jahre. Siebenundzwanzig Jahre lang musste ich die Liebe eines Vaters entbehren.«

Was sollte ich sagen? Wie konnte ich seinen Schmerz lindern? Ich legte meine Hand auf seine und drückte sie sanft, um zu signalisieren, er solle fortfahren.

»Vor zwei Tagen bekam ich einen Anruf von einem Freund in Amerika. Er ist wissenschaftlicher Mitarbeiter an der Universität von New York, und er erzählte mir, er habe dort einen türkischen Professor kennengelernt. Und dieser Mann, den er zufällig kennengelernt hatte ... sei mein Vater. *Yani,* ich dachte, er ist verrückt«, sagte Oz mit einem halben Lächeln. »Aber dann hat er mir ein Foto von ihm geschickt, von der Uni-Website.« Oz schloss die Augen und wischte sich mit der freien Hand darüber, um jede Spur von Tränen zu beseitigen.

»Ich weiß nicht, was ich sagen soll, Oz. Ich kann mir kaum vorstellen, wie dir zumute ist. Bist du auf dem Weg zu ihm?«

Er nickte. »Niemand weiß es. Ich habe es keinem erzählt ... nur dir. Das wird meine Familie auseinanderreißen. Aber ich habe ein Recht es zu wissen. Oder?«

»Natürlich.«

»Du findest es nicht töricht, wenn ich die Vergangenheit ausgraben möchte? Glaubst du, ich hätte meiner Familie sagen müssen, was ich herausgefunden habe? Ihnen die Chance geben, es zu erklären?«

»Wenn ich du wäre, würde ich keine einzige Sekunde zögern, meinen Vater wiederzusehen. Ich würde alles dafür tun.«

»Es tut mir leid, Abbie. Ich wollte dich nicht traurig machen.«

»Es ist in Ordnung. Es ist vier Jahre her. Die Zeit heilt.« Ich zuckte die Achseln.

»Ich wollte keinen Direktflug nehmen. Ich wollte dich sehen.«

»Woher wusstest du, dass ich hier bin?«

»Schicksal?« Sein zaghaftes Lächeln fuhr mir ins Herz.

»Du meinst ›Zufall‹?« Ich wusste, dass mein Versuch, komisch zu sein, nicht das war, was er brauchte, doch seine Miene wurde weicher.

»Ich hatte einen Plan B. Ich hoffte, dass deine Nummer immer noch dieselbe ist.« Er umfasste meine Hand, die noch auf seiner lag. Ich starrte auf seine Finger und dann in seine Augen. Er wandte sich ab und griff in seine hintere Hosentasche. »Manchmal vergesse ich, ihn nach dem Fußballtraining wieder anzustecken.«

Ich fühlte einen Stich in der Brust. »Ja, natürlich.« Was hatte ich gedacht? Er war hier, um seine Neuigkeiten und seinen Schmerz mit mir zu teilen, nichts sonst.

Als er sein Portemonnaie öffnete, sah ich hinter seinem Ehering das Foto eines kleinen Mädchens.

»Wer ist das?«

Seine Lippen wurden schmal, als er das Bild herauszog und mir reichte. »Das ist Eda, meine Tochter.«

Wortlos betrachtete ich das Foto.

»Sie ist fast vier.«

Ich atmete tief ein und aus und versuchte, mich zu fassen. Oz hatte eine Tochter. »Sie ist wunderhübsch.«

Er schniefte. »Es tut mir so leid, Abbie. Als ich erfuhr, dass Dima schwanger war, konnte ich sie nicht verlassen, das konnte ich meinem ungeborenen Kind nicht antun. Es wäre keinem gegenüber fair gewesen, besonders nicht dir gegenüber. Ich wusste damals, dass wir nicht das Leben führen konnten, von dem wir in Beirut gesprochen hatten. Eda ist für mich das Kostbarste auf der Welt. Ich habe in meinem Leben viele Fehler gemacht, aber sie ist keiner. Und Dima ist ihre Mutter. Und so wird sie immer in meinem Leben sein, auch wenn ich ihr nie verzeihen werde, wie es dazu gekommen ist.«

»Was soll das heißen?«

»Wir konnten keine Kinder auf natürliche Weise bekommen, und unsere Familien haben Druck gemacht wegen eines Erben, also haben wir andere Methoden versucht. Dima ging ohne mein Wissen in eine Spezialklinik ... nachdem ich die Scheidung beantragte hatte! Trotz meines Zorns musste ich zu ihr stehen.«

Hinter uns geriet die Menge in Bewegung. Offenbar würde der Film gleich beginnen. Diese Neuigkeiten schwirrten mir wie ein Bienenschwarm durch den Kopf, und mein Verstand war nicht in der Lage, sie zu begreifen.

»Wir sollten wohl hineingehen«, sagte ich leichthin, nahm meinen Mantel und hoffte, dass er meine Entgeisterung nicht bemerkt hatte.

Der Saal wurde dunkel, und der Film begann. Ich konnte Oz

nicht ansehen und verfluchte mich dafür, dass ich geglaubt hatte, es handele sich um mehr als eine offene Aussprache. Was tat ich immer noch hier? Dies war kein Date.

Unsere Arme auf den Lehnen berührten sich. Es ärgerte mich, dass ich auf seine Wärme reagierte. Sein kleiner Finger zuckte und stieß sanft gegen meinen. Ich zog ihn nicht weg und konnte mich nicht mehr auf Cary Grant und die Leinwand konzentrieren, sondern nur noch auf unsere Hände.

Anfangs bewegte er nur zart seinen kleinen Finger und streichelte meinen. Ich war wie erstarrt. Dann flocht er nacheinander seine Finger zwischen meine und drückte sie fest. Er nahm meine Hand und hielt sie sich vor den Mund. Sein Atem war auf meiner Haut, sein Mund verführerisch nah.

Abrupt stand ich auf, sammelte meine Sachen zusammen und tastete mich aus dem Kino nach draußen in die Dunkelheit.

»Abbie«, rief Oz mir nach.

In der leeren Bar holte er mich ein. »Bitte geh nicht. Es tut mir leid, das wollte ich nicht. Nichts von alledem. Bitte. Verzeih mir. Ich kann im Moment nicht klar denken. Vielleicht können wir uns treffen, wenn ich aus New York zurückkomme?«

Ich holte tief Luft und zog mein Medaillon an seiner Kette hin und her. »Ich glaube nicht, dass das eine gute Idee ist, Oz. Ich kann nicht für dich da sein. Das ist mir gegenüber nicht fair. Ich habe ein Leben mit dir gewollt. Aber in das, das du jetzt führst, gehöre ich nicht.«

Mit diesen Worten ging ich – im Bewusstsein, dass ich recht hatte und Liz sich irrte. Nur im Kino gab es ein Happy End. Ich wusste, welchen Weg ich einschlagen wollte. Ab jetzt würde ich mich auf meine neue Karriere konzentrieren. Ich brauchte niemanden in meinem Leben. Nicht jetzt.

31
Drei Jahre früher
Dezember

Es piepte, als ich meine Fahrkarte gegen das Lesegerät hielt. »Bitten Sie um Hilfe« leuchtete auf – und die Schranke blieb fest geschlossen.

»Nein, nein, nein!«, rief ich laut.

In der Ferne setzte sich der Zug von Birmingham New Street zur Londoner Euston Station in Bewegung.

Ich spürte einen Kloß in meinem Hals. Normalerweise hätte ich nicht wegen eines verpassten Zugs geheult, aber heute hatte ich nach fünf Verhandlungstagen den Prozess verloren, auf den ich mich wochenlang vorbereitet hatte, und das traf mich härter als ich erwartet hätte. Ich wollte mich nur noch in meinem Bett verkriechen und meinen Kummer in einer Flasche Wein ertränken. Es war sechs Uhr. Nach der angegebenen Abfahrtszeit des nächsten Zugs würde ich schätzungsweise erst in etwa vier Stunden in den Laken liegen. Besonders begeistert von der Vorstellung, so spät in meine kalte, feuchte Wohnung zu kommen, war ich nicht. Der Vermieter hatte versprochen, die Heizung zu reparieren, aber meine Nachfragen waren auf taube Ohren gestoßen. Ich wünschte, ich hätte zu Liz gehen können, aber sie zog an diesem Wochenende mit Mary in ihr neues Haus in Notting Hill.

»Abbie?«

Als ich mich umdrehte, stand Charlie Logan neben mir. Ich versuchte zu lächeln. »Hallo.«

»Alles in Ordnung?« Er musterte mein Gesicht, das sicher ziemlich verquollen war.

»Mir geht's gut, Nur ...« Ich blickte in seine Augen. Mir war noch nie aufgefallen, wie intensiv grün sie waren. Normalerweise trug er eine Brille, aber diesmal nicht. Angesichts seiner besorgten Miene war es um mich geschehen. Meine Unterlippe begann zu zittern, und schon flossen die Tränen.

Plötzlich spürte ich, wie seine warmen Arme mich umschlossen, und ich schluchzte in seinen Kaschmirmantel, das weiche Material streichelte meine Wange. Ich atmete seinen tröstlichen Duft ein – eine Mischung aus Aftershave und Duschgel. Er hielt mich fest, und ich fühlte mich geborgen wie seit langem nicht. Es war beruhigend und dringend nötig.

Charlie und ich waren in den vergangenen zwei Jahren gute Freunde geworden. Bei unserem ersten Date im Café hatte er sich ziemlich zurückgehalten. Offenbar hatte ich mich leicht frostig gegeben und irgendwas von Büroliebschaften gefaselt, die keine gute Idee seien. Unsere Wege kreuzten sich nur selten, da wir unterschiedliche Fachgebiete hatten, aber jedes Mal, wenn wir uns begegneten, freute ich mich. Er brachte mich zum Lachen mit seinem trockenen Humor und war ein echter Gentleman.

Ich löste mich aus seinen Armen und nahm dankbar das angebotene Taschentuch. Es trug ein Monogramm mit seinen Initialen.

»Schrecklich altmodisch. Meine Mutter legt Wert darauf, sie mir zum Geburtstag zu schicken. Ziemlich peinlich.«

Ich lachte unter Tränen. »Was machst du hier?«

»Ich bin soeben angekommen. Für einen Prozess, der morgen früh beginnt. Und du?«

Ich blickte zurück auf den leeren Bahnsteig. »Hab den Zug nach Hause verpasst ... und meinen Prozess verloren.«

»Ach.« Er nickte verständnisvoll. »Sieht so aus, als bräuchtest du was, um deine Sorgen zu ertränken.«

Mein Herzschlag beschleunigte sich. Ich hielt seinem Blick stand, wagte nicht, ihn abzuwenden, und sagte: »Weißt du was? Das ist genau das, was ich jetzt brauche. Begleitest du mich?«

»Ich dachte schon, du würdest nie fragen.« Er lächelte und zwinkerte spitzbübisch.

Bei Essen und Wein in der All Bar One ließ Charlie mich meinen Prozess bis ins letzte Detail aufdröseln. Er hörte zu, urteilte nicht und erklärte schließlich, ich solle mir meine vergangenen Siege nicht durch dieses eine Scheitern verderben lassen. Wir plauderten auch über andere Themen – über unsere Familien, unsere persönlichen Vorlieben und Abneigungen. Drei Stunden vergingen wie im Flug, und mit einem Mal standen wir wieder an genau derselben Stelle, wo wir uns getroffen hatten – unter der Abfahrtstafel. Mir tat das Gesicht vom vielen Lächeln weh.

Wir standen sehr dicht beieinander. Und ich spürte, dass meine Wangen vom Alkohol erhitzt waren.

»Vielen Dank, Charlie. Ich finde –«

Und dann waren seine Lippen auf meinen. Der Kuss war drängend und sinnlich, und er hielt mich fest umschlungen.

Weder hörte ich das Pfeifen des Schaffners, das die Abfahrt des Zugs ankündigte, noch nahm ich die Fahrgäste wahr, die sich an uns vorbei durch das Drehkreuz schoben. Was machte es schon, wenn ich den letzten Zug nach Hause verpasste!

Die Zeit stand still. Und ich wusste, dass dies der Anfang von etwas ganz Besonderem war.

32
Jetzt
November

»Vier Teilnehmer!« Ich stand vor dem Tagungsraum, in dem ich in zwei Stunden das Seminar halten sollte, und überflog das Anmeldeformular. Mehr nicht? Vier Menschen würden mein Seminar besuchen. So viel also zum ›Sich-einen-Namen-Machen‹. Ich hatte Charlie überredet, unseren Ausflug nach Schottland zu verschieben, um nach Paris zu fahren – und wofür?

Ich hatte ihn während der Woche kaum gesehen, da ich jede Menge zu tun hatte mit Büroarbeit, der Konferenzvorbereitung und den Fahrten zu Liz, wo ich Maddy hütete, damit sie zu ihrer Mutter konnte. Jeden Abend schlich ich mich lange nach Charlie ins Bett, und er war immer schon unterwegs zum Gericht, wenn ich aufstand. An diesem Morgen hatte er mich zum Bahnhof King's Cross gebracht, mich umarmt und mir viel Glück gewünscht, aber sein Abschiedskuss hatte meine Lippen kaum berührt. Ich verdrängte den Gedanken, was dies bedeutete, um mich ganz auf das bevorstehende Seminar zu konzentrieren.

Ich knöpfte das Jackett meines grauen Hosenanzugs auf und fächelte mir mit den Konferenzunterlagen Luft zu.

»Abbie.«

Ich erstarrte, dann drehte ich mich langsam um. Da war er. Oz. In einem eleganten, marineblauen Anzug. Ich nahm seine Begrüßungsküsschen entgegen und verfluchte mich für meine prompten Gefühle. Er blickte über meine Schulter auf das Formular.

»Sieht so aus, als hätte es sich rumgesprochen, dass nicht meine Kollegin das Seminar leitet«, sagte ich.

»Ich bin sicher, das stimmt nicht.« Ich spürte seine Augen auf meiner Unterlippe, auf der ich wild herumkaute. »Bist du aufgeregt?«

Dies hier war eine berufliche Situation, und ich war es durchaus gewohnt, mit etwas Bauchkribbeln fertigzuwerden. Jedes Mal, wenn ich bei Gericht auftrat, kriegte ich so einen Adrenalinschub. Aber etwas in Oz' Miene brachte mich dazu, diesmal bezüglich meiner Gefühle aufrichtig zu sein. »Ich werde es vermasseln.«

»Diesen Ausdruck verstehe ich nicht.« Er lächelte mitfühlend.

»Sagen wir so: Ja, ich bin einigermaßen in Panik und habe das Gefühl, dass schrecklich viel für mich davon abhängt.«

»Ich habe Zeit, wenn du es durchgehen möchtest. Du kannst an mir üben.«

Und schon fühlte ich mich zurückversetzt in die Zeit unserer ersten Begegnung: das Café in London; die Ernsthaftigkeit der Jugend; wie ich jedes Mal rot wurde, wenn irgendeine Äußerung vielleicht eine verborgene Bedeutung enthielt; die fürsorgliche Art, mit der Oz mir geholfen und meine Abschlussarbeit gerettet hatte.

»Das würdest du tun?«

»Natürlich. Für dich immer.«

Wir fanden einen leeren Tagungsraum, und ich fuhr meinen Laptop hoch. In Oz' Gegenwart wurde ich langsam ruhiger. Auch wenn ich die Erinnerung an unsere letzte Begegnung nicht gänzlich aus meinem Kopf vertreiben konnte, blieb ich auf die anstehende Aufgabe konzentriert. Ich stand auf, zog meine Jacke gerade und erwiderte sein Lächeln, als er sich mir gegenübersetzte und darauf wartete, dass ich begann.

Ich arbeitete mich durch das Material, zeigte ihm alle Dias, die ich einsetzen wollte, und auch, wo ich vorhatte, den Vortrag zu unterbrechen, um den Teilnehmern Gelegenheit zu bieten, sich mit eigenen Ideen zu beteiligen. Allerdings fürchtete ich, dass bei nur vier Leuten die Diskussion ziemlich zäh sein könnte.

»Und?«, fragte ich, nachdem ich geendet hatte.

»Das ist gute Arbeit! Ich habe nur ein Bedenken. So vieles von dem, was du sagst, kommt von hier.« Er zeigte auf seinen Kopf. »Und nicht von –«

»Hier?«, beendete ich seinen Satz und legte mir die Hand aufs Herz.

»Woher weißt du, was ich sagen wollte?«

»Als du vor Jahren mit mir meine Abschlussarbeit durchgegangen bist, hast du genau dasselbe gesagt.«

Er beugte sich über den Tisch. »Ich habe Marys Geschichten in deinen Worten gehört, aber nicht deine eigenen. Du hast vielleicht nicht Marys Berufserfahrung an Jahren, aber deine Erfahrungen sind doch wichtig und wertvoll. Die Leute werden interessiert sein.« Er hatte recht. Mary hatte mir eine Menge Material überlassen, das ich eingearbeitet hatte.

Oz sah kurz auf die Uhr. »Du musst mich entschuldigen«, sagte er, »aber ich bin gleich verabredet. Vielleicht können wir uns später treffen? Für einen Kaffee?«

»Ja klar.« Ich dachte nicht groß über meine Antwort nach, denn mir schwirrte der Kopf von all den Ideen, Geschichten und Fällen, aber auch von interessanten Wendepunkten in meiner beruflichen Laufbahn, über die ich sprechen könnte. Ich setzte mich, um mir weitere Notizen zu machen, und merkte nicht einmal, dass Oz ging.

Etwas später saß ich startbereit in meinem Tagungsraum, und das Begrüßungs-Dia steckte im Projektor. Die Tür ging auf, und vier Personen traten ein. Ich hieß sie willkommen und wollte gerade mit meiner Präsentation beginnen, als fünf oder sechs weitere hereinkamen. Wer waren diese Leute? Und bevor ich wusste, wie mir geschah, hatte der Raum sich gefüllt. Einige Teilnehmer holten sogar noch Stühle von draußen.

Mir wurde heiß vor Aufregung. Und dann sah ich ihn. Er hatte versucht, unauffällig im Hintergrund zu bleiben, aber ich konnte ihn durch die Tür draußen im Foyer sehen. Oz. Mir ging das Herz auf. Es gab gar keine Verabredung. Er hatte für mein bescheidenes kleines Seminar Leute zusammengetrommelt. Als ich die eng gedrängte Menge begrüßte, wurde auf Türkisch, Französisch und in anderen, schwer verständlichen Sprachen geantwortet.

Nach der zweistündigen Sitzung schwebte ich förmlich. Ich schwebte vor Glück. Der letzte Delegierte war gerade gegangen, nachdem er mir die Hand geschüttelt und gesagt hatte, es sei eine unschätzbare Erfahrung gewesen. Das Erfolgsgefühl war berauschend. Die Teilnehmer hatten eine Fülle von Gedanken und Ideen beigesteuert, und ich hatte Moderatorin und Mediatorin gespielt, als die Diskussion zu hitzig zu werden drohte.

Mein Handy vibrierte auf dem Tisch. Eine SMS von Oz.

Wie war das Seminar? Ich sitze im Café L'Ecir an der Ecke Rue de la Tombe Issoire. Ich würde mich freuen, Dich zu sehen, wenn Du Zeit hast.

Ich zögerte. Was würde Charlie sagen, wenn er wüsste, dass ich mit ihm Kaffee trank? Nichts. Ich hatte ihm immer noch nicht erzählt, wer Oz eigentlich genau war. Und nach unserer letzten Begegnung mussten Oz und ich reinen Tisch machen. Es war zu viel zwischen uns vorgefallen, als dass die Geschichte so enden konnte. Und ich war überzeugt, dass ich jetzt endlich den »Schlussstrich« ziehen könnte.

Nachdem ich mich umgezogen hatte – flache Schuhe, schwarze Jeans und einen grünen Wollpullover gegen die Pariser Kühle –, ging ich zu Fuß zu dem Café und sah Oz schon durchs Fenster. Er trug dunkle Jeans und einen marineblauen Pulli mit V-Ausschnitt über seinem Hemd und war über eine Zeitung gebeugt.

Er sah mich und lächelte mir zu. Mein Herz machte einen verrückten Hopser, aber ich verscheuchte das Gefühl. Wahrscheinlich war ich einfach noch zu aufgedreht vom Seminar.

Der Kellner nahm mir den Mantel ab und wies mich zu dem Tisch. Oz erhob sich.

»Wie war es? Oh, ich kann an deinem Lächeln sehen, dass es gut gelaufen ist.«

Ich setzte mich sofort, um seine übliche Begrüßung zu vermeiden. »Es war überwältigend. Ich danke dir. Danke, dass du so viele Leute zum Kommen überredet hast.«

Er zuckte die Achseln. »Ich verstehe nicht, was du meinst«, sagte er und nahm wieder Platz.

»Ach komm. Ich weiß, dass du es warst. Oder war es etwa Zufall, dass ein Drittel der Delegierten türkisch sprach?«

Er blickte verlegen in seine Kaffeetasse. »Ertappt. Ist das das Wort dafür?«

»Ich glaube nicht, dass du dafür verhaftet wirst.«

»Ah ja. Okay. Dann bin ich schuldig, weil du mich ertappt hast.«

»Das war wirklich sehr aufmerksam, Oz. Und es lief unglaublich gut, ich kann mich noch gar nicht beruhigen.«

»Das sehe ich dir an. Was möchtest du trinken?«, fragte er, als der Kellner erneut erschien.

Ich überflog die Speisekarte auf dem Tisch und genoss den Duft von frisch gerösteten Kaffeebohnen und Buttergebäck. »*Un cappuccino, s'il vous plaît*«, sagte ich zum Kellner.

Ich atmete tief aus. »Mein Herz rast immer noch.«

»Dann musst du mehr von diesen Seminaren machen.«

»Das werde ich wohl auch.«

Gedankenverloren rührte er mit einem Löffel in seinem Kaffee.

»Also ... letzte Woche am Telefon hast du gesagt, du möchtest mit mir reden«, sagte ich.

Er zog an seinem Pullover und trank einen großen Schluck Kaffee. »Bitte, ich möchte mich für meine Worte in Istanbul entschuldigen. Das war unangemessen, und es tut mir leid. Ich habe dir auch nie richtig gedankt, dass du an jenem Tag vor dem Kino warst, als ich auf dem Weg nach New York war. Ich habe erst sehr viel später gemerkt, dass ich dich weder nach deinem Leben gefragt habe noch, warum du gekommen bist.«

»Das war Liz. Sie glaubt an Schicksal. Und obwohl unser kleiner Scherz mit dem Wiedersehen in neun Jahren nicht mehr war als das, ein Scherz, hat sie mich überzeugt, dass es mir keine Ruhe lassen würde, wenn ich nicht herausfände, ob ... ob ...« Ich stockte.

»Ob ich solo bin?« Er sank ein bisschen tiefer in seinen Stuhl.

»Natürlich wusste ich, dass du es nicht warst.«

Der Kellner brachte mein Getränk, und ich leckte etwas vom Schaum weg.

»Es tut mir leid, Abbie. Aber wenn ich an jenem Tag nicht auf dem Weg nach New York gewesen wäre, wäre ich nicht gekommen.«

»Ich weiß. Du und Dima, ihr wolltet eurer Ehe eine zweite Chance geben und habt eine reizende Tochter. An jenem Abend habe ich gar nichts von dir erwartet. Es war einfach albern von mir, dort zu erscheinen.«

»Nein, nein«, protestierte er, »überhaupt nicht albern. Ich brauchte dich. Es war Schicksal, dass wir an diesem Abend zusammenkamen.«

»Und was ist dann nach jenem Abend geschehen?« Ich sah in seine Karamellaugen, in denen ich mich so oft verloren hatte – diese Augen, die im Licht des Cafés traurig und apathisch wirkten.

»Ich bin nach New York geflogen und habe meinen Vater getroffen.« In seinen Mundwinkeln entstand ein Lächeln. »Ach, Abbie. Das Gefühl war ... *eh*. Nein, mir fehlen die richtigen Worte auf Englisch. Ich brauchte ein paar Tage, um zu begreifen, was geschehen war. Er war ebenso überrascht, mich zu sehen, wie ich darüber, dass er lebte. Ich wollte New York nicht verlassen. Ich habe nicht geschlafen. Wie hätte ich? Ich hatte Angst, wenn ich die Augen schließen würde und dann wieder aufwachte, würde ich feststellen, dass alles ein Traum war. Wir mussten über die Erinnerungen von einem ganzen Leben sprechen. Und ich durchlebte alle Emotionen: Wut, Freude, Enttäuschung.«

Seine Augen verschleierten sich, und er umklammerte seinen Becher.

»Und was geschah dann?«

»Er wollte nicht, dass ich es der Familie erzähle, aber wie hätte ich das nicht tun können? Meine Geschwister hatten ein Recht, die Wahrheit zu erfahren. Doch die Nachricht hat die Familie zerrissen. Mein Großvater hat gestanden, dass er hinter der ganzen Lüge steckte. Aber meine Mutter hatte sie mitgetragen. Sie hatten meinem Vater Geld gegeben, damit er fortging. Und dafür gesorgt, dass er weit entfernt in New York ein neues Leben beginnen konnte. Nicht nur wegen des Unfalls, sondern auch, weil er mit seiner Trinkerei und unklugen geschäftlichen Entscheidungen Schande über die Familie gebracht hatte. Meine Mutter rechtfertigte ihr Tun damit, dass er mich beinahe umgebracht hatte. Sie und Großvater waren außer sich, weil ich ihn entdeckt hatte. Ich bin aus dem Familienunternehmen ausgeschieden, habe mich komplett aus allem zurückgezogen. Von einem auf den anderen Tag hatte ich nichts mehr. Und Dima war unglücklich mit dem Leben, das wir jetzt führten. Sie hat mich verlassen und wohnt mit Eda bei ihren Eltern.«

»Ich ... ich weiß gar nicht, was ich sagen soll.«

»Ich hatte alles verloren – meine Familie und meine Tochter –, aber ich hatte einen Vater bekommen.« Er schüttelte den Kopf. »Ich ... wie sagt ihr ... ach, mein Englisch ... Ich fiel ins Bodenlose.«

»Das kann ich mir vorstellen.«

»Ich habe sehr lange gebraucht, um all das zu akzeptieren. Aber ein guter Freund nahm mich auf, und ich blieb in Kontakt mit meinem Vater, der mich unterstützte. Schließlich habe ich durch einen alten Studienfreund meine jetzige Stelle bekommen. Und ich habe lange darum gekämpft, dass Eda wieder zu meinem Leben gehört.«

»Es tut mir so leid, Oz.«

»Es muss dir nicht leidtun, Abbie. Ich hätte vor vielen Jahren den Mut haben müssen, mich gegen sie alle zu behaupten. Doch als ich erfuhr, dass Dima schwanger war, hielt ich es für richtig, an ihrer Seite zu sein und sie zu unterstützen. Mein Glück wurde wieder einmal geopfert. Ich bin es, der sich für all den Kummer, den ich dir bereitet habe, entschuldigen muss. Immer habe ich meine Familie an die erste Stelle gesetzt. Ich bereue es so. Du und ich, wir hatten einen gemeinsamen Traum, und er wurde durch andere und durch meine eigene Feigheit zerstört. Auch wenn es nur der Anfang eines Traums war, so war es doch einer, den ich mir mit meinem ganzen Herzen wünschte. Und jetzt ...« Er blickte auf meinen Verlobungsring. »Es ist zu spät. Ich wollte dir das alles schon im April sagen, wenn du zur Immobilienmesse gekommen wärst.«

»Ich war da, aber als ich dich mit deiner Familie und Dima gesehen habe, konnte ich nicht hineingehen.«

»Dima war nicht dort.«

»Aber da war eine dunkelhaarige Frau, die dich umarmt hat.«

»Meine Schwester. Sie hat alles organisiert.«

»Oh!«, mehr konnte ich nicht von mir geben. Ich starrte auf meine Tasse, nahm das Gemurmel der anderen Gäste wahr, das Zischen der Kaffeemaschine, und fragte mich, was gewesen wäre, wenn ich schon vor Monaten herausgefunden hätte, dass er nicht mehr mit Dima zusammen war.

»Ich habe deinen Brief gelesen«, sagte ich endlich, »den meine Eltern vor mir versteckt hatten. Ich habe ihn in einem Karton gefunden, den meine Mutter vor Jahren für mich gepackt hat. Letzten Monat habe ich ihn gelesen, und deine Worte sind mir sehr lange im Kopf herumgegangen.«

Er sah mich erwartungsvoll an.

»Ich weiß nicht, was ich getan hätte, wenn ich ihn schon damals gelesen hätte, aber wahrscheinlich hätte ich zurückgeschrieben. Ich hätte dich erklären lassen, was in jener Nacht geschehen war. Wer weiß? Wir können die Vergangenheit nicht ändern.«

Er hielt immer noch seine Tasse fest und ließ seinen Kaffee kalt werden.

»An dem Tag, als du sagtest, ihr würdet eurer Ehe eine zweite Chance geben, eine Woche nach Dads Beerdigung ... Ich habe dir nie verraten, was *ich* hatte sagen wollen. Es hätte dich verletzt. Denn wir hätten unseren Traum nie verwirklichen können. An jenem Tag hatte mir meine Mutter nämlich gestanden, dass sie in finanziellen Schwierigkeiten steckte. Und da wusste ich, dass ich sie nicht verlassen konnte. Sie nicht, meinen Job nicht, England nicht. Unsere Situation wäre so oder so ausweglos gewesen. Es war nicht nur das Verhalten deiner Familie oder deine angebliche Feigheit, die den Traum zerstört haben. Sondern auch ich. Und auch das habe ich dir nie erzählt: Meine Mum und ich, wir hatten einen heftigen Streit, als mein Dad starb. Ich hatte ihnen erzählt, dass ich mit dir nach Beirut durchbrennen wollte. Deswegen wollte ich auch nicht, dass du zur Beerdigung kommst. Ich hatte Angst. Angst, meine Mum mit deiner Anwesenheit noch mehr zu verletzen.«

Wir starrten einander an, und der Schmerz in seinen Augen spiegelte meinen inneren Aufruhr bei dem Gedanken an jene schreckliche Situation.

»Mir ist aufgefallen, dass du deinen Namen geändert hast. Du nennst dich jetzt Demir«, sagte ich, um das Thema zu wechseln.

Er nickte. »Ich habe alle meine Verbindungen zu dem Namen Arsel durchgeschnitten, nur mit meinen Geschwistern habe ich wieder Kontakt. Sie haben unseren Vater vor zwei Jahren besucht. Wir wachsen langsam wieder zusammen, auch wenn ich nicht vergessen kann, was geschehen ist. Und du ... wirst du bald deinen Namen ändern?«

»Zufällig nicht. Als Anwältin behält man gern seinen Mädchennamen. Aber ja, die Hochzeit ist nächsten Monat.« Ich drehte den Ring an meinem Finger. »Warum hast du dich nach dem Abend im Kino nicht mehr bei mir gemeldet?«

»Du hast gesagt, das sollte ich nicht. Du hast mir deine neue Nummer nicht gegeben. Ich wollte deine Wünsche respektieren. Mein Leben ging weiter, und eines Tages, als ich mit Yusef wieder Kontakt aufnahm, erzählte er mir, dass du in einer Beziehung bist und dass es etwas Ernstes sei. Ich habe mich für dich gefreut.«

Warum hatte ich mich nicht bei ihm gemeldet? Ihn nicht angerufen und gefragt, was mit seinem Vater passiert war? Liz hatte mir ihren Vortrag noch ein zweites Mal gehalten, als ich ihr berichtete, wie der Kinoabend verlaufen war. Sie hatte gesagt, wie sehr sie es bedaure, dass sie falsche Hoffnungen in mir geweckt habe, aber jetzt solle ich nur noch nach vorne schauen. Und das tat ich.

»Weißt du, was ich mir wünsche?«, unterbrach Oz meine Gedanken.

Ich sah ihn an.

»Ich wünschte, wir könnten zu jenem Tag zurückkehren. Dem Tag, als wir uns kennengelernt haben, als wir die Kunstgalerie besuchten, durch die Straßen von London spazierten und auf das Oberdeck vom Bus stiegen. Wir waren wie Touristen. Ich wünschte mir, dass es wieder so wäre.«

»Das wäre herrlich. Auf unserem Interrail-Trip waren Liz und ich auch in Paris. Und in die drei Tage dort haben wir so viel hineingepackt. Ich kann gar nicht fassen, dass ich wieder hier bin und nur das Innere eines Konferenzzentrums sehe.«

»Und warum machen wir das nicht?«, sagte Oz, plötzlich ganz aufgeregt.

»Machen was nicht?«

»Die Stadt besichtigen. Wir springen in einen von diesen Touristenbussen. Warum die Zeit mit Reden über die Vergangenheit vergeuden? Ich habe heute Nachmittag keine Termine. Lass uns diese Zeit noch gemeinsam verbringen.«

Bei dem Gedanken, mich mit ihm davonzuschleichen, meldete sich plötzlich ein heftiges Schuldgefühl. Ich hatte Charlie nicht mal erzählt, dass Oz hier sein würde. Und weil ich diese Klarstellung immer weiter vor mir her geschoben hatte, kam es mir jetzt so vor, als sei ich wegen einer heimlichen Affäre nach Paris gefahren. Nein, das konnte ich Charlie nicht antun.

Aber Oz bat lediglich um einen Sightseeing-Nachmittag, die Chance, noch einmal Paris zu sehen. Als Belohnung für den riesigen Erfolg meines Seminars. Mehr nicht.

»Als Freunde«, sagte ich, weil ich das Bedürfnis hatte, für Klarheit zu sorgen.

»Selbstverständlich«, erwiderte er und fuhr sich wieder einmal durch sein Haar im Nacken. »Ich freue mich für dich, Abbie.

Du warst stark. Du hast dein Leben geändert, einen Job und einen Partner gefunden, die dich glücklich machen. Und ich bin ebenfalls glücklich. Meine Arbeit und meine Tochter machen mir viel Freude. Aber lass uns diesen einen letzten Nachmittag gemeinsam verbringen, um ... der alten Zeiten willen, ja? Das ist die Redewendung, oder? Bitte denk nicht mehr an das, was ich früher in Istanbul gesagt habe. Das ist ein Nachmittag unter Freunden.«

Nach allem, was wir erlebt hatten ... konnten aus Liebenden wirklich Freunde werden?

33

Der gelbe Sightseeing-Bus startete mit einem plötzlichen Ruck von Notre Dame, ich verlor das Gleichgewicht und fiel auf der Wendeltreppe zum Oberdeck rückwärts in Oz' Arme. Ich entschuldigte mich und suchte Halt am Geländer. Wir setzten uns ganz vorne hin, wo wir ungehindert hinaussehen konnten.

Paris war aus dieser Perspektive noch atemberaubender als auf Straßenniveau und außerdem eine willkommene Abwechslung nach dem stickigen Konferenzhotel. Oz wies auf einige der Orte, die er schon früher besichtigt hatte, und ich schwelgte in Erinnerungen an meine Lieblingsplätze, die Liz und ich damals aufgesucht hatten. Gegen den kalten Fahrtwind klappte ich meinen Mantelkragen hoch.

»Wir können nach unten gehen, wenn du frierst«, meinte Oz.

Der Bus blieb in einem Verkehrsstau stecken, und der frostige Wind hörte sofort auf.

»Ich werde es überleben«, sagte ich. »Auf diese Aussicht möchte ich keinesfalls verzichten.«

Nach einer Weile erreichten wir die Champs Elysées, und der Arc de Triomphe wurde immer größer, je näher wir kamen. Der Bus bog schwungvoll in eine der zahlreichen Straßen ein, die sich sternförmig von dem Baudenkmal entfernten, und wieder kippte ich unbeabsichtigt gegen Oz.

Wir machten einige Fotos mit seinem Smartphone, fest entschlossen, das *eine* perfekte Selfie von uns beiden mit dem Triumphbogen im Hintergrund zu bekommen. Aber bei den bescheuerten Grimassen, die wir zogen, war das so gut wie unmöglich. Mir schoss durch den Kopf, dass ich gerade dabei war, weitere Erinnerungen an Oz zu produzieren, genau wie die in dem kleinen Fotoalbum, das ich versteckt aufbewahrt hatte – noch eine Ergänzung als Grundlage für unser Drehbuch. Doch die hier waren auf Oz' Handy: Sobald ich Paris verlassen hätte, wären es ferne Erinnerungen, nie entwickelt und unter Plastikfolien gesteckt. Bei der Vorstellung wurde ich maßlos traurig.

Wir holten unsere Kopfhörer heraus und verbanden sie mit dem Touristeninformationssystem, aber meiner funktionierte nicht. Also reichte Oz mir einen seiner Ohrstöpsel, und mir donnerte Türkisch ins Ohr, ich konnte kaum ein Wort verstehen; allerdings hatte ich es auch nie weiter als bis zu den paar türkischen Pflichtredewendungen in meinem Lonely-Planet-Führer geschafft.

Oz zuckte die Achseln, wechselte aber nicht den Kanal, versuchte vielmehr, sich das Lachen zu verkneifen.

Ich verschränkte schmollend die Arme und stupste ihn so lange, bis er doch auf Englisch umschaltete.

Der Bus stoppte an der Haltestelle Trocadéro. »Können wir hier aussteigen?«, fragte ich.

»*Hadi*«, erwiderte er, erhob sich und ging zur Treppe. Dort drehte er sich um und reichte mir seine Hand, so dass ich sicher die schmalen Stufen bewältigte; womöglich fürchtete er, dass ich ihn aus Versehen hinunterstoßen könnte. Aber ich lachte und sagte, ich würde diesmal besser aufpassen.

Wir sprangen aus dem Bus, ich drehte mich einmal im Kreis. Der Anblick des stolz aufragenden Eiffelturms verschlug mir den Atem.

»Komm mit«, sagte Oz, wies mit dem Kopf zur Straße.

Er betrat einen Souvenirladen für Touristen. Ich wartete draußen und drehte gedankenverloren an einem Ständer mit Ansichtskarten. Nach wenigen Minuten kam Oz wieder heraus und schwenkte eine Plastiktüte. »Ich habe etwas für dich.«

»Ooh?«, zwitscherte ich ganz aufgeregt, denn obwohl es erst Mitte November war, war die Stadt über und über mit Weihnachtsdekorationen geschmückt, und die festliche Stimmung war ansteckend.

»Als Beşiktaş-Fan macht es mich traurig, den zu kaufen, aber deine Notlage ist wichtiger«, erklärte er, zog einen Schal von

Paris Saint-Germain aus der Tüte und wickelte ihn mir um den Hals. Das weiche Material wärmte sofort.

»Danke.« Ich strahlte, schob ihn mir über den Mund und genoss das Gefühl meines heißen Atems am Kinn.

»Und die hier auch noch.« Er hielt mir ein Paar dicke Wollhandschuhe hin.

Sie waren riesig und scheußlich, und meine Hände versanken darin. Ich kam mir vor wie ein Maskottchen bei einem Fußballspiel. »Ähm, danke.« Ich unterdrückte ein Kichern.

»Gefallen sie dir nicht?«

»Doch, ich finde sie toll. Nur ein bisschen ... groß?«

»Wenigstens wird dir warm sein.«

»Ich fühle mich pudelwohl«, sagte ich, während wir weitergingen.

»Aha. Pudelwohl. So viele unbekannte Ausdrücke. Zu viele, um sie zu lernen. Ein Pudel ist ein Hund? Wieso fühlt man sich wie ein Hund?«

»Keine Ahnung. Es gibt Ausdrücke, die kann man nicht erklären. Ooh!«, rief ich und blieb stehen, als ich das Karussell in der Ferne sah. »Können wir damit fahren?«

»*Hadi*.«

Wir gingen hinüber zum Park und drehten ein paar Runden auf dem Karussell, sprangen auf verschiedene Pferde und quetschten uns in eine Kutsche. Wir waren fast die einzigen Fahrgäste und konnten tun, was uns gefiel. Während wir uns drehten, wurde ein Lied gespielt – »La Vie en Rose«. Seine sanfte Melodie hüllte mich in einen Zauber, für einen kurzen Moment schloss ich die Augen, hielt mich an der Stange fest und lächelte in mich hinein. Was war das für ein Gefühl? Das Leben durch eine rosarote Brille zu sehen, so wie das Lied es tat, ein Gefühl der Zufriedenheit, des Gelingens, des reinen Glücks. Aber das hier war nicht das wirkliche Leben.

Nachdem wir durch die Jardins du Trocadéro spaziert waren, kauften wir uns am Fuß des Eiffelturms an einem Imbisswagen zwei heiße Crêpes. Wir verputzten sie im Nu und spülten mit heißer Schokolade aus Styroporbechern nach – als nötige Stärkung für die 674 Stufen bis zur zweiten Etage des Turms.

Meine Haut kribbelte vom Schweiß, als wir oben ankamen. Ich nahm den Schal ab und zog meinen Mantel aus, um meinen verschwitzten Pullover ein wenig zu lüften.

Wir marschierten einmal rundherum und kamen langsam wieder zu Atem. Auf der Seite, wo wir die Sonne sehen konnten, die hinter dem Horizont versank, blieben wir stehen. Noch war es später Nachmittag, doch der frühe Sonnenuntergang erinnerte uns daran, dass unsere gemeinsame Zeit bald zu Ende sein würde.

Das Tageslicht schwand allmählich, und tief unter uns gingen funkelnd die Lichter an.

»Es ist herrlich hier oben«, sagte ich und lehnte mich an das Geländer. Ich blickte zu Oz, der mich anstarrte. »Was ist? Warum siehst du mich so an?«

Er schüttelte den Kopf. »Kein Grund.« Ich sah, wie er den Kiefer zusammenpresste. »Es ist nur ... ich bin hier so viele Male gewesen, aber mit dir hier oben zu sein ... egal.« Er blickte in die Ferne; seine Schultern schienen sich unter dem Mantel anzuspannen.

»Los, sag schon.«

Er sah mich an. »Paris ist magisch. Da klopft ein Herz unter seinen Straßen. Es hat eine unvergleichliche Vitalität. Du und ich, wir sind gemeinsam in London, Istanbul, Beirut und Damaskus gewesen, aber hier in Paris ...« Er verzog den Mund und verlor sich in Gedanken.

Ich wagte ihn nicht zu bitten, seinen Satz zu vollenden. Es drohte, zu bitter zu werden – all die schlafenden Gefühle zu wecken, die verborgen bleiben mussten. Und ich brauchte meine ganze Kraft, um zu verhindern, dass Bilder von uns beiden in meinem Kopf aufleuchteten. Eines nach dem anderen: der Fotoautomat, die Bootsfahrt bei Sonnenuntergang, Sonnenaufgang in Beirut, die Moschee in Damaskus. Ich drehte meinen Verlobungsring und ballte meine Faust ganz fest, bis die Fingernägel sich in meine Handfläche gruben – als Erinnerung an meine Verbundenheit mit Charlie.

»Es war wieder wunderschön mit dir«, fuhr er fort. »Das ist es, was ich sagen wollte.«

»Ich ... Ich glaube, wir sollten allmählich umkehren.« Ich wollte auf keinen Fall zugeben, wie schön der Nachmittag gewesen war. »Ich muss mich noch für den Empfang heute Abend fertigmachen. Ich bin zu einer Tischrunde mit Richtern eingeladen worden. Einer der Delegierten, die du in mein Seminar gelockt hast, hat mich dazugebeten. Ich konnte es kaum glauben.«

»Und ich treffe mich heute Abend mit einem Freund. Er ist Modedesigner und will mich in eine Bar mitnehmen – L'Espace B –, in der Nähe vom Parc de la Villette. Dort tritt heute Abend ein türkischer Sänger auf. Und mein Flug geht morgen um elf.«

Das war's. Unsere Zeit war vorbei. Der Augenblick, uns für immer zu verabschieden, war gekommen.

Den Weg zum Hotel legten wir schweigend zurück.

»Es war wunderschön heute«, sagte ich und wiederholte damit seine Worte. »Wirklich wunderschön.«

»Ja, das war es.«

Himmel, wieso kam ich mir vor wie nach einem ersten Date? Ich musste diese Gedanken schleunigst abschütteln und mich aufmuntern.

Als wir das Hotel betraten und die kurze Treppe mit den flachen Stufen hochstiegen, verpasste ich die letzte Stufe und wäre wohl kopfüber in die Lobby Richtung Marmorfußboden geflogen. Aber wieder war Oz zur Stelle, um mich aufzufangen, so dass ich nur sanft mit ihm fiel. Ein neues Kapitel in unserer Romcom. Doch anstatt mich zu schämen, begann ich schallend zu lachen.

Und wie ich da auf ihm lag, begann er ebenfalls zu lachen. Wir mussten so heftig lachen, dass wir gar nicht merkten, wie alle um uns herum die Situation gebannt verfolgten. Für eine Sekunde wanderte Oz' Blick von meinen Augen zu meinen Lippen. Die Welt schien stillzustehen.

Ich rappelte mich rasch auf und fummelte an meinen Haaren herum, weil ich nicht wusste, was ich machen sollte.

Mein Handy summte. Charlies Name leuchtete auf. *Mist!* Ich hatte ihm versprochen, nach dem Seminar anzurufen, um zu berichten, wie es gelaufen war. Das hatte ich vollkommen vergessen.

»Ich muss gehen«, sagte ich und wagte nicht, Oz in die Augen zu sehen. »Ich muss telefonieren.«

Oz hielt mir seine Hand hin. »Leb wohl, Abbie«, sagte er traurig.

Ich schüttelte sie zögernd und erwiderte seinen Blick. »Leb wohl, Oz.«

Ich nahm den Anruf an und ließ mich auf einem der Sofas im Foyer nieder, während ich den ellenlangen Schal abwickelte.

»Hallo, wie lief es?«, fragte Charlie.

»Gut. Ganz hervorragend sogar.«

»Ich habe dich mehrmals versucht anzurufen und hatte schon Angst, es sei ein totales Desaster gewesen. Dachte sogar daran, den nächsten Zug zu nehmen, um zu schauen, ob alles in Ordnung ist.« Er lachte, aber es klang etwas gezwungen.

»Ich habe Sightseeing gemacht«, stotterte ich rasch.

»Was?«

»Ich war mit einem Freund auf einer Sightseeingtour.«

»Sightseeing? Ich dachte, heute hätte eine Veranstaltung die andere gejagt. Mit was für einem Freund denn?«

Ich schluckte. »Mit dem, den du letztes Jahr kennengelernt hast. Oz.«

»Der, den ich auf der Immobilienmesse getroffen habe?«

»Ja.«

Das Schweigen war zermürbend.

»Und du hast den Nachmittag mit ihm verbracht, anstatt an den Diskussionen teilzunehmen?«

»Ja.« Plötzlich bekam ich keine Luft mehr. »Charlie, es ist nicht so, wie du denkst. Da ist nichts zwischen uns.«

»Aber da ist etwas gewesen.« Seine Stimme brach.

»Vor sehr, sehr langer Zeit. Aber das ist vorbei.«

Ich konnte ihn ein- und ausatmen hören. »Das verstehe ich nicht. Wir haben unsere Reise storniert, damit du an dieser Konferenz teilnehmen kannst, um zu beweisen, dass ... eigentlich weiß ich gar nicht, was genau du beweisen möchtest. Und nun stelle ich fest, dass du nicht einmal den ganzen Nachmittag lang teilgenommen hast. Was soll ich denn jetzt glauben, Abbie? Sag es mir bitte.«

Ich öffnete den Mund, aber es war, als säße eine schwere Last auf meiner Brust, die mir das Sprechen unmöglich machte.

»Komm nach Hause, Abbie. Ich denke, wir sollten reden. Wie wär's, wenn du den nächsten Zug nach London nähmst?«

Ich fürchtete mich vor meinen nächsten Worten. »Das kann ich nicht. Heute Abend findet dieses große Essen statt, und ich bin eingeladen worden, an einem wichtigen Tisch mit mehreren Richtern Platz zu nehmen. Und morgen finden auch noch Gespräche statt.«

»Abbie, wieso habe ich das ungute Gefühl, dass ich dabei bin, dich zu verlieren?«

»Das tust du nicht, Charlie«, sagte ich.

»Dann komm nach Hause, bitte.«

34

Ich stand draußen vor dem Espace B und versuchte, meinen Herzschlag zu beruhigen. Mir lief die Zeit davon. Das Konferenzessen sollte in einer Stunde beginnen, aber etwas hatte mich erst einmal hierher gezogen, etwas Unerklärliches.

Ein Türsteher klickte auf eine Zählmaschine und ließ mich in einen schummrig beleuchteten Raum eintreten. In einer Ecke gab es eine neonbeleuchtete Bar, und vor der Spiegelwand reihten sich kristallene Karaffen. In einer anderen Ecke befand sich die Bühne mit einem Mikrofon und einem Stuhl. Einige wenige Tische waren auf dem Holzfußboden verteilt.

Ich suchte sämtliche Nischen ab und fand ihn schließlich – allein. Er hielt ein Glas in der Hand und starrte in die Flüssigkeit.

»Darf ich mich zu dir setzen?«

»Abbie!« Vollkommen verblüfft sah Oz mich an. »Du bist gekommen? Ich –«

»*Vous désirez?*«, sagte ein Kellner, der an unserem Tisch erschien, als ich meinen Mantel aufknöpfte.

Ich zuckte die Achseln und sah Oz an, froh, dass ich mich an ein paar französische Ausdrücke erinnern konnte. »Das gleiche, was du trinkst.«

»*Un armagnac, s'il vous plaît*«, sagte Oz, und der Kellner zog sich zurück. »Der wird dich aufwärmen.«

Ich lehnte mich zurück. »Und wer singt heute Abend?«

»Mazhar Alanson. Er war einmal ein Mitglied der berühmten türkischen Popband MFÖ, aber jetzt ist er ein Solosänger.«

Ich nickte und sah mich ein bisschen um: angeregt plaudernde Paare, miteinander lachende Freunde, Gesichter, die im weichen Licht leuchteten.

»Ich dachte, du wolltest zum Essen der Delegierten gehen.«

Der Kellner brachte den Armagnac, und ich nahm einen

Schluck. Das starke Getränk benetzte meine Lippen und brannte im Hals.

»Das mache ich auch. Ich kann nicht lange bleiben.« Oz' Gesicht wurde vom flackernden Kerzenlicht beleuchtet, und in seinen Augen konnte ich die Enttäuschung sehen. Diese Augen! *Möge mir bitte jemand einen Rettungsring schicken, sonst ertrinke ich wieder in ihnen.* »Aber ich wollte nicht, dass der Abschied im Hotel unser letzter sein sollte.«

Ein, zwei weitere Schlucke, mein Inneres fühlte sich an wie schwelende Glut. Eine Stimme in meinem Kopf fragte: *Warum bist du hier, Abbie? Du hast dich schon so viele Male von ihm verabschiedet.*

Plötzlich verdunkelte sich der Raum, und auf der Bühne erschien ein kahlköpfiger Mann mit schütterem weißen Ziegenbärtchen, der von einem Scheinwerfer angestrahlt wurde. Applaus brach aus. Er nahm Platz, legte die Gitarre in seinen Schoß und sprach etwas Türkisches ins Mikrofon – er hielt den Mund so dicht daran, dass seine tiefe Stimme leise hallte. Ein paar bewundernde Pfiffe folgten, und dann begann er auf der Gitarre zu zupfen. Das erste Lied war langsam und traurig. Ein Lied über unerwiderte Liebe oder verlorene Liebe?

Ich erstarrte, als er zum Refrain ansetzte. Ich tippte Oz auf den Arm. »Das Ruderboot, im Hafen von Istanbul. Das hast du mir vorgesungen.«

Er sah mir in die Augen und sprach leise, aber hörbar die Worte mit, als stehe er auf der Bühne und begleite den Sänger.

Ein Schmerz breitete sich in meiner Brust aus.

»Abbie, bitte sei nicht traurig«, sagte er und beugte sich zu mir.

Er streckte die Hand aus, wie um meine Wange zu berühren, riss sich aber zusammen und zog sie wieder zurück.

Dann war das Lied zu Ende, und ich war froh, dass ich in der kleinen Pause im Dunkeln nach einem Papiertaschentuch suchen und mir die Feuchtigkeit aus den Augen wischen konnte, bevor ich dann wie alle anderen klatschte.

»Es tut mir leid, das mit dem Lied hatte ich vergessen«, sagte er.

»Das macht nichts. Es ist so lange her.«

Oz' Handy summte auf dem Tisch. Er nahm es hoch. »Mein Freund wird sich verspäten.« Er sah mich wieder an, und alles um uns herum verschwand. Sein Gesicht schimmerte im Kerzenlicht, und mir kam ein seltsamer Gedanke: Dieser Moment war in einem Foto festgehalten und in mein Album gesteckt worden; unser Drehbuchplan hatte eine weitere Ergänzung bekommen.

Die Musik setzte wieder ein, aber wir guckten beide nicht zur Bühne.

»Tanzt du mit mir?«, fragte er.

Ich wusste, dass ich es nicht tun sollte, und doch nickte ich. Ich nahm seine Hand, und wir gingen zu dem Bereich vor der Bühne. Einige andere Paare wiegten sich schon im Takt. Er zog mich an sich und legte mir die Arme um die Taille, während ich nach seinen Schultern griff. Wir hielten einander und bewegten uns zur Musik. Ich verstand die Worte des Lieds nicht, aber während ich die Augen schloss, flüsterte Oz sie mir auf Englisch ins Ohr. Sein Körper war ganz nah, und wegen der Hitze, die er ausströmte, hatte ich das Gefühl, vor einem hell brennenden Feuer zu stehen. Das Lied handelte offenbar von zweiten Chancen, von Vergebung und von der Bitte, es doch noch einmal mit der wahren Liebe zu versuchen. Seine Lippen liebkosten flüchtig mein Ohr, und das entzündete etwas in mir, das mich bis ins tiefste Innere erschütterte. Ich brauchte all meine Kraft, um mich aus seiner Umarmung zu lösen.

»Es tut mir leid, Oz, ich kann nicht«, sagte ich, ließ die Hände von seinen Schultern gleiten und trat einen Schritt zurück. »Ich kann das nicht tun. Wir dürfen das nicht tun.«

»Abbie, bitte geh nicht.«

»Leb wohl, Oz.«

Ich machte auf dem Absatz kehrt, griff nach meinem Mantel und steuerte auf den Ausgang zu. Charlie hatte das nicht verdient. Ich liebte ihn zu sehr, um ihn derart zu verletzen.

Erst als ich wieder in der Metro saß, merkte ich, dass ich den Schal, den Oz mir geschenkt hatte, vergessen hatte. Aber ich konnte jetzt nicht zurück. Ich musste zu dem Konferenzessen, um nicht ein weiteres Versprechen, das ich Charlie gegeben hatte, zu brechen.

35

Die Tür in unserem Haus in Belsize Park ging auf. Dahinter stand Charlie in seinem Morgenmantel und mit Brille, seine Augen sahen traurig aus. Es war fast zehn Uhr morgens. Ich war gestern nicht mit dem nächsten Zug gefahren, wie er vorgeschlagen hatte – dazu war das Essen einfach zu wichtig gewesen –, aber ich hatte ihm versprochen, den ersten am Morgen zu nehmen.

»Ich habe meinen Schlüssel vergessen«, sagte ich.

Er trat beiseite und ließ mich hinein. Ich stand verlegen in der Diele, während Charlie die Tür schloss. Er nahm mich nicht in den Arm. Ich stand wie angewurzelt da und wusste nicht, in welches Zimmer ich gehen sollte. Charlie wies mich mit dem Kopf ins Wohnzimmer.

»Ich bringe dir eine Tasse Tee.« Er verschwand in die Küche.

Ich setzte mich in eine Ecke der Couch und sah mich im Zimmer um. Aufzuhängende Bilder lagen noch auf dem Boden, Bücherkartons standen unausgepackt vor den Regalen; Farbkarten waren auf dem Kaminsims aufgestellt, aber ausgewählt war noch nichts. Charlie erschien mit zwei Bechern, stellte sie auf den Couchtisch und nahm in der anderen Ecke des Sofas Platz – mit einer großen grauen Samtfläche zwischen uns.

Ich hielt meinen Becher fest umfasst, um mir die Finger zu wärmen.

»Charlie, ich …«

»Du empfindest immer noch etwas für ihn, nicht wahr?«

Ich stellte den Becher ab und lehnte mich zurück. »Ich kann nicht leugnen, dass das Wiedersehen alte Gefühle in mir geweckt hat.«

»Ich erinnere mich, wie du mir mal von jemandem erzählt hast, der dir das Herz gebrochen hat. Du sagtest, er sei der Grund dafür, dass du so vorsichtig mit neuen ernsteren Beziehungen bist. Ich hatte ganz vergessen, dass er Türke ist. Es geht um ihn, nicht wahr? Du liebst ihn immer noch.«

Die Antwort blieb mir in der Kehle stecken. »Aber ich liebe dich, Charlie, und ich hasse mich dafür, dass ich noch solche Gefühle habe.«

Sein Kiefer verspannte sich sichtlich. »Hast du gewusst, dass er in Paris sein würde? Wolltest du deshalb unbedingt fahren?«

»Nein, Charlie. Ich hatte schon zugesagt, bevor ich erfuhr, dass er da sein würde ... Aber ich gebe zu, dass ich ihn nach dem Terroranschlag auf das Fußballstadion angerufen habe, um zu hören, ob es ihm gut geht, und bei der Gelegenheit erwähnte er, er werde auf der Konferenz ein Hauptreferat halten. Aber ich bin aus Eigeninteresse hingefahren. Ich wollte mir beweisen, dass ich es kann, und etwas für meine Karriere tun. Du weißt doch, wie viel mir meine Arbeit bedeutet.«

»Und war es das erste Mal seit der letzten Konferenz, dass du ihn wiedergesehen hast?«

Mir wurde heiß, und meine Wangen begannen zu glühen. Langsam schüttelte ich den Kopf. »Ich habe ihn auf meiner Junggesellinnenparty gesehen. Wir haben einen Kaffee miteinander getrunken. Aber ich schwöre, sonst ist nichts passiert.« Ich wollte nach seinen Händen greifen, doch er entzog sie mir.

»Ich wusste es. Nach dieser Reise warst du verändert. Ich habe mir eingeredet, ich würde mich irren und du seist einfach nur erschöpft. Aber der Grund war er.«

Charlie mochte mir nicht einmal mehr in die Augen blicken, während er sich mit den Händen durchs Haar fuhr. Das tat mir so weh, als hätte jemand einen glühenden Schürhaken in meine Brust gestoßen.

»Soll ich dir was Lächerliches erzählen? Bevor du mir das mit der Konferenz erzählt hast, wollte ich vorschlagen, dass wir uns am nächsten Wochenende um Maddy kümmern – damit Liz und Mary etwas Zeit für sich haben. Ich hatte gehofft, wir könnten schauen, wie es uns mit einem kleinen Wesen im Haus ergeht, denn ich will schon so lange mit dir über ein Baby reden. Wann die richtige Zeit dafür wäre.«

»Nein, bitte, Charlie. Fang jetzt nicht damit an.«

»Wieso nicht, Abbie? Ich kann dazu nicht länger schweigen. Dass du unser Baby verloren hast, tut mir genauso weh wie dir. Ich weiß, dass ich nie wirklich nachvollziehen kann, was du durchgemacht hast und warum du dir immer noch selbst die Schuld gibst.«

»Aber es *war* doch meine Schuld. Ich wollte es nicht. Es war meine Schuld, dass es gestorben ist.«

»Es war nicht deine Schuld.«

Ich begann zu zittern. »Ich war so voller Panik, was das für mich bedeuten würde, welche Opfer ich ausgerechnet am Anfang meiner Berufslaufbahn würde bringen müssen, und wir waren doch gerade erst zusammengekommen. Es *war* meine Schuld.«

Plötzlich lag ich in seinen Armen und barg meinen Kopf in seinem Morgenmantel. Die Tränen flossen unkontrolliert; fast vier Jahre Kummer und Verlustgefühl ergossen sich hemmungslos. Wie könnte ich die Zeit damals jemals vergessen? Innerhalb von wenigen Tagen war aus einem ungewollten positiven Befund auf einem Teststäbchen eine Eileiterschwangerschaft geworden. Niemand sonst wusste davon. Es war unser Geheimnis. Wir haben nie darüber gesprochen, jedoch zugelassen, dass es langsam unsere Beziehung zu zerstören drohte. Nicht, dass ich niemals ein Baby hätte haben wollen. Aber dass ich dieses eine verloren hatte, verzieh ich mir nicht, und ich war auch nie über den erlittenen Schmerz hinweggekommen. Eines Wintermorgens ein heftiger Krampf mitten in der Rush Hour, Charlie fuhr mich ins Krankenhaus, und der Ultraschall zeigte, dass ich nicht mehr schwanger bin. Es sollte doch wirklich nicht so schwer sein, es noch einmal mit dem Mann zu versuchen, den man liebte. Warum wehrte ich mich so dagegen, überhaupt nur darüber zu sprechen?

Charlie reichte mir eines seiner Monogramm-Taschentücher, und ich trocknete mir das Gesicht.

»Und jetzt?«, fragte er. »Ich liebe dich immer noch, Abbie. Aber es bricht mir das Herz.«

Immer noch weinte ich. »Ich weiß es nicht.«

»Liebst du uns etwa beide?«

»Ja«, flüsterte ich.

Aber ich habe nur ein Leben, nicht zwei.

»Ich habe dich nicht verdient, Charlie. Ich verdiene überhaupt niemanden«, sagte ich und zerrte an meinem Verlobungsring. Ich brauchte all meine Kraft, um ihn vom Finger zu ziehen und zwischen uns auf den Tisch zu legen. »Ich denke, es ist am besten so. Ich möchte dich nicht noch mehr verletzen.«

Eine gefühlte Ewigkeit lang saßen wir da und schwiegen. Die Uhr auf dem Kaminsims tickte. Schließlich stand Charlie auf und ging zur Tür. »Ich brauche etwas frische Luft. Wahrscheinlich ist es am besten, wenn ich noch heute nach Birmingham fahre und nicht erst morgen. Ich werde erst einmal ein paar Tage dort oben arbeiten. Im Moment kann ich es schlecht in deiner Nähe aushalten.«

Zehn Minuten später hörte ich die Haustür zufallen. Ich griff nach meinem Handy und scrollte durch meine Kontakte. Ein Wirbel heftigster Gefühle drohte mich zu ersticken.

»Hallo, Schwesterlein.«

Ja, sie war der erste Mensch, mit dem ich sprechen wollte. Seit ihrem Besuch im letzten Monat standen Amy und ich einander so nahe wie nie zuvor. Und da Liz sich sehr um ihre Mutter kümmern musste, war ich dankbar, dass ich noch jemanden hatte, an den ich mich wenden konnte.

»Was ist los?«, fragte Amy.

»Charlie und ich. Wir haben uns getrennt«, erwiderte ich heiser.

»Oje, Abbie. Soll ich nach London kommen?«

»Ja, ich glaube, das täte mir gut. Ich habe ihm sehr wehgetan. Und ich muss so viele Leute anrufen, um die Hochzeit abzusagen, Ich –«

»Pscht. Es wird alles wieder gut. Du hast richtig entschieden.«

»Woher weißt du das, Amy?«

»Du liebst Oz. Schon immer und bis in alle Zukunft. Das habe ich in deinen Augen gesehen, als du seinen Brief gelesen hast. Vielleicht tut es jetzt weh, aber am Ende wird alles gut werden. Das weiß ich.«

36
Jetzt
Dezember

Ich lag auf meinem Bett in der Wohnung in Streatham, für die ich eine Woche zuvor den Mietvertrag unterschrieben hatte. Es war eine emotional sehr bewegte Zeit gewesen. Mich nach vier gemeinsamen Jahren aus dem Zusammenleben mit Charlie zu lösen war hart gewesen. Wir hatten kaum miteinander gesprochen, nur kurze Absprachen darüber getroffen, was das Haus, die Kosten für die Absage von Hochzeit und Flitterwochen und den Umzug meiner Habseligkeiten betraf. Jedes Mal, wenn wir uns sahen, musste ich daran denken, was ich ihm angetan hatte – an den Schmerz, den ich ihm so gern erspart hätte.

Überall standen Kartons, manche leer, aus anderen quoll Kleidung. Die Heizungen mussten entlüftet werden, weshalb ich mich in meinen wärmsten, von Mum gestrickten grünen Rollkragenpullover gewickelt hatte, der bis weit über meine schwarzen Leggings reichte. Wie schon seit Tagen spritzte Regen gegen die Fenster, und ich hoffte, dass er rechtzeitig aufhörte, bevor ich Morgen nach Mumbles fuhr, um dort Weihnachten zu verbringen. Ich konnte es kaum abwarten; der Wunsch, im Schoß der Familie zu sein, war, seit Amy mich besuchen gekommen war, mit jedem Tag gewachsen. Mum kannte die Einzelheiten unserer Trennung nicht; sie hatte gesagt, wenn ich reden wolle – sie sei bereit. Tatsächlich war ich aber noch vollauf damit beschäftigt, alles zu verarbeiten.

Es klingelte. Ich sah auf die Uhr. Wer kam denn noch so spät am Abend vorbei? Liz war bei ihrer Mutter, und sonst kannte niemand meine neue Adresse. Es war bestimmt jemand, der zu einem Nachbarn wollte und aus Versehen bei mir geläutet hatte.

Es klingelte erneut. Ich schwang die Beine über die Bettkante, lief durch die kleine Küche, die ich mit dem Nötigsten ausgestattet hatte, vor allem einem Esstisch, auf dem meine Unterlagen für den morgigen Prozess lagen. Die Gegensprechanlage funktionierte nicht, also schnappte ich mir meinen Schlüsselbund, schlüpfte in ein Paar flache Schuhe und trottete nach unten zur Haustür.

Als ich öffnete, blieb mir das Herz stehen. Im Licht der Straßenlaterne stand dort ohne Regenschirm und nass bis auf die Haut, der Mensch, den ich am allerwenigsten erwartet hätte. Er atmete schwer, als hätte er gerade einen Wettlauf hinter sich.

»Was machst du denn hier?«

Oz langte in die Umhängetasche, zog eine Plastiktüte heraus und reichte sie mir. »Du hast deinen Schal vergessen.«

Ich nahm die Tüte und zog den Fanartikel von Paris St Germain heraus. »Du bist extra aus Istanbul gekommen, um mir den Schal zurückzubringen?«

Er nickte lächelnd, immer noch schnaufend.

»Bist du von Istanbul hierher gerannt?« Ich erwiderte sein Lächeln, das jetzt breiter wurde.

»Ich habe Nada angerufen, um deine Adresse zu bekommen, damit ich ihn schicken konnte. Und sie sagte ... sie sagte, du bist umgezogen und wohnst jetzt allein. Und dass du nicht mehr heiraten wirst. Vielleicht hätte ich warten sollen, dir noch etwas Zeit geben, aber ich konnte nicht. Ich habe sofort einen Flug gebucht und bin vom Bahnhof hierher gerannt.«

Er stand da und wurde immer nasser. Sein dunkles Haar glänzte im Regen. Ich musterte sein Gesicht, diese Augen, die mich ernst ansahen. »Ich weiß, ich hätte dich anrufen oder eine E-Mail schreiben sollen«, sagte er. »Aber ich habe so lange auf diesen Augenblick gewartet. Ich konnte keine Sekunde länger warten, um dir noch einmal zu sagen ... Ich liebe dich.«

Ich trat hinaus in den Regen, mir schwoll das Herz, und es war mir egal, dass ich auch nass wurde. Wir starrten einander an, wagten nicht, wegzublicken; Regen fiel auf mich, meine Lippen, seine Lippen, unsere Lippen, die miteinander verschmolzen.

Frühes Morgenlicht fiel durchs Fenster; der Regen hatte etwas nachgelassen. Oz' warme Brust an meiner Wange, ein Gefühl von Heimat, Verbundenheit. Ich streichelte die Tätowierung über der Narbe auf seinem Arm. Sie war verdammt sexy. Doch als er mir damals erzählte, warum er sie sich hatte stechen lassen – er habe den Schmerz, den der Unfall für sein Leben bedeutete, fühlen wollen –, ging mir das sehr nah.

»Was ist bloß los, Oz?«, fragte ich. »Was ist da zwischen uns? Wenn ich mit dir zusammen bin, fühle ich mich nicht mehr verloren, ich fühle mich zu Hause.«

Er flocht seine Finger in meine. »Ich weiß es nicht. Und mein Englisch verlässt mich.«

Ich stützte das Kinn auf seine Brust. »Das ist immer deine Ausrede. Dein Englisch ist makellos.«

Da waren sie wieder, seine Grübchen. »Mit Schmeichelei erreichst du alles.«

Ich erwiderte sein Lächeln. »Vielleicht liegt es an den langen Unterbrechungen, den Jahren, in denen wir uns nicht gesehen haben, dass unsere Treffen dann umso leidenschaftlicher sind.«

Er legte meine Hand auf sein Herz. »Für mich ist alles gut, wenn du in meinen Armen liegst.«

Meine Finger zitterten unter seinem Griff. In meinem Kopf wirbelte es, ich wusste keine Antwort. Stattdessen schmiegte ich mich an seine Brust und schluckte meine Gefühle hinunter.

»He, alles in Ordnung.« Er legte seinen Arm um mich. »Sei nicht traurig, Abbie.«

»Aber warum ist unser Leben so, wie es ist? Warum ist alles so kompliziert?«

»Weil jeder von uns sein eigenes Leben aufgebaut hat, ohne den anderen.«

Ich streichelte ihn. »Wo wirst du denn Weihnachten und Neujahr sein?«, fragte ich, um einen leichteren Ton anzuschlagen.

»Weihnachten ist ein Werktag in der Türkei. Meine Schwester möchte, dass ich sie Silvester besuche, und ich habe meinem Bruder versprochen, abends mit ihm zu der Eröffnung eines neuen Nachtclubs namens Zehra zu gehen, obwohl ich den Tag lieber mit Eda verbringen würde, aber Dima will sich noch nicht festlegen.«

»Ich wünschte, es sähe anders zwischen uns aus, Oz.«

Da setzte er sich plötzlich im Bett auf. »Komm mit mir. Komm nach Istanbul. Lebe mit mir.« Seine Augen flehten mich an. »Ich weiß, dass ich dir nicht viel zu bieten habe. Meine Wohnung ist klein. Aber was ich dir schenken kann, ist mein Herz.«

Das Medaillon auf meiner Brust fühlte sich wie ein totes Gewicht an. »Das kann ich nicht, Oz. Meine Familie, mein Job ... mein Leben ist hier in London. Aus dem gleichen Grund kannst du nicht hierherkommen und nicht hier leben. Eda ist deine Welt. Du kannst sie nicht verlassen. Und du liebst deine Arbeit.«

Wie sollten wir jemals eine Beziehung aufbauen, wenn wir, so weit voneinander entfernt, unser eigenes Leben führten? Als wir jünger waren, hatten wir uns vorgestellt, wir würden einfach packen und gehen. Nun war alles anders.

Aber ich wollte nicht, dass die Dinge mit Oz so endeten. Ich küsste ihn, küsste ihn leidenschaftlich. Und im Morgengrauen streckten wir die Arme nacheinander aus, wollten, dass es nicht hell wurde, dass der Tag nie begann. Wir schliefen zum zweiten Mal miteinander, fanden einander, erkundeten unsere Körper, im Bewusstsein, dass dies das Ende unserer Geschichte war.

Als ich ihm am nächsten Morgen zum Abschied nachwinkte, brach mir fast das Herz. Ich presste das Medaillon an meine Lippen und ließ den Tränen freien Lauf.

37

Der intensive Geschmack von Kichererbsen, Knoblauch und Olivenöl weckte Erinnerungen an jenen Abend in Damaskus vor zehn Jahren – an das Café, wo Oz und ich gegessen hatten. Wer hätte gedacht, dass eine Schale Hummus längst Vergangenes wachrufen konnte? Während ich mich in alten Bildern verlor, tropfte von der Karotte in meiner Hand ein Rest blassgelbe Soße. Seit Oz an Heiligabend wieder abgereist war, konnte ich an nichts anderes denken als an die Stunden mit ihm.

»Ich glaube, du solltest sie essen, bevor sie auf den Boden fällt«, stichelte Liz. Wir saßen auf dem Sofa vor dem Fernseher und erwarteten das neue Jahr.

Weihnachtliche Lichter funkelten an dem Baum in der Ecke. Maddy und Liz' Mum schliefen oben, und Mary war auf der Silvesterparty der Kanzlei.

Liz nahm mir den Teller weg und stellte ihn auf den Tisch. »Was ist los mit dir, Abs? Du siehst so traurig aus. Als müsstest du die Last der ganzen Welt tragen.«

»Ich versuche, mir einen Reim auf das Ganze zu machen, aber es gelingt mir nicht. Wie konnte das alles passieren? Ich sollte jetzt eigentlich auf Flitterwochen in Brasilien sein, stattdessen ist Charlie allein gefahren. Im Geist spule ich immer wieder das vergangene Jahr ab und frage mich, an welchem Punkt alles anfing schiefzulaufen. Aber in Wahrheit ... glaube ich nicht, dass ich jemals heiraten und Kinder haben wollte –«

»Außer es wäre mit Oz?«

Sie musterte mich scharf und griff nach meinen Händen.

»Wieso, Abbie? Wieso fällt es dir so schwer, darüber zu sprechen? Ich verstehe immer noch nicht, wieso du dich mir nicht anvertraut hast. Du hast ihn zweimal in Paris gesehen, einmal während deiner Junggesellinnenparty, und dann taucht er einen Tag vor Weihnachten bei dir auf ...«

»Du hattest so viel durchzumachen; außerdem hatte ich Angst vor deinem Urteil. Du hast mir mal erzählt, nach deiner Verlobung hättest du Kontakt zu deinen Verflossenen aufgenommen und du hättest überhaupt nichts mehr gefühlt. Und als ich Oz letztes Jahr an dem besagten Tag in Paris in der Menge sah, wurde ich von Gefühlen überwältigt. Ich habe sogar gezögert, als Charlie mir einen Heiratsantrag machte, denn im Geist sah ich Oz' Gesicht so deutlich vor mir. Und als er dann seinen Vortrag hielt, stürmten all die Erinnerungen mit ihm wie ein Tsunami auf mich ein. Ich hätte dir damals ehrlich sagen sollen, wie es um mich stand. Vielleicht hätte ich dann Charlie all den Kummer erspart.«

Liz packte meine Hände fester.

»Ich dachte einfach, ich würde irgendwann über Oz wegkommen; ich dachte, was mich mit Charlie verbindet, sei gut, stark und von Dauer.«

Ich schüttelte den Kopf. »Aber mit jedem Mal, wenn Oz erneut in mein Leben trat, ist es mir schwerer gefallen, meine Gefühle für ihn zu unterdrücken.«

»Aber warum hast du ihm dann am Heiligabend Lebewohl gesagt? Er liebt dich, er möchte mit dir zusammen sein, und ich weiß, das möchtest du auch. Was hindert dich daran?«

»Mein Leben findet hier statt, Liz. Ich habe schon einmal alles aufgegeben, und du siehst ja, wohin das geführt hat.«

»Du möchtest nicht noch mal verletzt werden?«

Ich nickte, und dann merkte ich, wie ich vorsichtig lächeln musste.

»Aber da ist doch noch mehr, oder?«

»Oz hat heute Nachmittag angerufen.«

Sie riss die Augen auf und stellte ihren Teller ab. »Echt?«

»Aber ich habe ihn verpasst. Und bevor ich zurückrufen konnte, hat er eine lange Mail geschickt. Er kommt am 5. Januar nach London. Er möchte mit mir zusammen sein, auch wenn er dafür einiges opfern muss.«

»Und warum machst du dann so ein gequältes Gesicht? Das ist doch großartig.«

»Nein, ist es nicht. Ich habe noch nicht zurückgerufen, weil ich nicht weiß, was ich sagen soll. Ich war nicht bereit, nach Istanbul zu gehen. Wie kann ich dann von ihm erwarten, dass er hierherkommt? Ich kann nicht zulassen, dass er alles aufgibt. Seine Tochter, sein Leben, seine Arbeit. All das findet in der Türkei statt. Und ... gleichzeitig möchte ich, dass er kommt, aber es ist zu früh. Charlie und ich haben uns erst vor einem Monat getrennt.«

»Abs, hör auf, so hart mit dir zu sein. Du kannst deine Gefühle für ihn nicht unterdrücken. Und es ist nicht zu früh. Es ist fünfzehn Jahre zu spät.«

»Wie kommt es, dass er der Einzige ist, der dir wirklich gefallen hat?«

Sie lächelte scheu. »Ich hatte diese kleine Rede eigentlich für deine Hochzeit reserviert.«

»Mit Oz? Hast du wirklich geglaubt, er sei ›der Eine‹?«

»Schon bei meiner allerersten Begegnung mit ihm. Als du damals nach oben gingst, um dich für den Valentine's Dance umzuziehen, habe ich ihn gefragt, wie ihr euch kennengelernt habt und was ihr an dem Tag gemacht habt. Er hat geantwortet, er habe noch nie jemanden erlebt, der so intelligent und so unabhängig ist. Und dass du ihm bei der Demo in die Arme gefallen bist, sei Schicksal gewesen. Dabei hatte sein Gesicht diesen gewissen Ausdruck, eine Mischung aus Liebe und Bewunderung. Es hatte ihn eindeutig erwischt. Es war so süß.«

»Ich verstehe immer noch nicht den Unterschied zwischen Schicksal und Verhängnis.«

»Ach, komm, Abs. Jeder kennt das. Das Schicksal lässt einem immer noch eine Wahlmöglichkeit, und du hast jedes Mal, ohne es zu merken, ihn gewählt. Du wusstest, dass er auf der Konferenz sein würde, und du hast dich entschieden hinzufahren.«

»Aber Mary hatte mich darum gebeten –«

»Und Mary hätte verstanden, wenn du deine Meinung geändert hättest. Du hast behauptet, es sei dir um deine Karriere gegangen, aber dafür hätte es andere Möglichkeiten gegeben. Und in Istanbul wolltest du ihn auch sehen. Du hättest ja nur eine kleine Entschuldigungs-SMS schicken brauchen.«

Plötzlich unterbrachen »Eilmeldungen« das Fernsehprogramm. Wieder ein Anschlag in Istanbul. Neununddreißig Tote. Zehra-Nachtclub.

»Nein«, schrie ich auf.

»Was?«, fragte Liz. Dann sah sie die Nachrichten auf dem Bildschirm und drehte die Lautstärke hoch.

»Nein, nein, nein ... Oz ist in diesem Club.« Ich rannte aus dem Zimmer und holte mein Handy, stellte es an und drückte seine Nummer. Es klingelte endlos. »Los, komm schon, komm.« Dann ein Wortschwall auf Türkisch – Anrufbeantworter. Ich klickte auf Ende und versuchte es erneut. Einmal, zweimal, dreimal. Keine Verbindung. Keine beruhigende Stimme, die mir sagte, es sei alles in Ordnung.

Die Kehle schnürte sich mir zusammen. Ich merkte nicht einmal, dass Liz mir meinen Inhalator in die Hand drückte, hielt ihn mir aber instinktiv vor den Mund und nahm zwei tiefe Züge. Doch die Medizin konnte mich nicht beruhigen; im Geist malte ich mir sämtliche Worst-Case-Szenarien aus. Im Hintergrund lief der Fernseher – grauenhafte Bilder von Leichen, die auf Bahren herausgetragen wurden, Menschen, die weinten, und dazu die unaufhörlich lärmenden Sirenen der Krankenwagen.

Dann plötzlich. *Pling*. Eine Nachricht auf meinem Handy. Oz.

Ein gutes neues Jahr! Auf bald in London.

Er war nicht dort. Offenbar verbrachte er Silvester doch mit Eda. Mein Seufzer der Erleichterung war gewaltig und fuhr mir durch den ganzen Körper. Ich machte mein Handy aus und sah zu Liz.

»Gute Nachrichten?«, fragte sie.

Ich nickte und strahlte übers ganze Gesicht. Sie nahm mich so fest in die Arme, dass ich beinah umkippte. Aber ihre Herzlichkeit tat gut.

»Abigail Jones, könnte dein Leben etwas weniger blutig und dramatisch verlaufen? Und? Was wirst du jetzt machen?«

»Ich liebe ihn, Liz. Ich habe ihn schon immer geliebt. Und ich kann den Gedanken nicht ertragen, ihn nie mehr wiederzusehen. Das Schicksal will doch, dass wir zusammengehören, oder? Und das heißt, dass wir einen Weg finden werden.«

38
Jetzt
Januar

Heathrow, Terminal zwei. Die ersten Passagiere aus Oz' Maschine kamen durch die Tür. Ich kaute innen an meiner Wange und trommelte mit den Fingern gegen meine Beine. Ich hatte keine Ahnung, wie die Sache ausgehen würde. Aber es war so viel einfacher, von Angesicht zu Angesicht miteinander zu reden.

Plötzlich entdeckte ich ihn in der Menge der Reisenden: die dichte dunkle Lockenmähne, die vertrauten Gesichtszüge. Er reckte den Kopf, um über die Menschen hinwegzublicken. Er sah mich, ich erstarrte.

Das Foto. Jenes Bild, das der Fotograf vor fast fünfzehn Jahren in Istanbul aufgenommen hatte. Es war in meinem Gehirn gespeichert, eingebrannt von dem Blitz, der mich für einen Moment geblendet hatte. Ich hatte damals eine Bemerkung über die Ähnlichkeit der Brüder gemacht.

Ich rührte mich nicht. Ich konnte es nicht. Oz' Bruder Sinan kam näher und blieb auf der anderen Seite der Barriere stehen, einen Koffer neben sich.

»Abbie? Erinnerst du dich an mich?«

Seine Haut wirkte fahl, seine Augen eingesunken, düster verschattet.

»Ja.« Ich wusste nicht, ob ich es laut gesagt hatte. »Wo ist Oz?«

»Können wir uns irgendwo setzen?«

Wir drängelten uns durch die Menge zum nächstgelegenen Café. Mein Hals und mein Mund waren trocken, als ich Platz nahm, aber ich wollte nichts trinken.

Sinan ging erst zur Theke und setzte sich dann mit seiner Tasse neben mich. Er starrte eine Weile schweigend darauf, dann räusperte er sich. »Oz kann heute nicht hier sein.«

In meinem Herzen begann es zu knacken wie in einem kalbenden Eisberg, der einen riesigen Klotz ins Meer entlässt. »Was? Warum?«

»Du musst mir verzeihen. Mein Englisch ist nicht gut wie Oz. Er kann niemals kommen.« Seine Augen wurden feucht.

In meinen Ohren wummerte es, und alle äußeren Geräusche erstarben. Ich konzentrierte mich auf seine Lippen.

»Es ist nicht leicht zu sagen. Die Schießerei in dem Nachtclub. Wir waren dort. Und ... Oz wurde im Rücken geschossen. Es war lange, bis der Rettungswagen kam. Da war eine Menge Blut, und er war Stunden bewusstlos im Krankenhaus. Sie machten zwei Operationen und entdeckten, dass die Kugel Nerven getroffen hatte. Sie haben ihn in ein künstliches Koma getan. Und ...«

»Nein«, flüsterte ich.

Es ergab keinen Sinn. Wieso hörte ich erst jetzt davon?

»Aber er hat mir doch eine SMS geschickt. Er hat mir ein gutes neues Jahr gewünscht. Und dann gab es noch andere Nachrichten mit einem neuen Handy. Ich ... ich dachte, alles sei in Ordnung.« Meine Hände begannen zu zittern, und meine Stimme versagte. Ich rief die Nachrichten von jener Nacht auf meinem Handy auf. Der Zeitpunkt. Warum hatte ich nicht auf die Uhrzeit geachtet? Er hatte seine Neujahrs-SMS vor dem Anschlag geschickt. Sie musste in irgendeinem Internet-Wartezimmer festgesteckt haben, weil alle zur selben Zeit versucht hatten, Neujahrsgrüße zu verschicken. Ich hatte vergeblich versucht, ihn zu erreichen, dann kamen diese Nachrichten von einer fremden Nummer.

»Es tut mir leid. Wir waren im Schock. Es war – wie sagt man?« Er murmelte etwas auf Türkisch. »Es war eine harte Zeit. Es war etwas, das wir nicht in einer Sprachnachricht oder einer SMS sagen konnten. Es tut mir leid. Ich schickte dir diese Nachrichten nach dem Anschlag.«

Ich war wie betäubt. Meine Augen blieben trocken. Atmete ich? In meiner Brust rührte sich überhaupt nichts.

»Als er aufwachte –«

»Warte. *Was?*« Es war, als wäre ich ins Leben zurückgeholt worden. »Oh, Gott sei Dank«, schrie ich und packte seine Hand. »Er lebt«, flüsterte ich, und sofort kehrte der Schmerz in meine Brust zurück. »Aber eins verstehe ich nicht. Warum hat er mich nicht angerufen?« Unvermittelt stand ich auf. »Ich muss ihn sehen. Ich muss ihn unbedingt sehen.«

Sinan erhob sich ebenfalls und nahm sanft meinen Arm. »Abbie, bitte. Das ist nicht alles.« Er zog mich wieder auf den Stuhl. »Es gab viele kaputte Nerven durch die Kugel. Als er aufwachte, machten die Ärzte viele Tests ... und ... sie glauben, er kann vielleicht nie mehr gehen.«

Ich erstarrte.

»Es war alles meine Schuld.« Er biss die Kiefer zusammen. »Ich bat ihn, zu dem Club zu kommen. Er wollte mit seiner Tochter zusammen sein, aber ich hatte ihn viele Wochen nicht gesehen und hatte eine Party in dem Nachtclub arrangiert. Es war lustig, bis ...«, er schluckte heftig, »jemand begann zu schießen. Es war wie Feuerwerk drinnen. Und dann ... Oz stellte sich vor mich ... er rettete mein Leben.«

Stopp! Ich hielt mir die Ohren zu, so dass er schwieg. Am liebsten hätte ich die aufgeregten Reisenden um mich herum, die wieder mit ihren Liebsten vereint waren, laut angeschrien: Das kann nicht sein. Er wollte herkommen; wir wollten einen Weg finden, um zusammen zu sein! Ich schüttelte den Kopf. »Ich muss ihn sehen. Ich werde mir auf der Stelle ein Ticket besorgen und hinfliegen.« Ich fing an, in meiner Handtasche nach dem Portemonnaie zu wühlen. Sinan legte seine Hände auf meine.

»Hayır.« Er schüttelte den Kopf. »Du kannst nicht. Er möchte dich nicht sehen. Er möchte nicht ..., dass du dein Leben wegwirfst für ihn.«

»Das kann nicht sein Ernst sein. All das, was er mir in seiner E-Mail geschrieben hat. Du verstehst das nicht.«

Ich merkte erst, wie sehr meine Hände zitterten, als Sinan seinen Griff lockerte. »Bitte, Abbie. Bitte akzeptiere die Wünsche von meinem Bruder und meiner Familie. Es ist eine schwierige Zeit für uns, und wir akzeptieren einige schlimme Dinge. Wir waren schon vorher zerbrochen, und wir möchten wieder heilen. Es ist kein Platz für dich. Oz bat mich, dir diese Nachrichten auf meinem Handy zu schreiben und dann herzukommen und dir zu sagen, dass er niemals mit dir zusammen sein kann.«

39

Es war das zweite Mal, dass ich mich an diesem Morgen übergab. Die Toilette in der Kanzlei roch streng nach Bleichmittel – mein schwacher Versuch, den anderen Gestank zu überdecken. Es musste dieser Burrito zum Frühstück gewesen sein, den ich mir auf dem Weg zur Arbeit am Imbisswagen vorm U-Bahn-Eingang Temple besorgt hatte

Es klopfte an der Tür.

»Abbie?«, rief Mary von draußen. »Ist alles in Ordnung?«

Ich lehnte mich gegen das Waschbecken. »Alles gut. Eine Sekunde noch.«

Als ich mein Gesicht im Spiegel sah, schreckte ich zurück: fahle Wangen, schlaffes Haar, dunkle Ringe unter den Augen. Ich steckte mir ein Pfefferminzbonbon in den Mund und lutschte kräftig.

Mary wartete hinter der Tür. »Bist du sicher, dass du heute arbeiten solltest?«

»Ich glaube, ich habe heute Morgen etwas Vergammeltes gegessen. Keine weiteren Symptome.«

»Das meine ich nicht.« Sie packte mich am Ellbogen und führte mich ans Fenster, wo die strahlende Wintersonne den Bereich vor der Glasscheibe gewärmt hatte. »Liz hat mir erzählt, was passiert ist. Vielleicht solltest du dir ein paar Tage freinehmen? Ich kann mir nicht vorstellen, dass du dich heute auf die Arbeit konzentrieren kannst. Wir haben Unterlagen für Mittwoch. Wir wurschteln uns durch.«

»Nein, mir geht es gut. Liz hat übertrieben.«

»Bist du sicher?«

»Absolut. Ich treffe mich nachher mit ihr zum Mittagessen. Dann werde ich ihr erklären, dass sie dich unnötig beunruhigt hat.«

Sie sah mich mit einem fürsorglichen Lächeln an und knöpfte

ihre Kostümjacke auf. Dann zog sie mich neben sich auf das breite Fensterbrett.

»Hör zu, Abbie. Ich habe mich nie richtig dafür bedankt, dass du meinen Part in Paris übernommen hast. Ich weiß, es gab Gerüchte, warum ich mich für dich entschieden hatte. Das Etikett der Vetternwirtschaft werden wir wohl nie los, was aber nicht bedeutet, dass wir es nicht versuchen sollten. Ich habe dich ausgesucht, weil du intelligent bist, engagiert und eine geborene Vermittlerin. Und die Rückmeldungen waren übrigens hervorragend. Man hat dich sogar gebeten, diverse Diskussionen in Oxford zu moderieren. Und James Simons kann sehen, wie hart du arbeitest.«

Ich nickte, wollte aber von dem Kompliment und den Nachfragen nichts wissen. Ich nahm es eigentlich nie ernst, wenn Mary etwas Nettes zu mir sagte. Sie war die Ehefrau meiner besten Freundin. Aber jetzt war nicht der richtige Zeitpunkt, ihr zu erklären, dass ich schon lange und gründlich darüber nachgedacht hatte, die Arbeitsstelle zu wechseln. Das war die einzige Möglichkeit. Auch weil ich vermeiden wollte, Charlie zu begegnen, vor allem aber musste ich endlich flügge werden. Und wie sollte mir das hier gelingen, wo alle davon ausgingen, dass ich Marys Liebling war?

»Manchmal wird man von alldem einfach überrollt, Abbie. In letzter Zeit merke ich, wie wichtig es für mich ist, einen Ausgleich zu haben. Liz und Maddy sind meine Welt. Sie werden immer an erster Stelle stehen. Wir sind ein Team, und die Krankheit meiner Schwiegermutter hat mir klargemacht, dass ich etwas ändern muss, wenn ich eine gesunde Balance in mein Leben kriegen will. Deswegen werde ich weniger Fälle übernehmen. Liz fehlt ihre Arbeit, und sie hat eine Partnerin verdient, die sie unterstützt, damit sie beides gut schafft – Arbeit und Familienleben. Ich weiß, du hattest ein hartes Jahr. Prozesse zu verlieren fällt niemandem leicht, und das bleibt auch so. Aber manchmal ist es besser, weniger Fälle zu übernehmen und sich nicht zu überanstrengen. Es gibt noch andere Möglichkeiten, sich einen guten Ruf zu erwerben. Verstehst du, was ich dir sagen möchte?«

Ihre Worte erreichten mich nicht, ich war im Geist anderswo. »Ja. Vielen Dank, Mary. Ich weiß deine Worte zu schätzen«, sagte ich, wahrscheinlich etwas zu schroff. »Es tut mir leid. Ich verstehe dich durchaus. Aber auf mich wartet eine Menge Arbeit, deswegen sollte ich besser wieder reingehen.«

Ich setzte mich an den Schreibtisch; vor mir lagen die Akten für den Prozess. Die Wörter tanzten auf den Linien – mal unscharf, mal ohne Sinn. Ich rieb mir die Schläfen und beschwor meinen Schädel, mit dem Hämmern aufzuhören.

Luft. Ich brauchte Luft. Ich schnappte mir Mantel und Schal von der Stuhllehne und eilte hinaus. Setzte einen Fuß vor den anderen. Ich hatte keine Ahnung, wohin ich ging, lief aber immer weiter – den Strand entlang, über Piccadilly, dann durch Mayfair, bis ich die Edgware Road erreichte.

Ich nahm meinen Paris-Saint-Germain-Schal ab und betrat das Maroush. Die Inneneinrichtung des Restaurants hatte sich verändert; Glastische und mintfarbene Wände, mit Fotos bestückt. Der Tresen war jetzt am anderen Ende des Raums. Dahinter stand ein junger Mann.

»*Ahlan wa Sahlan*. Möchten Sie die Speisekarte?«

Ich setzte mich vor ihn auf einen Barhocker, der unter den Marmortresen geschoben war. »Ich hätte gern einen Kaffee.« Ich warf einen kurzen Blick nach links, wo hinter einer Glaswand dicht an dicht auf Platten diverse Kuchen aufgereiht waren. Es roch unangenehm süß.

Der Kellner nahm einen Topf und warf drei Löffel Kaffee hinein; ich zog unterdessen meinen Mantel aus und legte ihn auf den Hocker neben mir. »Entschuldigen Sie, arbeitet hier nicht auch ein älterer Mann?«

Der Kellner setzte den Topf zum Kochen auf. »Meinen Sie Rafik? Er ist inzwischen in Rente. Ist vor wenigen Jahren zurück nach Beirut. Ich bin sein Enkel. Kennen Sie ihn?«

»Ich war vor vielen Jahren hier, genau gesagt vor fünfzehn

Jahren. Ich habe hier mit einer Gruppe internationaler Studenten aufs Herrlichste gespeist.«

Er schob mir die kleine Kaffeetasse mit einer Schale Zucker herüber.

»Danke«, sagte ich.

»*Tikrami.* Warten Sie, ich glaube, es gibt noch Fotos von meinem Großvater aus der Zeit.«

»Wirklich?«

»Ja. Eine Minute.« Er wischte sich die Hände mit einem Tuch ab, kam hinter dem Tresen hervor und musterte die Fotos an der Wand. Er rieb sich das Kinn. »*Na'am.* Hier sind zwei.«

Ich rutschte vom Hocker, fing ihn auf, bevor er umkippte, und blickte zu der Stelle, auf die er zeigte. Ein Foto war von Rafik mit jemandem, den ich nicht kannte, und daneben ... das war er. Rafik, flankiert von Yusef, Yaman und Oz. Oz trug etwas, das ich nicht wiedererkannte, weswegen das Foto an einem anderen Tag gemacht worden sein musste. Ich wies mit dem Finger auf ihn.

»Kennen Sie sie?«, fragte er.

Ich nickte.

Der Kellner hakte das Foto von der Wand. Er löste die Klammern und entfernte den Rahmen. »Papa Rafik hat immer noch andere Fotos hinter das gesteckt, das man sieht. Er konnte sich nie entscheiden, welches ihm am besten gefiel, und er wollte keins wegwerfen. Hier« – er gab mir drei Fotos –, »bitte nehmen Sie die.«

Auf jedem war Oz; dieses unverwüstliche Lächeln; so jung in seinen verwaschenen Jeans und dem blauen Pullover mit V-Ausschnitt. Warum, Oz? Warum willst du nicht, dass ich zu dir komme?

»Sie bedeuten mir sehr viel. Vielen Dank.«

»*Tikrami*«, sagte er und verschwand wieder hinter dem Tresen.

Ich hielt mir die Fotos an die Lippen und dachte an alles, was er in seiner letzten E-Mail an mich geschrieben hatte. Der von

Silvester. Ich begriff immer noch nicht, was danach geschehen war.

Ich machte mich auf den Rückweg über die Edgware Road. Etwas versteckt im Eingang zu U-Bahn Marble Arch lag der Fotoautomat. Er war mit Graffiti übersät, und ein »Außer Betrieb«-Schild klebte an seiner Außenwand. Das Herz schwer von Kummer, fuhr ich die Rolltreppe zur Central Line hinunter. Der Bahnsteig. Der Ort, wo ich beschlossen hatte, ihn daran zu hindern, in den Zug zu steigen. Ich entschied mich für Oz. Aber warum hatte ich ihn am nächsten Tag oder wenigstens am übernächsten nicht angerufen? Wie wären unser beider Leben dann verlaufen? Oder war es sinnlos, auch nur darüber zu spekulieren, weil es unser Schicksal war?

Ich lief zum Strand hinunter. An der Ecke blieb ich stehen, reckte das Gesicht gen Himmel und ließ meine Haut von der Sonne wärmen. Es hätte eigentlich ein glücklicher Tag sein sollen – der Beginn eines neuen Kapitels in meinem Leben.

»Abs?«

Eingemummelt in ihren flauschigen schwarzen Mantel kam Liz mir entgegen. Sie umarmte mich so fest, dass ich kaum Luft bekam. Dann trat sie einen Schritt zurück, verzog den Mund und musterte mich.

»Ich stehe unter Schock. Das ist alles. Ich kann es einfach nicht begreifen«, sagte ich.

Sie zog mich vom Touristenstrom, der uns umgab, fort und führte mich in eine Gasse, die zum Fluss führte.

»Ich weiß nicht, was ich sagen soll«, erklärte sie. »Ich kann nicht fassen, was passiert ist. Wirst du dich noch mal mit seinem Bruder treffen?«

»Das hoffe ich. Aber was soll ich machen? Oz hat seine Entscheidung getroffen. Er will mich nicht und seine Familie erst recht nicht. Ich habe nicht die geringste Ahnung, was ich tun soll. Mein Körper fühlt sich völlig taub an.«

Eine Weile liefen wir schweigend nebeneinander her, ich mit dem Kopf an ihrer Schulter. »Ich starre die ganze Zeit auf mein Telefon, in der Hoffnung, dass das Display aufleuchtet und er mir erklärt, es sei alles ein Traum gewesen, er habe nur den Flug verpasst. Am liebsten würde ich die Zeit um zwei Wochen zurückdrehen. Ich wünschte, er hätte meine Wohnung nie verlassen. Warum habe ich ihn nach seiner E-Mail nicht sofort angerufen? Warum habe ich ihm nicht gesagt, er solle auf der Stelle herkommen? Dann wäre er nicht in den Club gegangen. Dann wäre er jetzt hier in London.«

Sie drückte meinen Arm, während wir weitergingen. Meine Fragen hingen unbeantwortet in der Luft.

Als wir die Gartenanlage des Middle Temple erreichten, verlangsamten wir unseren Schritt. »Abs, ich werde immer für dich da sein, aber ich finde, du brauchst jemand anderes. Du hast mich damals gedrängt, meine Mum anzurufen, und das war das Beste, was ich tun konnte.«

Ich warf ihr einen Seitenblick zu. »Meinst du etwa meine Mum?«

»Ich habe sie angerufen. Hab ihr alles erzählt. Dass du Oz letztes Jahr wiedergesehen hast und was an Silvester passiert ist. Sie war schockiert, dass du alles für dich behalten hast. Wir wollen, dass es dir besser geht. Aber jetzt muss ich zurück zu Maddy und Mum. Du warst immer für mich da; ohne dich hätte ich dieses Jahr nicht überstanden. Inzwischen bin ich stärker, und ich möchte, dass du mir versprichst, mir gegenüber immer offen zu sein.« Sie küsste mich auf die Wange und marschierte durch das Tor nach draußen.

Ich schob die Hände in die Taschen, meine Finger um die riesigen Strickhandschuhe gelegt, die Oz mir in Paris geschenkt hatte. Und dann sah ich sie plötzlich. Meine Mum! Sie saß auf einer Bank, umgeben von Büschen, deren Zweige schon erste Knospen trugen.

»Hallo, Mum.«

»Liebes.« Sie stand auf und nahm mich in die Arme. »Es tut mir leid, so schrecklich leid«, flüsterte sie in mein Haar und streichelte meinen Rücken.

Wir ließen uns auf der Bank nieder. Sie sah mir fest in die Augen. »Es ist alles meine Schuld.«

»Wieso das denn?«

»Der Brief und die Ansichtskarten.«

»Bitte, fang nicht davon an.«

»Ich habe dich zu sehr behüten wollen. Wenn ich die Post nicht vor dir versteckt hätte, wäre heute alles anders.« Sie seufzte schwer.

»Aber warum hast du sie versteckt, Mum? Wirklich nur, weil du Angst hattest, dass ich die gleichen Fehler machen könnte wie Amy?«

Sie verzog den Mund und drückte den Kragen ihres grauen Mantels, unter dem ihr handgestrickter violetter Schal hervorschaute, noch fester an den Hals. »Ich hatte Träume. Während meiner Schneiderlehre bekam ich das Angebot, für ein Modehaus in New York zu arbeiten.«

»Das hast du uns nie erzählt.«

»Ich hatte aber gerade deinen Vater kennengelernt ... und das hatte mich einfach umgehauen.« Sie lächelte ein wenig.

»Du musstest dich also entscheiden?«

Sie spielte mit ihrem Ehering. »Dein Vater war schrecklich altmodisch. Wollte sofort eine Familie gründen, und ich sollte Hausfrau sein. Er hatte keine schöne Kindheit gehabt; sein Vater war Bergarbeiter in Wales und kaum zu Hause. Und nachdem seine Mutter starb, war er auf sich allein gestellt. Da war er gerade mal fünfzehn. Deswegen wünschte er sich ein traditionelles Familienleben, und ich war zu verliebt in ihn, um mich dagegen zu wehren. Außerdem wollte er nicht nach Amerika. Wie hätte er dort Arbeit finden können?«

Ich ließ die Schultern sinken. »Das wusste ich nicht. Er hat nie gern über seine Kindheit gesprochen. Und das mit New York hast du mir nie erzählt, nur, wie romantisch es war, als ihr euch kennengelernt habt. Aber was hat das mit dem Verstecken des Briefs und der Postkarten zu tun?«

»Wir hatten Angst, du würdest deine Träume wegwerfen, und

dachten, wenn du zu diesem Jungen gehst, würden wir dich nie wiedersehen.«

»So weit wäre es niemals gekommen.«

»Du verstehst mich nicht, Süße. Wir hätten dich beinah verloren, als du mit sieben Jahren deinen ersten Asthmaanfall hattest. Es war ... ich kann nicht beschreiben, was ich an jenem Tag in London durchgemacht habe. Danach habe ich mir geschworen, alles zu tun, um dich zu beschützen. Und niemals zuzulassen, dass du unnötige Risiken eingehst. Du warst doch so entschlossen, so sicher, dass du Jura studieren wolltest. Erst jetzt weiß ich, wie unzufrieden du dich damit fühltest. Ich hätte damals darauf vertrauen sollen, dass du die richtige Wahl triffst. Jetzt verstehe ich den Satz: ›Sie senkte den Kopf‹.«

»Du wusstest, was du aufgeben würdest, und du hast dich trotzdem für Dad entschieden. Hast du es je bedauert?«

Sie schüttelte den Kopf. »Nicht eine Minute.«

»Dad hat etwas anderes gesagt.«

»Was? Wann hat er was gesagt?«

»An meinem ersten Tag an der Universität. Ich musste ihm versprechen, niemals zuzulassen, dass die Liebe meinen Zukunftsvorstellungen in die Quere kommt. Er fühlte sich schuldig, weil du seinetwegen auf deine Träume verzichtet hast.«

»Ach was«, erwiderte sie. »Dieser Dummkopf. Das hätte er niemals zu dir sagen dürfen. Ich leugne ja nicht, dass ich manchmal wünschte, ich hätte mehr aus meinem Leben gemacht. Aber ich hätte es gekonnt, wenn ich gewollt hätte. Und das habe ich ja auch. Dank dir.«

»Ein Kunsthandwerksladen in Mumbles? Das ist nicht gerade ein Modehaus in New York.«

»Ist es das, was dich antreibt? Möchtest du immer noch, dass dein Dad stolz auf dich ist? Glaubst du etwa, er wäre weniger stolz gewesen, wenn du nach Beirut gegangen wärst und für dieses Hilfsprojekt gearbeitet hättest?«

Ich nickte und sah zum Himmel, versuchte die Tränen zurückzuhalten. Doch der Druck wurde stärker.

»Hast du deshalb weitergearbeitet? Um mich und deine Schwester zu unterstützen? Bist du deshalb Anwältin geworden? Setzt du dich deshalb immer weiter unter diesen Druck? Wo du doch eigentlich nur mit Oz zusammen sein wolltest?«

Ich konnte mich nicht länger zusammenreißen. Ich schluchzte hemmungslos.

»An dem Tag, als Dad die Nachricht erhielt, er werde nicht befördert, habe ich einen Streit zwischen ihm und Amy gehört. Er erklärte ihr, ich sei diejenige, die etwas aus ihrem Leben mache, einen anständigen Beruf erlerne. Und dann bekam er den Herzanfall, und du bist mit ihm ins Krankenhaus. Ich dachte, er stirbt. Als du zurückkamst, wusste ich, ich würde alles tun, um ihn stolz zu machen, damit so etwas nicht noch einmal geschieht.«

»Warum hast du das nie erzählt? Das war doch viel zu viel Verantwortung für einen Teenager. Es tut mir sehr leid, dass du so empfunden hast, Liebes.«

»Es war in Ordnung. Und als ich dann aus Istanbul zurückkam, erschien es mir falsch, den eingeschlagenen Weg zu verlassen. Ich hatte Angst, er wäre furchtbar enttäuscht, wenn ich es auch nur anspräche.«

»Du hättest ihn niemals enttäuscht. Du warst sein Ein und Alles. Egal, was du gemacht hättest, du hättest ihn niemals umstimmen können. Er war so. Wahrscheinlich hat er gedacht, er hätte meine Träume erstickt, und hoffte, bei dir würde es anders sein. Du würdest Karriere machen, ein selbständiges Leben führen. Er wollte nur das Beste für dich, das taten wir beide. Und dabei haben wir nicht begriffen, dass das, was wir für das Beste hielten, dich nicht glücklich machen würde.«

»Wirklich? Ich dachte, er wäre am Boden zerstört, wenn ich ihm gesagt hätte, dass ich nicht Jura studieren will.«

Sie lehnte sich zurück. »Es tut mir so leid. Ich kann es nur wiederholen. Wir hätten damals verständnisvoller sein, nicht so viel Druck ausüben sollen. Und ich werde mir nie verzeihen, dass ich mich nach seinem Tod so sehr auf deine Unterstützung verlassen habe.«

»Bitte, Mum, das hatten wir doch schon.«

»Nein. Jedenfalls nicht genug. Du hast so viele Opfer für mich und deine Schwester gebracht. Es hat mir das Herz gebrochen, dich so leiden zu sehen. Du hast deine Gefühle sehr gut versteckt; ich nehme es mir ewig übel, dass ich nicht gemerkt habe, wie schlecht es dir ging. Alle waren nur auf mich konzentriert, weil ich meinen Mann verloren hatte, und auf deine Schwester, die ein Baby bekam. Wir haben alle versagt und nicht begriffen, dass du nicht nur einen Vater verloren hattest, sondern auch noch jemanden, mit dem du eine gemeinsame Zukunft aufbauen wolltest.«

»Das wäre sowieso nie geschehen. Und als Dad im Krankenhaus lag, hat er mir aufgetragen, mich um euch zu kümmern, um Amy und dich. Und ich habe es ihm versprochen. Aber das war nicht das Einzige, was uns im Weg stand. Es gab so viele andere Hindernisse zwischen Oz und mir. Seine Familie, die große Entfernung ... Insgesamt waren wir zusammengerechnet nur vierzehn Tage gemeinsam am selben Ort. Vierzehn Tag in fünfzehn Jahren! Verrückt, nicht?« Ich verschluckte ein Lachen.

Mum legte den Kopf schief. »Erzähl mir alles von diesen kostbaren Tagen, Liebes. Ich möchte alles über ihn hören. Erzähl mir von jedem Tag, den ihr miteinander verbracht habt, von euren Träumen, dem Leben, das du mit ihm zu führen hofftest. Auf diese Weise findest du vielleicht heraus, was du jetzt machen sollst.«

Ich lehnte mich zurück. Die Sonne wärmte mein Gesicht. Ich begann mit unserem Kennenlernen. Sie machte große Augen, als ich meine Ohnmacht erwähnte; staunte, wie schlau Liz sich die verrückte Interrail-Reise ausgedacht hatte, um mich nach Istanbul zu lotsen. Ich schilderte, wie Oz' Familie sein Leben bestimmte, erzählte von unserem Ausflug nach Damaskus, den Moscheen und Restaurants. Inzwischen war Syrien von dem jahrelangen Bürgerkrieg zerstört. Und ich konnte gar nicht fassen, dass ich dort gewesen war, bevor dieser Schrecken begann. Zuletzt berichtete ich ihr von unseren zufälligen Begegnungen in den vergangenen zwölf Monaten.

»Warum hast du mir nicht erzählt, dass du ihn letztes Jahr wiedergesehen hast?«, fragte sie.

»Ich wusste nicht, wie du reagieren würdest. Ich dachte, wenn du seinen Namen hörst, würdest du an den Tag denken, als Dad starb. Diese Schuld lastet immer noch auf mir.«

Sie griff erneut nach meinen Händen. »Vergiss es, Abbie. Ich mache dir oder Oz keinerlei Vorwürfe wegen Dads Tod. Und ich wünschte, wir hätten nicht erst heute über all dies gesprochen.« Sie strich mir über die Finger. »Aber beim letzten Mal hast du ihm Lebwohl gesagt. Warum?«

»Charlie und ich hatten uns erst kurz vorher getrennt, und Oz und ich sind übereingekommen, dass jedem von uns sein Leben in seinem Heimatland zu wichtig ist, als dass wir …«

»… als dass ihr es eurer Liebe opfern wolltet?«

Ich packte die Enden meines Schals. »Immer wenn Oz über seine Arbeit spricht, leuchten seine Augen. Er hat Jahre gebraucht, um endlich Erfüllung zu finden. Und er vergöttert seine Tochter, genießt jede Sekunde, die er mit ihr verbringen kann.«

»Und du fandest es nicht richtig, dass er bereit war, all das zu opfern – für dich?«

Ich schüttelte den Kopf und suchte in meiner Handtasche nach dem Telefon. »Als er mir diese E-Mail geschickt hat, habe ich gezögert.«

»Was steht denn darin?«

»Darf ich es dir vorlesen?«

»Natürlich.«

Ich scrollte durch meinen Posteingang, bis ich zu seiner Nachricht kam.

»*Abbie,* aşkim, *mein Leben, meine Seele. Als Du an jenem Mittwochmorgen in meinen Armen lagst, wusste ich, dass ich Dich nicht gehen lassen konnte. Es ist mir gleich, wie viele Opfer ich zu bringen habe. Es gibt so viele Hindernisse, die uns im Weg standen und noch stehen, aber sie müssen überwunden werden. Wir können das schaffen, gemeinsam.*

Ich werde mit meinem Chef sprechen und versuchen, ein Sabbati-

cal zu bekommen, und mit Dima reden, wie ich Eda weiter sehen kann. Ich weiß nicht genau wie, aber selbst wenn das bedeutet, dass ich jede Woche zwischen Istanbul und London hin und her fliege, werde ich es tun. Ich werde alles tun, damit wir länger zusammen sein können als immer nur ein paar Tage. Sobald wir wieder zusammen sind, wird sich alles ändern, und wir können Lösungen finden.

Als Du vor fünfzehn Jahren in mein Leben getreten bist, war ich ein verwirrter junger Mann, der ein privilegiertes Leben führte. London hat mir beigebracht, dass es außerhalb meiner Familie eine größere Welt gibt. Ich war nicht mehr in meinem Goldfischglas, sondern bin ausgebrochen in einen Strom. Und dann bist Du in meine Arme gefallen. So klug, so liebenswürdig, so lebhaft, und plötzlich war ich draußen im Ozean und schwamm mich frei. Du hast den Anstoß gegeben, mein Leben zu ändern, Glück zu suchen und zu tun, was ich möchte, nicht das, was meiner Familie gefällt. Ich wünschte, ich hätte früher den Mut zu diesen Veränderungen gehabt.

Es gibt so vieles, das ich bereue, aber jetzt ist es genug. Ich habe meine Entscheidung getroffen. Ich werde am 5. Januar nach London kommen. Wir werden uns hinsetzen und reden und schauen, wohin wir von dort gehen können. Bitte, Abbie, denk über das nach, was ich geschrieben habe. Du musst mir nicht sofort Deine Entscheidung mitteilen.

Wir führen unser Leben getrennt voneinander. Die Entfernung ist unser Feind, aber lass uns neutralen Boden suchen. Ich möchte nicht, dass Du Dein Leben in London aufgibst. Aber vielleicht möchtest Du eines Tages das Leben im Ausland kennenlernen, mit mir.

Bis bald.

Für immer in Liebe,

Oz«

Bei den letzten Worten brach mir die Stimme. Der Schmerz tief in meiner Brust meldete sich mit zunehmender Heftigkeit.

»Himmel!«, flüsterte Mum. »War das schön!«

»Er hat ein Foto von uns angehängt. Aus Paris. Willst du es sehen?«

Sie nickte, und ich hielt ihr mein Telefon hin.

»Er ist so ein gutaussehender Mann. Mit solch einem warmen Lächeln. Und ihr beiden zusammen … tja …«

»Was soll ich tun, Mum?«

»Diese Frage kannst nur du selbst beantworten. Er hat eine schreckliche Erfahrung hinter sich, Liebes. Und er hat recht. Dein Leben wird sich ändern, wenn du mit ihm zusammen sein willst. Wir werden uns niemals vorstellen können, was er durchgemacht hat, aber ich fühle auch mit seiner Familie. Ich weiß immerhin, was es bedeutet, beinah ein Kind zu verlieren. Und er hat eine Tochter. Sie muss für ihn erreichbar bleiben. Er kann nicht ständig hin und her fliegen.«

Sie tätschelte meine Hand. »Eins möchte ich dir jedoch sagen. Wenn man jemanden liebt, muss man für ihn auch Opfer bringen, denn Beziehungen sind harte Arbeit. Wenn du mit jemandem zusammen bist, für den du alles tun würdest, dann bedeutet das, Entscheidungen zu treffen, manchmal auch harte Entscheidungen. Aber wenn das für die richtige Person geschieht, fallen sie einem leichter. Es wird dir vielleicht nicht *hier* klar sein«, sagte sie und zeigte auf ihren Kopf, um die Hand dann auf ihr Herz zu legen, »aber *hier* wirst du fühlen, ob es die richtigen Entscheidungen sind.«

Ich musste lächeln bei dem Gedanken, dass Oz etwas Ähnliches gesagt hatte.

»Und Amy und ich kommen allein zurecht. Du musst nicht immer für uns sorgen.«

»Mum, das ist noch nicht alles.« Ich kaute innen an meiner Wange und kämpfte dagegen an, dass mir schon wieder schlecht wurde. Das mit der Übelkeit war in der vergangenen Woche immer schlimmer geworden. »Ich glaube, ich bin schwanger.«

40

Das Taxi hielt auf dem Kopfsteinpflaster vor dem OCM-Gebäude – einem vierstöckigen weißen Gebäude in einem Vorort Münchens. Ich wusste nicht, wofür die Buchstaben standen, aber ich wusste, dass es sich um Deutschlands führendes Zentrum für orthopädische Chirurgie und Rehabilitation handelte.

»Danke«, sagte ich zum Fahrer, reichte ihm zwanzig Euro und ließ ihm das Wechselgeld.

Mein Wochenendkoffer rumpelte über den unebenen Boden. Dann stand ich vor der gläsernen Eingangsfront.

An der Rezeption tippte eine Frau emsig in einen Computer, ihre Brille saß auf der Nasenspitze. Hinter ihr befanden sich eine Reihe weißer Schränke und neben ihr ein Stapelturm aus Aktenordnern.

»*Willkommen*«, sagte sie knapp und abweisend.

»Ähm … *Guten Morgen*«, erwiderte ich auf Deutsch, ohne zu wissen, ob das der richtige Gruß für diese Tageszeit war, und fuhr dann auf Englisch fort: »Ich möchte einen Patienten dieses Krankenhauses besuchen.«

Sie rümpfte die Nase. »Sind Sie ein Familienmitglied?«

»Nein. Nein, bin ich nicht.«

»Dann nicht«, blaffte sie. »Wir können Ihnen das Betreten nicht gestatten.«

»Aber –«

»*Fräulein*. Dies ist kein Krankenhaus, sondern eine Spezialklinik für die schlimmsten Wirbelsäulenverletzungen der Welt. Es ist kein Ort, um …« Sie murmelte etwas auf Deutsch wie *hängen*. »… mit Ihren Freunden rumzuhängen.« Die Brille rutschte ihr von der Nase, und nur die Perlenkette um ihren Hals verhinderte, dass sie auf den Boden fiel. Sie begann wieder zu tippen.

Ich schob meinen Koffergriff nach unten, bis er einrastete. »Nein.«

Die Frau unterbrach ihre Arbeit und sah mich scharf an.

»Ich bin hier, um einen Mann namens Özgür Demir zu besuchen. Ich bin extra aus London gekommen. Es ist sehr wichtig. Und ich werde nicht gehen, bis ich ihn gesehen habe.«

Sie öffnete den Mund, dann kniff sie ihn zusammen.

»Abbie«, rief plötzlich jemand mit türkischer Betonung.

Sinan. Er kam den Korridor entlanggelaufen und passierte die automatische Schranke.

»Hallo, Sinan.«

»Was machst du denn hier?«

»Ich möchte Oz besuchen.«

»Aber ich habe doch gesagt –«

»Ja, ich weiß. Aber es gibt etwas, das du begreifen musst. Und auch er muss es begreifen. Ich liebe ihn. Ich liebe Oz. Und ich werde ihn nicht loslassen. Ich bin dir dankbar für deine Nachrichten und all die Informationen über seinen Zustand. Ich weiß, ich habe gesagt, ich würde eure Familie nicht belästigen, wenn ihr mich mit Informationen versorgt. Aber ich habe gelogen. Ich weigere mich zu glauben, dass es zwischen uns vorbei zu sein hat. Ich liebe ihn, verdammt noch mal! Und ich gehe nicht, ehe ich ihn gesehen habe. Es ist mir egal, ob er je wieder laufen wird. Ich möchte nicht vor einem Leben bewahrt werden, von dem er glaubt, dass ich es nicht führen sollte. Das hat nicht er zu entscheiden. Ich möchte ihn sehen, Sinan. Bitte. *Lütfen*«, fügte ich auf gut Glück hinzu.

Sinan seufzte und ließ die Schultern sinken. Er ging zur Rezeption und sprach in gebrochenem Deutsch mit der Dame. Sie entsperrte tatsächlich die Schranke und ließ uns durch.

Ich geriet in helle Aufregung; doch der Tick an meinem Auge beendete rasch seinen verrückten Tanz. Zum Glück hatte meine morgendliche Übelkeit nachgelassen und würde sich wohl erst am späteren Abend wieder melden.

Nachdem ich Mum von dem Baby erzählt hatte, begann ein Plan in meinem Kopf Gestalt anzunehmen. Ich hatte sofort Sinan angerufen und ihn um ein zweites Treffen gebeten. Er hatte mir versprochen, mich über Oz' Zustand auf dem Laufenden zu halten, und im Gegenzug erklärte ich mich bereit, seine Familie in Ruhe zu lassen. Aber als Sinan mir mitteilte, Oz werde für eine aggressive Rehabilitation nach Deutschland gebracht, beschloss ich, ihn wiederzusehen. Die Türkei galt für britische Staatsbürger immer noch als Hochrisikogebiet, weshalb die Nachricht von seiner Überführung nach Deutschland mich hoffnungsvoll stimmte. Auf den positiven Schwangerschaftstest reagierte ich mit widersprüchlichen Gefühlen.

Als ich vor wenigen Tagen für die Ultraschalluntersuchung beim Gynäkologen war, hatte ich mich plötzlich leer und einsam gefühlt. Doch der Anblick des entstehenden Lebens in mir machte mich nur um so entschlossener, mit ihm zusammen zu sein. Dass ich diesen kostbaren Augenblick nicht mit ihm teilen konnte, war schwer zu ertragen, hatte aber den Schmerz geheilt, den ich so lange vergraben hatte. Oz musste begreifen, dass ich bereit war, mein Leben über den Haufen zu werfen, um mit ihm zusammen zu sein. Und ich hoffte, dass wir alle Hindernisse gemeinsam bewältigen würden.

Der Weg, der vor mir lag, war ungewiss und in Nebel gehüllt, aber ich wollte ihn gemeinsam mit ihm gehen. Die Frage war allerdings, ob er ihn auch mit mir gehen würde.

Vor einem Zimmer im dritten Stock blieb Sinan stehen. »Er ist nicht mehr der Mann, von dem du sagst, dass du ihn liebst. Die Ärzte haben gestern einige Tests gemacht, die Ergebnisse liegen noch nicht vor. Aber es wird lange dauern, bis er wieder gesund ist, und er hat den Mut verloren. *Yani* …« Er zuckte die Achseln. »Du bist stur wie mein Bruder. Aber vielleicht bist du, was er braucht. Vor der Schießerei erzählte er mir von seinem Plan, mit dir zusammen zu sein. Er war glücklich, jetzt ist er traurig.«

Die Tür ging auf, ein Arzt kam heraus und murmelte im Vorbeigehen einen Gruß.

Ich holte tief Luft. Sinan sagte etwas auf Türkisch, während ich mich hinter seinem breiten Rücken verbarg. Mein Körper fühlte sich plötzlich sehr schwer an, und meine Füße klebten am Boden.

Oz' Stimme klang schwach, und ich verstand nicht, worüber sie sprachen. Auch sein Tonfall war mir fremd.

»Hör ihr zu. Schick sie nicht weg«, sagte Sinan schließlich, ins Englische wechselnd. Dann flüsterte er mir zu: »Viel Glück.«

Mit einem saugenden Geräusch schloss sich die Tür. Oz drehte den Kopf zum Fenster. Regen prasselte inzwischen gegen die Scheiben. In Minutenschnelle hatte sich ein Frühlingstag in etwas Winterliches verwandelt. Zweige schlugen gegen das Fenster.

Ich rollte meinen Koffer in eine Zimmerecke, ging zu dem Stuhl und schob ihn näher ans Bett, wobei die Beine unangenehm laut übers Linoleum kratzten. Ich hängte meinen Mantel über die Lehne. München war kälter, als ich gedacht hatte, und ich fror in meinem dünnen, hellblauen Pullover und rieb mir die Hände an den schwarzen Jeans warm.

Das Kopfteil von Oz' Bett war hochgestellt, und er war an eine Maschine angeschlossen, auf deren schwarzem Display neonblaue Zahlen aufleuchteten. Er hatte Hämatome um den Infusionsschlauch, der in seiner Hand steckte. Sein Haar fiel über den Kragen seines Nachthemds, es war länger als bei unserer letzten Begegnung in London. Sein Körper war ab der Taille unter Laken und einer Decke verborgen.

Ich setzte mich. »Oz –«

»Abbie, bitte. Ich möchte dich nicht sehen«, sagte er tonlos, noch immer abgewandt.

Ich biss die Zähne zusammen, entschlossen, mich nicht entmutigen zu lassen. »Ich kann mir die Schmerzen, die du ertragen musst, nicht einmal ansatzweise vorstellen. Du musst mich nicht anschauen, aber ich bitte dich, hör mich an.«

Sein Kopf bewegte sich nicht. In dem Moment fiel mir der Rollstuhl auf, der zusammengeklappt auf der anderen Seite des Betts stand.

»*Lütfen*«, sagte ich, streckte die Hand aus und streichelte seine Handknöchel. Als ich den Schlauch berührte, der seine Haut durchbohrte, wurde mir sehr mulmig. »*Lütfen.*«

Schließlich drehte er den Kopf zu mir. Diese Augen. Die Augen, die mich bei so vielen Gelegenheiten fasziniert hatten, hatten ihren Glanz verloren. Ich sehnte mich so danach, ihm übers Haar zu streichen, ihm zu sagen, dass alles wieder gut werde, dass wir für alles eine Lösung fänden. Worte bildeten sich in meinem Kopf, wurden aber überlagert von Bildern jener Nacht im Club, von Bildern, die mich in den vergangenen Wochen nachts heimgesucht hatten. Ich konnte nicht mal ansatzweise nachempfinden, was er und sein Bruder durchgestanden hatten. Konnte man nach solch einem grauenhaften Erlebnis überhaupt wieder in sein altes Leben zurückkehren?

Ich befeuchtete mit der Zunge meine Unterlippe und fühlte die aufgesprungene Haut.

»Ich musste dich sehen, Oz. Ich weiß nicht, ob Sinan dir gesagt hat, dass er mich über deinen Zustand auf dem Laufenden gehalten hat. Ich musste kommen. Ich wollte schon gleich nach dem Anschlag kommen. Wollte von Heathrow losfliegen, kaum dass Sinan mir deine Nachricht überbracht hatte. Aber er hat mich angefleht, in London zu bleiben. Er sagte, du wolltest mich nicht sehen.« Ich schüttelte den Kopf. »Ich weigere mich, das zu glauben.«

Er wich meinem Blick aus und starrte in die Ferne.

»Als deine E-Mail kam, geriet meine Welt aus den Fugen«, fuhr ich fort. »Ich war mir sicher, du würdest es später bereuen, wenn du meinetwegen dein Leben auf den Kopf stellst. Und als ich dann von dem Anschlag erfuhr, als ich dachte, du seist tot, wusste ich, dass ein Leben ohne dich keinen Sinn hatte.«

»Stopp!«, sagte er scharf und sah mich an. »Bitte, Abbie. Ich möchte das nicht hören. Wir können nicht zusammen sein. Du verstehst nicht, wie dein Leben sein würde. Sieh mich an. Ich kann nicht gehen, ich kann nicht mit dir tanzen. Und ich will dein Mitleid nicht. Ich wäre eine Last für dich. All die Dinge, die wir nicht mehr miteinander tun könnten. Unsere Beziehung hat sich kreuz und quer auf der ganzen Welt abgespielt, und das könnten wir niemals wieder tun. Ich kann nicht kommen und in London leben. Meine Familie ist in der Türkei, und ich brauche sie. Seit dem Unfall hat meine Mutter ein sehr schlechtes Gewissen, und wir sind einander wieder näher.«

Ich nickte. »Das weiß ich, Oz. Ich bitte dich nicht, nach England zu kommen. Ich weiß, verdammt noch mal, auch nicht, wie es gehen soll. Ich werde wohl zwischen England und dem Ort, wo du leben wirst, hin und her pendeln. Ich werde mich umorientieren; ich werde meine Erfahrung nutzen und eine Möglichkeit finden, in der Türkei zu arbeiten.« Ich zuckte die Achseln. »Ich habe keine Antworten, aber ich liebe dich und werde nie aufhören, dich zu lieben. Und weder du noch deine Familie können daran etwas ändern.«

»Aber dein Beruf. Du liebst deinen Beruf.«

»Noch mehr liebe ich dich.«

Er schluckte schwer, und eine Träne fiel auf sein Kissen.

»Es macht mir nichts aus, wenn wir nie wieder tanzen. Wir können einander im Arm halten und der Musik zuhören. Wir können immer noch reisen, wenn es sich ergibt. Wir können ...«

Ich beugte mich über ihn und küsste seine Wange. Meine Lippen wurden nass, als er zu weinen begann. Ich streichelte sein Haar. »Ich dachte, ich hätte dich verloren. Für immer verloren.« Ich hielt seine Tränen nicht mehr aus, barg meinen Kopf in seiner Halsgrube und fing an, ebenfalls bitterlich zu weinen.

Ein leichter Druck auf meiner Hand, ein Zeichen. Ich drehte den Kopf und blickte ihn an, und er drückte meine Finger fester. »Ich dachte, es sei das Ende.«

Ich streichelte seine Wange. »Du bist ein Held. Du bist mein Held. Bitte schick mich nicht fort. Ich möchte bei dir sein, für immer.«

Mein Mund sank auf seine Lippen, und mit einem Mal fühlte ich mich schwerelos, als sei eine große Last von mir abgefallen. Ich setzte mich wieder auf und ergriff mit beiden Händen seine Hand.

Sein Blick fiel auf meinen Koffer. »Für wie lange bleibst du hier?«

»So lange, wie ich brauche, um dich zu überzeugen, dass ich Teil deines Lebens sein möchte, ganz gleich, was das heißt.«

»Ich hoffe, du bleibst länger als das. Du bist gerade erst hergekommen.«

Ich lächelte unter Tränen. War das ein Anflug britischen Humors? »Meinst du das ernst?«

Er nickte. »Seit dem Attentat war ich innerlich tot. Aber wenn ich dich sehe und höre, was du für mich aufgeben würdest, dann gibt das mir neue Hoffnung, dass das, was der Arzt glaubt, vielleicht, *inşallah*, wahr werden kann.«

Ich blinzelte. »Jetzt kann ich dir nicht mehr folgen, Oz. Ich bin noch völlig durcheinander, weil du gesagt hast, ich darf bleiben. Was genau glaubt der Arzt?«

»Die Testergebnisse sind gerade gekommen. Es gibt eine schwache Hoffnung. Es ist nicht unmöglich ... dass ich vielleicht wieder gehen kann.«

Ich hob den Kopf und merkte, wie mein Mund sich zu einem zaghaften Lächeln verzog.

»Warte. Bis dahin ist es noch ein langer Weg. Es werden noch mehrere Operationen nötig sein, die erste in wenigen Tagen. Die Physiotherapie kann ein Jahr dauern, vielleicht auch zwei oder mehr. Als der Arzt das sagte, ergaben die Worte keinen Sinn für mich. Aber dann ... dann bist du erschienen. Du hast mir Grund gegeben, zu glauben, dass es wahr werden kann.«

»Und ob es das wird.« Ich strich ihm übers Haar und wiegte seinen Kopf. »Eines Tages ... wirst du gehen und mit Eda und unseren Kindern durch den Park rennen und Ball mit ihnen spielen.«

»Kinder? *Inşallah*, Abbie, *Inşallah.*«

Ich lächelte. »Dieses Mal weiß ich, dass das so sein wird.«

»*Ne?*«

»Ich bekomme ein Baby, Oz. Unser Baby.«

»*Yok artık!* Niemals! *Asla.*« Er suchte meine Augen, sah mich mit offenem Mund an. »Ist das wahr?«

Ich nickte.

»*Vah, vah, vah*!«, rief er und zog mich an sich. Da war es wieder, das vertraute Zitrusaroma. »Du machst mich zum glücklichsten Mann, Abbie. Du hast mir noch einen Grund geschenkt, zu kämpfen.«

Ich zog meine Schuhe aus und kletterte ganz vorsichtig, um ihm nicht wehzutun, auf das Bett. Ich legte mich neben ihn, ließ den Arm auf seiner Brust ruhen und spürte die Wärme seines Körpers. Mehr Trost brauchte ich nicht.

Epilog
Dreizehn Monate später
April

Jetzt verstehe ich ihn. Den Unterschied zwischen Schicksal und Verhängnis. Das Verhängnis ist etwas Festgelegtes, Unerbittliches. Aber das Schicksal kann man noch formen, ändern. Es beinhaltet gewisse Wahlmöglichkeiten. Und ich hatte Oz gewählt. Eigentlich hatte ich ihn schon immer gewählt. »Es muss Liebe sein«, hatte Liz einmal gesagt. Mit unserer Liebe hatten wir das Schicksal bezwungen – wir hatten endgültig zueinander gefunden.

»Ich habe sie gefunden«, verkündete Liz, als wir nach einem kurzen Spaziergang zur Bracelet-Bay, einen Steinwurf entfernt vom Haus meiner Tante Betsy in Mumbles, das Wohnzimmer betraten.

Mum eilte geschäftig hin und her und trug silberne Platten mit Gurkensandwiches, Törtchen und Scones auf, alles mit Zierdeckchen aus Papier unterlegt.

»Schön. Wir dachten schon, du hättest dich davongemacht.«

»Niemals, Mum. Niemals. Ich brauchte nur etwas frische Luft.«

In die Mitte des Tischs wurde eine Torte mit weißer Glasur platziert. Mit Hilfe eines Kochbuchs hatte Mum sich auch an einer Auswahl türkischer Vorspeisen versucht.

»Heißes Objekt im Anmarsch«, sang Tante Betsy und betrat das Zimmer. Sie stellte die Porzellanteekanne außer Reichweite kleiner Hände ganz hinten auf den Tisch. Und an diesem Tag gab es eine Menge davon. Amy hatte ihre beiden mitgebracht, und Liz' Maddy war irgendwo draußen und spielte wahrscheinlich Verstecken. Auch Liz' Mutter war gekommen und sah prächtig aus in ihrem würdevollen Kampf mit ihrer Krankheit.

Vor dem Erkerfenster war eine Reihe Stühle aufgestellt – mit Platz zwischen den mittleren beiden für Oz' Rollstuhl.

Amy kam herein, Oǧhuzan auf dem Arm, sein Köpfchen war an ihre Schulter gesunken. Ich schmolz dahin – wie jedes Mal, wenn ich ihn sah. Endgültig umgeworfen hatte es mich, als sich bei seinem ersten Lächeln jene Grübchen in seinen Bäckchen formten. Ja, sein Name war nicht einfach auszusprechen, aber Maddy hatte ihn zu Oggie verkürzt, und das war hängengeblieben. Er war übrigens nach Oz' Lieblingsspieler bei Beşiktaş benannt. Sein mittlerer Name Philip war eine Reverenz an meinen Vater.

Ich nahm mein Medaillon und küsste es. Darin war ein Foto von Dad, und sobald ich Zeit hatte, würde ich ein Foto von Oz und unserem Sohn in die andere Hälfte stecken.

»Er schläft tief und fest«, sagte Amy. »Ich lege ihn oben ins Bett und bringe das Babyphon mit nach unten. Wenn wir Glück haben, verschläft er die Zeremonie.«

»Danke, Schwesterlein«, sagte ich und küsste ihn auf die Stirn.

Ich legte mein Schultertuch auf einen der Stühle und setzte mich. In eine Ecke des Tuchs waren drei Namen eingestickt – meiner und die von Oz und unserem Sohn. Es war ein wunderhübsches Werk. Mum hatte es online gestellt, und es hatte Bestellungen geregnet. Nun, da Amy den Online-Verkauf in die Hand genommen hatte, war es einfacher, einen größeren Interessentenkreis zu erreichen. Mehrere von Mums Kreationen waren inzwischen Bestseller, und ihr kleines Unternehmen war längst kein Sorgenkind mehr. Ich hatte das Tuch schon benutzt, um Oggie vom Krankenhaus nach Hause zu tragen. Es passte außerdem sehr gut zu Mums Hochzeitskleid, das ich heute trug.

Oggie war schon ein weitgereistes kleines Bürschchen mit fast genauso vielen Stempeln in seinem Pass wie ich in meinem. Es gab Tage, da wusste ich nicht mehr, wo ich mich gerade befand. Ich war noch in Elternzeit, aber nicht mehr lange. In einem Monat würden wir unsere Sachen in Istanbul zusammenpacken und ein neues Leben in Oxford beginnen. Oz hatte an der Universität eine Teilzeitstelle beim Zentrum für Flüchtlingsstudien bekommen, und ich würde dort in einer Zweigstelle unserer

Kanzlei arbeiten. Und da die meisten meiner Fälle sich in den Midlands, in Birmingham, Coventry und weiter südlich, in Reading, abspielten, war der Standort perfekt. Wenn Oz arbeitete, kümmerte ich mich um Oggie. Und die Sekretärinnen im Büro wussten, dass sie an den Tagen keine Fälle für mich annehmen konnten. Außerdem leitete ich diverse Seminare wie das in Paris. Aber noch besser war die Nachricht, dass Eda bei uns wohnen würde, da sie eine höhere Schule in England besuchen sollte. Dima hatte wieder geheiratet und Zwillingsjungen geboren. Sie hatte sich unter der Bedingung, dass Eda in den Ferien in die Türkei kam, mit dieser Lösung einverstanden erklärt. Und vor kurzem hatte ich gehört, dass Charlie in Brasilien eine amerikanische Bildhauerin kennengelernt und sie wenige Monate später in Las Vegas geheiratet hatte, um sich anschließend in Cambridge niederzulassen, was mich für ihn freute.

Oz und ich hatten einen kleinen Bungalow am Rand von Oxford gefunden und eine gemeinsame Anzahlung geleistet. Mum würde glücklich sein. Sie hatte sich so gewünscht, mehr Zeit mit ihrem Enkelsohn zu verbringen, und nahm jede Gelegenheit dazu wahr, seit wir ein paar Tage vor Oz hergekommen waren.

Beide Familien würden sich heute zum ersten Mal begegnen, denn es war der Tag unserer Verlobung. Wir feierten nach traditioneller türkischer Sitte. In der Türkei hatte ich, um ihre Zustimmung zu gewinnen, den perfekten türkischen Kaffee für all seine Verwandten gekocht, mit einer Prise Salz für Oz' Tasse. Und ja, er hatte sie getrunken und anerkennend gelächelt. Doch jetzt waren wir in meinem Revier und erwarteten ihn, seine Mutter, die Geschwister, seine Tochter und seinen Vater für den zweiten Teil der Zeremonie – den Tausch der Ringe. Zwei mit einem roten Band zusammengebundene goldene Reife würden uns an die Ringfinger gesteckt. Dann würde das Band zum Zeichen unserer Verbundenheit von seinem Vater durchgeschnitten, und anschließend begänne die große Party draußen im Garten unter einem gemieteten Pavillon. Eine Woche später sollte die offizielle Hochzeit in der Türkei stattfinden – eine Riesengeschichte, soweit Oz' Familie damit zu tun hatte. Doch das war mir gleich. Nada und ihre Familie würden auch zur Feier kommen.

Oz' Dad hatte seinen Enkel schon in der Türkei kennengelernt. Bei seiner Ankunft in Istanbul war die Situation sehr angespannt gewesen, aber die Beziehung zwischen ihm und dem Rest der Familie begann sich allmählich zu verbessern. Und Oz' Mutter war wie verwandelt und bedauerte zutiefst, wie sie ihren Sohn behandelt hatte. Die Geburt des ersten männlichen Enkels hatte sie einander noch nähergebracht. Oz' Schwester Eylül hatte zwei Töchter, und sein geschiedener Bruder war kinderlos, weshalb die Geburt eines Erben in der Arsel-Familie eine große Sache war. Oz selbst würde es allerdings sicher anders ausdrücken.

Seit Oggies Geburt bemerkte ich eine Veränderung an Oz. Er gab sich mehr Mühe bei der sehr strapaziösen Physiotherapie. Die Vorstellung, unseren kleinen Jungen durch unser neues Heim zu jagen, gab ihm offenbar genau den Anschub, den er brauchte, um seine Behandlung fortzusetzen. Im Lauf des Jahres würde er noch zweimal operiert werden, und den Anbau vom Istanbuler Familiensitz der Arsels hatte man zu einer Art Therapiezentrum für Oz eingerichtet. Doch wir sehnten uns nach unserem eigenen Zuhause, wo wir sämtliche Anforderungen, die das Leben an uns stellen würde, offensiv gemeinsam angehen wollten – zu viert.

Es klingelte, und ich holte tief Luft. Ich hörte das Quietschen der Türangel und mehrfaches Schnaufen. Lieber Himmel, hoffentlich machte da niemand ein Drama wegen des Rollstuhls, der durch den Flur musste!

Liz steckte den Kopf ins Wohnzimmer. »Bleib, wo du bist«, sagte sie, um gleich darauf zu flöten: »Du wirst es niemals glauben«, und wieder zu verschwinden.

Ein klackendes Geräusch wurde immer lauter. Ich stand da und strich die Falten aus meinem Kleid. Und dann blieb mir die Luft weg. Oz betrat den Raum, in seinem eleganten marineblauen Anzug. Er ging an Krücken!

»Du, du ... läufst?«

Er biss sich auf die Unterlippe und machte unter sichtlicher Anstrengung ein paar stockende Schritte. Mitten im Zimmer blieb er schweratmend stehen. »Es ist ein besonderer Tag. Da wollte ich mir Mühe geben.«

Ich eilte zu ihm hin und umarmte ihn. Eine Krücke krachte auf den Boden, er kippte mir völlig außer Atem entgegen und legte seinen freien Arm um mich. Ein gewaltiges Glücksgefühl überschwemmte mich. Ich drückte ihn ganz fest, bevor ich zurücktrat, um ihm in die Augen zu schauen.

Wir lächelten beide.

»Ich habe etwas für dich.« Er versuchte sicher zu stehen, griff in seine Jackentasche und zog zwei Fahrkarten heraus. Bahnfahrkarten.

»Wien?« Ich traute meinen Augen nicht.

»Ich dachte, das wäre nett für die Flitterwochen. Du hast gesagt, du hättest immer dorthin gewollt. Vielleicht möchtest du gern mit mir in Wien aussteigen?«

»Mit dir immer.«